W0033048

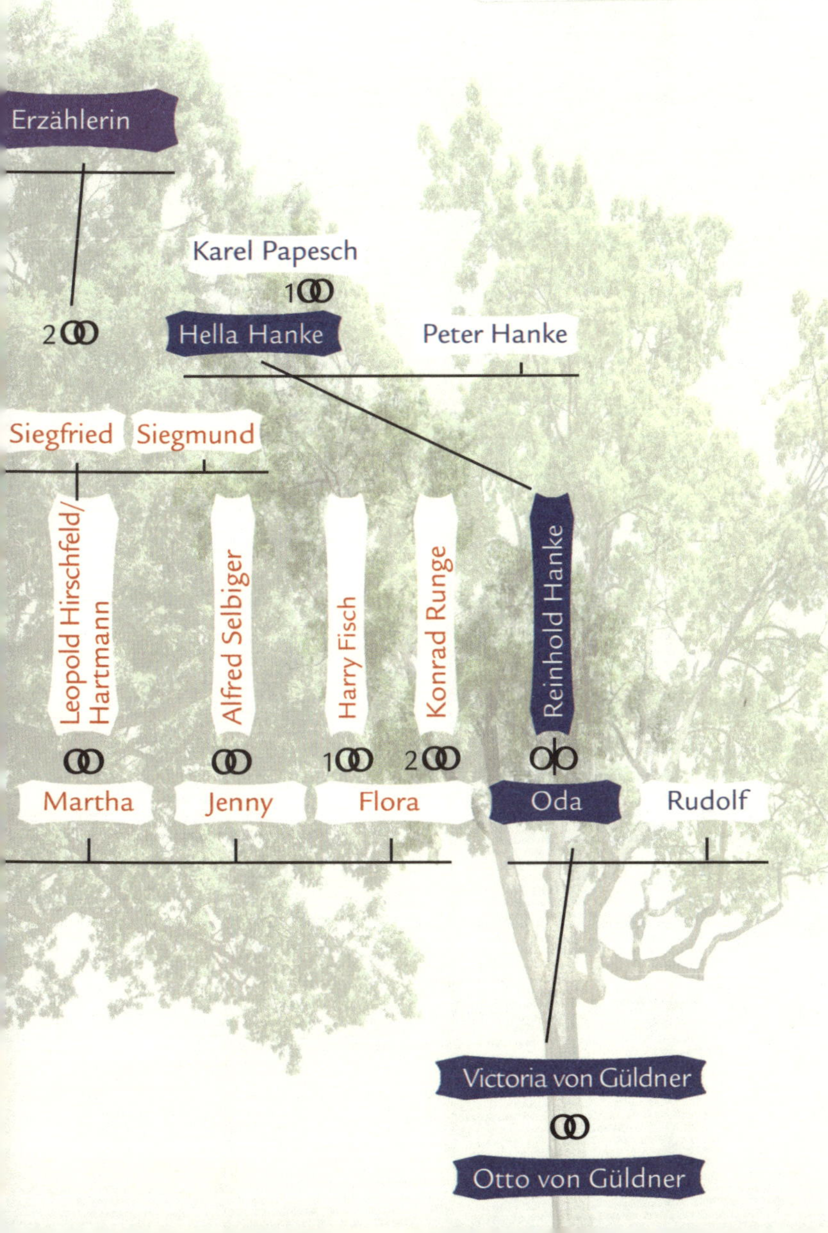
Erzählerin
Karel Papesch
1
2
Hella Hanke
Peter Hanke
Siegfried
Siegmund
Leopold Hirschfeld/
Hartmann
Alfred Selbiger
Harry Fisch
Konrad Runge
Reinhold Hanke
1
2
Martha
Jenny
Flora
Oda
Rudolf
Victoria von Güldner
Otto von Güldner

FVA

Meinen Kindern und Enkeln

Marcia Zuckermann

MISCHPOKE!

Ein Familienroman

FRANKFURTER VERLAGSANSTALT

Die Anklage

Als man mich vom Flughafen Berlin-Tegel mit dem Krankenwagen hier in die Nervenklinik einlieferte, lautete die Diagnose »akute Synkope mit partieller Amnesie«. Seit Istanbul am Hafen kann ich mich an nichts erinnern. Licht aus, Ton aus, ein langes schwarzes Nichts. Blackout.

Erst im Krankenzimmer der Neurologie in Spandau wachte ich wieder auf. Offenbar wusste man nicht so recht, wohin mit mir. Ständig wurde ich im Bett hin- und hergerollt, begleitet von Pflegern mit der Statur von Preisboxern. »Ich kann doch laufen«, gab ich zaghaft zu bedenken, »warum fahren Sie mich eigentlich herum?«

»Aus juristischen und versicherungstechnischen Gründen«, erklärte mir der Glatzkopf mit den bösen Augen am Fußende des Bettes. Vor Schreck presste ich meine Handtasche noch fester an mich. Dabei war die Tasche vorher wahrscheinlich schon zigmal durchwühlt worden. Selbst das Innenfutter hat jemand aufgeschnitten! Erst hielt man mich wohl für eine demente Alte, dann aber für eine Kriminelle. Die Bundesrepublik Deutschland klagt mich an: Verdacht auf Verstoß gegen § 96 des Aufenthaltsgesetzes, gem. Absatz 1, Hilfe zur Schleusung, und nach Absatz 2, Vorwurf des gewerbsmäßigen Schleusens von Ausländern. So steht es in der Klageschrift.

Nach Absatz 1 wird mir eine Freiheitsstrafe von drei Monaten bis zu fünf Jahren angedroht, nach Absatz 2 gleich der doppelte Satz: sechs Monate bis zu zehn Jahre! Jetzt bin ich in der geschlossenen Psychiatrie gelandet. Den Polizisten vor meiner Tür haben sie inzwischen abgezogen.
Ist das nun eher eine Zelle oder ein Krankenzimmer? Jetzt bloß nicht an Kafka denken! Vielleicht ist es sogar gut, dass ich mich nicht erinnere? Irgendwas muss gründlich schiefgegangen sein. Nur was?

Eine Fliege, die im Doppelfenster meines Krankenzimmers gefangen ist, rasselt schon wieder gegen die Scheibe. Seit zwei Stunden geht sie mir damit auf die Nerven.
Aus Übermut, so wie die dumme Fliege, die die Außenscheibe attackiert, nehme ich Frau Dr. Vogelsang, die die Ursachen meines Gedächtnisverlustes untersuchen soll, aufs Korn und spotte: »Vielleicht war ja mein ganzes bisheriges Leben auch nur eine einzige posttraumatische Belastungsstörung?«
Die linke Augenbraue meiner Therapeutin zuckt hoch und bildet einen schwarzen gotischen Bogen. Ihr Mund verzieht sich dabei säuerlich.
»Der Ernst der Lage ist Ihnen aber schon bewusst, ja?! Oder möchten Sie mir etwas ganz Bestimmtes mitteilen?«
Unter den gotischen Torbögen wohnen in tiefen Höhlen zwei Mausaugen. Sie scheinen nur aus Pupillen zu bestehen. Vorwurfsvoll blitzen mich die Mausaugen etwas fehlsichtig an.

Na, so frech war das auch wieder nicht, räsonniere ich still. Unwillkürlich reagiere ich dabei mit einer fahrigen Geste.
Sicher wertet sie das körpersprachlich wieder als Übersprunghandlung oder Abwehr. Na, meinetwegen!
Frau Dr. Vogelsang kritzelt ziemlich verdrossen und heftig in ihren Unterlagen herum. Dann misst sie mich mit dem prüfenden Blick einer beauftragten Analytikerin. Patienten oder Probanden, die sich über sie und ihr ernstes Werk lustig machen, sind ihrer Meinung nach entweder Idioten oder Neuroten. Worunter ich falle, weiß sie noch nicht.
Ich auch nicht.
Vielleicht ist das auch keine Entweder-oder-Frage?
Auf ein abgenutztes Clipboard mit abgeschabtem blauem Rücken notiert sie mit wütender Energie viel Text. Ich recke den Hals. *Manisch* lese ich verkehrt herum, immerhin mit einem Fragezeichen. Es springt mir in die Augen. Der Furor, mit dem sie sich auf dem Papier abarbeitet, hat eine Strähne aus ihrem hochgesteckten Haar gelöst. Ihre Haartracht gleicht allmählich einem Frisierunfall.
Ab wann ist »heiter« nicht bloß heiter, sondern *manisch*?, denke ich.
Die freischwebende Locke dreht sich in Zeitlupe zu einer Sechs auf ihrer Stirn. Zu ihrem müden Gesicht bildet das einen komischen Diskant. Das lenkt mich ab.
Wo habe ich dieses Motiv schon mal gesehen?, frage ich mich. Die Garbo in der Kameliendame!, fällt mir ein. In einer Game Show gäbe das jetzt glatt hundert Punkte!

In meinem Bauch rollen bereits erste Lacher wie Glasmurmeln hin und her. Tatsächlich hat die Vogelsang mit der Garbo so viel gemein wie eine Kuh mit einer Nachtigall. Alles an ihr ist irgendwie schief. Den Mund verzieht sie beim Sprechen immer nach links. Als wollte sie dem Gesagten Nachdruck verleihen. Oder ist es ein Tick?
Prompt fallen mir Dutzende Psychiaterwitze ein. Ich widerstehe.
Die Nasenspitze von Frau Dr. Vogelsang driftet beim Sprechen ebenfalls sanft nach links. Das linke Auge ist kleiner als das rechte. Und nun noch diese Locke! Immer wieder muss ich auf diese haarige dunkelblonde Sechs starren.
Damit keine Peinlichkeit entsteht, sehe ich lieber aus dem vergitterten Fenster. Drüben auf dem Dachfirst versammeln sich gerade wieder die Nebelkrähen. Seltsamerweise hocken sie immer auf dem Dach der Forensischen Abteilung. Mindestens zweihundert Vögel auf Abruf. Emsig putzen sie ihr schwarzgraues Gefieder. Mit flink von rechts nach links wippenden Köpfen halten sie hektisch Ausschau wie wachsame Kurzsichtige, denen ständig die Brille verrutscht. Hitchcock!, raunt mein zweites Ich.
Der Himmel über dem Anstaltsdach mit der Vogelversammlung gleicht einem dunkel verschossenen Schmuddellaken. Wie nicht anders zu erwarten, meldet sich bei diesem Gedanken sofort mein chronischer Putzfimmel. Chlorbleiche, Wäscheweiß oder Zauberschwamm ist hier nicht die Frage, weise ich meinen Fimmel zurecht. Ich muss mich auf das Gespräch mit

der Vogelsang konzentrieren. Da verbieten sich Fantasien zu blitzblank geputzten Himmeln, denn zugegeben: Ich sitze ziemlich in der Klemme.
Halb forschend, halb erbittert mustert Dr. Vogelsang mich. Jetzt beugt sie sich erwartungsvoll vor. Irgendwas muss ich nun wohl sagen. Hilfsweise grinse ich in Richtung Fensterscheibe. Den Blick richte ich fest auf die Vögel und denke mir das Wort »Brot«, wie das Schauspieler tun, wenn sie bekümmert und ernst wirken sollen.
Es klappt.
Das Vorher in meinem Leben, um das sich Frau Dr. Vogelsang bei mir bemüht, ist mir ziemlich gleichgültig, was mich in Anbetracht der Lage selbst verwundert.
Frau Dr. Vogelsang zuckt mit den Achseln. Unterdrückt einen Seufzer.
Ihren Verdruss tarnt sie mit professioneller Langmut: »Na, gut! Dann erzählen Sie mir einfach, woran Sie sich erinnern.« Der linke Mundwinkel führt dabei schon wieder ein seltsames Eigenleben. Verstohlen blickt sie auf die Armbanduhr, die Therapeuten einer geheimen Regel zufolge immer am Anfang einer Sitzung vom Handgelenk abnehmen und demonstrativ vor sich hinlegen. In Ermangelung eines Tisches klemmt Frau Dr. Vogelsang ihre Uhr hier an das Clipboard, als wollte sie mir sagen, ihre Zeit sei bemessen und kostbar. Ich solle davon sparsamen Gebrauch machen.
»Ich schlage vor, wir arbeiten uns, möglichst ohne Witze zu machen, zum traumatischen Ereignis vor«, beginnt sie gedehnt. »Dorthin, wo Ihre Erinnerung aus-

setzt, um Ihre Seele zu schützen. Ich sage noch einmal: Sie haben nichts zu befürchten!«

Nichts zu befürchten?!, echot es höhnisch durch meinen Kopf. Dabei fühlt sich mein Schädel an, als sei er mit rosa Zuckerwatte vollgestopft.

Meine mir zugeteilte Doktora atmet jetzt tief durch. »Wollen Sie mir bitte Ihren Satz, dass Ihr ganzes Leben eine einzige posttraumatische Belastungsstörung sei, näher erklären, oder beginnen wir lieber mit Ihrem Satz von gestern: ›Wenn wir fallen, dann fallen wir tief!‹ Wer ist dabei ›wir‹, und wer genau fällt denn da eigentlich?«

Über die Einzelheiten meines sogenannten posttraumatischen Lebens zu plaudern ist mir zu heikel. Das hieße, davon zu sprechen, dass ich schon bei meiner Geburt nur knapp dem Tod entging. Nabelschnurvorfall. Die Nabelschnur hatte sich siebenmal um meinen Hals gewickelt. Stranguliert im Mutterleib. Winter 1947 war das. Hausgeburt in einer kaum heizbaren Wohnlaube im Berliner Norden. Und kein Arzt weit und breit. Ohne Kaiserschnitt: entweder sie oder ich. Das Leben der Mutter geht vor. Nur bei den Katholiken soll es anders herum sein. Angeblich wegen der Unschuld des Ungeborenen, hat meine Mutter gesagt. Die Hebamme hatte sich zu meinem Exitus bereits Mut angetrunken. Mit selbstgebranntem Schnaps aus der braunen Medizinflasche mit dem Etikett *96 % med. Alkohol.* Sie gab mir noch eine allerletzte Chance. Wenn nicht, dann ... Den geschickten Fingern dieser Frau, die mir die strangulierende Nabelschnur schließlich siebenmal über den Kopf ziehen konnte, verdanke ich mein Leben. Dabei kenne ich noch nicht einmal ihren Namen! Mit einem blauen, deformierten Kopf bin ich »dem Tod von der Schippe gesprungen«, erzählte meine Mutter später immer triumphierend. Dass sie in Folge jedoch annahm, dass ich nur zu einer Idiotin taugen würde, ließ sie unerwähnt. »Und die Welt begrüßte mich als Erstes mit einer Schnapsfahne!«, ergänzte ich dann immer munter das Heldenepos meiner dramatischen Geburt.

Denn wir verachten den Tod. Wir lachen ihm ins Gesicht. Schon aus Prinzip! Wir glauben den Tränen nicht.

Deshalb sind Leid und Drama bei uns grundsätzlich komisch. Dazu passte, dass ich bei meiner Geburt gleich zwei Väter und kurz nacheinander drei verschiedene Familiennamen und drei Geburtsurkunden hatte. Erst den Namen des gefallenen Ehemannes meiner Mutter, dann den Mädchennamen meiner Mutter und etwas später den Namen meines richtigen Vaters, der übrigens ziemlich zeitgleich mit mir »dem Tod von der Schippe gesprungen« sein musste, denn an meinem Geburtstag lag er im Sterbezimmer einer Potsdamer Klinik. Motorradunfall bei Glatteis auf der Autobahn. Dem Tod zu entkommen, darin hatte mein Vater sehr viel Übung. Ich bereits nach einem Tag Leben.

Das alles erzähle ich der Vogelsang nicht. Ich traue ihr nicht. Am Ende ist sie eine falsche Therapeutin und arbeitet für die Staatsanwaltschaft. Vielleicht ist sie gar eine bestellte Gutachterin? Wenn man auf der geschlossenen Station der Psychiatrie liegt, ist man dann eigentlich schon halb im Gefängnis, quasi in medi-

zinischer Untersuchungshaft? Ich entschließe, so ohne weiteres nichts von mir preiszugeben.
Gar nichts!
In meiner Familie hat man gelernt, mit Finesse zu schweigen.
Am besten fange ich mit etwas Unverfänglichem an: mit wortreichem Schweigen oder mit der Genealogie der Ereignisse, die bis hierher führten ...

Kaddisch für einen Kronprinzen

Zur Mittagszeit des 10. März 1902 ahnte niemand, dass der Untergang der Familie Kohanim von nun an seinen Lauf nehmen sollte. Kein leiser Knacks, kein haarfeiner Riss, kein eiskalter Hauch. Weder plötzliche Stille noch ein Schwarm auffliegender Raben oder eine auf Punkt zwölf stehengebliebene Uhr; keine schwarze Katze von links nach rechts, kein Bild, das von der Wand fiel, kein zersprungenes Glas, noch nicht einmal eine Verwünschung wurde laut. Auch kein bedeutungsvoller schwarzer, mit Lineal gezogener Strich wie bei den Buddenbrooks. Nichts dergleichen, das Vorahnungen beschwören könnte. Nur eine schwindsüchtige Sonne stand am Himmel und kämpfte darum, die Eiszapfen zum Weinen zu bringen. Das war alles.

Dieser 10. März schien lediglich einer der üblichen Unglückstage der Familie zu werden, so unvermeidlich wie zahlreich im Leben einer besseren jüdischen Familie im ländlichen Westpreußen im 19. Jahrhundert. Mit Fassung sah man wiederum einem durchschnittlichen Unglück entgegen. So etwas gab es zur Genüge auf Sauermühle nahe der Kreisstadt Schwetz. Das einzig Ungewöhnliche an diesem Unglückstag war, dass im Haus ein jiddisches Schlaflied erklang.

Amol is gewen a Majese
Die Majse is gor nit frejlach,
die Majsse hebt sich on
mit a jidischen Mejslach.
Ljulinke, mejn Vejgele,
Ljulinke, mejn Kind!
Ich hob verlorn a sa Liebe,
wej is mir und wünd.
Der Bojm hot gehobt a Zwejg,
der Zwejg hot gehobt a Nestele,
dos Nestele hot gehobt a Vejgele,
dos Vejgele hot gehobt a Fliegele.
Ljulinke, mejn Vejgele, Ljulinke, mejn Kind!
Der Mejslach is gestorbn,
die Malke is geworen vardorbn,
der Bojm is opgebrochen,
dos Vejgele is awakgeflogn.
Ljulinke, mejn Vejgele,
Ljulinke, mejn Kind!
Er hot verlorn a sa Leben,
wej is mir und wünd.

Für nichtjüdische Ohren klang das für ein Wiegenlied schon befremdlich genug. Zu einer schwermütigen Melodie klagte im Lied eine Mäusemutter, dass ihr alle Mäusekinder der Reihe nach wegstürben, dazu noch der Baum, das Nest und die Vögel. Tod, Tod, Tod, überall Tod! Wollte man so etwa ein Kind in den Schlaf lullen? Was christliche Ohren da an Trauer verstörte, klang für jüdische eher normal. In früheren Zeiten war man schließlich nicht zimperlich. Man dachte praktisch. Ließ sich das Unglück nicht mit Gesang und Gebeten bannen, dann wollten die Altvorderen jüdische Kinder bereits in der Wiege auf ein entbehrungsreiches Leben einstimmen. Je früher, desto besser! Auch wenn man wohlhabend war, oder vielleicht gerade deshalb. Zur Mahnung, dass das Schicksal sich immer wenden könnte und jeder gefordert war, immer und zu jeder Zeit die Wechselfälle des Lebens von Grund auf neu zu meistern. Doch solche Existenzängste kannte die Familie schon lange nicht mehr. Die Kohanim waren seit Generationen recht begütert und geradezu messianisch vom Glauben an den Fortschritt besessen. In der Gemeinde und im Landkreis von Schwetz galt mein Urgroßvater, Samuel Kohanim, als liberaler Querkopf. Er war ein Modernist, der die neuesten Maschinen und Methoden immer als Erster einführen wollte. Der Umsturz alles Althergebrachten, Rückständigen und Überlebten war seine Passion. Meine Urgroßmutter nannte das den »Kohanim'schen Flitz«. An die zwölf technische und naturwissenschaftliche Zeitschriften studierte mein Urgroßvater regelmäßig. Außerdem war er weit und breit der einzige liberale Republikaner und Freigeist unter lauter Monarchisten und kaisertreuen Untertanen. Für die innerfamiliäre Gemütslage bedeutete das, dass man fast alle mittelalterlichen jüdischen Traditionen rigoros verachtete. Jiddisches war den Kohanim sogar so peinlich, dass sie so taten, als verstünden sie es nicht. So war es Familienbrauch, sobald jemand Jiddisch sprach, die Augenbrauen unwillig zusammenzuziehen und sich theatralisch verständnislos zu gebärden. Dieses jiddische Lied war im Hause Kohanim deshalb im doppelten Sinne unerhört. Mindel Kohanim, meine Urgroßmutter, die meinem Urgroßvater Samuel an Eigensinn nicht nachstand, missbilligte die jüdischen Traditionen nur halbherzig und gestattete sich an diesem 10. März ausnahmsweise einen Rückfall »ins Vorsintflutliche«. Aus gegebenem Anlass.

War Mindel nicht genauso eine unglückliche Mutter wie die Mäusemutter im uralten jiddischen Wiegenlied? Ihre sieben Töchter, also meine sechs Großtanten und meine halbkindliche Großmutter, waren des unverhofften vielstrophigen trübsinnigen Singsangs schnell überdrüssig. Sie verstanden den Text ja noch nicht einmal. Außer »Wej, wej, wej«, was man nicht übersetzen musste. Ungeduldig hofften sie auf einen Übergang zu geläufigeren Weisen. Lieder, in denen von Sternlein und Schäfchen die Rede wäre. In ihren Fibeln waren solche Lieder immer putzig bebildert. Mit verdrehten Augen flatterten da nackte Putten herum, die durchweg fett, ziemlich flugunfähig und dämlich aussahen.

Selbst »Bruder Jakob« wäre meiner halbkindlichen Großmutter und den schon jugendlichen Großtanten recht gewesen. Nur eines stand für alle sieben Schwestern fest: Dem Bruder hier in der Wiege könnten die Sternlein stehen, wo der Deibel Fliegen fängt!

Außer schwesterlicher Missgunst lag sonst nur Kampfer und Jammer in der Luft. Drum herum viel Langeweile.

Die verpönten Töne des Liedes drangen längst nicht mehr in die Herzen dieser jüdischen Mädchen. Unent-

schlossen blieben daher die obdachlosen ein- oder zweigestrichenen As, Ds und Hs ratlos in der mittleren Luftschicht der überheizten Stube hängen. Nur die Fransen an der Lampe ließen sie zittern. Vor Schwermut triefend, sanken die Töne langsam zu Boden und tropften zwischen den Dielen weg wie die Tränen der Sängerin.
Nur Mindels Jüngster, dem das missliebige Wiegenlied galt, hörte es als Einziger nicht. Tief vergraben lag das Kind, das mein einzig übriggebliebener Großonkel in spe werden sollte, in seiner weißen Kissengruft. Darüber wucherten Spitzen wie Spinnweben auf Dachböden. Abwechselnd rang das Kind mal mit dem Leben, mal mit dem Tod. Seufzte der kleine Benjamin auf, dann hatte gerade mal wieder das Leben triumphiert. Japste oder röchelte er, dann schien gerade wieder der Tod die Oberhand zu gewinnen. Drei Tage und Nächte ging das nun schon so.
Der kleine Benjamin sollte der Kronprinz der Familie werden. Doch nun, nach zwanzig Monaten, machte auch dieser Kronprinz schlapp. Genau wie die fünf Kronprinzen vor ihm.
Da half kein Wiegenlied, kein Arzt, auch nicht der Wunderrabbi von Sadagora, den meine Urgroßmutter im Tausch gegen ihre Perlen heimlich ins Haus geholt hatte. Die Perlen, die sie seither an Festtagen trug, waren falsch. Echt blieben nur die Tränen.
Inzwischen schwankte die Wiege aus geschnitztem Nussbaum wie ein Kahn auf schwerer See. Gefährlich nah neben der Wiege ragte ein kolossaler grüner Kachelofen auf. Eine Handbreit unter der Zimmerdecke

war dieses Bollwerk gegen sibirische Kälte mit grünen Kachelzinnen wie eine Burg bekrönt. Das Schaukeln der Wiege verursachte auf den weiß gescheuerten Dielen ein sandiges Mahlgeräusch. Zusammen mit dem behäbigen Ticken der Standuhr verband es sich zu einem Duett von Vergänglichkeit, vorausgesetzt, man hatte einen Sinn für Höheres. Die großen Schwestern des siechen Kronprinzen waren dafür jedenfalls nicht empfänglich.

Elli dachte ans letzte Eislaufen der Saison, das sie nun verpasste. Flora deklamierte stumm alle dreiundzwanzig Strophen der »Kraniche des Ibykus«. Martha sinnierte darüber, ob sich die Liebenden in ihrem Schmöker kriegen. Fanny dachte an die Hausarbeit, die jetzt liegen blieb. Jenny hatte Hunger und grämte sich über das verspätete Mittagessen, das inzwischen in der Bratröhre verschmorte. Franziska grübelte, wem sie das verhasste Spleißen der Gänsefedern aufhalsen konnte. Selma, meine jugendliche Großtante mit religiösem Spleen, ging im Geiste durch, welche Gebete und Rituale bei Kindstod vorgeschrieben waren. Die Beschäftigung mit den kultischen Spitzfindigkeiten der verschiedenen jüdischen Glaubensrichtungen war erst seit kurzem Selmas Marotte.

Alle ihren Gedanken nachhängend, standen die sieben Kohanim-Töchter so in Langeweile erstarrt im überheizten Schlafzimmer. Tapfer kämpften sie gegen das Gähnen. Zu gern hätten sie im Stehen geschlafen. Angeblich beherrschten die livrierten Hausdiener im gräflichen Schloss das Stehendschlafen, ohne umzufallen.

Das Boudoir, wie das Schlafzimmer von den Urgroß-eltern genannt wurde, war vollgestellt mit ausladenden dunklen Möbeln. Diese wurden von bis zur Erschöpfung geschonten Teppichen belagert. Das schmalbrüstige Doppelfenster hatte meine Urgroßmutter aus Angst vor tödlicher Zugluft vom Knecht zunageln lassen. Wild ragten die überlangen, rostigen Dachlattennägel aus dem weiß lackierten Fensterrahmen. Fast anklagend. Die einzige Attraktion bot die rot glühende Ofenklappe des grünen Kachelgebirges. Ab und zu ließen die sieben Mädchen den Blick zu den tanzenden Fransen am Lampenschirm wandern. Dann wieder spähten sie so teilnahmsvoll in die Wiege, als läge dort ein Insekt.
»Der macht nicht mehr lange!«
»Das Mensch«, wie die Mädchen untereinander den zwergenhaften gelben Greis in der Wiege nannten, war ihrer Meinung nach schon viel zu lange der Mittelpunkt der Familie.
Fast zwei Jahre schon waren sie, die Kohanim'schen Prinzessinnen, für die Eltern praktisch Luft. Obendrein sollten sie noch lieb zum Brüderchen sein.
Lieb zu einem, der sie von heut auf morgen entthront hatte? Eine Zumutung mit der Quintessenz, dass sie ihm von Herzen alles Schlechte wünschten. Und dass dies nun tatsächlich eintrat, betrachteten sie als ein göttliches Zeichen. Als Dank für ihre erhörten Gebete gelobten sie Frömmigkeit bis ans Ende ihrer Tage.
Die stämmige Elli, die erste Mittlere, und die zweite Mittlere, Franziska, lugten beide prüfend in die Wiege. Sie waren der Ansicht, dass es nun reichte. Manchmal muss man dem Schicksal auf die Sprünge helfen!

»Corrigez la fortune!« Das war der Satz, der ihnen am besten an der Minna von Barnhelm gefallen hatte. Verstohlen blinzelten sie sich zu und legten auf dem Rücken die Zeigefinger der rechten und linken Hand über Kreuz. Dabei lächelten sie sanft wie Engel. Der kleine Benjamin in der Wiege lief blau an. »Mama!«, kreischte Martha los, »Elli und Fränze haben *das Kreuz* gemacht! Das hab ich ganz genau gesehen!«
Das Kreuz, das Ketzerzeichen! Das Zeichen des Todes!
»Stimmt ja gar nich'! Die lügt doch, dass sich die Balken biegen!«, blökte Franziska entrüstet zurück. »Wie immer!«, sekundierte Elli patzig.
Weil Mindel weiter tränenblind in die Wiege starrte, nutzte Elli die Gunst des Augenblickes. Katzenschnell griff sie Martha in den roten Haarschopf. Mit dem Ellenbogen knuffte sie ihrer Schwester in den Magen. Von der anderen Seite trat Franziska ihr gegen das Schienbein. »Olles Mistvieh, olles! Da hastes, du Falschpetze!«
Martha heulte auf wie eine Schiffssirene.
Für Ketzerzeichen *und* Raufen hätte es normalerweise mindestens einen Tag Stubenarrest bei trocken Brot und Schweinekartoffeln gegeben. Für jedes Vergehen einzeln. Doch an so einem Tag war nichts normal. Die reguläre Strafe blieb deshalb aus.
Des Gezänks ihrer streitsüchtigen Töchter überdrüssig, verordnete meine Urgroßmutter nur lahme Gottverhüte-Gebete für alle.
Selma, die Zweitälteste, die alle Schwestern an jüdischer Frömmigkeit übertraf, freilich ohne dass ihr eine davon auf diesem Gebiet Konkurrenz machen

wollte, spuckte andeutungsweise aus. Das taten sonst nur die Chassidim, wenn von Abtrünnigen, Ketzern, Gojim oder Unreinem und Sünde die Rede war. Danach legte sie scheinheilig den Kopf schief. Nach links. Diese Marotte hatte sie sich von den katholischen Votivbildern und Heiligenfiguren in den katholischen Kirchen abgesehen.

»Diese bigotte Kuh!«, zischte die Flora.

Die anderen Schwestern verdrehten die Augen. Selmas Gefrömmel war schon eine schwere Prüfung, das Wort »bigott« war eine weitere. Mit ihrem Tick für Fremdworte und geschwollenem Gerede nervte sie seit längerem die Jüngste, Flora. Ständig hing sie über den väterlichen Bänden der Enzyklopädie auf der Suche nach seltsamen Wörtern, die sie aufspießte und ausstellte wie ein Sammler seltene Schmetterlinge.

Die Vorlieben und Eigenheiten der elf verstorbenen Geschwister sind nicht überliefert. Es geht nur die Fama, dass von den insgesamt achtzehn Kindern, die meine Urgroßmutter Mindel geboren hatte, keines Plattfüße hatte. Darauf war Mindel sehr stolz. Ob Säuglinge tatsächlich schon Plattfüße haben konnten oder nicht, blieb seither umstritten.

Das achte, gerade noch lebende Kind, der jüngste Sohn Benjamin, der das Geschlecht der Kohanim in Westpreußen fortsetzen und den großartigen Stamm meiner Familie halten sollte, siechte wie alle seine Brüder vor ihm nun seinem frühen Ende entgegen.

Die fünf verstorbenen Mädchen zählten in der familiären Plattfußstatistik nicht. Wahrscheinlich trauert eine Mutter, die elf ihrer Kinder, und darunter sämtliche Knaben, begraben hat, schon aus Gewohnheit. Dass die Hälfte aller Kinder starb, war normal. Doch das vollständige Knabensterben ließ meiner Urgroßmutter keine Ruhe. Sie grübelte über die möglichen göttlichen Gründe, warum der männliche Samen der Kohanim nicht mehr gedeihen wollte. Woran lag's? Wer war schuld?

Samuel, mein Urgroßvater, suchte in den Schriften und beim Rabbi nach Antworten: ›War es der unergründliche Ratschluss des Allmächtijen?! Na, von wejen!‹ Im Geiste ging Mindel Kohanim ihren Zweig der Familie nach einem ähnlichen Phänomen durch: So was hat es in *unserer* Familie noch nie gegeben! Es war ganz klar: Schuld waren die angeheirateten Kohanim! Das erklärte sich ihrer Meinung nach von selbst: Der Stamm war einfach zu alt. Dieser Zweig des Priestergeschlechtes der Kohanim oder Cohn war nach gut vier- bis fünftausend Jahren einfach nicht mehr stark genug, um kräftige Söhne in die Welt zu setzen. ›So verhält es sich doch! Da braucht man bloß in die Natur zu schauen!‹

Dabei dachte Mindel an den uralten Kirschbaum im Hof. Alt war er, mit weit ausladender Krone über dem Schieferdach des klobigen Gutshauses. Jeden Mai schneiten Abertausende winzige weiße Blüten auf das braune Kopfsteinpflaster. Sehr schön anzusehen, aber ohne eine einzige Frucht.

Mindel Kohanim, die Tochter von Juda Beinesch aus dem russisch-polnischen Inowrazlaw, machte sich ihren eigenen Vers drauf. Abgesehen von der üblichen göttlichen Willkür betrachtete sie die nachhaltige Inzucht der Söhne Aarons als Grund ihres Unglücks. Denn wie jeder Jude wusste, waren die Kohans, Kohns oder Kohanim das Priestergeschlecht der Juden, alle direkte Nachkommen von Moses' Bruder Aaron. An dem skandalösen Sündenfall mit dem Goldenen Kalb war Aaron schuld, der seine Pflicht als Glaubenshüter vernachlässigt hatte. Angeblich steckte Aarons heidnische Ehefrau oder Nebenfrau dahinter, die dem Baal-Kult mit dem heiligen Rind wieder Geltung verschaffen wollte. Zur Strafe für die frevelhafte Pflichtvergessenheit hatte Moses Aaron und seine Nachkommen dazu verurteilt, künftig weder eine konvertierte Frau aus anderen Völkern noch eine geschiedene oder verwitwete Jüdin heiraten zu dürfen.

Eine große Auswahl an angemessenen Bräuten hatten die Cohns oder Kohanim in Westpreußen und Polen daher nie. Wenn die von den Eltern bestellten Brautwerber in der Ferne keine geeignete Braut fanden, dann wurde eben ein junges Mädchen aus der Familie geheiratet. Die legendäre Cousine. Das war das Einfachste. Aber so eine war Mindel nicht.

»Moses' Einfall hin oder Gottes Plan her, die Natur liest keine Thora, sondern regiert nach eigenen Gesetzen!« Diese Erkenntnis behielt Mindel Kohanim freilich für sich. Außerdem hielt sie sich zugute, eine wohlerzogene Jüdin aus dem Großherzogtum Warschau zu sein. Sie entstammte immerhin der berühmten Familie Katzenellenbogen[1]. In mütterlicher Linie war sie sogar eine echte Nachfahrin des sagenhaften jüdischen Eintagskönigs. Jener Ahnherr, der legendäre königliche Steuerpächter Saul Wahl, der am 15. August 1587 für einen Tag König von Polen war. Mit seiner Erhebung auf den polnischen Thron wollte der verzweifelte Thronrat wohl den jahrelang zerstrittenen Adel zur Wahl eines Königs provozieren. Der Coup gelang. Mit einem Juden auf dem polnischen Thron einigte man sich dann innerhalb weniger Stunden. Eine Jüdin mit einer solch sagenhaften halbaristokratischen Herkunft wie Mindel wusste einfach, wann sie zu reden, vor allem aber, wann sie zu schweigen hatte. Schroff und wortkarg war Mindel von Natur. Darüber hinaus schien sie immer in einen Kokon von Grübelei eingesponnen. Ansonsten hegte sie eine grenzenlose Verachtung für die Welt. Mit anderen Worten: Mindel Kohanim, geborene Beinesch, die Nachfahrin des polnischen Eintagskönigs, war exzessiv verschroben, überwiegend geistesabwesend und auf eine böse Art gut. Damit man sie möglichst in Frieden ließ, zeigte sie allen ein hochmütig-hartes, abweisendes Gesicht. Haus und Hof regierte sie fast ausschließlich mit ihren kalten kieselgrauen Blicken. Dabei schien sie über ein unerschöpfliches Repertoire von stummen Fragen, Befehlen, Verurteilungen und Verwünschungen zu verfügen. Nicht bloß zu Neumond, wenn alle besseren jüdischen Frauen ohnehin den ganzen Tag schwiegen, bekam Mindel den Mund nicht auf. Es konnte durchaus auch vorkommen, dass sie geschlagene zwei Wochen nicht sprach. Mit niemandem.

So grimmig wie im Hause Kohanim Leben und Tod gegeneinander kämpften, rangen draußen nicht weniger erbittert Winter und Frühling miteinander.

Vor dem zugenagelten Fenster lag die bügelbrettflache weite Ebene der Tucheler Heide. Dort, wo die Sonne den weißen Wintermantel aus Schnee weggeschmolzen hatte, sah die Heide aus wie eine schmutzige Nackte, die sich in faulende Lumpen gehüllt hatte. Die Forstwälder des Bischofs von Kujawien und die gräflichen Wälder der Grafen Solkowsky erstreckten sich schwärzlich kahl mit ihren wie Aussatz schimmernden fahlen Birkenstämmen bis zum Horizont. Ein Land, so weit wie das Meer, mit einem ebenso ozeanischen Himmel darüber. Die trostlose Weite führte dem Menschen seine Nichtigkeit vor Augen und verbreitete lähmende Mutlosigkeit. Selbst bei strahlendem Sonnenschein und Amselschlag überfiel auch das heiterste Gemüt sofort Schwermut, sofern man nicht umgehend mit einem Wasserglas Hochprozentigem dagegen anging. Besonders im März.

Am Nachmittag wich mit einem Zirpen das letzte Leben aus meinem kleinen Großonkel in spe. Mindel wischte sich die Augen. Steinalt und sterbensmüde fühlte sie sich. Ächzend verhängte sie alle Spiegel mit schwarzem Tuch. In ausgetretenen Kamelhaarlatschen schlurfte sie mit gekrümmtem Rücken durchs Haus, schloss die Fensterläden und zog die Vorhänge zu. Nach jüdischer Tradition riss sie die rechten Rocksäume und Kragen der Mädchen ein, sich selbst als Mutter die linken, zerzauste sich und den Mädchen die Haare und entzündete rechts und links der Wiege Kerzen für die Zeit des Schiwe-Sitzens, der jüdischen Trauerzeremonie. Zu guter Letzt hielt sie feierlich das Pendel der Standuhr an. Ein paar Tage lang sollte die Zeit stillstehen, oder fast.

Zum ersten Mal regte sich auch bei den sieben Mädchen so etwas wie ein Gefühl. Der Anblick der düsteren Szenerie mit den trüb funzelnden Kerzen neben der nun schwarz verhängten Wiege war ihnen unheimlich. Jeden Moment waren die sieben darauf gefasst, dass die unglückliche Seele ihres Bruders als Gespenst von irgendwo hervorhuschen würde: »... wenn er Charakter hat!«
Zu ihrer Enttäuschung spukte er nicht einmal herum.
»So ein Schmock!«
Für ein Kleinkind unter zwei Jahren sollten ein Tag und eine Nacht anstatt der für Erwachsene vorgeschriebenen sieben Tage und Nächte Trauer reichen. Das hatten die Juden der Gegend vor Urzeiten so beschlossen. Schließlich starben Kinder jeden Tag weg wie die Fliegen. Die jüdischen Kinder raffte der Tod wegen des schlechten Wassers ihrer Brunnen sogar noch häufiger dahin als die christlichen. Und wo käme man hin, wenn man für jedes Würmchen, das wegstürbe, eine ganze Woche vertue und die Lebenden um der Toten willen hungern ließe?
Wie befohlen sprachen die sieben hinterbliebenen Schwestern leiernd die Gebete. Nur Flora tat so, als trauerte sie aus tiefster Seele, heulte theatralisch auf und riss sich an Haaren und Kleidern.
»Die schiebt Phiole! Das falsche Aas.«

Wie ein Schwarm verfrorener Nebelkrähen hockten die Frauen der Beerdigungsgesellschaft in dunkle Wolltücher gehüllt. Auf Baumstämmen ritten sie auf der letzten Holzfuhre, die den buckligen Weg über das

Flüsschen Schwarzwasser zum Kohanim'schen Anwesen nahm.
Im blaustichigen Licht des sinkenden Winternachmittags hätte man sie auch für ein Hexenbataillon auf Ausritt halten können. Zur Abwechslung einmal nicht auf Hexenbesen, sondern auf dicken Kiefern- und Fichtenstämmen. Nachdem sich das Trauergeschwader die Kälte aus den schwärzlichen Tüchern und Lumpen und den klammen Gliedern geschlagen hatte, flatterte es geschäftig durchs Haus und verbreitete einen Geruch von altem Achselschweiß und Fichtenharz. Entweder aus Versehen oder aufgrund der Gewohnheit der neuen Mehrheitsverhältnisse im jüdischen Teil der westpreußischen Kreisstadt Schwetz oder auch nur von irgendwoher gekommen, um zu schnorren, waren vier berufsmäßige Klageweiber »der Sekte«, der Chassiden, mit von der Partie. Angeblich verstanden sie außer Jiddisch nur Persisch.
Einen Moment lang schüchterte sie der satte bürgerliche Glanz des Trauerhauses ein. Scheu hielten sie inne und beäugten neugierig das Interieur. Doch gleich darauf besannen sie sich ihrer Bestimmung und legten sich im Trauerzimmer mit professionellem Eifer ins Zeug. Mit von Asche beschmierten Gesichtern und zerzaustem Haar stimmten sie ihr wüstes Klagegeschrei an, warfen die Arme in die Luft, rauften sich die Haare, klopften sich klagend an die Brust und rissen sich an den Kleidern. Die kaschubischen Dienstboten der Kohanim bekreuzigten sich unablässig. Mit abergläubischem Schaudern, mit gefalteten Händen stumm betend schauten sie dann zu, wie die Frauen

der Beerdigungsgesellschaft, der Chewra Kadischa, den mageren gelben Körper des Kindes mit koscherem Wasser wuschen. Es ähnelte einem aus dem Nest gefallenen nackten gelben Vogelküken. Nach der Waschung hüllten die Frauen der Beerdigungsgesellschaft das Kind in das kleine weiße Leinentuch. Zwischen die Händchen legten sie dem kleinen Leichnam ein Beutelchen mit Erde vom Ölberg aus Jerusalem.

Wenn der Messias dereinst käme und seinen Namen aufriefe, würde er so seine Auferstehung nicht verpassen.

Von Klageweibern hatten die sieben Mädchen bislang nur vage gehört und meist nur mit Schaudern. Anders als den sonst überall herumstromernden Kindern der anderen Familien war den Töchtern des fortschrittsgläubigsten Juden des Landkreises der Aufenthalt im Schtetl streng verboten. Bei Strafe sollten sie sich im litwakischen oder chassidischen Teil von Schwetz ja nicht blicken lassen. Das jüdische Viertel lag direkt unten am Ufer der Weichsel und wurde jedes Frühjahr überschwemmt. Tagelang konnte man sich nur von Haus zu Haus auf Kähnen treiben lassen, wenn man sich besuchen oder den Markt erreichen wollte. Dort, in der für die Kohanim-Töchter verbotenen Stadt von Schwetz, regierte Rabbi Menachem Streisand, der »angeborene Feind« des Kohanim. Es war auch das Reich der Ratten, Flöhe, Läuse, Wanzen, der Krätze. Selbst die Cholera und die Ruhr verkehrten hier ab und zu. Von den einheimischen Pocken, dem Typhus, der Diphterie, der Kinderlähmung und der gerade epidemisch um sich greifenden Schwindsucht ganz zu

schweigen. »Außer für mildtätige Besuche ist das kein Ort für uns!«, mahnte meine Urgroßmutter. »Schon aus Gründen der Hygiene!«
Zur Bekräftigung erinnerte sie refrainartig an die letzte Cholera-Epidemie, die im Schtetl von Schwetz ihren Anfang nahm. Die Gefahr war begründet. Regelmäßig, wenn im Frühjahr die Überschwemmungen nachließen, faulte auch das Wasser in den koscheren Brunnen der zugezogenen Juden aus Russland und Galizien, so dass alle Chassiden an Furunkeln und Geschwüren litten. Zu ihrer absonderlichen Kluft und Haartracht waren sie zusätzlich mit eitrigen Beulen an Haupt und Gliedern gezeichnet und sahen zum Fürchten oder Erbarmen aus.
Es lag auf der Hand, dass die alteingesessenen Juden, die Krawatten-Juden, die Deutsch sprachen, sich rasierten und nach Eau de Cologne dufteten, mit den finsteren, schmuddeligen, nach Knoblauch, Schmutz und Armut stinkenden jiddelnden Kaftan-Juden vom Weichselufer nicht das Geringste zu tun haben wollten. Man mied sie wie Aussätzige. Das beruhte auf Gegenseitigkeit. Die hochgelehrten Litwaken, die sich für die einzig wahren Orthodoxen hielten, als auch die eher primitiven, spirituell-schwärmerischen Chassiden betrachteten die assimilierten deutschsprachigen Glaubensbrüder als Apikores, als abtrünnige Juden, die ihnen sogar noch verächtlicher schienen als reine Gojim.
Meine halbkindliche Großmutter und ihre sechs Schwestern begrüßten dieses unverhoffte exotische Spektakel indes mit Begeisterung. Endlich kam etwas

Würze in den faden Tag! Endlich konnte man diese seltsamen Wesen einmal aus der Nähe betrachten. Atemlos, mit offenen Mündern verfolgten sie das Treiben der Klageweiber, als sähen sie Akrobatinnen im Zirkus zu. Besonderes Interesse weckte dabei eines der Klageweiber, das noch bizarrer als die anderen lamentierte. Unter dem Kopftuch der Frau zeigten sich zudem lange blonde Zöpfe! Rothaarige gab es unter den Chassiden aus Vorderasien ja viele, aber Blondinen? Die Mädchen bekamen kreisrunde Augen.
Davon abgesehen waren die Bewegungen der Frau mit dem Blondschopf für ein mittelaltes Klageweib zu jugendlich. Feixend blinzelten sich die Schwestern zu. Hier bahnte sich ein mittlerer Skandal an. »Mensch, das ist ja Oda!«, flüsterte Fanny ihrer jüngeren Schwester Martha zu. »Nebbich!«, ranzte Martha beleidigt zurück, denn Oda war Marthas beste Freundin. »Doch!«, beharrte Fanny. »Guck mal ganz genau hin. Das *ist* deine Zucker-Oda und keine andere!« Jetzt erkannten die anderen Schwestern sie auch. Alle prusteten los. Das theatralische Gestikulieren des verdächtigen Klageweibes brach daraufhin jäh ab. Ihr Klagegeschrei begann seltsam zu zittern und ging in ein Glucksen über. Hals über Kopf lief sie davon. Die anderen Klageweiber und die Frauen von der Beerdigungsgesellschaft glotzten ihr blöde nach. Johlend stolperten ihr die sieben Kohanim-Mädchen in Holzpantinen auf dem glasigen Schnee rutschend und halb ausgleitend hinterdrein.
Draußen an den vereisten Brombeersträuchern hinter der Scheune riss sich das fliehende Klageweib trium-

phierend das Kopftuch herunter: »Na?! Da seid ihr baff, was?!« Oda! »Kolossal epochal!«, grölte Elli und boxte Oda anerkennend auf den Oberarm. »Enorm schneidig, die Jungfer! Da schau eener guck!«
Die Mädchen bogen sich vor Lachen. Dem weltweiten Lachverbot bei Trauer zu trotzen, welch ein herrlich ruchloser Spaß! Reihum äfften sie das exaltierte Getue der Klageweiber nach. Seltsamerweise war die protestantische Oda ihnen allen im Jiddeln überlegen. Kreischend stießen sie die Zeigefinger in Richtung Oda und krümmten sich vor Lachen. Tränen liefen ihnen die Wangen runter, bis sich Martha vor Lachen in die Hose gemacht hatte. Ein neuer Grund für Gejohle und juchzendes Gelächter. Doch plötzlich, wie aus dem Boden geschossen, stand ein streng blickendes Gespenst im matschigen Schnee: der Vater!
Als Erste fasste sich Franziska. Knicksend mit vor Lachen geröteten Augen und sich wegen der Seitenstiche das Zwerchfell haltend, meinte sie so harmlos wie möglich: »Tschuldigung, Papa! Aber diese *Klageweiber*! Wir konnten einfach nich' mehr. Und anstatt vor ...« Wieder schüttelte sie ein Lachkrampf: »... anstatt vor der Leiche zu lach..., zu laaaaccccchhhheeeennnn ...« Wie Fontänen spritzen ihr dabei die Lachtränen aus den Tränendrüsen. Ihr Kopf lief puterrot an. Ein neuer Lachkrampf zwang sie halb in die Knie.
Stumm und mit zornig zusammengepresstem Mund verwies mein Urgroßvater seine ungeratenen Töchter ins Haus. Der herrisch ausgestreckte Arm mit gebieterischem Zeigefinger genügte. Wie eine von Füchsen gehetzte Gänseschar stoben sie auf und davon. Fränze,

vom Gelächter noch geschwächt, taumelte als Letzte hinterdrein und hielt sich japsend die Seiten. Nur Oda blieb mit gesenktem Haupt stehen, trat verlegen von einem Fuß auf den anderen, wünschte sich ganz weit fort und fror plötzlich ganz fürchterlich. Allein stand sie nun vor dem hoch aufgeschossenen Mann, den sie gleichermaßen fürchtete und heimlich bewunderte. Verglichen mit ihrem feisten Vormund daheim wirkte der Vater ihrer Freundin Martha richtig vornehm, fand sie. Außerdem hatte er den sephardisch-schmalen Schädel, was man in ihren Groschenromanen »edel« nannte. Sein Haupthaar mit Bart umrahmte das bleiche Gesicht mit den skeptischen bernsteinfarbenen Augen wie ein Helm mit offenem Visier. Nur seine linke Augenbraue flatterte. Ein Familientick, wie Oda von Ihrem Stiefvater wusste. Samuel Kohanims Stimme wollte beherrscht und mit Autorität auftrumpfen. Dazu klang sie aber zu rau, wütend und verletzt. Die fünfzehnjährige Oda schämte sich jetzt tatsächlich in Grund und Boden. Ein Wohltäter für die Armen war der Kohanim und ein Förderer der Künste! Die Geschichten ihrer geldgierigen Familie wussten nichts von Kunstsinn oder gar Mildtätigkeiten zu berichten. Bei ihr daheim drehte sich fast alles um Geschäftsanbahnung, Bankenkräche, zu Protest gegangene Wechsel, Geldheiraten, Erbschaftsstreitigkeiten, Prozesse um Liegenschaften, Intrigen und Profit. »Jesses, wie banal!«, stöhnte Oda jedes Mal. Sie schämte sich der ignoranten Borniertheit und eingefleischten Gewinnsucht ihrer Sippe. Ihr Clan war ein unübersichtliches Konglomerat von Russisch-Orthodoxen sowie

Protestanten und Lutheranern, in der sich alle von Herzen spinnefeind waren. Nur bekamen Oda und ihr älterer Bruder Rudolf seltener etwas von den heftigen innerfamiliären Glaubenskriegen und Geldgesprächen mit. Sie wussten nur, dass ihrem leiblichen Vater, dem von Güldner, einst eine russisch-orthodoxe Beisetzung verwehrt wurde. Der Grund des Popen: Die Kinder des Verblichenen, sie und Rudolf, waren nicht russisch-orthodox getauft! Die ganze Trauergesellschaft machte deshalb damals mit dem Sarg vor der russisch-orthodoxen Kirche in Lodz kehrt und begrub den Leichnam bei den Lutheranern. Seitdem waren die von Güldners lutherisch und betrachteten fortan alle Russisch-Orthodoxen in der Familie als Verräter.
Für Gustav von Steinfeld, Odas Stiefvater und Vormund, waren die Mündel Rudolf und Oda als Stiefkinder aus der ersten Ehe der Frau Baronin zweitrangig. Oda und Rudolf mussten deshalb am Katzentisch oder bei den Dienstboten in der Küche essen. Schon um nicht weiter den Hänseleien ihrer privilegierten nachgeborenen sechs Geschwister ausgesetzt zu sein, die den Katzentisch regelmäßig mit Brotkügelchen und Knochen unter Beschuss nahmen, wenn die Erwachsenen wegsahen, zogen Oda und Rudolf die Gesellschaft der Dienstboten bald vor. Für diese Schmach rächten sie sich am Rest der Familie, wo es nur ging. Weihnachten, als sich die angereiste Verwandtschaft in Festtagslaune zum Ball versammelt hatte, erschienen Rudolf und Oda nicht zur Festtafel. Als man sie holen ließ, zeigten sie sich nicht in der angeordneten Festtagsgarderobe, die ihnen aus Bromberg geschickt wor-

den war. Sie stolzierten in den üblichen schäbigen Kleidern, einem erbarmungswürdigen Sammelsurium aus alten abgelegten fadenscheinigen Kleidern der Familie, herum. Diese Kleidung taugte in anderen besseren Häusern höchstens für Dienstboten oder als milde Gabe an die Pächterskinder in den Gesindekaten. »Zur Feier des Tages tragen wir heute die ganz guten Sachen!«, verkündeten sie jubelnd.
Die Eltern waren vor der ganzen Familie und im Landkreis blamiert. Rudolf und Oda bekamen eine derartige Tracht Prügel, dass sie bis Neujahr in ihrem aufgezwungenen Festtagsstaat weder sitzen noch liegen konnten. Trotzdem fühlten sie sich wie Sieger. »Keile vergeht, Arsch besteht!«, hieß die Losung.
Am Neujahrsmorgen erwachte Oda deshalb außer mit einem verbläuten Hinterteil auch mit einer Idee. Ihre penibel geführte Liste über erhaltene Schläge und erlittene Schikanen legte sie ad acta. In ihrer Wut entwarf sie einen Kriegsplan nach dem anderen. In Geheimschrift, in die nur ihre Freundin Martha Kohanim eingeweiht war, verzeichnete sie jede mögliche Revanche, um sich daran zu erbauen. »Oda, mir graut vor dir!«, meinte Martha, aber gleichermaßen genoss sie es. Der Klageweiberstreich war Teil dieses Plans. Kein sonderlich guter, wie ihr jetzt schwante.
»Ich werde mit deinem Vormund reden müssen. Wolltest du unsere Religion verhöhnen, oder was hast du dir dabei gedacht?« Kopfschüttelnd griff Samuel Kohanim nach Odas Kinn, drehte prüfend ihren Kopf hin und her und studierte eingehend die Asche in Odas Gesicht und dann ihre bizarre Verkleidung, die

an der Ziehtochter des deutsch-russischen Schnaps- und Zuckerzaren von nebenan doppelt seltsam aussah. Oda traten nun vor Reue Tränen in die Augen. Wenn sich doch der Erdboden öffnete!, betete sie still. Wie sollte sie Marthas Vater erklären, dass neben Rachegelüsten gegen die eigenen Eltern manche Kinder einfach der Verlockung nicht widerstehen können, für fünf Minuten eine Bettlerin, eine Marktfrau oder ein jüdisches Klageweib oder sonst eine andere Person zu sein? Das war doch, als lebe man ein anderes Leben auf Probe. Warum verstanden das Erwachsene eigentlich nicht?

Die Einzige, die sie da verstand, weil sie auf ihre ganz eigene Art das gleiche Laster teilte, war Martha, die fünfte Kohanim-Tochter.

Die Freundschaft zwischen Oda und Martha blühte im Verborgenen. Zum Harmoniezwang des Landkreises Schwetz gehörte, dass Deutsche, Polen, Kaschuben und Juden in der Stadt und den Dörfern zwar gemeinsam siedelten, dabei aber in Wahrheit drei bis vier streng voneinander getrennte Welten bildeten, die sich feindselig belauerten. Hinzu kamen die nicht minder bewachten Standesschranken. Selbst die niedrigste Küchenmagd der polnischen Grafenfamilie fühlte sich so der Hüterin des Spülsteins der deutsch-russischen Fabrikantenfamilie von Steinfeld oder gar den Dienstboten des noch weiter nachrangigen jüdischen Holzkönigs Kohanim überlegen.

»Na, wir sprechen uns noch!«, drohte Samuel Kohanim, und seine flatternde Augenbraue gab dazu ein optisches Tremolo. Gemäß der Logik der Verhältnisse

schloss Oda daraus, dass der Kohanim sie nicht bei ihrem Vormund anschwärzen würde. Wenngleich ihre beiden Familien Nachbarn waren, verbot es die Etikette, miteinander zu verkehren. Die alteingesessenen jüdischen Kohanim betrachtete man als Parvenus in Schwetz und Preußen. Sie galten nach der Logik der Zeit den ebenfalls neureichen von Steinfelds, die ihr Adelsprädikat einst in Moskau für zwanzigtausend Rubel erworben hatten, als nicht »satisfaktionsfähig«. Duelle mit Degen oder Pistolen waren zwar lange verboten, nicht aber die verklärte alte Ordnung, die zur Satisfaktionsfähigkeit zwischen oben und unten, fein und unfein sortierte, wenngleich meist theoretisch. Meine Ahnen waren zweifellos unfein!
Samuel Kohanim hätte sich demzufolge schon mit einem Brief über die Unarten der Stieftochter des Zuckerzaren beschweren müssen. Das wäre unter seiner Würde, spekulierte Oda. Für den doppelten Tabubruch, der ihrem Vormund dann auch noch von einem *Juden* hinterbracht werden würde, rechnete sich Oda eine doppelte bis dreifache Tracht Prügel mit dem Siebenstriem aus, der siebenschwänzigen Lederpeitsche mit Eisennieten auf den Riemen, dem bevorzugten Züchtigungswerkzeug ihres Stiefvaters gegen Vieh, Gesinde, Frau und Kinder. Nach Lage der Dinge schien das eher unwahrscheinlich. Erleichtert atmete Oda auf und trollte sich.
Dennoch nahm sie sich den Vorfall zu Herzen und beschloss, sich das alles eine Lehre sein zu lassen. Ihre Streiche würde sie künftig weniger kindisch planen. »Schwein gehabt!«

Den verschossenen schwarzen Rock in der Taille geschürzt, hüpfte Oda leichtherzig pfeifend durch den überfrierenden Schneematsch heim. Ihr Bruder Rudolf würde Augen machen, wenn sie ihm alles erzählte. Das ließ ihr Herz höherschlagen.

Die Strafverteidigerin

Die Zeit meiner ersten Therapiesitzung ist lange abgelaufen. Demonstrativ raschelt Frau Dr. Vogelsang mit ihren Papieren. Die Sechs auf ihrer Stirn ist erschlafft. Müde baumelt sie nun als Haken vor ihrem rechten Auge herum. Offenbar stört es sie nicht. Sie nimmt die Armbanduhr vom Clipboard und legt sie sich umständlich an. Gerade als sie ihre Papiere knisternd mit Schwung zusammenrafft, klopft es an der Tür. Es ist ein formales Klopfen, denn ohne eine Aufforderung abzuwarten, marschiert mit quietschenden Gummisohlen auf dem honiggelben Linoleum der Oberarzt der Geschlossenen, Dr. Lauer, in meinen Raum. Flüchtig nickt er mir zu.
»Gut, dass ich Sie beide gleich antreffe!«, freut er sich. »Die Patientin wird auf Station vier verlegt, auf die Allgemeine Neurologie!«
»Wie schön, dass ich jetzt nicht mehr gemeingefährlich bin! Wie komme ich denn zu dieser unvermuteten Ehre?«, flöte ich belustigt.
»Sie haben offenbar eine sehr, sehr tüchtige Rechtsanwältin.«
Dr. Lauer schneidet dabei eine Grimasse. Tourette-Syndrom? Ein Psychiater-Tick? Bevor ich noch etwas sagen oder fragen kann, stürmt die Oberschwester mit zwei Hilfsschwestern ins Zimmer. Mit ihrer demonstrativen Betriebsamkeit wollen sie offenbar ihren Chef

beeindrucken. Mit rekordverdächtig flinken, effektiven Griffen reißen sie alle Schränke und Schubladen auf und – ehe ich mich in meinem sanften rosa Tablettenrausch versehe – packen alle meine Habseligkeiten auf mein Bett und schieben mich samt den Sachen schon aus dem Zimmer auf den menschenleeren Gang und in den Bettenfahrstuhl.
»Dann noch alles Gute!«, ruft mir Dr. Lauer formell gut gelaunt hinterher. Er ist ein Mann mit grauer Gesichtsfarbe, zu tiefen Augenringen und macht immer den Eindruck, als stünde er unter einer hohen Dosis Ritalin plus Stimmungsaufhellern. Für so etwas bekommt man hier einen Blick.
»Das neue Zimmer haben Sie auch wieder ganz für sich alleine«, verkündet mir die junge Lernschwester freudestrahlend, »... und Sie haben schon Besuch!«
»Mein Sohn oder meine Tochter?«, frage ich hoffnungsvoll.
Sie lacht: »Nein, eine Person, die sich wirklich um Sie kümmert: Ihre Rechtsanwältin! Haha!«
Sie hält das für einen guten Witz. Ich auch.

Rollen durch endlose Korridore, mal dunkel, mal hell, durch unzählige Türen, die erst aufgeschlossen und zugeschlossen werden müssen, und solche, die sich wie von Geisterhand öffnen, quietschen oder scharren, dann werde ich endlich in ein Zimmer geschoben, das so hell ist, dass ich blinzeln muss. »Sie haben Glück, das ist die Privatstation!«
Ehe ich mich wundern kann, tritt Frau Kühnel, meine

Rechtsanwältin, lächelnd an mein Bett. Sie reicht mir ihre kalte Rechte.
»Jetzt sind Sie eine reguläre Patientin!«, verkündet sie selbstzufrieden. »Sie müssen auch keine Untersuchungshaft mehr fürchten!«
Ich muss wohl ein ziemlich verdutztes Gesicht gemacht haben. Untersuchungshaft? An so etwas habe ich überhaupt noch nicht gedacht. Beruhigend legt sie mir ihre wertvoll beringte linke Hand auf den Arm. »Glücklicherweise konnte ich den Staatsanwalt davon überzeugen, dass Sie weder bandenkriminell noch gewerbsmäßig gehandelt haben *können*! Darum stehen Sie jetzt nur noch unter Anklage der einfachen Menschenschleusung in einem minderschweren Fall. Da Sie keine Vorstrafen haben, können Sie sich frei bewegen. Allerdings dürfen Sie das Land nicht verlassen. Ihr Pass wurde bis auf weiteres eingezogen.«
Ehe ich mich artig bedanken kann, legt sie den Finger auf den Mund und weist mit der anderen Hand auf die Wände und die Zimmerdecke. Dann deutet sie verschwörerisch mit dem Daumen auf das Bad. Bevor wir das Bad betreten, öffnet sie im Vorbeigehen schnell den kleinen Patientenkühlschrank an der gegenüberliegenden Wand meines Zimmers und legt ihr Handy hinein. Zusätzlich schaltet sie noch den Fernseher an. Auf mich wirkt das alles sehr absonderlich, aber einer renommierten Strafverteidigerin kann man das wohl nachsehen. Natürlich kann ich mir so eine Staranwältin nur teilweise leisten, denn ihre Honorare bewegen sich weit jenseits der üblichen Gebührenordnung. Aber was ich und meine Rechtsschutzversicherung nicht

zahlen können, übernimmt eine gemeinnützige Stiftung wegen eines Präzedenzfalles von gesellschaftlicher Bedeutung.
Im Bad dreht Frau Kühnel auch noch alle Wasserhähne auf. Ich wähne mich sofort mitten in einer dieser US-Fernsehserien voller Verfolgungswahn, ein Gedanke, der mir offenbar wie mit Leuchtschrift auf der Stirn geschrieben steht.
»Halten Sie mich bitte nicht für paranoid, aber ich habe in der letzten Zeit schon zu viele Schlappen erlebt, die sich nur durch Abhören oder Abschöpfen von elektronischen Medien erklären lassen! Bei Menschenschleusung und Menschenhandel werden seitens der Ermittlungsbehörden schon mal alle Register gezogen. Also lassen wir Vorsicht walten. Um es kurz zu machen: Wenn es ganz schlecht laufen sollte, werde ich auf verminderte Schuldfähigkeit wegen psychischer Erkrankung oder mit Verweis auf Ihre traumatischen Erfahrungen auf einen mildernden Tatumstand plädieren. So kommen wir auf drei Monate Haft als Strafandrohung runter. Unser Ziel ist jedoch: Niederschlagung der Anklage aus Mangel an Beweisen. Im schlimmsten Fall, weil Sie ja nicht vorbestraft sind und einen festen Wohnsitz haben, läuft das dann wohl auf eine Bewährungsstrafe hinaus. Wenn doch ein Hafturteil drohen sollte, müssen wir eine Haftverschonung wegen einer schwerwiegenden psychischen Erkrankung herausschlagen. Das ist im Großen und Ganzen die Marschrichtung!«
Frau Seraphina Kühnel setzt sich in ihrem eleganten grauen Designerkostüm auf den wackligen Duschhocker unter der Brause und schlägt die Beine über-

einander. Sie verströmt professionelle Zuversicht. Ich hocke derweil in meinem mausgrauen Jogginganzug auf dem Klodeckel und betrachte die weißen Pompons auf meinen grauen Plüschlatschen. »Wenn Sie meinen«, brabbele ich unschlüssig in das Geplätscher der aufgedrehten Wasserhähne.
Sie zieht ein Notizbuch aus ihrer großen Umhängetasche. Blättert. »Wie sieht es bei Ihnen mit den elektronischen Medien aus? Was könnte die Staatsanwaltschaft da finden?«
»Ich glaube, ich habe an alles gedacht«, nöle ich zögerlich vor mich hin. Dann gebe mir einen Ruck und komme aus der Deckung. Schließlich ist sie ja meine Anwältin. »Soweit ich mich erinnere ...«, wir lächeln uns einverständig an, »... habe ich das Handy zerstört, vor allem die Simkarte, und ins Wasser geworfen. Die Festplatten aus dem Notebook habe ich ersetzt und harmloses Zeug auf die neuen Festplatten kopiert. Meinen Facebook-Account habe ich schon lange nicht mehr. Ansonsten habe ich nur in Internetcafés gesessen. Da gibt es nichts, was man mir irgendwie aus dem Netz anhängen kann.«
Sie nickt mir zufrieden zu. »Schön, dass Sie das noch wissen«, sie grinst. »Gibt es sonst noch Mitwisser, Zeugen, mögliche Beobachter?«
»Keine! Das versteht sich doch von selbst!«
Ich mache eine viel- und nichtssagende Geste mit hochgezogenen Schultern und nach oben gerichteten Handflächen. Meine Strafverteidigerin guckt mich skeptisch an: ›Alle Mandanten lügen‹ steht ihr auf der Stirn geschrieben.

»Ich werde mich dann mal um die Mitbeschuldigte kümmern, die Frau, die mit Ihrem Ausweis eingereist ist. Um Frau ... Frau Nasi –«
»Nasi Gohari!«, souffliere ich.
»Richtig! Erinnern Sie sich auch, wie man das schreibt?«, sie lacht. »Also machen wir uns nichts vor: Das Einzige, das mir wirklich Sorgen bereitet, ist Ihr früherer Beruf und dass man Ihnen zutrauen könnte, so eine Sache einzufädeln und durchzuziehen.«
Ich stehe etwas auf der Leitung: »Was ist denn an einer ehemaligen Journalistin so schlimm? Werden denen keine Handtaschen geklaut?«
Frau Kühnel verdreht die Augen. »Na, jetzt enttäuschen Sie mich aber! Alles, was hier nach Intelligenz und Cleverness riecht, ist in diesem Verfahren für Sie hinderlich! Ich muss doch glaubhaft machen, dass man Sie übertölpelt hat und dass Sie auch sonst kein Wässerchen trüben können. Ob der Richter uns das abnimmt, ist eine andere Frage, vor allem wenn tatsächlich Richter Dörfler den Vorsitz führt. Der kann schlaue Frauen überhaupt nicht ab. Da müssen wir uns schon sehr warm anziehen. Da muss selbst ich ein Kilo Kreide fressen.«
Bislang war ich nur diffus besorgt, jetzt bin ich alarmiert.
»Na, na«, tröstet sie mich, »nur keine Panik, man muss es Ihnen erst mal nachweisen können.«
Ich schlucke.

Die biblischen Plagen

Der Kohanim'sche Haushalt hatte sich nach dem Tod des letzten Stammhalters in ein Tollhaus verwandelt. Das christliche Gesinde hielt teils verstört, teils sensationslüstern Maulaffen feil, während die Frauen der Beerdigungsgesellschaft ungerührt ihren Dienst an der Kinderleiche versahen. Die Mädchen, zwischen nervösem Gekicher und Angst vor väterlicher Strafe hin- und hergeworfen, sollten eigentlich oben in ihren Zimmern hocken und Bußgebete sprechen. Natürlich dachten sie nicht daran. Immer wieder schlichen sie neugierig über den Flur, um hinter dem Pfosten über die Balustrade des oberen Stockwerks zu spähen.
Was hier fehlt, ist die Würde, die der Tod verdient, auch wenn der Tote nur ein Säugling ist!, dachten die Bediensteten.
Mindel war weit und breit nicht zu sehen. Ihre Pflicht war erfüllt. »Tod ist Männersache!«
Wortlos drückte Samuel Kohanim jedem Klageweib ein Geldstück in die Hand. Hastig haschten die Frauen nach den Münzen und schlüpften linkisch dankend durch die Tür. Mit Trostworten und Segnungen verabschiedete sich die Beerdigungsgesellschaft und ließ Samuel mit seinem aufgebahrten toten Söhnchen zurück. Lange starrte er mit feuchten Augen auf den winzigen Leichnam mit den zu großen Tonscherben auf den kleinen Augen. »Mit den Kohanim ist es also

aus!«, seufzte er, baute sich im Gebetsumhang vor dem Fenster auf und wippte unwillkürlich mit den Zehen. Zwangsläufig hielt er nun Rückschau auf die gewesenen Kohanim. Eigentlich hielt er den Kult des Erinnerns für eine dieser Krankheiten, die mit zunehmendem Alter auftraten und in immer heftigeren, längeren Schüben um sich griffen, bis man ganz in ihnen versank. Außerdem misstraute er Familienlegenden prinzipiell. Wie bei Stalagmiten und Stalaktiten in Tropfsteinhöhlen lagerte doch jede Generation nur die Sedimente ihrer Fantasien ab. Selbst wenn man bloß zwei Generationen zurückblätterte, war Wahrheit von Dichtung kaum mehr zu entflechten.
Wenn er an den Ahnvater aller Kohanim in Westpreußen, Baruch Kohanim, dachte und an dessen streitbare Schwester Zippora Orenstein, die den Überlieferungen zufolge allesamt Heilige gewesen sein sollten, so konnte er nur den Kopf schütteln. In Wahrheit war nicht die Frömmigkeit, sondern das Außenseitertum und die Rebellion gegen das Althergebrachte das Erbe der Kohanim. Und zum Ärger und Verdruss aller Heuchler lag immer Segen darauf.
»Vielleicht ist das das Geheimnis von Heiligkeit?«, philosophierte er vor sich hin. »Man erteilt sich selbst einen ehrenwerten Auftrag, setzt sich über alles hinweg und hat Erfolg damit.«
Sein Blick blieb am Gemälde hängen, das sich die Kohanim vor hundert Jahren von ihrem Ahnherrn Baruch anfertigen ließen. Ein reines Fantasieprodukt. Dort blickte ein ziemlich finster dreinschauender Baruch Kohanim unter einer schwarzgrauen Locken-

mähne mit Samtkippa streng auf seine Nachkommen herab. Das Kinn ließ er dabei entschlossen auf der Brust ruhen, so dass sein halblanger Bart wie ein Biesendach seinen Hals bedeckte und in einem eigentümlichen Widerstreit mit einem Jabot aus weißer Seide stand. Seit jenen Tagen im 17. Jahrhundert war viel Wasser die Weichsel hinuntergeflossen. Tatsache war aber auch, dass seit längerem irgendein Übel am Stamm der Kohanim fraß. War es nicht schon schlimm genug, dass alle seine Söhne starben? Waren die Töchter, mit denen er geschlagen war, nicht ein noch viel größeres Unglück?

Hinter seinem Rücken nannte man seine Töchter im drei Kilometer entfernten Dorf Osche »die sieben biblischen Plagen«. Biblisch verstand man als jüdisch, zur Unterscheidung von den üblichen Plagen im Dorf: das jährliche Hochwasser, der Alkohol, die Rauflust der Jugend, der Aberglaube und, und, und.

Außer Fanny, der Ältesten, deren Gesicht die Masern durch eine halbseitige Lähmung entstellt hatten, so dass ihre linke Gesichtshälfte wie schlaffer Hefeteig herunterhing, war jede seiner Töchter ein Ungeheuer ganz eigener Art, fand er. Geistergläubige hätten jeden Eid geschworen, dass jemand eine Horde von Teufeln, Dibbukim, auf die Seelen seiner Töchter losgelassen hatte.

In Elli, seiner Drittältesten, schien ein gojischer Landsknecht zu wohnen. Anstatt zu laufen, rannte sie, sprang über jede Mauer, ja selbst vom Dach, und hatte heimlich im neben dem Gesindehaus vorbeifließenden Schwarzwasser das Schwimmen gelernt. Anstatt Mono-

gramme in ihre Aussteuer zu sticken, wie andere jüdische Mädchen in ihrem Alter das taten, veranstaltete sie mit den übelsten polnischen Straßenjungen Faustkämpfe, dass die Fetzen flogen, wenn sie nicht gerade in skandalös wadenlangen Röcken Tennis spielte, die sie dann auch noch schürzte, oder gar noch skandalöser: auf Pferde ohne Damensattel stieg, um unzüchtig wie ein Mann mit dem Gaul zwischen den Schenkeln in vollem Galopp auf Flaschen und Tauben zu schießen. Einerseits hatte das zwar die segensreiche Wirkung, dass die polnischen und deutschen Kinder im Dorf aus Angst vor Elli die jüdischen Kinder nicht mehr mit Steinen, Moder und steinhaltigen Grasbüscheln bewarfen oder hänselten, doch Elli blieb ein wandelnder Skandal. Sicher, als Junge wäre sie ein Dorfheld, ein zwar ganz untypisch streitsüchtiger Jude, aber immerhin ein Kerl, der seinen Eltern Ehre machte. Doch wo fände sich ein seriöser Jude, der so ein Mannweib wie Elli einmal zur Frau nehmen würde?
Ein weiterer Seufzer galt Selma. Seine Zweitälteste, Selma, hatte schon mit sechzehn das doppelkinnige Gesicht ihrer Mutter mit engstehenden, unangenehm stechenden Augen und vereinigte den unerschütterlichen Starrsinn eines senilen Maulesels mit dem hitzigen Temperament und der bezwingenden Beredsamkeit eines Levantiners. Außerdem entwickelte sich seine zweitälteste Tochter zu einer Bildungssüchtigen, in der offenbar der Dibbuk eines Chassiden steckte, denn Selma pflegte aus jugendlichem Aufruhr gegen den Vater einen ausgeprägten ultraorthodoxen Fimmel.

In der ständig albern vor sich hinträllernden Jenny, seiner Zweitjüngsten, wohnte offenbar der Geist einer hirnlosen Soubrette. Aber konnte es unter all diesen Unglücksfällen ein noch größeres Unglück geben, als mit einer Tochter wie Martha geschlagen zu sein?
Martha, die drittjüngste der Schwestern, war hässlich, dumm wie ein Huhn, verlogen wie Münchhausen und dazu noch ständig krank. Mal waren's die Nerven, dann ein Hautleiden, dann wieder Asthma. Allein schon ihre quäkende Stimme konnte ihn in Rage versetzen. Natürlich ließ er sich das nicht anmerken, denn er behandelte alle Töchter gleichermaßen teilnahmslos und hielt das für gerecht.
Mit einem weiteren Stoßgebet dachte er an Franziska, die »Mittlere«, genannt Fränze, die ihm eigentlich die liebste war. Noch eigentlicher war er aber davon überzeugt, dass seine schöne, kühle Franziska, die bedenken- und herzlos wie eine Nihilistin war, irgendwann konvertieren würde, oder Schlimmeres. Der war alles zuzutrauen.
Und Flora, seine Jüngste? Großer Gott, sie war ja schon jetzt so scheinheilig und falsch wie eine Katholikin!
Kurz: Mit Ausnahme der entstellten Fanny, fand er, waren alle seine Töchter vollkommen missraten, aufsässig und weder im Guten noch im Bösen zu lenken. Bei Söhnen hätte er diese oder jene Eigenschaften vielleicht noch als Charakter gelten lassen, doch bei Töchtern war Charakter dieser Art so entbehrlich wie ein Geschwür am Hintern und brachte nur Scherereien. Was machte die neue Zeit nur aus den Jüdinnen? Alles war in Auflösung geraten und schien auf ein unab-

wendbares Unheil zuzusteuern. Die Ironie des Schicksals wollte aber, dass ausgerechnet er, der immer den Optimismus des Fortschrittsgläubigen gepredigt hatte, jetzt immer ratloser wurde und sich vorkam wie der Zauberlehrling, der die Geister, die er rief, nicht mehr loswurde. »... und darum straft ihn Gott!«

Diese Verwünschung seines Erzfeindes Rabbi Streisand angesichts des Wegsterbens seiner Erben war das Letzte, woran er jetzt erinnert werden wollte. Andererseits konnte er sich nicht der Frage entziehen, seit wann sich das Verhängnis bei den Kohanim eingenistet hatte und in seinem Hause Unheil auf Unheil ausbrütete wie eine Schlange ihre Eier. Begann das eigentlich *vor* oder *nach* dem Schulkrieg?, fragte er sich nun halb abergläubisch und ärgerte sich dabei über sich selbst.

Dabei war es damals doch nur um die Einführung der allgemeinen Schulpflicht in Preußen gegangen, wie er fand, ein echter Fortschritt für alle, ob Juden, Nicht-Juden, Jungen und Mädchen. Entsprechend setzte er sich dafür ein, und alle Orthodoxen fielen prompt über ihn her. »Ein Jid gehört in die Talmudschule, den Cheder, um den Talmud, die Thora und die Schriften zu studieren. Was soll ein Jid von Ungläubigen lernen, außer ihren Unglauben, Schweinefleisch zu essen und Gotteslästerei? Das ist das Ende der Judenheit und somit das Ende der Welt!«, prophezeite sein Widersacher Rabbi Streisand, der oberste Chassid des Landkreises.

»Dieser aufgezwungenen Sünde kann ein gottesfürchtiges jüdisches Schulkind nur entgehen«, eiferte der Streisand nach Durchsetzung der Schulpflicht weiter,

»wenn, wann immer in der Schule der Ungläubigen der Name des jüdischen Verräters Jesus Christus fällt, das jüdische Kind ausspuckt und dazu ein Vermaledeit-und-ausgemerzt-sei-Er! spricht!«
Es lag auf der Hand, dass den Schulkindern, die fromm und brav dem Gebot des Rabbi Streisand folgten, keine großen Schulerfolge, dafür jedoch umso mehr Schläge ihrer christlichen Mitschüler beschieden waren. Die Prügel war man gewohnt und ertrug sie stolz als Zeichen der Auserwähltheit vor Gott wie all die Generationen von Juden zuvor. Doch die Dummheit und deren ständige Begleiterin, die Armut, fürchteten die Juden im Landkreis noch mehr. Also schickte man die Kinder, ob es dem Rabbi gefiel oder nicht, in die öffentliche Schule. Dann hatte man auch keine Scherereien mit der preußischen Obrigkeit.
Das Vermaledeit-und-ausgemerzt-sei-Er! bei Nennung des Heilands dachten sich die jüdischen Schulkinder im Kreis Schwetz bald nur noch im Stillen, das Ausspucken wurde zu einem unverdächtigen »Tja!« oder zu einem verzischten »Tzh«, das dann auch immer seltener fiel, bis man es irgendwann ganz sein ließ und vergaß.
Eigentlich hatte Samuel Kohanim auf ganzer Linie gesiegt! Jedoch um den Preis, dass Rabbi Streisand den Kohanim nun noch mehr hasste. Samuel aber wollte ein Beispiel an wahrer Gottesgefälligkeit geben und Milde üben. Aus Zartgefühl gegen den unterlegenen Rivalen unterließ er sogar die üblichen Spitzen, für die er berüchtigt war. Damit nicht genug! Nach der nächsten Polemik seines Widersachers demonstrierte er

Großmut: Den notleidenden Chassiden spendete er »ein ordentliches Gehalt« für ihren Rabbiner. Dafür hasste der Streisand ihn nur noch mehr, und um zu demonstrieren, dass seine religiösen Überzeugungen so schon gar nicht käuflich waren, hetzte der Rabbi umso heftiger gegen den Kohanim, ja drohte sogar mit dem Bannfluch. Doch genau an diesem Punkt riss Samuel der Geduldsfaden. Ab sofort stellte er seine mildtätigen Zahlungen an die armen chassidischen Brüder ein: »Ja, bin ich ein Schmock, lass mich beleidigen und zahl noch dafür? Soll der Kerl doch zusehen, wer ihn bezahlt!«

... und dafür straft ihn Gott!? Nebbich!

Sein Gott war weise und großherzig und kein kleinlicher Buchhalter, der den Menschen mit engherziger Eifersucht und der Grämlichkeit alter Männer zusetzte. Als er nun zu dem kleinen Bündel hinüberschaute, in das er bis vor kurzem all seine Hoffnungen gesetzt hatte, wusste er, dass ihm mit dem letzten Sohn nun auch der letzte Rest seines Glaubens abhandengekommen war. Gott hatte den Kohanim die Gnade entzogen. Wozu hatte er die Sägemühle vom Grafen gekauft, wenn da niemand wäre, der sein Werk fortsetzen würde? Ein weiteres Mal hatte der Kohanim der polnischen Grafenfamilie seine Verbundenheit bewiesen. An den Solkowskys, aber auch an sich hatte er ein gutes Werk getan, als er seinem ehemaligen Dienstherrn noch einmal aus den drückendsten Schulden heraushalf, indem er ihm das Sägewerk zu einem überhöhten Preis abgekauft hatte. Ein letztes Mal. Es war ein Jammer. All das, was Generationen von polnischen Bauern erschuftet und Generationen von Kohanim für die gräflichen Solkowskys als Verwalter erwirtschaftet hatten, verspielten diese Landherren in Baden-Baden in wenigen Nächten. Die gräfliche Kartoffelschnapsbrennerei, die unter den Hammer zu kommen drohte, wollte Samuel dem Solkowsky allerdings nicht abkaufen. Er riet auch allen anderen Juden dringend davon ab. »Soll es wieder heißen, dass die Juden die Bauern zum Trinken verführen, um sie in den Ruin zu treiben?« Alles, was die Neigung zu Pogromen förderte, hatte tunlichst zu unterbleiben. Am Frieden muss man unablässig arbeiten wie in einem Weinberg, das war seine feste Überzeugung. Viele Juden meinten allerdings, dass richtige Pogrome in Preußen inzwischen völlig undenkbar wären. »Man hat schon Pferde vor Apotheken kotzen sehen!«, warnte Samuel diese eingefleischten Optimisten. »Ein Jude ohne Wachsamkeit ist ein toter Jude!« Die letzten Übergriffe gegen Juden vor ein paar Jahren in Preußen waren ihm Warnung genug gewesen. »Nein, diese Deutschen haben harte Herzen, in denen steckt ein kalter Hass, der mit trügerischem Biedersinn Frieden verspricht.« Er jedenfalls ließ sich davon nicht täuschen!

Da waren ihm die Polen schon lieber. Anders als die Pogrome in Russland, die neben Raub Mord und Totschlag bedeuteten, glichen die Ausbrüche der Polen gegen die Juden seinem Empfinden nach eher den Tobsuchtsanfällen eines geplagten Ehemannes, der in regelmäßigen Abständen sein Weib durchprügelt, wenn er ausreichend unglücklich ist und genug Schwarzgebrannten intus hat. Danach tat's ihm dann leid, und man war sich wieder gut. Für eine Weile. So war es hier doch immer! Damit kannte man sich aus. Samuel Kohanim traute ja noch nicht einmal dem russischen Deutschen von nebenan, den er für die Schnapsbrennerei nach Osche geholt hatte. »Der Kerl hat das Gemüt eines Krokodils«, lästerte er im vertrauten Kreis über seinen neuen Nachbarn, den Zucker- und Schnapsbaron von Steinfeld. Über Izrael Poznansky, den größten Tuchfabrikanten in Lodz, einen frommen Juden, der selbst in seinen Tuchwebereien Gebetsräume für seine jüdischen Fabrikarbeiter einrichten ließ, hatte Samuel seinerzeit erfahren, dass ein gewisser Baron von Steinfeld an einer Schnapsbrennerei und ähnlichen Unternehmen »weiter westlich« interessiert war. Er wollte dringend vom russisch-polnischen Lodz ins Preußische wechseln. Obwohl die von Steinfelds vom Zaren geadelte deutsch-russische Kaufleute waren und märchenhafte Liegenschaften in Russland besitzen sollten, hielten sie es seit längerem für opportun, sich weiter westlich zu etablieren, angeblich des milderen Klimas wegen.

Es musste so um die Weihnachtszeit gewesen sein, als der Kohanim dem alten Solkowsky den Handel vorschlug, denn in der Schlosshalle stand noch die große Weihnachtstanne, die die Grafen wie immer patriotisch mit weiß-roten Seidenpapierfähnchen geschmückt hatten, »solange Polen in Knechtschaft lebt«.

»Kaufadel!«, höhnte Graf Solkowsky über den »von« Steinfeld. Wahrer Adel zählte für ihn erst von sieben edlen Ahnen abwärts. Mindestens! Dass man das Adelspatent mal vom polnischen König, mal vom russischen Zaren und nach 1806 vom preußischen König gegen das Versprechen von Treue und Wohlverhalten erwarb, war der Lauf der Welt. Doch keine Kreatur unter der Sonne schien dem alten Grafen Zygmund Solkowsky so verächtlich wie ein snobistischer Emporkömmling, der sich einen Titel kauft und zu diesem Zweck sogar noch seinen Glauben verleugnet, als Protestant zum russisch-orthodoxen Glauben konvertiert und dann wieder retour, wie es so passt. »Ehrloses deutsches Pack, ohne Mut, Charakter und Rückgrat, jedem zu Diensten, der es einschüchtert oder mit der Wurst winkt!«

Darum glaubte der polnische Graf auch keinen Moment daran, dass die sogenannten »von« Steinfelds nur wegen der milderen Winter nach Westpreußen kamen. Nein, »der Sogenannte«, wie die Solkowskys den deutsch-russischen Kaufbaron tauften, wollte seine Schäfchen ins Trockne bringen. »In Russland wird es bald drunter und drüber gehen«, verriet er Samuel, der im Geiste gleich wieder Zehntausende von Juden auf der Flucht nach Preußen sah und sich und die alteingesessenen Juden deshalb in zunehmenden Schwierigkeiten. Amüsiert weidete sich der polnische Graf am Schrecken »seines Juden«. Der Kohanim war zwar schon lange nicht mehr der gräfliche Verwalter, aber geleitet von dumpfer, generationenlanger Gewohnheit nahm er bisweilen die demütige Haltung eines Bediensteten an, wenngleich der Solkowsky schon längst vom Kohanim abhing und nicht umgekehrt. Graf Zygmund Solkowsky forderte vom »Sogenannten« einen grotesk hohen Preis für seine Schnapsbrennerei, den der geadelte Deutschrusse zur Überraschung aller, ohne mit der Wimper zu zucken, zahlte. Drei Wochen später kaufte der Schnapsbaron zu ähnlich wahnwitzigen Konditionen die gräfliche Zuckerraffinerie sowie das kleine Landanwesen der Solkowskys bei Laskowitz dazu.

Keine zwei Kilometer vom Vorwerk Sauermühle der Kohanim zog »der Sogenannte« mit seiner Familie ein. So wurden die Kohanim und die von Steinfelds Nachbarn, die sich höflich ignorierten und einander in der Öffentlichkeit nur mit den Augen grüßten, wenn es unerlässlich war.

Nach dieser Transaktion konnten die polnischen Grafen die Kugeln in den Kasinos wieder eine Weile flott rollen lassen und ihre falschen französischen Mätressen mit echten Juwelen behängen.

Seitdem arbeiteten die Leute im Kreis entweder für den »deutschen Zuckerzaren« oder für den »Holzjuden« im Sägewerk und in der angeschlossenen Möbelfabrik, die Samuel Kohanim mit seinem Cousin Zacharias Segall seit der Geburt des Kronprinzen betrieb.

Samuel hatte damals den Plan, seinem Sohn ein Königreich aus Brettern, Tischen, Stühlen und massiven Eichenschränken zu errichten. Er hatte sogar daran gedacht, sich an der modernen Papiermühle seines erfolgreichen Schwippschwagers Artur Bukofzker in Schwetz zu beteiligen und damit an der Herstellung von Zeitungspapier für das nahe Danzig, Bromberg, Breslau, Berlin ... zumal man direkt an der Weichsel und an der Bahnlinie Berlin-Königsberg lag. Welche Möglichkeiten!

Nun waren ihm jedoch alle Projekte gleichgültig geworden. »Alles Streben und Trachten ist eitel!« Stöhnend streifte er den Gebetsumhang und Gebetsriemen ab, zerriss sich zum Zeichen der Trauer das Hemd und ging schweren Schritts im Zimmer auf und ab, bis er vor der Bücherwand des düsteren Herrenzimmers stehen blieb. Das Buch Hiob! Mit dem goldenen Kneifer auf der Nase begann er zu lesen. Weil er sich aber nicht konzentrieren konnte, stellte er das Buch kurz darauf an seinen Platz zurück. Hiob! »Man hat zumindest die Pflicht, das Leben zu leben, das Gott einem bereitet hat.«

So versuchte er sich wieder in den Zustand des frommen Wohlgefühls der Geborgenheit im Glauben zu versetzen, doch es gelang ihm nicht mehr. In seinem Herzen verspürte er eine Leere, die sogar noch schwerer wog als die Trauer um seinen Sohn. Sein Gott versagte ihm nun die Gnade und den Segen. Deshalb trauerte er doppelt und beneidete fast seinen Erzfeind Streisand. Der kannte den Zweifel nicht. Seine enge Welt schien immer in Ordnung.

Der gute Ort und der Zwölffingerige

Die Beerdigung des kleinen Toten fand kurz vor Sonnenuntergang statt, als die Erde wieder hart gefroren war und der Abendhimmel im Osten schon kobaltblau leuchtete. Die Trauergemeinde, die Nachbarn und alle Verwandten der Kohanim, die aus Zempelburg, Tuchel, Lianno, Bukowitz Krupoczin, Wiersch und Jeschewo, teils mit dem Zug bis Laskowitz, teils auf Pferdewagen und mit Kutschen, hastig angereist waren, stolperten in der Abenddämmerung über den jüdischen Friedhof von Schwetz bis zur Familiengrabstätte der Kohanim, die auf dem Ehrenteil des Friedhofes lag. Und weil bei gläubigen Juden in Schwetz nicht nur der Tod, sondern auch die Beerdigung Männersache war, trauerten die Frauen für sich daheim, barfuß auf dem Boden kauernd, mit Asche auf dem Haupt.

Die auf dem »Guten Ort«, dem jüdischen Friedhof, versammelten Männer trugen Gebetsumhänge, pomadisierte kohlschwarze Bärte nach Kaiserart, auf dem Kopf modische schwarze Homburger, meist aber feierlich glänzende Zylinder. Im letzten rötlichen Dämmerlicht über der Weichsel, das man westlich von der Anhöhe des Friedhofs noch sah, umringten sie in stummen Gebeten, mit und ohne Gebetsschal, das steingefasste Kindergrab.

Samuel trug den Gebetsumhang und sprach das Kaddisch für seinen Kronprinzen:

»Erhoben und geheiligt werde Sein großer Name in der Welt, die neu geschaffen werden soll, wo Er die Toten zurückrufen und ihnen ewiges Leben geben wird, die Stadt Jerusalem aufbauen und Seinen Tempel in ihre Mitte setzen wird und allen fremden Götzendienst von der Erde ausrotten und die Verehrung des wahren Gottes einsetzen wird.
Oh, möge der Heilige, gelobt sei Sein Name, Sein Reich und Seinen Ruhm erstehen lassen in euren Tagen und dem Leben des ganzen Hauses Israel schnell und in naher Zeit, so sprechet: Amen!«
Die Gedanken der Männer konnte man in der nachtblauen Luft fast lesen: Der würde nun keinen Sohn mehr haben, der ihm am Grabe einmal das Kaddisch sprechen könnte.
Der Kohanim tat ihnen leid. Aus diesem Grunde waren sie auch so zahlreich erschienen. Und wer kein Mitleid hatte, wollte wenigstens sehen, wie der Mann sich angesichts des Untergangs seines Geschlechts hielt.

Bald nach der Beerdigung des kleinen Benjamin ging das Leben seinen gewohnten Gang. Die sieben Töchter entfalteten wieder ungestört ihre Tyrannei über Haus und Hof. Dabei wurden sie mehr schlecht als recht von einer spindeldürren Gouvernante aus dem Hannoverischen in Schach gehalten. Madame Bertha hatte eine kapitale Nase und war gegen Kost und Logis dazu angestellt, den Mädchen dialektfreies Deutsch, Französisch und Benimmse beizubringen. Als einziges, für alle Zeiten fortlebendes Erziehungsresultat der Madame überdauerte nur das Wort »merde«. Dieses

Wort entfuhr der Überlieferung nach dem General Cambronne angesichts der verlorenen Schlacht von Waterloo. Für nachgeborene höhere Töchter im französischen Sprachraum wurde es später als »Le mot de Cambronne« so benutzbar wie der Götz von Berlichingen für den deutschen Kleinbürger. Doch das Mot de Cambronne blieb wegen seiner schillernden Vornehmheit bei den Kohanim vom Götz unerreicht und diente deshalb drei weiteren Generationen zum zierlichen Fluchen. In der Kurzform: »Le mot!«, oder einfach »Cambronne!«

Als man Madame Bertha eines Morgens aus dem Kanal zum Sägewerk fischte, dachten alle, dass sie aus Verzweiflung über ihre Erziehungsaufgabe ins Wasser gegangen wäre. Ein Opfer der sieben biblischen Plagen! Die Obduktion ergab jedoch ein eher klassisches Motiv. Die Madame war gesegneten Leibes. Wer sie in diese Umstände gebracht hatte, darüber machte sich im Landkreis jeder seine eigenen Gedanken.

Nachdem Madame Bertha ins Jenseits entschwunden war, hatte man den Eindruck, dass Mindel Kohanim ihr Leben auf Erden nur noch simulierte. Wie ein Gespenst mit nur zeitweiligem irdischem Aufenthalt huschte sie durchs Haus. Doch aller Abkehr von der Welt zum Trotz hielt sie ein Auge wie aus wachsamem Stahl auf die Verteidigung des Familienbesitzes gegen alle Dienstboten und Angestellten, die »angeborenen Feinde der Familie«, gerichtet.

An ihren ausgemergelten Hüften klirrten drei riesige Schlüsselbunde von Vorratskammern, Kellern, Schränken und Laden. Jede Serviette, jeder Teelöffel, jedes Bri-

kett, selbst jeder leere Sack, jede Flasche war abgezählt und notiert. Man spottete sogar, dass Mindel jede Erbse, Bohne und sogar jedes Reiskorn zählen würde, denn seit dem Tod des Erben hatte sich Mindels Sparsamkeit ins Wahnhafte gesteigert.
Hätten mein Urgroßvater und meine Großmutter und Großtanten nicht lautstark dagegen protestiert, abends in klammen Räumen bei einer heruntergedrehten, funzelnden Petroleumlampe zu sitzen, während Samuel Kohanim wie üblich der Familie aus der Zeitung und ausgewählten Büchern vorlas, wäre Mindel sicher aus Geiz irgendwann in totaler Finsternis verhungert oder erfroren. Selbst wenn die Sabbatkerzen in der Menora entzündet waren und die Familie eigentlich feierlich und guter Dinge bei Tisch sein sollte, warnte Mindel ständig vor den Gefahren der Verschwendung und Völlerei. »Du wirst dir noch den Magen verderben«, unkte sie, wenn jemand nochmals zugriff. »Mit vollem Magen ist schlecht ruhen«, warnte sie oder: »Völlerei ist eine Todsünde, nicht nur bei den Katholiken!«
Bald hatte sich die Familie auch an diesen Tick gewöhnt wie an eine unvermeidbare Naturerscheinung. Man übersah und überhörte es einfach. Lediglich wenn Gäste da waren, nagelte man sie mit Blicken fest. Oft saß Oda mit am Tisch, weil Samuel es so angeordnet hatte. Die Stieftochter des Zuckerbarons hatte stets den Appetit einer zehnköpfigen Hydra, die Beute auf Vorrat machte. Nach Samuels Meinung sollten sich die »kiesetigen« Großtanten und meine Großmutter an Odas gesundem Appetit ein Beispiel nehmen.

Mindel blickte dann den ganzen Abend gekränkt drein, als würde man sie bestehlen. Dabei bestand überhaupt keine Notwendigkeit zum Sparen, im Gegenteil. Die Geschäfte der Kohanim gingen glänzend. Und fast schien es sogar, dass sie umso glänzender gingen, je weniger Interesse mein Urgroßvater daran zeigte, je sinnloser ihm jeder Erwerb schien und je leerer er sich selbst fühlte. Während Mindel ihren Schmerz mit absurdem Geiz und sinnlosem Knausern betäubte, zerstreute sich ihr Gatte mit Wohltätigkeit.

Und dabei ging es ihm nicht um abstrakte Wohltaten wie Spenden oder mildtätige Vereine, die die Not der Juden im Kreis Tuchel und Zempelburg lindern halfen. Samuel war immer am konkreten Fall interessiert: An Ruth Lewinski etwa, eine stattliche rothaarige Witwe mit sechs kleinen Kindern. Ruth Lewinski ließ er eine kleine Rente aussetzen und erkundigte sich regelmäßig nach dem Gedeih und den schulischen Fortschritten der Kinder. Diese ungewöhnliche Anteilnahme am Schicksal der schönen Witwe und ihrer Nachkommenschaft fanden die Klatschbasen der Gegend befremdlich genug, um sich die Mäuler darüber zu zerreißen. Nachdem selbst der Apotheker im entfernten Zempelburg anzügliche Anspielungen machte, wurde der wohltätige Verkehr nur noch schriftlich – oder nach Einbruch der Dunkelheit vollzogen, wie andere meinten, die Samuel Kohanim auch in Verbindung mit Madame Berthas Unglück bringen wollten.

Meist ging es bei Samuel Kohanims Drang zur Mildtätigkeit aber nur um Max. Max, der eigentlich Maxim Gulkowitsch hieß, war der Sohn russischer Juden aus dem Dorf Wiersch. Als der Junge sieben Jahre alt war, bekam er Kinderlähmung und hinkte seitdem stark. Außerdem hatte er von Geburt an jeder Hand sechs Finger. Für Abergläubige war ein Sechs- oder Zwölffingeriger ohne Frage ein vom Teufel Gezeichneter. Weil er und die Seinen aus diesem Grunde jederzeit damit rechnen konnten, dass irgendwer ihnen das Haus anzünden würde, um den Teufel auszutreiben, musste Max schleunigst das Dorf und seine Familie verlassen. Aus dem Makel der Zwölffingerigkeit wusste Max jedoch Kapital zu schlagen. Anstatt sich aber auf Jahrmärkten herumzeigen zu lassen, zog es ihn aufgrund der Überlegenheit von zwölf Fingern zur Musik. Max wollte Pianist werden. Dazu fehlte ihm nur ein Piano. Im Dorfgasthaus wurde er fündig und drosch auf das Pianoforte des »Schwarzen Ochsen« ein, bis ihn der Wirt hinauswarf, zumal er partout keine Polkas, Märsche und Walzer spielen wollte. Die an Besessenheit grenzende Leidenschaft, mit der Max immer wieder irgendwo Partituren aufstöberte, auf Packpapier und Tapetenrollen abschrieb oder fotografisch im Gedächtnis speicherte, dann ein Klavier aufspürte und dieses mit der Hemmungslosigkeit eines Psychopathen traktierte, um dann unter Einsatz aller Pedale komplette Konzerte aus dem Kopf herunterzuhämmern, machte auf Samuel tiefen Eindruck. Eines Tages ließ er Max auf seinen Landauer steigen und sich beim alten Grafen Zygmund ansagen.

»Er ist ein Genie«, erklärte Samuel dem verblüfften Grafen Zygmund, der sich gerade mit Gästen aus Warschau zum Kartenspiel niedersetzen wollte. Im Schloss

stünde doch ein Konzertflügel, ein echter französischer Érard-Flügel, den niemand bespiele, stellte er fest.
»Där ist schon seit Äääwigkeiten verstimmt«, warnte die Gräfin Valeska muffig.
»Ein solches Instrument kann doch heutzutage ohnehin keiner mehr reparieren«, erläuterte ihr gräflicher Gatte. »Da müsste man schon nach einem Spezialisten aus Paris schicken.«
»Brahms spielte auf so einem Érard«, flüsterte Max begeistert, als er davon erfuhr. Er bat und bettelte, dass man alles für den Erhalt dieses wertvollen Instruments tun müsse, bis auch Samuel der Gedanke gefiel.
Einen neuen Vorstoß *ihres* Juden wollte Pani Valeska sogleich im Keim ersticken. Der Kohanim war ihr unheimlich, und sie war entschlossen, »den Kerl in seine Schranken zu weisen«. Wenn der Graf den Jungen auf dem Flügel spielen lasse, würde er, Samuel Kohanim, den Flügel auf seine Kosten stimmen lassen, für einen guten Lehrer sorgen und auch für dessen Kost und Logis aufkommen. »Man könnte gelegentlich kleine Soireen und Musikabende im Schloss veranstalten«, lockte er. Zygmund Solkowsky konnte dem Kohanim nichts abschlagen. Außerdem bot sich so eine billige Gelegenheit, mit seiner »Grandeur de Cœur« und als Förderer der schönen Künste zu glänzen. Die Idee gefiel ihm umso mehr, zumal sie ihn nichts kosten sollte. Man ließ das Wunderkind nach langem Hin und Her dann zum Schloss bringen.

Max war ein unansehnlicher, dicklicher Bursche von mittlerweile elf bis zwölf Jahren, dem die schwarzen Haare wie Borsten wild vom Kopf abstanden. Darunter wölbte sich ein Gesicht voller Pickel, in dem ein mürrischer, wulstiger Mund hing wie eine Wurst auf einem Reibekuchen. Kurzsichtig kniff Max seine schwarzen Knopfaugen zusammen und schaute mit der milden Verachtung des Berufenen auf seine potentiellen Wohltäter herab wie auf ein paar nützliche Lurche.
Der Graf war entzückt und entsetzt zugleich: »Na, seht euch *den* an!«, krähte er. »Welch ein Exemplar! Ha, ha, ha! Und *der* hat Talent, sagen Sie?« Dabei kneistete er durch sein Monokel in Richtung Max wie auf ein interessantes unbekanntes Tier.
»Dobje! Na, was will er uns denn spielen?«
»Chopin! Klavierkonzert Nummer eins!«, versetzte Max hochmütig, das belustigte Auflachen seines Publikums überhörend hinkte er hinüber zum Flügel, klappte den Deckel hoch, setzte sich umständlich, spreizte dann feierlich die Hände mit den zwölf Fingern, die er für eine Weile wie ein Magier bewegungslos in die Luft hielt, und hieb dann wuchtig in die Tasten.
Der Graf und seine Gäste fuhren vor Schreck zusammen. Die Gräfin bekreuzigte sich. Der Flügel klang wie ein Haufen Glasscherben, die in einer alten Zinkwanne schepperten. Nur vergaß man das sogleich, denn Max transponierte das komplette Konzert völlig frei in eine erträglichere, weniger verstimmt klingende Tonlage. Eine spontane Abstraktionsleistung,

die Samuel erst in Begeisterung und dann in andächtiges Staunen versetzte. Ein wahres Genie!
Maxims Spiel war mal heiter, mal filigran und leicht wie ein Feenzauber, dann wieder hämmernd und dramatisch, ein wütender Strudel aus Tönen. Die Anwesenden lauschten ergriffen, denn die Glasscherben in der Zinkwanne schepperten nur noch ganz selten. Das Gehörte war selbst ungeübten Ohren tatsächlich von anderer Art als das übliche Klavierspiel höherer Töchter. Kein eifriges Geklimper wurde hier verschämt mit zittrig-bleichen Schweißfingern zum Besten gegeben. Hier entlud sich eine Naturgewalt, die trotz vereinzelter Misstöne und verstimmt flirrender Sphärenklänge die Zuhörer gegen ihren Willen in Bann schlug oder doch zumindest erstarren ließ. Als der letzte Ton verklungen war, knallte Max den Deckel des Flügels laut zu, sprang auf, und ohne auf Beifall zu achten, eilte er hinaus. Graf Zygmund war »très enthusiasmé«. Der Gräfin stand immer noch der Mund vor Schreck oder Staunen offen. Offenbar war sie unschlüssig, wie sie dem Phänomen begegnen sollte. Dunkel ahnte sie wohl, dass jeder Widerstand gegen dieses ruppige Wunderkind zwecklos wäre. Sie entschloss sich zu einem säuerlichen Lächeln.
Max sollte, wann immer er wollte, im Schloss spielen, und er durfte den Grafen ab sofort zu seinen Förderern zählen. Also ließ man »das Genie« wieder in den Salon rufen, um ihm die gute Nachricht persönlich mitzuteilen. Max lächelte fad. Mit demselben Gleichmut, mit der Juden über Jahrhunderte Missetaten über sich ergehen ließen, nahm Max nun diese gojische

Wohltat hin. Nur mit der Aussicht auf einen exklusiv bespielbaren Érard-Flügel und um seinen Wohltäter, den Kohanim, nicht zu brüskieren, dankte er brav der Herrschaft, wie man jemandem dankt, der lediglich seiner Pflicht und Schuldigkeit vor Gott nachkommt, also einer reinen Selbstverständlichkeit. Eigentlich nicht der Rede wert.

Bald nahmen auch die sieben biblischen Plagen Anteil an den musikalischen Fortschritten des zwölffingerigen Jungen, der es wagte, sie, die sieben Prinzessinnen, noch nicht einmal zu grüßen.

»Wer denkta denn, dassa is'?«, regte sich Fränze auf und stemmte aufgebracht die Fäuste in die Hüften. Er litte am Stimmbruch, ließ Max sich entschuldigen, und schließlich hätten die Schwestern im ganzen Kreis einen gewissen Ruf.

Für den gewissen Ruf passte Elli Max am Fliedergebüsch ab und gab ihm so lange Kopfnüsse, bis er schwor, fortan nur noch das Gegenteil zu behaupten. Es dauerte nicht lange, und Jenny und Franziska lagen dem Vater in den Ohren, dass auch sie das Klavierspiel lernen wollten, »wie ganz richtige Damen«.

Ein hochglänzendes schwarzes Klavier mit golden schimmernden Messingleuchtern wurde von vier Klavierpackern, stark wie Ackergäule, mit breiten Ledergurten den Hügel hinauf, hoch ins Haus und umständlich in den Salon gehievt. Nur konnte man Mindel schwer davon überzeugen, dass es nicht das Geringste zu sparen oder zu schonen gäbe, wenn sie das gute neue Klavier unter Verschluss hielte. Die Mädchen fanden das Klavier trotzdem immer wieder

verschlossen vor und mussten jedes Mal betteln und erklären, warum sie gerade jetzt spielen müssten. Irgendwann hatte Fränze den rettenden Einfall.
»Na, das wolln wa doch ma' sehn!« Sie steckte den Schlüssel ins Schlüsselloch, schloss das Klavier auf und klappte feierlich den Deckel hoch. Das Piano grinste ihr mit seinen schwarz-weißen Zähnen breit entgegen. Beherzt ergriff Fränze nun den Nussknacker aus der böhmischen Kristallschale auf dem Piano, legte den Schlüsselkopf in den Nussknacker wie in eine Zange und drehte ihn mit einem kräftigen Ruck herum. »Knack!« Der Bart war abgebrochen. Fortan hatten sie freie Bahn. Die Anschaffung des Pianofortes fiel zwar in Samuel Kohanims Zuständigkeit, der begehrte Klavierunterricht für die Mädchen war nach den ungeschriebenen Gesetzen der Kohanim'schen Gewaltenteilung jedoch Mindels Angelegenheit.
Geld für einen Klavierlehrer fand Mindel pure Verschwendung. Fränze und Jenny wollten sich auf diese Art und Weise nur vor der Hausarbeit drücken. Damit hatte sie natürlich recht. Wenn es aber nun schon der Wunsch ihres Mannes war, dann sollte Maxim Gulkowitsch für seinen Wohltäter arbeiten, indem er Fränze und Jenny umsonst Stunden gäbe. Und weil sie im Haus das Sagen hatte, wurde es so gemacht. Jenny war darüber todunglücklich. Im Gegensatz zu ihrer Schwester Fränze war es ihr ernst mit der Musik. Fränze fand Klavierspielen einen lustigeren Zeitvertreib, als Hohlsäume zu häkeln, und einen fast gleichaltrigen Jungen als Lehrer entschieden amüsanter als einen grauen Mann, der nach Alter, schmutzigen Anzügen

und billigen Zigarrenstumpen roch. Diesen Max Gulkowitsch würde sie erst mal gründlich Maß nehmen, beschloss Franziska.

Auf die Stunden für Jenny freute sich Max inzwischen. Jenny, die sich plötzlich als Musikenthusiastin erwies, mache »für ein Mädchen« gute Fortschritte, berichtete Max dem Kohanim etwas hochtrabend. Doch die Stunden für Fränze fürchtete er, zum einen, weil sie jedes Mal eine neue Bosheit ausheckte, zum anderen, weil er sich immer so beklommen und machtlos in ihrer Gegenwart fühlte. Fränze, fand Max, hatte die Augen eines teuren Pferdes. Wenn sie ihn direkt ansah, war er wie gelähmt. Ihren Samtblick senkte Fränze allerdings umso lieber in seine Augen, sobald sie seine Schwäche witterte. Für Schwäche, Angst und Unsicherheit hatte Franziska schon damals einen fast animalischen Instinkt und fand an der Nutzbarkeit dieser Gabe rasch ein perverses Vergnügen.

»In Fränze steckt ein Dibbuk!«, behauptete Max deshalb und wurde dabei so rot, dass seine Ohren wie zwei Hufeisen unter dem Schmiedehammer glühten. Für Samuel Kohanim war das ein willkommener Anlass, das Gespräch bei Tisch auf die Zukunft der Mädchen zu lenken, insbesondere auf die Frage, welche Heiratskandidaten überhaupt in Betracht kämen und mit welchen würdigen Eltern man vielleicht in nicht allzu ferner Zeit Gespräche führen sollte.

»Ich will aber nur einen Mann, den ich liebe«, rief Martha kategorisch. Mindel und Samuel wechselten besorgte Blicke. Offenbar trat ein, was man seit langem befürchtet hatte.

»Was sollen denn diese gojischen Moden?«, fuhr Mindel auf. Romantische Liebe war für Mindel gleichbedeutend mit Unzucht und allgemeinem Sittenverfall. »So was endet nur in der Gosse oder im Leichenschauhaus.« Dafür hatte sie unzählige schreckliche Beispiele parat, von der Hanni, die ins Wasser gegangen war, und »Denkt an Bertha!«, bis zu einer »Person« um sieben Ecken, die ihrem Herzen folgend in einem schlimmen Haus endete und so weiter und so fort. Wenn das alles nicht half, kam das abschreckende Beispiel von Romeo und Julia, oder nur ein Wort: »Berlin!«

Angesichts der Front von sieben schmollenden Töchtern wollte Samuel Kohanim beschwichtigen. Vage ahnte er, dass er dabei genau auf demselben verlorenen Posten stand wie all die anderen jüdischen Eltern seiner Generation: gegen den Zug der Zeit.

Der Assimilation könnte man zwar noch etwas trotzen, so zwei bis drei Generationen, spekulierte er, aber gegen das süße Gift der Romantik, dem inzwischen ausnahmslos alle jungen Mädchen, egal ob Deutsche, Polin, Russin oder Jüdin, zum Opfer fielen, sei kein Kraut gewachsen. Da gab es nur Rückzugsgefechte! Trotzdem schien es Samuel Kohanim ratsam, an die Vernunft seiner Töchter zu appellieren: »Ihr haltet eure Eltern doch nicht für Scheusale, die euch Böses wollen, oder?« Seine Frage prallte auf Flunsche, »Schippen«, Schmollmünder, vorwurfsvolle Blicke und trotzige Stirnen. Kleinlaut schüttelten alle sieben den Kopf. Jenny, die noch nicht ganz verstand, worum die Aufregung ging, malte angestrengt mit den Zinken der Gabel tiefe Streifenmuster auf das weiße Tischtuch.

»Liebe!«

Große Pause.

»Überlegt doch mal selbst. Der junge, unerfahrene Mensch denkt, das sei für immer. In Wahrheit ist die Liebe ein äußerst flüchtiges Gefühl. Das Herz des Menschen ist wankelmütig. Heute so und morgen so, übermorgen schon wieder anders, und dann vergessen! Darauf kann man doch nicht sein Leben gründen. Das wäre doch wirklich töricht, nicht wahr?«

Die Mädchen zeigten sich nicht überzeugt. Aus unerfindlichen Gründen, oder weil es die Evolution so wollte, glaubten sie wie alle jungen Mädchen felsenfest an die große Liebe aus den Romanen, wo Liebe bis in den Tod noch das mindeste war. Wegen der rhetorischen Übermacht des Vaters und in der Überzeugung, dass sich Gefühle dem Verstand nicht erschließen und Eltern davon ohnehin keine Ahnung haben, fielen ihnen jedoch keine passenden Gegenargumente ein.

So schwiegen sie trotzig, während ihre Gesichter sagten »Wir glauben euch kein Wort!«

»Ich möchte aber überhaupt nicht heiraten. Ich will studieren«, meldete sich Selma zu Wort.

»Aber du bist doch ein Mädchen!« Samuel Kohanim lächelte sie nachsichtig an.

»Ja, wieso soll ein Mädchen nicht studieren? In der Zeitung habe ich gelesen, dass inzwischen auch Mädchen studieren, selbst an der Universität! Bin ich etwa dümmer als ein Junge?«

Mindel sah Selma entgeistert an und begann, nervös an ihrem Spitzenkragen herumzunesteln.

»Aber das ist es doch gerade!«, versetzte Samuel gutmütig und erklärte lachend: »Nur die Jungen müssen alles, was sie zum Leben brauchen, lernen. Die Mädchen wissen bereits alles. Seht euch eure Mutter an!« Sie blickten zu ihrer Mutter und waren sich einig, dass sie sich ein solches Leben auf keinen Fall wünschten, auch wenn sie sonst noch nicht wussten, was sie wollten.

Wahrheit und Glaubwürdigkeit

In der Kanzlei von Frau Rechtsanwältin Seraphina Kühnel ist es ruhig geworden. Um halb acht haben sich die Anwaltsgehilfin und die Sekretärin in den Feierabend verabschiedet. Das ist auch der ideale Zeitpunkt, mich unbemerkt aus der Klinik fortzuschleichen.

»Ein entspanntes Mandantengespräch kann ich mir nur ohne Handy im Kühlschrank und nicht auf dem Klo bei laufenden Wasserhähnen vorstellen«, habe ich Frau Kühnel ausrichten lassen und um einen Termin in den sicheren Räumen ihrer Kanzlei gebeten. Jetzt, nach Feierabend der Kanzleigehilfinnen, laufen alle Telefonanrufe der Kanzlei auf der Mailbox auf. Nur die Notfälle erreichen das rote Handy meiner Strafverteidigerin. Es liegt auf ihrem englischen Schreibtisch, der vom milden Licht einer antiken grünen Kanzleilampe beschienen wird. Neben dem Telefon liegt meine Akte. Frau Kühnel ist heute ganz in Siegerlaune. Überraschend hat sie einen spektakulären Fall gewonnen. Morgen wird alles darüber in den Nachrichten und in den Zeitungen erscheinen. Ein riesiges, sündhaft teures Blumengesteck mit Dankeskarten und eine Holzkiste mit Heidsieck-Champagner künden vom tiefen Dank eines solventen Mandanten. Ansonsten herrscht im Büro der aufdringlich englische Stil vor, der offenbar Geldmenschen und Ganoven glei-

chermaßen beeindruckt. Auf den Schränken reihen sich Golftrophäen und Pokale, die daran erinnern sollen, dass Seraphina Kühnel auch auf diesem Gebiet brilliert.
Meine Verteidigerin blättert hastig in meiner Akte. Sie erklärt mir, dass sie mich für die Befragung durch die Polizei und die Staatsanwaltschaft vor Gericht fit machen will. Zudem war es ihr gelungen, alle Ersuchen zu meiner Einvernahme wegen Nichtvernehmungsfähigkeit abzuschmettern. Ich will so etwas wie »Danke« murmeln, aber sie wischt das mit einer Handbewegung weg. Dass sie gut ist, weiß sie ohnehin. Dann legt sie die Akte mit einer fast liebevollen Streichelbewegung zur Seite. Sie sammelt sich. Zur besseren Konzentration faltet sie die Hände auf dem Schreibtisch und blickt mich so forschend an wie ein Arzt eine Patientin. »Gab es einen konkreten Anlass für Sie, nach Istanbul zu reisen?«
Verlegen begutachte ich den Zustand meiner Fingernägel. »Es war eine rein touristische Reise. Sehenswürdigkeiten, Einkaufen und so ...«, labere ich kleinlaut daher.
»Sind Sie allein gereist oder mit einer Gruppe, mit Freunden oder in Begleitung?«
»Das steht doch alles schon in den Akten«, murmele ich unwillig.
Widerstand ist sie nicht gewohnt, und darum stößt sie den Kopf gleich angriffslustig in meine Richtung. »Also hören Sie zu: Man wird Sie das alles noch hundertfach fragen. Ich will die ganze Sache von Ihnen hören, und zwar so, wie sie sich *darstellt*. Um Wahrheit geht es nicht,

es geht um Glaubwürdigkeit! Verstehen Sie, was ich meine? Nach dem Grad Ihrer Glaubwürdigkeit muss ich eine Strategie mit Variablen zimmern. Ich unterstelle mal, dass Sie sich trotz einiger Bewusstseinslücken an die Reise an sich erinnern können, oder?« Sie schickt mir einen unendlich verstehenden Strafverteidigerblick über den Tisch. Mein Widerstand schmilzt.

»Na ja«, gebe ich ohne Schwung zu. »Ich bin ganz allein nach Istanbul geflogen und habe vier Nächte im Hotel Topkapi Palace Inn gewohnt.«

Sie linst prüfend über ihre edle Lesebrille zu mir herüber. Jetzt sehe ich erst, dass sie ganz grüne Augen hat. »Also keine Mitreisenden, mit denen Sie zusammen gebucht haben, weder Flug noch Hotel?«

Ich schüttele den Kopf.

»Haben Sie im Hotel jemanden getroffen, zum Beispiel die hier Mitbeschuldigte, Frau Golani, der Sie zur Flucht verholfen haben sollen?«

»Gohari, Nasi Gohari!«, helfe ich ihr auf die Sprünge. »Nein! Ich reise immer allein, grundsätzlich.«

»Aha!« Frau Kühnel schüttelt missbilligend den Kopf, als hätte ich ihr eine bizarre Marotte gestanden, die ihr vollkommen unbegreiflich ist.

»Kann man Sie und die Mitbeschuldigte Nasi Gohari irgendwo zusammen gesehen haben, oder schlimmer noch: Kann man Sie irgendwo gemeinsam mit Frau Gohari auf einer Videoaufnahme einer Überwachungskamera wiederfinden? Die sind da überall, denken Sie scharf nach! Überall stehen diese Überwachungskameras heute rum. Und in Istanbul ganz besonders.«

Diese Frage bringt mich etwas aus dem Konzept. »Wie-

so? Behauptet das die Staatsanwaltschaft? Dann bluffen die!«
Röntgenblick meiner Rechtsvertreterin. »Also ausgeschlossen?«
»Vollkommen!«
»Ganz sicher?«
»Absolut.«
»Bei der Verhandlung dürfen Sie aber auf diese Frage nicht so antworten. Man könnte das als ein indirektes Eingeständnis werten, dass Sie extra darauf geachtet haben, nicht mit der Mitangeklagten gesehen zu werden. Sie verstehen?«
Ich nicke und grinse. Sie lächelt schmal zurück. Zum Beweis, dass ich den Wink verstanden habe, gebe ich zu Protokoll: »Kaum vorstellbar. Istanbul ist riesig, ein total chaotischer, menschenüberfüllter Moloch. Kein Mensch kann da sagen, wer da wo zufällig geht oder steht. Möglicherweise war ja diese andere Person, diese Mitbeschuldigte, genau wie ich unterwegs zu den gleichen Sehenswürdigkeiten, ohne dass ich es überhaupt ahnen konnte ... und ...«
Meine Verteidigerin fällt mir tadelnd ins Wort. »Bei einer Aussage vor Gericht müssen Sie solche Erklärungen weglassen.«
Ich gucke sie verständnislos an.
»Die Lüge, verehrte Mandantin, die Lüge verrät sich immer durch besonderen Wortreichtum und zu umfangreiche Einlassungen zum Thema der Lüge. Die Wahrheit muss sich nicht erklären. Sie ist einfach da, steht für sich selbst. Ihnen als ehemaliger Journalistin sollte das geläufig sein.«

Langsam beschleicht mich Panik. Was ist, wenn ich mich bei der Vogelsang durch übermäßigen Wortreichtum verraten habe? Meine Anwältin scheint meine Gedanken zu lesen.
»Hat Sie bereits jemand zur Sache selbst befragt?«
»Nein, eigentlich nicht ...«, entgegne ich gedehnt, weil ich noch überlege.
»Und uneigentlich?«, fragt sie zurück.
»Tja, hm, also, ich traue dieser Therapeutin in der Klinik nicht, dieser Dr. Vogelsang. Denn zum normalen Ärzteteam scheint sie nicht zu gehören. Die arbeitet da gar nicht regulär. Das finde ich schon befremdlich. Ich wäre Ihnen wirklich sehr dankbar, wenn Sie der Vogelsang mal auf den Zahn fühlen könnten.«
Jetzt guckt mich Frau Kühnel teils mitleidig, teils skeptisch an. »Die Therapeutin unterliegt doch der Schweigepflicht, aber wenn es Sie beruhigt, prüfe ich das nach. Was haben Sie dieser Dr. Vogelsang denn schon zum Fall erzählt?«
»Gar nichts, ich erzähle ihr lediglich meine Familiengeschichte.«

Eine Katastrophe auf Abruf

»Gott ist gut zu den Bösen, damit sie lernen, gute Menschen zu werden!«
Der Rabbiner Menasse Caro war zwar berüchtigt dafür, dass er Bat-Mizwa-Feiern einflussreicher Familien gern als Bühne für theologische Freiübungen nutzte, aber diese These ging selbst den Modernisten unter den Reformjuden zu weit.
»Ja, macht der Kerl Witze? Ist er jetzt vollends meschugge?!«
Die männliche Verwandtschaft der Kohanim, die meist ernste, spatenförmige Bärte am Kinn trug, tauschte unter ihren Zylindern oder ihren Kippot mit hohen Augenbrauen verdutzte Blicke. Empörung heischend wandten sie sich zu ihren besseren Hälften um. Auf der Balustrade der Synagoge dämmerten unter wagenradgroßen Hüten die versammelten jüdischen Damen, die sich wegen der altmodischen, raumgreifenden Culs oder ihrer ebenso voluminösen Gesäße schräg in die Synagogenbänke zwängen mussten, um dort in einer Sitzhaltung auszuharren, bei der ihnen die Füße einschliefen. Während vorher nur der aufsteigende Mief ihre Fächer leicht zittern ließ, kam nach dieser unerhörten Sentenz Bewegung in die Galerie. Kapitale Federn schwenkten nach rechts und links, Blumen wogten auf und nieder, begleitet vom Tuscheln, Wispern, Raunen und Aufkichern, das sogleich von den

glaubenshütenden Männern unten im Synagogenraum tadelnd niedergezischt wurde. Die Augenbrauen hielt man weiter in Sorge hoch, denn der Gedanke, dass der Allmächtige ausgerechnet bei Franziska Kohanim eine Ausnahme machen sollte, um anstatt Auge um Auge und Zahn um Zahn plötzlich Böses mit Gutem zu vergelten, ging den meisten Gemeindemitgliedern weit über die Hut- und Kippa-Schnur.

»Ja, sind wir hier in der *Kirche*, oder kauft sich der Kohanim jetzt auch schon den Segen, die Broche, für seine Brut?«

Fränze, die unter all dem Aufruhr im Tempel schöner denn je in schwarzem Rips und Taft wie eine protestantische Konfirmandin vor dem Rabbiner stand, wurde nur von drei unfertigen Jungen im Stimmbruch flankiert, die sie alle mit ihrem ranken Wuchs um Haupteslänge überragte. Bemerkenswerter war jedoch, dass sie außer entwickelter Weiblichkeit und hohem Wuchs mit ihren fünfzehn Jahren etwas hatte, was den meisten Menschen ein Leben lang abging: Franziska Kohanim hatte einen Nimbus.

So wie ihre Mutter Mindel auf eine böse Art gut war, weil ihr zu wahrer Güte Wärme und Herzlichkeit fehlten, so dass ihre Wohltaten den Begünstigten frösteln ließen, so war Franziska auf eine gute Art böse. Zu wahrer Niedertracht fehlte ihr nämlich das Wichtigste: die Leidenschaft aufgrund verletzter Gefühle oder die Lust am Leid anderer. Beides ging ihr ab, weil Interesse und Mitgefühl für ihre Mitmenschen nicht zu ihren Tugenden zählten. Die Schlechtigkeit, die man ihr nachsagte, hatte für sie keinen Selbstzweck. Entweder

ritt Franziska bloß der Teufel, weil die Situation nach einer Pointe verlangte, oder sie intrigierte aus purer Langeweile. Sobald Bosheit aber Beharrlichkeit erforderte, worin für den wahrhaft Bösen der eigentliche Genuss liegt wie für den Jäger beim Hetzen des Wildes, verlor die vierte Kohanim-Tochter daran jegliches Interesse. Oft war sie auch schon aus reinem Überdruss am Bösen wieder versöhnlich, ja direkt wohlwollend und verblüffte damit alle. Entscheidend waren für Franziska lediglich das Vergnügen und die Kurzweil, die Gemeinheit blieb dabei meist nur eine reine Begleiterscheinung.
Mit Ausnahme ihres Vaters begriff das niemand so recht. Dieses seelische Changieren verstand man als Wankelmut. Oder aber man unterstellte ihr, dass sie nur aus Nachlässigkeit und Faulheit bei der Bosheit patzte. Die Gutwilligeren wie ihre Mutter hielten Fränze aber nur für ein Schaf im Wolfspelz, was natürlich ein ebenso krasses Fehlurteil war wie unterstellte pure Gemeinheit. Ihre vermeintliche Unberechenbarkeit gepaart mit der Tatsache, dass der Allmächtige, als er Franziska Kohanim schuf, offenbar in Geberlaune war und zu ihrer Kreation aus sämtlichen Genen der Mischpoche alles an Schönheit und Anmut seit Moses' Zeiten zusammengekratzt hatte, um der Welt ein Meisterwerk an Grazie und Liebreiz zu schenken, belebte die allgemeine Missgunst ihr gegenüber wie gegen alles, was über das provinzielle Mittelmaß hinausragte. Neben der Kohanim'schen Hochwüchsigkeit mit feinen Gliedern und schmalem Schädel war sie mit dem vollen kastanienbraunen Haar und den kühn ge-

schwungenen Augenbrauen der Beineschs, der hohen Stirn und der klassischen Nase der Halevis, dem vollen Herzmund der von Katzenellenbogen und den großen dunklen Kirschaugen der Rosenbergs beschenkt worden. Mit ihrer grazilen Erscheinung und den üppigen weiblichen Rundungen machte sie mit zunehmender Reife Furore in der Männerwelt. Dabei gingen ihr, wie vielen von Natur schönen Menschen, Eitelkeit und Putzsucht vollkommen ab. Sie gestattete sich eine betonte Nachlässigkeit im Äußeren, was ihre Geschlechtsgenossinnen, die Stunden vor Spiegeln verbrachten, zusätzlich erbitterte und wurmte.
Den Gegenwind aus Eifersucht und Missgunst war Fränze aber von klein an gewohnt wie eine Möwe die steife Brise, die sie mühelos hoch am Himmel hält. Ohne die ständigen Anfeindungen und Neidattacken hätte ihr sicherlich etwas gefehlt. Mit anderen Worten: »Übelwollendes Pack« betrachtete Franziska Kohanim als die natürliche Gegebenheit ihres Daseins. Dem musste man die Stirn bieten, und darauf verstand sie sich auch an diesem Tag, an dem sie ins Dasein einer Erwachsenen entlassen werden sollte. Aufrecht, mit rosigen Wangen und ohne mit der Wimper zu zucken.

Zur Feier der Bat-Mizwa legte sich nach dem hebräischen Herumgestottere zweier Stimmbrüchiger samt »Amen« ein bis zwei Etagen höher Max Gulkowitsch an der Orgel ins Zeug.
Großer Gott, welch eine Verschwendung an all die Landpomeranzen, die schon »Mariechen saß weinend im Garten« für Kunst halten, mokierte sich Fränze im

Stillen. Allerdings musste sie zugeben, dass der Schützling ihres Vaters, der da oben in die Tasten griff, sein Geld wert war.
Noch nicht einmal die Christen, weder die polnischen Katholiken noch die deutschen Protestanten, konnten solch einen Organisten vorweisen. Trotz der sonst starken Vorbehalte gegen »Gottesmörder«, wie Christen Juden zuweilen nannten, einen zwölffingrigen noch dazu, lieh man sich Max gern zu hohen Kirchfesten und geistlichen Konzerten von der Reformsynagoge aus. Aus der anfänglich verschämten Tolerierung des Juden Maxim Gulkowitsch zur musikalischen Umrahmung der heiligen Messe oder des protestantischen Gottesdienstes wurde bald eine geschätzte künstlerische Darbietung, für die man extra Handzettel drucken ließ, auf denen der Name »Max Gulkowitsch« in großen, fetten Lettern stand. Die Kirchen waren dann proppenvoll und Max um unglaubliche drei Mark reicher.

Dass die Orgel von einem verkrüppelten Halbwüchsigen gespielt wurde, der an Werktagen als Klavierstimmerlehrling mit Stimmschlüsseln, Hämmern aus Filz und Leder umging und sich normalerweise um gerissene Klaviersaiten und die Beschaffenheit leidender Resonanzböden kümmerte, ahnte kaum jemand. Genauso wenig konnte man sich vorstellen, dass dieser angehende Klavierstimmer nachts heimlich Opern komponierte.
Die Idee mit der Klavierstimmerlehre für Max hatte die überall Unheil witternde Mindel: »Was, wenn aus

der Pianistenlaufbahn nichts wird? Na, was dann? Wer will schon einen verkrüppelten, hässlichen Juden mit zwölf Fingern auf einer Konzertbühne sehen?«
Das nüchterne Urteil seiner Gattin kränkte den selbsternannten Mäzen Samuel Kohanim zwar, doch im Wesentlichen musste er ihr beipflichten. Mindel verbuchte das als Etappensieg. Auf elegante Art und Weise wurde sie so einen lästigen Kostgänger an einen Lehrherrn los.
Doch Samuel Kohanim prophezeite regelmäßig: »Ihr werdet noch alle sehen, der Max wird uns eines Tages eine gute Rendite einfahren!«
»Ja, am Tag des Jüngsten Gerichts vielleicht«, konterte Mindel solche kühnen Voraussagen gallebitter, »wenn Geld und Gut ohnehin überflüssig werden!«

Bei ihrer anschließenden Feier im Festsaal von Schwetz beobachtete Fränze mit wachsendem Vergnügen die Choreographie, die sich vor den Augen Eingeweihter vollzog: Ein Kerl mittleren Alters, der sich mit einer an erlesener Kundschaft erprobten Beredsamkeit spreizte und dabei aussah wie eine Anhäufung von kantigen Fleischblöcken, musste aus der Peripherie des Saales vorne rechts in die Mitte der Tafel gelotst und an das von der Familie ersehnte Ziel manövriert werden: neben die schiefmäulige Fanny, die älteste Kohanim-Tochter. Sein Daseinszweck schien dem »Segal mit einem l«, wie sich der Mann immer vorstellte, zwischendurch immer wieder unklar, denn wiederholt unternahm er erfolglose Ausbruchsversuche und scheute in seiner Verwirrung nicht einmal davor zurück, Fränze zum Tanz aufzufordern. Um dem Familieninteresse zu dienen, düpierte Franziska den Segal ausnahmsweise ganz gegen ihre Gewohnheit nicht. Aus Höflichkeit tat sie so, als hätte sie ihn nicht bemerkt. Amüsiert rauschte sie mit ihrer Lieblingscousine Else von den »Segalls mit zwei l« an ihm knicksend vorbei zur Damentoilette. Dort fanden sie Elses Mutter, Dora, mit einer angeblichen Gallenkolik theatralisch über die Waschbeckenfront gebeugt.

Im Saal hatte derweil der Bromberger Herrenschneider »Segal mit einem l« seine Bestimmung gefunden. Wacker versuchte er sich in geistreicher Konversation mit Fannys lebensvoller Gesichtshälfte. Diese hatte inzwischen die rosige Färbung eines Spanferkels angenommen. Das ließ auf Erfolg schließen. Selbst die somnambule Mindel war mit einem Mal wie ausgewechselt, so als hätte jemand bei ihr eine geheimnisvolle innere Mechanik in Gang gesetzt. Dazu versprühte sie plötzlich Charme und Witz um sich herum wie ein Zerstäuber Parfum. Man erkannte sie kaum wieder. Eigentlich hatte sie ja vor, bei ihrem Sorgenkind Martha zu wachen, das daheim in Sauermühle krank zu Bett lag. Da Martha jedoch regelmäßig von einer geheimnisvollen Krankheit niedergestreckt wurde, sobald sich die Aufmerksamkeit der Eltern auf eine ihrer Schwestern richtete, andererseits jedoch Fränzes Bat-Mizwa addiert mit dem potentiellen Lebensglück ihrer entstellten Schwester Fanny ungleich schwerer wog als Marthas echte oder eingebildete Krankheit, deren Pflege auch eine der Mägde übernehmen konnte, entschloss sich Mindel, dort zur Stelle zu sein, wo es das Wohl der Familie am dringendsten erforderte: in einer grau-schwarz gestreiften Robe mit ihren falschen Perlen im Festsaal der jüdischen Gemeinde Schwetz unter einem enormen Davidstern aus knisterndem Silberpapier.

Fränzes Eintritt in die Erwachsenenwelt wurde mit einer Polonaise gefeiert, zu der sie auf dem Höhepunkt ihres Festes eine halbe Stunde lang unter Singen und skandierten Glückwünschen auf einem geschulterten Stuhl über den Häuptern der Tanzenden thronend herumgeschaukelt wurde. Als die Wogen der Ausgelassenheit ihren Scheitelpunkt bereits überschritten hatten, schlug Samuel Kohanim an sein Weinglas. Alle taten zumindest überrascht, als er die lang ersehnte Verlobung seiner ältesten Tochter Fanny mit dem Schneidermeister »Segal mit einem l« aus Bromberg offiziell verkündete. »Le Chaim!«

Man konnte Franziska bestimmt nicht nachsagen, dass sie zu Grübelei und Tiefsinn neigte. Allerdings nach einer Bat-Mizwa und der Verlobung ihrer Schwester musste auch sie intensiver über das Erwachsensein und das Mysterium, das über dem Verhältnis von Mann und Frau zu liegen schien, nachdenken. Von dem ganzen Schmus, worunter sie verächtlich alle Arten von Gefühlszuständen subsumierte, hielt sie gar nichts. Auf vertrackte Weise ähnelte sie da ihrer Mutter. Ausgestattet mit dem mütterlichen Erbe der kühlen Nüchternheit, gepaart mit der ihr eigenen Hellsicht, die das Wesen der Dinge nicht mit dem Verstand, sondern mit dem Instinkt zu erfassen wusste, kam sie zu

dem Schluss: Das stimmt doch alles vorn und hinten nicht!
In erster Linie dachte sie dabei an die romantischen Flausen ihrer Schwestern. Bedacht hatte sie auch die Belehrungen ihrer Eltern, wonach eine Ehe ein ernstes Lebensbündnis zum Fortbestand der Art und des Besitzes darstellte. Sentiments konnten sich ja noch nicht einmal Könige leisten. Auch die müssen den Notwendigkeiten des Lebens gehorchen ebenso wie unsereins! Letztlich, so folgerte sie, lief doch für ein jüdisches Mädchen alles auf die Frage hinaus: Soll man sich den Ehemann von den Eltern aussuchen lassen, oder – wie es bei den Christen seit neuestem Mode ist – soll das eigene Herz wählen? Ja, warum zum Kuckuck musste man überhaupt heiraten? Was hatte man schon davon? Und warum lachten die Erwachsenen so gönnerhaft und hielten sie für eine Närrin?
Wenn sie an die Ehe ihrer Eltern dachte, in der zwei einander Fremde wie ein paar aneinandergekettete Galeerensträflinge ihr Leben freudlos verbrachten, empfand sie Trauer und Mitleid.
Mit Entsetzen fiel ihr ein, dass die Ahnfrau aller westpreußischen Kohanim, Rachel Halevi, in etwa ihrem Alter, mit kaum fünfzehn Jahren, von ihren Eltern mit dem dreißig Jahre älteren Baruch Kohanim verheiratet worden war. Zwanzig Kinder hatte sie, die zweite Frau des Baruch Kohanim, geboren! Acht hatten überlebt.

Mit fünfzehn gefreit
und jedes Jahr ein Kind
bis es vierundzwanzig sind!

Das war so seit anno 1651. Andererseits war es nun kaum mehr als dreiunddreißig Jahre her, dass ihre eigene Mutter im Alter von kaum sechzehn Lenzen von ihren Eltern mit Samuel Kohanim verheiratet wurde. Soweit sie sich erinnern konnte, war ihre Mutter immer schwanger oder im Wochenbett. Ständig umgab sie dieser metallisch-süßliche Geruch von Blut oder der säuerliche Duft von Milch, oft roch sie nach beidem gleichzeitig, und meistens hatte sie ein bis zwei Säuglinge am Busen, wenn keine Amme da war. Schon beim Gedanken an diese Gerüche schüttelte Franziska der Ekel.

Der Vorgang der Begattung war ihr wie jedem Landkind geläufig und verdiente deshalb keinen weiteren Gedanken. Allerdings war ihr aufgefallen, dass die Frauen häufiger niederkamen als die Kühe auf dem Gut. Das Vieh musste schließlich geschont werden. Warum die etwas älteren Mädchen trotz all dieser ganz offensichtlichen Widerwärtigkeiten ihrem Eheglück in dem Wahn entgegenfieberten, die Liebe würde das alles vergessen machen, ließ nur einen Schluss zu: »Weiber sind total meschugge!«

Nur ihre beiden älteren Schwestern Elli und Selma schienen da vernünftiger. Elsbeth, genannt Elli, hatte sich mit ihrem Sportfimmel so weit aus dem Mikrokosmos des engen jüdischen Familienlebens verabschiedet, dass sie praktisch tun und lassen konnte, was sie wollte. Im Prinzip wohnte Elli kaum zu Hause. Ständig war sie zu irgendwelchen Turnieren und Wettkämpfen unterwegs oder versuchte auf Einladung und Honorar aus ungelenken jüdischen Töchtern Amazonen des Pferdesports oder des Tennisspiels zu machen. Heim kam Elli praktisch nur, um ihre Pokale und Trophäen abzuladen und um sich großspurig über die ungesunde jüdische Welt auszulassen, die, wie sie herumposaunte, die Juden degeneriere, sie ängstlich, klein und schwach hielte. Aber auch Selma, die sonst in allem das genaue Gegenteil zu Elli war, hatte ihren Kopf durchgesetzt. Sie durfte beim Großcousin des Vaters, beim Rabbiner Ruben Conitzer, in Danzig Unterricht nehmen. Jetzt drängte sie die Eltern, sie an der Universität in Riga Theologie studieren zu lassen! Selma wollte Religionslehrerin für jüdische Mädchen werden. Ihrer Meinung nach war die religiöse Erziehung der Mädchen von den Juden seit Jahrhunderten in sträflicher Weise vernachlässigt worden. Dabei sollten die Frauen die Hüterinnen und Bewahrerinnen des Glaubens sein. Selma konnte darüber unaufgefordert mit Zitaten aus den Schriften haarfein und bis ins Kleinste referieren. Wie man sich denken kann, waren ihre Ansichten in den Synagogen und Bethäusern jedoch nicht sonderlich gefragt. »Was hat ein Frauenzimmer uns hier über Religion zu belehren?« Man mahnte Samuel Kohanim, seine Tochter zu zügeln. Selma wollte die Welt retten, zumindest die jüdische. In jüdischen und nichtjüdischen Blättern, die alle auf irgendeine Weise radikal waren, schrieb sie dazu aufreizende Traktate.

Jeder dieser mit »S. Kohanim« unterzeichneten Artikel landete offen oder anonym geschickt auf Samuel Kohanims Schreibtisch und verstörte den Adressaten. Das »S.« vor »Kohanim« konnte doch nur als Samuel

Kohanim verstanden werden. Hatte der »Leuchtturm des Reformjudentums« im Landkreis plötzlich einen orthodox-religiösen Rappel bekommen und verurteilte die liberale Erziehung jüdischer Mädchen als unjüdisch und schädlich? Samuel Kohanims empörter Protest, dass nicht *er* der Verfasser sei, machte die Sache nicht besser, im Gegenteil. Sein Kompagnon Zacharias Segall von den »Segalls mit zwei l«, mit dem er die Möbelfabrik betrieb, hinterbrachte ihm, dass man sich heimlich über ihn mokierte. Das Geschäft könnte unter dem Vorwitz seiner verbohrten Tochter leiden. Man konnte den Kohanim zwar anfeinden, aber nicht zur Witzfigur machen! Das erste Mal im Leben schäumte er vor Wut. Alle seine Töchter hatten im Salon anzutreten. Unter Androhung einer sofortigen Verheiratung mit Enterbung verbot er seiner Tochter Selma, künftig seinen guten Namen unter ihren »Bockmist« zu setzen. Vor Zorn war er rot angelaufen und zitterte am ganzen Körper. Von einer ebenso flammenden Entgegnung konnte Mindel ihre streitlustige, zornbebende Tochter gerade noch abbringen. Sonst hätte den Kohanim womöglich noch der Schlag getroffen. Grußlos verließ Selma das Haus und zog zu ihrem Mentor nach Danzig. Ihre neuen Artikel unterzeichnete sie als »Wanda Vogel«.

Was Franziska aus ihrem Leben machen sollte, außer eine fraglos erstklassige Partie, um als Gattin eines Bankiers oder Würdenträgers ihre Tage zu beenden, darüber machte sie sich keine Gedanken.
Aus Ratlosigkeit war sie wie die meisten Heranwachsen-

den erst einmal gegen *alles* und beschloss, ihren privaten Nihilismus zu genießen, indem sie möglichst alle bis zur Weißglut reizte.

»Na, warte, bis die erste Liebe kommt«, unkten die Erwachsenen und machten talerrunde Augen.

Bedurfte es da noch weiterer Beweise, dass die große Liebe nur eine Verschwörung gegen junge Mädchen sein konnte? Wenn sie nicht so enden wollte wie all diejenigen, die ihr jetzt damit drohten, dann müsste sie sich gegen die Liebe wappnen. Liebe macht den Liebenden zum Opfer, resümierte sie frühreif. Und ein Opfer würde sie nie werden! Wenn schon Liebe, dann würde sie sich lieber lieben lassen, als selbst zu lieben.

*

Das Getue ihrer verdrehten Schwester Flora, die sich anlässlich eines Besuches bei Selma in Danzig in einen spiritistischen Buchhändler namens Harry Fisch verguckt hatte, bestätigte Franziskas Vorbehalte gegen den Irrsinn namens »Liebe«. Obwohl der Bräutigam auf kaum verhüllte Missbilligung aller Kohanim und Beineschs von Warschau bis Berlin stieß, feierte man Floras Verlobung. Welchen triftigeren Einwand hatte man schon gegen den Mann als den, dass es sich bei diesem Harry Fisch um einen wirklich seltsamen Menschen handelte? Es gab schließlich Schlimmeres als einen Freier, der vom Handel mit spintisierenden Büchern lebte. Jede Tochter, die die Familie schnell unter die Haube bringen konnte, bedeutete eine Sorge weniger, selbst wenn sie noch gar nicht an der Reihe

war. Unter den Eltern herrschte Einvernehmen: Man konnte es drehen und wenden, Flora wäre auf dem Heiratsmarkt auch keine mit Honig bestrichene Attraktion, wenn man mal von der Mitgift von zehntausend Mark absah.
Warum sollte man also übertrieben wählerisch sein? Die Kohanim waren erleichtert, dass die Hochzeit in Danzig stattfand. Man zahlte für eine bescheidene Feier, blieb für zwei Tage und hatte eine Sorge weniger.

Zwei bis drei Ereignisse überlagerten im Sommer 1910 die heimliche Ehe der zweitältesten Kohanim-Tochter Selma mit einem Hilfsrabbiner in Danzig. Offensichtlich fand diese Hochzeit gleich nach Floras Vermählung statt. Die mit silbernen Lettern gedruckte Heiratsanzeige ohne ein erklärendes Wort ihrer starrsinnigen Tochter nahmen Samuel und Mindel mit gelindem Missvergnügen auf. Nachdem man sich vom Schock erholt hatte, überwog die Erleichterung. Das Schicksal nahm ihnen die lästige Mühe ab, für diese ebenso schwierige wie reizlose Tochter einen Ehemann zu finden.
Tröstlich war zudem noch, dass bei einer heimlichen Ehe keine Mitgift gezahlt werden musste. Irgendein Gerede war auch nicht zu befürchten, denn Selma lebte bereits in Danzig. Und Danzig war weit. Immerhin heiratete sie einen Juden. »Na, soll sein«, entschied Mindel. Samuel nickte seufzend und vertiefte sich in einen Artikel über die neuesten Kunstdünger.
Wenige Tage später wurde der letzte Rest von Verdruss durch eine erfreuliche Nachricht überstrahlt.

Wie gewöhnlich kam die Depesche mit dem Telegrammboten, der auf seinem alten Einspänner peitschenknallend vom Dorf Osche zum Vorwerk Sauermühle herübersauste.
Max hatte in Berlin einen Wettbewerb für hoffnungsvolle Pianisten gewonnen! Ab sofort konnte er beim berühmten Professor Busoni studieren.
Diese Sensation entschädigte Samuel überreichlich für die bizarren Rebellionsattacken seiner Töchter und verschaffte ihm im Landkreis sehr viel Ansehen. Selbst jene Schwetzer Bürger, die nach neuester Mode Juden als eine eigene Rasse ansehen wollten, feierten Max plötzlich »als Sohn der Stadt, auf dem nun unsere allerhöchsten Hoffnungen ruhen«. Es war natürlich Ehrensache, Max bei seinem nächsten Besuch einen gebührenden Empfang zu bereiten.
Im Festsaal von Schwetz gab Max ein Konzert und wurde mit Ovationen gefeiert. Zum Abschied nach Berlin stattete der Kohanim ihn zum Dank mit einem maßgeschneiderten Frack und Lackschuhen in einem standesgemäßen Koffer aus. Wie ein Rekonvaleszent sonnte sich der Kohanim im Glanze des aufgehenden Sterns seines Günstlings.

Im Trubel des Abschieds drückte Max Franziska auf dem Bahnhof heimlich einen Zettel in die Hand. »Damit wir in Verbindung bleiben.« Bevor Fränze etwas erwidern konnte, stieg Max mit hochrotem Kopf in den Zug.
»Einbildung is' auch 'ne Bildung!«, versetzte sie bissig, doch Max winkte bereits vergnügt mit nachlassender

Gesichtsröte aus dem Zugfenster. Die Lok ruckte an und weißer Dampf hüllte den Bahnhof ein. Nachdenklich winkte Franziska Max hinterher.
Angesichts des schwerfällig dampfenden Zuges, der Max nun nach Berlin davontrug, fiel ihr mit Bestürzung ein, wie langweilig es ohne Max in Sauermühle werden würde.
Bevor Franziska aber dazu kam, sich zum Quälgeist eines neuen männlichen Opfers aufzuschwingen, gab es einen Skandal, der den ganzen Landkreis aufwühlte. Oda von Güldner, das Mündel des deutsch-russischen Zuckerzaren von Steinfeld, war durchgebrannt!
Einige Wochen später erhielt Martha eine Ansichtskarte aus Berlin. »Poste Restante«, Hauptpostamt Schwetz.

Liebste Martha,
Unkraut vergeht nicht!
Habe in Berlin freundliche Aufnahme bei einem gleichgesinnten sozialdemokratischen Konditor gefunden. Schreibe Poste Restante Postamt Berlin NO, Kennwort »Unkraut«.
Deine O.

Verträumt starrte Martha auf den Vergissmeinnichtstrauß auf der Vorderseite der Karte und zeichnete mit den Fingern die erhabene Prägung des Blumenmotivs nach. Sie konnte es kaum erwarten, sich endlich in der Bodenkammer einzuschließen, um Oda im Versteck bei Kerzenschein zu antworten.

Liebste Oda,
endlich ein Lebenszeichen, dass Du wohlbehalten bist. Gott soll schützen! Du kannst Dir nicht denken, welche Gerüchte über Dich hier in Umlauf sind. Erst hieß es, Du seiest mit dem Pfarrer durchgebrannt. Dann soll der Vikar Dir zur Flucht verholfen haben. Daraufhin, und das ist verbürgt, ist Dein Vormund hoch zu Ross in die Lutheraner Kirche eingeritten und hat den Vikar vom Pferd aus mit der Peitsche durch die Kirchenbänke geprügelt. Als die Glocken dann zur Vesper läuteten, äpfelte der verschreckte Gaul wohl direkt vor den Altar! Um das Maß vollzumachen, soff das verwirrte Ross dann das Taufbecken leer! So jedenfalls wurde es mir hinterbracht.
Pfarrer Eickelmann und der Kirchenrat Kümmerling haben Deinen Vormund danach scharf ins Gericht genommen. Dem Vikar zahlte er 20 Mark für die Schmach und die blauen Flecken. Der Kirche spendierte er nolens volens ein neues Dach.
Wie muss der Geizkragen gelitten haben!
Gelobt sei der Mächtige!
In Liebe, Deine Martha

PS: Bloß gut, dass Dein Bruder Rudolf weit weg in der Kadettenanstalt ist und nichts von Deinem Verbleib wissen konnte. Ich glaube, den hätte Dein Vormund sonst windelweich geschlagen.
Noch eine Novität: Dank Deiner Tat reißen sich jetzt nicht nur die üblichen jüdischen Klatschbasen um meine Gesellschaft. In der Hoffnung, von mir Neuigkeiten über Dich zu erfahren, hofieren mich selbst die deutschen Tratschen wie die Witwe Mehlich und Frau Hundertschön und die polnischen Klatschmäuler Pani Lublinska und die Kowalska. Natürlich

werde ich trotzdem wie üblich hintenrum durch den Dienstboteneingang empfangen, zumindest bei der Lublinska. Bei der Kowalska hingegen muss ich auf dem Stuhl vis-à-vis vom Kruzifix Platz nehmen und die ganze Zeit auf einen gefolterten Juden gucken, den sie für Gott halten. Zur Tröstung reicht die Kowalska Schmalzgebackenes. Dabei weiß sie ganz genau, dass ich das nicht essen darf. Eine Frechheit!
PPS: ... und selbst Dir sei nur in Geheimschrift anvertraut: Ich habe einen Verehrer! Aber kein Wort zu niemandem!!!

Das PPS las Oda bereits mit gerunzelter Stirn. Marthas Äußerungen musste man mit Vorsicht genießen und eher als Vision oder Idee verstehen. Das wusste niemand besser als sie.
Außerdem kam es ihr immer so vor, als hätte der Herrgott die vollendete Schöpfung von Marthas älterer Schwester Franziska so erschöpft, dass er für Martha nur noch den Ausschuss der Ahnenreihe übrig hatte: Martha war klein, pummelig, mit krausem Haar einer Farbe, die man sonst bei Promenadenmischungen antraf und falb nannte. Sie hatte die steingrauen Augen von Mindel, die aber bei Martha enger zusammenstehend mit Silberblick mausig wirkten. In ihrem Gesicht prangte eine zu große, fleischige Nase über einem zu kleinen, schmallippigen Mund mit schlechten Zähnen, die immer wie grau bemoost aussahen. Dazu litt sie ständig an Ausschlägen aller Art und an Asthma. Unwillkürlich musste man bei Marthas Anblick an ein zu groß geratenes Huhn denken, insbesondere, seit sie sich das Haar zur französischen Tolle hochsteckte, die einem Hahnenkamm glich. Aber das Ärgste an

Franziskas jüngerer Schwester war nicht so sehr die etwas misslungene Gestalt oder ihre gequetschte weinerliche Stimme, das Allerschlimmste an Martha war ihre Fantasie!
Martha log, dass im Himmel Jahrmarkt war.
Was nur brachte Martha dazu, sich ihre ganz eigene Welt zu erdichten? Warum weigerte sie sich, mit der nicht allzu üblen Welt der Holzjuden auf Sauermühle und ihrem Leben zufrieden zu sein? Warum erzählte sie herum, dass sie in Wahrheit die illegitime Tochter eines Habsburger Prinzen wäre? Wer hatte ihr da nicht schon alles ins Gewissen geredet! Vergebens, sie konnte ihrem Drang zum Fantasieren einfach nicht widerstehen. Nur die Absurdität ihrer Lügenmärchen verhütete Schlimmeres.
Den Verweis auf die Tatsachen und den Kummer, den sie ihrer Mutter mit solchem Gerede zufügte, verstand sie nicht.
»Was hat denn das eine mit dem anderen zu tun?«, wunderte sich Martha da bloß. »Der Himmel ist in Wahrheit schwarz und alle halten ihn trotzdem für blau! Es kommt eben immer nur darauf an, wie man es sieht.«
»So wird aus 'ner Eule auch keine Nachtigall«, hielt ihr Mindel vor. Alle Appelle an die Wahrheitsliebe und das achte Gebot verfingen nicht. Die verdrehte Martha stritt und litt für die Gleichberechtigung des Fantastischen. Ihrer Meinung nach hatte der Mensch nämlich mindestens drei Leben: eines, in das er zufällig hineingeboren wurde und in dem er sich vorübergehend aufhielt wie auf einem Verschiebebahnhof.

Ihrer Theorie nach begab sich der Mensch dann in den Transit der lebendigen Träume, in das zweite Leben. Das ganz eigene Leben, das der Mensch dann nach Umsteigen ins dritte Leben führte, hatte man sich durch die Träume und Vorstellungen des ersten und zweiten Lebens verdient, quasi herbeigeträumt. Wer das nicht schaffte, blieb, so Marthas Meinung, in der Zwischenwelt, im Reich der Träume stecken, oder was noch ärger wäre: Er versauerte gleich unerlöst im allerersten Stadium des banal Realen!

»Ja nu', wenn schon!«, beschwor Großmutter Beinesch ihre überdrehte Enkelin. »Aber über solche Chimären spricht man dann doch nicht!«

Und das wiederum wollte Martha nicht in den Kopf. »Wieso?«, ereiferte sie sich. »Alle erwarten den Messias und die Auferstehung der Toten wie eine Tatsache, reden darüber und leben danach, oder etwa nicht? Dann verratet mir mal, was das nun mit Wirklichkeit und Vernunft zu tun hat?«

Das »Ja, aber«, mit dem man ihr das Ganze ausreden wollte, indem man den normalen Unsinn des Hier und Jetzt mit dem noch tieferen Widersinn der Religion vom Jenseits, der Auferstehung am Ende aller Zeit in Einklang zu bringen trachtete, machte allmählich die gesamte Familie kirre.

»Wo käme man hin, wenn sich jeder die Freiheit nähme, sich ein komplett neues Leben auszudenken und die Wirklichkeit zu ignorieren? Dann trügen alle einen Frühlingshut im Winter und wären reif für das Tollhaus!« Als Familienoberhaupt sprach Samuel Kohanim ein Machtwort.

Jede weitere Sophisterei über Wahrheit und Unwahrheit sowie die Bedeutung von Frühlingshüten im Winter und dergleichen war ab sofort verboten. Sollte sie weitere Lügengeschichten in Umlauf bringen, käme sie in eine Nervenklinik. Für immer!

Das alles bedachte Oda bei der Lektüre des Briefes ihrer Freundin. Folglich räumte sie der Lebensechtheit des vermeintlichen Verehrers ihrer Freundin nur geringe Chancen ein. Andererseits war sie gespannt, was sich Martha da weiter zusammenreimen mochte, denn es tat ihr offenbar wohl.
Nach dem Philosophieverbot war klar, man konnte Marthas Wahn nicht weiter freien Lauf lassen, und inspiriert durch seine wissenschaftlichen Gazetten folgerte Samuel Kohanim, dass seine Drittjüngste dem neuesten Frauenleiden, der Hysterie, zum Opfer gefallen sein musste.

Eine Kapazität auf dem Gebiet der Hysterie war Dr. Rosenzweig, der angesehene Nervenspezialist in Bromberg. Mindel suchte ihn mit Martha anlässlich eines Besuches der »Segals mit einem l« auf. Zu ihrer Überraschung erfuhr sie, dass Marthas Leiden Mythomanie hieß und eine Form der hysterischen Pseudologia Phantastica darstellte. Das wiederum sei eine Krankheit, die man ebenso wenig bestrafen dürfe wie Mumps oder Influenza.
»Dann ist es also ansteckend?«, folgerte Mindel erschrocken, während sich Martha hinter dem Wandschirm nach Abklopfen und Abhören wieder anzog

und dann brav auf der Ottomane mit den Perserkissen Platz nahm.

»Na ja, ha ha, wie man's nimmt«, lachte Dr. Rosenzweig vergnügt und kritzelte mit der Stahlschreibfeder in der Patientenakte herum.

»Im Übrigen: Ein Einlauf ab und zu kann im Prinzip niemandem schaden. Ein guter Stuhlgang ist auf jeden Fall auch der geistigen Gesundheit zuträglich«, fuhr der Seelenarzt fort und zwinkerte ihr verschmitzt zu. Dabei fiel ihm das Monokel vom rechten Auge. Mindel atmete erleichtert auf. Nicht nur Krankheiten, sondern auch der Irrsinn saß im Unterleib! Der Darm und die Gebärmutter waren die Orte der Hysterie, wie man seit neuestem wusste. Warum war sie früher nicht darauf gekommen?

Folglich log Martha nun daheim ganz hemmungslos, hatte aber deutlich weniger Ausschlag. Dieser Fortschritt wurde dadurch erkauft, dass seitdem der Abort bei den Kohanim ständig besetzt war. Denn um einer drohenden Epidemie von hysterischer Pseudologia Phantastica im Hause vorzubeugen, bekamen alle weiblichen Mitglieder des Haushalts regelmäßig Einläufe und Franzensbader Salz. Wie zu erwarten war, verbesserte sich die geistige Gesundheit der Familie dadurch nicht. Indes bekamen alle neben Diarrhöe und Blähungen einen ziemlichen Rochus auf Martha. Aus Daffke nahmen Elsbeth-Elli und Franziska-Fränze Martha nur noch schärfer aufs Korn. Sie konnten nicht ahnen, dass sie mit ihrer Rache für verordnete Klistiere und Einläufe nun das Schicksal selbst herausforderten.

Die sportverrückte Elli, die sich im Dorf Osche neben dem Beinamen einer biblischen Plage auch den Spitznamen »die Jiddin zu Pferd« erworben hatte, kam eines Tages von einem ihrer Ausritte mit einer unglaublichen Neuigkeit heim: »Martha poussiert!«
Alle warteten noch eine Weile auf die Pointe dieses kolossalen Witzes. Leider schwieg Elli nur vielsagend. Da sie weitere Erklärungen schuldig blieb, tat man das als Ellis übliche Großmäuligkeit ab und dachte bald nicht mehr daran.

Liebste Oda,
herzlichen Glückwunsch zur Vermählung mit Deinem Reinhold. Gott soll schützen und segnen!!! Hoffentlich bäckt Dir Dein Mann jeden Tag, den Gott werden lässt, eine Torte, denn ganz so süß scheint das Leben für Dich nicht zu sein, wenn Du Dir ein Auskommen als Näherin suchen musst. Eine Hilfe aus Deinen Nöten mag sein, dass meine Schwester Fanny nebst Familie (sie kam inzwischen in Bromberg mit Zwillingen nieder) nach Berlin übersiedelt. Die Segals eröffnen demnächst in der Friedrichstraße eine Herrenschneiderei für allerhöchste Kreise! Vielleicht findet sich für Dich dort eine einträgliche Verwendung. Sag aber nicht, dass ich Dich schick' oder dass wir in Verbindung stehen. Ansonsten bin ich wohlauf und glücklich ... Dazu trägt nicht nur die Liebe bei, sondern auch, dass die »Königskobra« (Fränze) endlich ein neues Opfer gefunden hat und mich seit einiger Zeit in Ruhe lässt. Sei in Liebe umarmt und aller Segenswünsche teilhaftig,
Deine Martha

Der Grund, warum die »Königskobra« eine Weile von Martha abließ, war, dass der Platzhirsch des Landkreises, der junge Stanislaw Solkowsky, ein Auge auf Franziska geworfen hatte. Wegen irgendeiner dunklen Geschichte, über die nur in Hinterzimmern und an Billard- und Spieltischen geraunt wurde, musste Pan Stanislaw vor einigen Monaten Abschied von seinem Regiment nehmen. Seitdem langweilte er sich auf der heimatlichen Scholle exzessiv, wie er alle Welt wissen ließ. Als angemessene Beschäftigungen adliger junger Herren blieben ihm neben dem Glücksspiel, das ihm die Familie bei Androhung der Enterbung untersagt hatte, nur die Jagd und die Amouren. Für die Geschäfte des Gutes verfügte der junge Grafenspross weder über ausreichend Erfahrung noch das Interesse oder die geistigen Gaben, zumal am Zustand der gräflichen Finanzen auch ein Bankier Rothschild verzweifelt wäre.

Aus purer Langeweile wollte Pan Stanislaw die gerühmten Vorzüge der Tochter des ehemaligen Gutsverwalters Kohanim inspizieren. Zu diesem Zweck bezog er auf der Galerie der Konditorei Elbing so lässig Stellung wie früher im Offizierskasino. Durch die mystischen Rauchschwaden seiner Orientzigarette übte er den verhängnisvollen Blick, der Franziska sogleich beim Betreten des Cafés bannen sollte. Zur Steigerung der Wirkung schob er sich ein Monokel vors linke Auge und wartete wie ein Jäger auf dem Anstand, bis sich das vermeintlich ahnungslose Reh zeigen würde.

Als Franziska das Kuchenparadies betrat, um sich dort wie immer, wenn sie in Schwetz war, eine Schillerlocke mit viel Buttercreme einzuverleiben, fiel ihr auf der Empore der dünkelhafte Snob mit der Scherbe vor dem linken heringsfarbenen Fischauge auf, und sie lächelte. Es war ein halb spöttisches, halb seliges Mona-Lisa-Lächeln, das Pan Stanislaw aber seinem an Kammerzofen und Gastwirtstöchtern erprobten Charme zuschrieb.

Na, dem werd' ich was husten!, dachte sich Fränze feixend. Für die nächsten vier, fünf Wochen ignorierte sie das Fischauge derart formvollendet, dass man den Knacks seines gebrochenen Herzens fast in Zimmerlautstärke hören konnte, sobald Franziska die Konditorei betrat. Bald verging kein Tag, an dem Pan Stanislaw nicht parfümierte Briefe mit dümmlichen Liebesgedichten schickte, Konfekt oder Blumen. Das Konfekt verteilte sie, die Blumen trug sie zum Friedhof, und die Briefe landeten nachlässig zerrissen auf dem Mist des Gutshauses. Das Verbrennen der Briefe im Herd schien ihr zu umständlich und auffällig, denn die Küche war ständig besetzt, da selbst nachts die Küchenmagd dort auf dem Feldbett schlief. Der Mist zum Mist!, schien ihr die diskreteste Lösung. Nicht bedacht hatte sie nur, dass die Mägde die schlecht zerrissenen Briefe vom Mist auflesen könnten. Es dauerte daher nicht lange, da wurden die gräflichen Liebeswerbungen an Franziska von johlenden Halbwüchsigen des Dorfes mit falschem Pathos deklamiert, insbesondere, wenn jemand aus der gräflichen Familie in Hörweite war. Auf jeden Fall genoss die Schwetzer Öffentlichkeit ebenso wie die des Dorfes Osche den Skandal, dass sich ein Solkowsky von einer Jüdin so vorführen ließ. Um das Maß vollzumachen, schickte »das Gräfchen«, wie alle Welt ihn inzwischen nannte, im Liebestaumel noch zusätzlich vom Schnaps befeuert einen Brief an Samuel Kohanim, in dem er um die Hand seiner Tochter bat, die er durch eine Vermählung mit ihm in den Adelsstand zu erheben gedachte. Eine vorherige Taufe wäre natürlich unerlässlich. Dem Schreiben war ein Ring mittlerer Güte beigefügt. Dieser sollte seine ernsten Absichten bekräftigen. Dem Kohanim war klar, dass der Mann beim Verfassen des Briefes nicht ganz bei Trost gewesen sein musste. Nur ein schwerer Rausch wäre eine Entschuldigung gewesen. Gleichwohl ärgerte er sich, in welche heikle Lage das Gräfchen alle mit dieser Eselei gebracht hatte. Wenn alle Beteiligten ihr Gesicht wahren wollten, sollte man die Angelegenheit als ungeschehen betrachten, am besten, ohne ein Wort darüber zu verlieren. Samuel musste aber handeln, nur war er ratlos, wie er diesem Affront angemessen begegnen sollte, also ließ er die Sache einfach schleifen und hoffte, dass sie sich dadurch von selbst erledigen würde. Fränze wollte ihrem Vater aus der prekären Situation helfen. Sie richtete folgendes Antwortschreiben an ihren Verehrer:

Werter Herr,
sicher fühlen sich viele Jungfrauen durch einen solchen Antrag geehrt. Allerdings muss ich Ihnen gestehen, dass eine Verbindung zweier Menschen von solch gesellschaftlicher Ungleichheit wie sie eine Verbindung zwischen einer Angehörigen, die ihren Adel auf fünftausend Jahre bis zu Mose zurückführen kann und deren nobler Verdienst auf Religion und

Weisheit fußt, und einem Aristokraten Ihrer Art, dessen Ahnen erst unlängst wahrscheinlich durch Blutvergießen auf ruhmreichen Schlachtfeldern zu Rang und Ehren erhoben wurden, kein Glück beschert sein kann, selbst wenn sich der Bräutigam zum mosaischen Glauben bekehren ließe. Aus diesem Grunde lehne ich Ihr hochherziges Angebot dankend ab. Im Interesse der Verbundenheit unserer Familien entlaste ich meinen geliebten Vater von der heiklen Pflicht einer Antwort und schicke Ihnen hiermit Ihren Ring zurück. Ihre Absichten waren sicherlich ehrenwert, ebenso wie die meinen.
Mit Verlaub wünschen wir Ihnen eine glückliche Zukunft mit einer Ihnen ebenbürtigen Braut.
Höflichst,
Franziska Kohanim zu Sauermühle

Nach diesem Brief kühlte das über Generationen wohltemperierte Klima zwischen den Solkowskys und den Kohanim schlagartig ab. Das Gräfchen wurde von seiner Familie überstürzt nach Krakau verfrachtet. Dort sollte er angeblich irgendeinem nutzlosen Studium nachgehen, das vermutlich überwiegend aus Erkenntnissen über Alkohol, Whist und Affären bestand, wie man im Landkreis mutmaßte. Abgesehen vom feixenden Beifall der Juden des Landkreises und der Genugtuung, dass eine der Ihren der gojischen Herrschaft mal ordentlich heimgeleuchtet hatte, verstörte diese ungewohnte Dreistheit einer jüdischen Göre die deutschen und polnischen Nachbarn.
Fränzes Nimbus entwickelte sich zur »Katastrophe auf Abruf«! Nur eine schnelle gute Partie möglichst weit weg von Schwetz und Zempelburg könnte Abhilfe

schaffen und das Schlimmste verhüten, hieß es im Familienkreis.
Aber für eine schnelle gute Partie weit weg war Franziska nicht zu begeistern.
Unterdessen nahm das von Gerüchten und Neugier aufgescheuchte Schicksal einen kleinen Anlauf. Zufällig ließ es die neugierige Franziska um eine bislang unbekannte Ecke des kleinen Bethauses biegen. Dort ging ihre Mutter einmal im Monat zur Mikwe. Fränze fand es nämlich schon seit längerem merkwürdig, dass ihre Schwester Martha seit einiger Zeit ganz versessen darauf war, die Mutter zum Tauchbad zu begleiten. Dabei handelte es sich um eine Pflicht, vor der sich die Töchter im Allgemeinen zu drücken pflegten. Was steckte dahinter?

Die Mikwe in Schwetz war ein umbautes, finsteres, mit Moos gesäumtes Loch, in dem das Wasser selbst im Sommer eiskalt war und muffig roch. Sich dieses Wasserloch mit sämtlichen anderen jüdischen Weibern aus dem Landkreis teilen zu müssen, denen vielleicht noch die Flöhe aus den Perücken sprangen, erforderte neben einer guten Laterne und einem festen Glauben vor allem robuste Nerven. Die Jüdinnen der ländlichen Umgebung tauchten deshalb lieber im Dorf im frischen, aber eiskalten Wasser der Dorf-Mikwe unter, die ihr Wasser direkt vom Flüsschen Schwarzwasser ableitete. Anstatt draußen im Geviert vor der Mikwe brav auf der Steinbank zu warten, huschte Martha plötzlich hinter die Hecke. Dort im Blattgrün getarnt lauerte ein pomadisierter Vorstadtstutzer und raspelte mit Martha

Süßholz! Leider versperrte Franziska der Holunderstrauch die Sicht, so dass sie nur den aufdringlichen Geruch von Klettenwurzelhaaröl und seine nicht minder ölige Rede wahrnehmen konnte.
›Martha poussiert! Kaum zu glauben!‹
Franziska behielt diese Entdeckung für sich. Allerdings nur insoweit, als sie Martha gegenüber pointierte Bemerkungen fallen ließ, die feinste Detailkenntnis des entdeckten Techtelmechtels andeuteten. Damit versetzte sie ihre jüngere Schwester regelmäßig in Panik. Nur die Schwere von Marthas Hustenanfällen verriet, wie erfolgreich ihre Spitzen tatsächlich ins Schwarze getroffen hatten.

Von Max gab es aus Berlin nichts als die gewohnten Erfolgsmeldungen nebst Zeitungsausschnitten und Programmdrucken. Der Grafensohn, der Franziska so skandalös den Hof gemacht hatte, war nun in Krakau, und die nicht abreißende Parade der soliden jüdischen Herren auf Freiersfüßen ödete sie inzwischen restlos an. Was lag näher, als die bleischwere ländliche Langeweile kurzweiliger zu machen und Marthas dubiosen Verehrer einer gründlichen Inspektion zu unterziehen? Gegen eine Handvoll Bonbons erfuhr sie von den Kindern im jüdischen Quartier des Dorfes, dass der Mann Wilhelm Rubin hieß und in Oberhausen als Hauer in einer Steinkohlegrube malocht hatte. Bis auf weiteres wäre er nun bei Verwandten »auf der Durchreise«.
Übersetzt hieß das: Herr Rubin war kein Herr. Er schnorrte sich bei der Verwandtschaft durch. Na, wer sonst würde sich für eine wie Martha interessieren,

dachte Franziska. Sollte sie ihren Vater davon in Kenntnis setzen, ihn warnen und Zeter und Mordio schreien? Sollte sie sich herablassen, die jüngere Schwester zu verpetzen, oder sollte sie selbst das Spiel dieses sauberen Galan durchkreuzen?

Natürlich entschied sie sich, der Sache selbst auf den Grund zu gehen. Sonst wäre ja wieder diese schreckliche Langeweile ausgebrochen. Das nächste Mal bestand sie wiederum darauf, die Mutter zur Mikwe zu begleiten. »Mama, Martha hat Dich schon viermal zur Mikwe begleitet und ich erst einmal«, begründete sie ihr Vorhaben. Die Mutter gab ihr recht. Martha musste zu Hause bleiben und dazu noch verordnete Klistiere verarbeiten. Die Bekämpfung der Hysterie schien nie einleuchtender, denn Martha heulte herum und machte eine Szene.

Es wurde verabredet, dass Mindel im Tauchbad ihren kultischen Pflichten nachkommen sollte, währenddessen Franziska mit einem Topf Hühnersuppe bewaffnet einer kranken Pächtergattin einen Besuch abstattete. Einen besseren Vorwand gab es nicht, um durch diesen Teil von Osche zu schlendern, der nicht weit vom berühmten Dorfzentrum lag, wo Napoleon auf der Flucht aus Russland den berüchtigten Achsbruch erlitten hatte.

Nachts legten die polnischen Dörfler in treuem Andenken an ihren einstigen Befreier von den Preußen noch immer heimlich Blumen nieder. Genau dort hausten angeblich diese Rubins. Eine entsetzliche Gegend, fand Franziska und rümpfte die Nase. Vorsichtig lenkte sie ihre Schritte in ihren feinen veilchenblauen Stiefelchen durch den festgetretenen Morast und Unrat. Auf der Dorfgasse spielten ungewaschene Kinder mit trockenen, goldglänzenden Pferdeäpfeln, während sich ein junger Mann mit Schiebermütze auf dem Ohr und karierten Knickerbockern im Fahrradfahren übte, bis er sich ganz freihändig durch den Dreck seinen Weg bahnen konnte. Mit lässig verschränkten Armen trat er dazu in die Pedalen und pfiff den Kaiserwalzer.

Willy Rubin in voller Lebensgröße! Der Unterschied zum Grafensohn bestand darin, dass sich Willy Rubin nicht nur für unwiderstehlich hielt, sondern es tatsächlich auch war. Wenn man vom Friseur, dem Beau des Dorfes, einmal absah, wirkte dieser Rubin zwischen all den anderen Juden im Kreis wie das gleichnamige rote Glitzerding unter lauter Presskohlen. Munter, gut gewachsen und vor Energie bebend schienen seine wachen graublauen Augen stets die Welt nach einer günstigen Gelegenheit abzusuchen. Kurz: Der Mann wirkte wie ein abgeschossener Pfeil, der sein Ziel suchte.

Wenn einer wie der mit einer wie Martha poussiert, dann ist das ein Mitgiftjäger! Na, dem werde ich heimleuchten, freute Franziska sich.

Aber zugegeben, dachte sie sich, hat dieser Stutzer ein gewisses Avec. Trotz seiner »Kleedaje«, die dem vulgären Geschmack der Straße entsprach, war doch unverkennbar, dass es sich bei diesem Willy Rubin, abgesehen von seiner sportlichen, breitschultrigen Gestalt, seinem vollen schwarzen Haar, der geraden Nase, den blaugrauen Augen nebst auffällig heller Haut, um ein typisches jüdisches Gesicht handelte, das unver-

wüstliche Gesundheit, Unternehmungslust und Witz ausstrahlte.
Die Beschäftigung mit diesem Vorstadtstutzer versprach amüsant zu werden. Außerdem geschah es ja zum Wohle der Familie. Es wird nichts Spektakuläres wie die Geschichte mit dem albernen Gräfchen, aber besser als gar nichts!, dachte Franziska bei sich.
Willy Rubin war schließlich ein Niemand. Aber immerhin mehr als nichts. Zumindest konnte sie Martha so eins auswischen, sich dabei auch noch köstlich amüsieren und sich als Beschützerin der Familie aufspielen. Man soll ja nicht unbescheiden sein!
Noch so in Gedanken, wo Martha den Willy oder Willy Martha wohl aufgegabelt haben mochte, kam der Beobachtete nach scharfer Bremsung auf sie zugeprescht. Ehe sie sich's versah, hatte der Kerl sie »zu einer Biege« bei ihm vorn auf der Stange des Fahrrades überredet. Schuld daran war neben blanker Neugier, dass Fränze an ihm Juchten-Rasierwasser roch und nicht den erwarteten sauren Männerschweiß vermischt mit kaltem Tabakrauch, wonach Männer hier sonst so rochen.
Ein Avec mit einem gewissen Avec!
»Dann habe ich also die unvergleichliche Ehre, die legendäre Franziska Kohanim chauffieren zu dürfen?«, säuselte Wilhelm Rubin ironisch und grinste schief.
»Na, nu' machen Se sich kein' Fleck ins Hemd, Herr Rubin!«, fuhr sie ihm barsch über den Mund.
»Oha, hört, hört! Das Fräulein kennt bereits meinen Namen! Na, wie komme ich denn zu dieser Ehre?«
»Wenn Sie alles dransetzen aufzufallen, was nicht schwer ist in 'nem Kaff wie Osche, dann wundern Se

sich zu Unrecht, dass man Se kennt! Man kann ja gar nicht umhin!«
Gern hätte Willy Franziska an dieser Stelle einen Haufen Komplimente gemacht, doch sein Instinkt riet ihm davon ab. Er lachte lieber lauthals und ließ dabei sein prächtiges perlweißes Gebiss sehen. Wider Willen war Franziska davon beeindruckt und wollte darum umso mehr jeden positiven Eindruck sogleich zerstreuen.
»Na danke! Ihre Fahrkünste entsprechen auch nicht meinem Geschmack! Das ist doch alles eher etwas für schlichtere Gemüter. Mensch, halten Sie bloß an!«
»Ich kann auch gar nicht *umhin*, Gnädigste«, flachste er und bremste das Rad hart mit einem Schleudermanöver.
Mit hochmütiger Miene schälte sich Franziska lässig von der Fahrradstange und strich sich den Rock und das Haar glatt. Willy Rubin wertete diese Geste als weibliche Verlegenheit und grinste breit. Das wurmte Franziska umso mehr. Für wen hielt sich der Kerl?
Bevor Willy Rubin seine Fahrt fortsetzen konnte, packte sie beherzt die Lenkstange des Rades mit beiden Händen und zischte ihm mit verengten Augen eindringlich zu: »Und noch eins, Sie Galan: Lassen Sie Ihre schmutzigen Finger von meiner Schwester Martha!«
»Nur wenn ich Ersatz durch die fürsorgliche große Schwester bekomme«, neckte er zurück und fischte sich eine Zigarette hinter dem Ohr hervor.
»Ersatz, wofür? Na, Sie haben vielleicht Nerven!«
»Na, jeder hat so seine Talente.«
»Auf dem Velo und in Kohlegruben vielleicht!«
»Abwarten!«

Dabei schaute er ihr fest in die Augen und hielt ihr das brennende Zündholz, das er zum Entzünden seiner Zigarette angestrichen hatte, vor die Nase. Ohne ein Zucken oder eine Schmerzregung zu zeigen, ließ er die Flamme bis zu seinen Fingern herunterbrennen, wo sie von selbst erlosch.
»Schmock!«

Nach all den Unerquicklichkeiten, die Franziska der Familie mit der Amour fou des Grafensohnes bereitet hatte, war die Familie heilfroh, dass sich die »Katastrophe auf Abruf« entschloss, ihre Schwester Fanny mit den Kindern nach Berlin zu begleiten.
Dort sollte sie sich für eine Weile nützlich machen. Vielleicht fand sich ja endlich in der Reichshauptstadt eine passende Partie. In der Schneiderei der Segals mit einem l verkehrten schließlich die höchsten Kreise.

Liebe Oda!
Endlich ist die Kobra aus dem Hause, und ich lebe auf, umso mehr, als mein Willy beim Vater endlich um mich anzuhalten gedenkt. Diesem Brief füge ich ein Foto bei, das wir uns in Bromberg fertigen ließen, am Tage unserer heimlichen Verlobung. Allerdings entstammt Wilhelm nicht unseren Kreisen, aber immerhin besitzt sein Vater, wie ich mich überzeugen konnte, ein Hutgeschäft, »das erste Haus am Platze«, gegenüber der Marienkirche in Königsberg. Nur weil seine Mutter vom Vater in seiner frühesten Kindheit geschieden wurde und im Geschäft des Vaters wohl kein Platz war, suchte er wie viele Juden hier, die die Armut an die Ruhr getrieben hatte, dort sein Glück. Nur findet man das Glück nicht unbedingt tau-

send Meter unter der Erde. Und weil er nicht, wie die anderen armen Teufel hier mit einer schweren Kiepe auf dem Buckel die ganze Woche Megine[2] über die Dörfer gehen will, erwägt er, von seinem Ersparten ein Baugewerbe zu eröffnen. Wenn meine Mitgift noch dazukäme, wären wir fein raus. Sein Vater will auch noch etwas dazuschießen. Drück mir die Daumen, dass alles gutgeht! Ich freue mich zu hören, dass Fanny Dich eingestellt hat und dass Du inzwischen zur ersten Näherin in der Schneiderei avanciert bist. So hast Du ein Auskommen. Doch wundere Dich nicht, wenn die Kobra in Berlin Deinen Weg kreuzt. Sie wird eine Weile bei Fanny wohnen, und der gütige Gott soll machen, dass sie dort möglichst lange verweilt und am besten nie wieder zurückkehrt! Gott soll schützen!
In Liebe, Deine Martha

Meine liebste Martha!
Habe Dank für die wundervollen Neuigkeiten über Dich und Deinen Willy. Ich drücke Euch alle Daumen und hoffe, dass Dein Vater nicht zu streng mit ihm ist und Dein Eheglück endlich beginnen kann. Hier gibt es auch Neuigkeiten:
Zum einen den Auftritt der Kobra, die aber zur Verwunderung aller kaum zu sehen ist, weil sie ständig Besuche macht, von denen sie immer erst in tiefster Nacht zurückkehrt, so dass Gerson, Fannys Mann, sich beunruhigt fragt, welche Katastrophe auf Abruf hier wohl von Seiten Franziskas zu gewärtigen sei. Das hat sich aber inzwischen aufgeklärt: Max lotst Fränze ständig durchs musikalische Berlin zu irgendwelchen Soireen und Soupers. Dort soll sich endlich ein geeigneter Freier finden. Und falls Du es noch nicht gehört hast: Max hat vor dem Kaiser gespielt!!! Fortan hat er Zugang zu

allerhöchsten Kreisen, was sich die Kobra natürlich nicht entgehen lassen will. Du darfst also hoffen, dass Fränze vorerst nicht zurück nach Sauermühle kommt und hier wohl in Berlin bis auf weiteres hängenbleibt.
Deine Oda

Zu Jom Kippur platzte dann die Bombe.
Mit einer artigen Grußkarte an die Familie richtete Fanny wie all die Jahre zuvor neben den aufgezählten anderen Schwestern auch Grüße an Franziska aus.
Ein Flüchtigkeitsfehler?
Denn wie konnte Fanny Franziska in Sauermühle grüßen, wenn sie doch zur großen Erleichterung aller noch immer bei ihr in Berlin weilte?
Wiederholte Nachfrage von Samuel per Telegramm an Fanny:
+++ Wo ist Fränze? +++
Gerson Segal kabelte per Blitztelegramm zurück:
+++ Fränze vor 7 Wochen abgereist +++
Samuel schickte daraufhin ein Telegramm an Max:
+++ Wo ist Fränze? +++
Antwort von Max:
+++ Frage rätselhaft +++

Da die Angelegenheit für den Ruf Franziskas heikel war, vereinbarten die Eltern erst einmal striktes Stillschweigen. Man wollte vorerst keinen Verdacht erregen, dass etwas mit ihrer Franziska nicht stimmte. Wann immer Mindel, von Horrorfantasien getrieben, was ihrer Viertgeborenen alles zugestoßen sein mochte, herumunkte, wischte Samuel das vom Tisch: »Fränze ist vielleicht leichtsinnig, aber sie ist bestimmt nicht dämlich. Die lässt sich schon nicht unterkriegen! Es wird sich alles ganz harmlos aufklären!«

»Aber sie kann doch nicht einfach so verschwinden?«

»Wir werden es herausfinden«, schnauzte er gnatzig zurück.

Dabei kam ihm die rettende Idee. Im Berliner Adressbuch suchte er die Anschrift des Kofferfabrikanten Bruno Dahnke heraus. Franziskas Lieblingscousine, Else Segall, hatte gegen den Willen ihrer Eltern den christlichen Kofferfabrikanten Dahnke heimlich in Marienbad geheiratet. Dafür war Else von den Segalls mit einer Woche Schiwe-Sitzen wie bei einem echten Todesfall aus dem Kreis der Lebenden der Familie ausgestoßen worden. Else war von nun an eine Abtrünnige, und eigentlich war jeder Kontakt zu Else tabu. Bislang hatte sich die ganze Familie, auch die reformierten Kohanim, an den Bann über Else gehalten und jeden Kontakt vermieden.

Natürlich steckt sie da, war Samuel Kohanim sich plötzlich sicher. Sie hatte nur nicht den Mut, zu sagen, dass sie bei Else steckt! Dass ich nicht gleich darauf gekommen bin! Ein typischer Fall von doppelter Buchführung: sich überall zu verabschieden, um sich dann ganz woanders, bei der von der Familie verstoßenen und für tot erklärten Lieblingscousine, aufzuhalten. So durchtrieben konnte nur Franziska sein! Typisch!

Blitztelegramm an Else und Bruno Dahnke:

+++ Erbitte höflichst Auskunft über Verbleib von Franziska +++

Else Dahnke aus der Berliner Chausseestraße 57 kabelte sofort an Samuel zurück:
+++ Fränze noch vorgestern bei uns zum Kaffee +++ Wohnt bei Fanny +++ Was passiert? +++
Endlich konnte Samuel seiner Mindel mitteilen, dass Franziska nichts zugestoßen war. Indessen war seine bessere Hälfte, wie immer, wenn die Aufmerksamkeit einer anderen Schwester galt, wieder mal von Martha vollständig in Beschlag genommen worden. Dieses Mal litt Martha wahrhaftig. Vegetative Dystonie, konstatierte Dr. Rosenzweig. Der wahre Grund für Marthas Leid: Willy, ihr heimlicher Verlobter, war sang- und klanglos verschwunden.
Zudem stiefelte ihre ältere Schwester Elli ständig in Männerreithosen mit klirrenden Sporen und Reitgerte durchs Haus und brüllte, wann immer sie auf Martha stieß oder von den Verwicklungen in Berlin hörte: »Was für eine Mischpoke! Grundgütiger, was für eine Mischpoke!«
»Wo zum Teufel steckt das Luder nur?«, fragte sich Samuel und hatte dabei weniger das Gefühl der Angst als vielmehr die Ahnung, dass sein leichtsinniger Liebling drauf und dran war, im sündigen Berlin eine große Torheit zu begehen. Da er im Geschäft wegen des Herzanfalls seines Kompagnons Zacharias Segall unabkömmlich und sein neuer Assistent und Schabbes-Goi[3] Alwin noch nicht hinreichend eingearbeitet war, sollte Max in seinem Auftrag in Berlin Erkundigungen einziehen, Schritte einleiten, und wenn alle Stricke reißen, die Polizei einschalten. Entsprechende Vollmachten schickte er per Kabel an den Rechtanwalt

und Notar Dr. Lachmund in Berlin. Dieser delikate Auftrag traf Max zu ungünstiger Zeit.

Nachdem ihm Professor Busoni sechs Monate lang nur Übungen für die linke Hand am Klavier auferlegte, um die Beweglichkeit der sperrigeren Linken zu trainieren, wäre nun seine volle Konzentration auf die Einstudierung der Goldberg-Variationen für die Erweiterung seines Repertoires erforderlich, nicht zu reden von seinen zwei selbstkomponierten Klavierkonzerten für zwölf Finger, die er beim nächsten Auftritt zur Welturaufführung bringen wollte.
Zudem fand er, dass er dem Kohanim diesen Dienst zwar schuldete, dennoch hielt er sich für Detektivaufgaben für komplett ungeeignet. Ihm kam nur der Umstand zu Hilfe, dass der andere möblierte Herr seiner Wirtin, ein gewisser Herr Alois Steinspalter, der die Kammer neben seinem Musikzimmer bewohnte, als freischaffender Polizeispitzel galt. Für zwei Freikarten zu seinen Konzerten und ein kleines Honorar übernahm er gern die Nachforschungen.
Herr Steinspalter brachte für seinen Beruf zwei der wichtigsten Eigenschaften mit: Er war so unauffällig, dass sich nie jemand an ihn erinnerte; außerdem verfügte er über den nicht nachlassenden Jagdtrieb eines Windhundes, sobald er Witterung aufgenommen hatte.
Als Erstes stattete er Franziskas Cousine Else Dahnke, geborene Segall mit zwei l, einen Besuch ab, ließ sich weitere Fotografien der gesuchten Franziska Kohanim zeigen, erkundigte sich nach deren Gewohnheiten,

Vorlieben und sonstigen Personen, die die Vermisste abgesehen von der Schwester Fanny und ihrem Schwager Gerson Segal noch in Berlin kennen mochte.
Außer einem unergiebigen Ausflug in das Proletenidyll der hochschwangeren Oda Hanke, geborene von Güldner, im zweiten Hinterhof über der Backstube in der Oderberger Straße 9 des Bezirks Prenzlauer Berg gab es nur den Anhaltspunkt, dass Franziska auf cremegefüllte Schillerlocken versessen war und praktisch überall sein konnte.
Wie er Franziska dann tatsächlich ausfindig gemacht hatte, betrachtete er als sein Berufsgeheimnis.
Für die Belohnung, die Max ihm auf die Hand auszahlte, bedankte er sich so übertrieben, dass Max schon zweifelte, ob der Mann letztendlich noch mehr Honorar erwartet hatte und ihn nun mit Ironie provozieren wollte oder ob er sich einfach nur am Unglück anderer weidete.

An einem sonnigen Oktober-Sonntag machte sich Max auf, Franziska zu besuchen. Bewaffnet mit einem Strauß Astern und einer Bonbonniere, bestieg er am Spittelmarkt frohgemut eine Pferdedroschke und reichte dem Kutscher den Zettel mit der Adresse.
»Watt denn? In't Nachtjacken-Viertel[4]?! *Da* wollen *Sie* hin?«
»Ja, nach Möglichkeit heute noch, wenn's beliebt!«
»Hör'n Se, ick fahre Se nur bis Ecke Müller. Den Rest müssen Se denn schon alleene loofen. Da fahr ick jedenfalls keenen hin!« Der Mann schüttelte den Kopf.

Die Sparrstraße im Wedding, wo Franziska wohnen sollte, war zwar nicht so verrufen wie das Scheunenviertel oder gar die Mulackstraße mit ihren Groschenjungs und Hartgelddirnen, aber auch eben nicht viel besser als die berüchtigte Soldiner Straße. Ein Mann mit Blumenstrauß wirkte hier etwa so exotisch wie ein Mohr mit einem Affen auf der Schulter.
»Na, von welch'm Friedhof hast'n die jeklaut?«, pflaumte ihn prompt ein Halbwüchsiger an. Max blickte in eine mehr oder weniger gutmütige Visage mit aufgeplatzter Lippe über einem lückenhaften Gebiss und einem grünvioletten Veilchen auf dem linken Auge, so dass er das Lid nur einen winzigen Spalt öffnen konnte.
Stumm bat Max den Allmächtigen um den Schutz seiner Hände, die wie wertvolle Instrumente in safranfarbenen Rehlederhandschuhen ruhten. Diese Spezialanfertigung für seine sechsfingerigen Hände war übrigens der einzige Luxus, den er sich gestattete.
Angesichts der heruntergekommenen Häuserflucht und des lebenden und toten Unrats auf der Straße schien es ihm unvorstellbar, dass die stolze Franziska Kohanim in einem so lichtlosen Loch hausen sollte, wo sie sich eine Toilette mit ungefähr vierundsechzig Personen teilen musste. Ein solcher Abort schien hier im Übrigen der einzige Ort von Privatheit zu sein, an dem die Mieter ungehemmt kopulierten, bis jemand mit zotigem Gebrüll gegen die Türe trat, weil er Wasser lassen musste. Nicht selten wurde den Frauen und Mädchen auf dem Lokus aufgelauert, und den Rest konnte man sich unschwer vorstellen.

Im Hausflur, in den Max jetzt ungläubig einbog, stank es nach feuchten Kalkwänden, Urin, Ratten, Wanzen, Goldgeist gegen Läuse, Kohlrüben und Graupen, die man »Kälberzähne« nannte.
Die Hinterhöfe quollen über von schreienden Kindern, die alle eins gemeinsam hatten: Sie waren bleich, rachitisch, hatten tiefe Ringe unter den Augen, waren ungewaschen und offenbar seit Ewigkeiten ungekämmt, so dass sich ihre Haare bereits zu verfilzen begannen. Die gepflegteren Kinder hatten wegen der Läuse geschorene Köpfe und stanken wie Raubtiere.
Unter ihren Nasen hing in Kerzen der Rotz, den sie dann laut rasselnd hochzogen und in hohen Bögen ausspuckten. Damit veranstalteten sie im Hof Wettkämpfe mit den noch magereren Schwindsüchtigen unter ihnen, die ihren blutigen Tuberkuloseauswurf ebenso weit zu speien versuchten, was ihnen aus Schwäche meist nicht mehr gelang, und so rissen ihnen die gesunden Sieger die letzten Krumen süßen Hafermehls aus den Händen, die einzige Süßigkeit, die man sich hier leisten konnte. Das ging natürlich nicht ohne Geschrei ab.
Wenn sich diese Gören mal ausnahmsweise nicht prügelten oder irgendjemanden wie wilde Tiere ansprangen, um zu betteln oder zu stehlen, dann brüllten sie oder schmierten Obszönitäten an die Wände, die selbst hartgesottene Berliner Bierkutscher erröten ließen.
Kurz: Diese Weddinger Kinder waren der Abfall ihrer Eltern, die meist ihrerseits als Abschaum der Gesellschaft galten. Ihre Erzeuger rochen überwiegend nach Schweiß, Menstruation, billigem Fusel, Patchouli und

Sperma und schienen aus stinkenden, keifenden Huren und grölenden Trinkern zu bestehen, die ihre minderjährigen Töchter schwängerten oder für ein Rohr Wermut auf den Strich schickten, »damit sie wenigstens zu irgendwas nutze sind«. Weit und breit gab es keine Halbwüchsigen, die nicht mit einem dicken Bauch oder ihrem Balg auf dem Arm herumliefen.
Im vierten Stock links hielt Max an, hier sollte Franziska wohnen.
Der Name an der Tür sagte ihm gar nichts, und er machte sich darauf gefasst, dass es sich bestimmt um eine Verwechselung seines übereifrigen, geldgierigen Spitzels handeln müsste. Entsprechend zaghaft drehte er den Klingelzapf herum.

Hochverehrter Herr Kohanim!
Wie Sie mir aufgetragen haben, habe ich mich auf die Suche nach Ihrem werten Fräulein Tochter begeben und konnte ihren Aufenthaltsort ermitteln. Soeben habe ich sie aufgesucht und gesprochen.
Als Erstes sei Ihnen mitgeteilt, dass Franziska wohlauf ist und sich an besagtem Orte freiwillig aufhält, wenngleich ihre Lage dort ziemlich prekär ist. Leichtsinnigerweise hat sich das Fräulein wohl auf eine abenteuerliche Mesalliance mit einem gewissen Subjekt namens Wilhelm Rubin aus Oberhausen eingelassen, was, wenn ich so sagen darf, nicht ohne Folgen geblieben ist. Da sie ihren Eltern keine Schande machen will, hat sie sich wohl nicht mehr heimgewagt. Mir sind die Konsequenzen, die Ihr Fräulein Tochter für ihre unüberlegte Handlungsweise zu gewärtigen hat, auch geläufig, nur halte ich zu Gnaden, dass es sich beim Mann, der Ihre Tochter in die bewussten Um-

stände gebracht hat, wenigstens um einen Juden handelt. Aus diesem Grunde wäre eine Verstoßung, wie im Falle der Cousine Else, vielleicht ein allzu heftiges Mittel.
Mir steht zwar eine Meinung oder gar ein Rat an Sie in dieser heiklen Angelegenheit in keinster Weise zu, doch meine ich, Ihre Gefühle für Franziska zu kennen. Eine schnelle Ehe Ihres Fräulein Tochter könnte vielleicht für alle Beteiligten das Beste sein. Wenn dieser Rubin so ehrvergessen sein sollte, Ihr Fräulein Tochter nicht ehelichen zu wollen, so bitte ich meinen hochherzigen Gönner: Verfügen Sie über mich! Ich verehre Franziska schon lange, halte auch in dieser Stunde zu ihr und der Familie, der ich alles verdanke, und bitte daher in aller Demut auch ersatzweise um die Hand Ihrer Tochter.
Ich hoffe, Sie sehen mir meine Kühnheit nach und werten das als Ausdruck meiner unverbrüchlichen Treue zum Hause Kohanim.

Mit ergebendster Hochachtung
Ihr
Maxim Gulkowitsch

Aus Takt unterschlug Max in seinem Schreiben, dass sich das fragliche »Geschäft«, von dem Willy immer gesprochen hatte, als eine Klitsche in der Kreuzberger Eisenbahnstraße entpuppt hatte, die im Wesentlichen nur aus ihm, zwei bis drei Rohrzangen und viel Optimismus bestand. Willy Rubin nannte es »Bauinstallation«, saß aber wegen des vermeintlich höheren Nutzungsgrades seiner Arbeitszeit meist im Wettbüro oder auf einer der Berliner Rennbahnen und setzte auf »Einlauf«, »Platz« und »Sieg«. Angeblich wartete er auf Geldanweisungen aus dem Geschäft seines Vaters in Königsberg. Wenn überhaupt, dann kam er spätnachts meist ohne Geld und Essen, dafür aber nicht selten mit einer teuren Flasche Wein oder Sekt nach Hause. Franziska musste sehen, wo sie blieb. Arbeiten hatte sie nie gelernt. Außer Französisch und Klavierspielen konnte sie praktisch nichts, und selbst damit war es nicht weit her. In ihrem Dünkel, der weder Angst noch Schulden gekannt hatte, lief Franziska in den ersten Tagen ihres Berlinzuzugs schnurstracks zur französischen Botschaft, um sich dort um eine Anstellung als Kontoristin oder als Telefonistin mit Französischkenntnissen zu bemühen.

Leider stellte sich bei ihrer Begegnung mit dem ersten echten Franzosen, den sie leibhaftig traf, heraus, dass das, was Madame Bertha den Mädchen beigebracht hatte, sich vielleicht wie Französisch angehört hatte, jedoch von keinem Franzosen verstanden wurde, ausgenommen das »mot de Cambronne«.

Französisch war es jedenfalls nicht, auch nicht die Languedoc, die angeblich in Québec gesprochen wurde, worauf sich die selige Madame Bertha dereinst berief. Es war einfach nur französisch gespicktes Kauderwelsch. Bei dem Gedanken, dass Madame Bertha jahrelang eine völlig frei erfundene Sprache gelehrt hatte, mit der man sich allenfalls nur mit *ihr* verständigen konnte, war ein Witz nach Fränzes Geschmack.

»So hat sich das alte Reff nachträglich an uns gerächt! Man sollte Madame Bertha für diese Erfindungsgabe, sich eine Sprache komplett auszudenken, ein Denkmal errichten«, lachte sie.

In der Botschaft hatte sie sich freilich blamiert und zur Närrin gemacht, gestand sie Max. Gerechterweise hätte man sie mit Schimpf und Schande davonjagen müssen. »Und dabei hatte man mich nur aufgrund meiner guten Garderobe und meines Aussehens überhaupt vorgelassen«, amüsierte sich Fränze. »Im Boden hätte ich versinken wollen, auch wenn das nur die gerechte Strafe war für alle Scherereien, die ich Madame Bertha bereitet hatte, Jott hab' se selig! Der dritte Sekretär hat mich aber nicht rausgeworfen, sondern lud mich wohl aus Mitleid zu Kaffee und Kuchen ein. Dachte ich jedenfalls. Aber mein Hunger war größer als die Scham, also bestellte ich anstatt einer Schillerlocke mit Sahnefüllung lieber eine Riesenbockwurst mit reichlich Kartoffelsalat und ganz viel Brot dazu. Ich hatte nämlich seit zwei Tagen nichts Vernünftiges mehr im Magen. Und wann die nächste Mahlzeit winken würde, stand auch in den Sternen. Ich aß, bis ich fast platzte!«
Vor Lachen schlug Franziska mit beiden Händen auf den Tisch. Und diese schönen Hände, die Max immer so bewundert hatte, waren nicht mehr engelsgleich, makellos manikürt, sondern nun rot und rissig mit Schwielen und abgebrochenen Fingernägeln. Am liebsten hätte er diese geschundenen Hände in seine genommen, bis sie wieder heilen würden.
»Aber als der Kerl unter dem Tisch mein Knie betatschen wollte, da habe ich ihm vor Schreck die Gabel in den Handrücken gejagt, denn schließlich bin ich ja eine Dame! Na, Schwamm drüber! Französisch perdu! Nur mit dem Klavierspiel hatte ich mehr Glück, dank meines großen Meisters Max Gulkowitsch!«

Übermütig verbeugte sie sich vor Max, soweit es ihr schwangerer Bauch zuließ. Mit Trauer stellte Max erst jetzt fest, dass von Franziskas einstiger biegsamer Eleganz kaum noch etwas zu ahnen war.
»Abends spiele ich abwechselnd in einigen Lichtspielhäusern, die hier gerade aufgemacht haben und zur Untermalung der Kinematographie Musik brauchen. Da muss man aber ganz schön auf dem Kien sein. Wenn sich da der linke Fuß des Helden unten ins Bild schiebt, dann setzt's den Sphinxwalzer von Strauß, gleich dann kommt der Augenaufschlag der Angebeteten, und ich muss flugs einen Fetzen Barkarole bringen. Gleich darauf den Wallace oder ein gut abgehangenes Mittelstück von Carmen. Ist aber nicht ungefährlich, der Beruf, kann ich dir sagen! Der Kinopianist Istvan Nagy ist kürzlich, nachdem er fünfzigmal Schuberts H-Moll-Symphonie verhackstücken musste, wahnsinnig geworden. Es war immer wieder die Stelle, an der das Hochdramatische in die Weichheit des beglückenden Schmerzes übergeht. Gott sei Dank bin ich nicht so zart besaitet! Na, ich bin ja auch kein Künstler! Gott sei Dank! Ha ha ha!«
Für einen Augenblick hielt Franziska inne, damit sie sich an Max' Grauen weiden konnte. Mit falscher Bescheidenheit lächelte sie in sich hinein.
»Wie auch immer: Verhungert bin ich nicht, aber so richtig satt macht das alles natürlich auch nicht. Nur habe ich im Moment keine Ahnung, wovon ich die Hebamme oder gar einen Arzt für die Entbindung bezahlen soll! Kommt Zeit, kommt Rat!«
»Ja, und was ist mit deinem ... äh«, Max brachte kaum

den Namen über die Lippen, »mit diesem, diesem *Willy*?«, fragte Max zaghaft nach und starrte auf Franziskas geschundene Hände.
Noch nicht einmal einen falschen Ehering trägt sie, wunderte er sich.
»Ha!« Fränze amüsierte die Frage nach Willy Rubin wie ein guter Witz. Ein vor Verachtung triefendes *»Ach der!«* erklärte dann ihrer Meinung nach alles.
»Du liebst ihn also *nicht* mehr?«, fragte er hoffnungsvoll nach.
»Wie, ich *den* lieben? Ja, bist du noch bei Troste?«, rief sie entgeistert. »Na, das fehlte noch!«
Über dieses Ansinnen schien Fränze ehrlich empört. Unwillkürlich fuhr sie sich mit beiden Händen über den hochschwangeren Bauch, über den sich eine dunkelblau karierte, nicht ganz saubere Schürze spannte.
»Ich wollte Martha damals doch bloß eins auswischen. Ihr den Galan ausspannen. Doch nur so zum Spaß! Und lustig war es ja auch zuerst. Nur dass aus dem Amüsement so schnell Ernst werden würde, damit hatte ich doch nicht gerechnet. Ich konnte den Willy ja noch nicht mal richtig leiden. So vom Herzen und Verstand her ... Nur mein Körper dachte da plötzlich anders und konnte nicht genug kriegen von dem Kerl! Ja, ich war eben eine unerfahrene, dumme Gans, und darum geschieht's mir ganz recht!«

Am 1. Mai 1912 wurde im Berliner Bezirk Wedding der Knabe Walter geboren. Es schneite. Draußen vor den zwei Fenstern des klammen Geburtszimmers demons-

trierten die Arbeiter und wurden dabei von berittenen Polizisten mit Pickelhauben und viel unterdrückter Wut in Schach gehalten.
Man forderte den utopischen Achtstundentag, den noch utopischeren gerechten Lohn sowie die utopischste und auf ewig irrwitzigste aller Losungen: den gleichen Lohn für gleiche Arbeit für Mann und Frau.
Dazu schlugen die Arbeiter mit blau gefrorenen Händen auf ihre rot bebänderten Zimbeln zu den Schalmeienklängen ihrer Genossen. Raureif schlug aus ihren Kehlen.
Hinter der beschlagenen Scheibe mit den Mullgardinen schrie der frisch geborene Säugling Walter und schwang die geballten kleinen Fäuste gegen die Welt, was zumindest auf gesunde Lungen schließen ließ.
Das »verkommene Gesockse«, wie Franziska ihre Nachbarn nannte, war in Feiertagslaune. »Die freuen sich doch nur, weil sie anschließend in der Kneipe saufen gehen«, lästerte sie, während ihr die Hebamme das Kind an die Brust legte.
Willy Rubin, der Vater des holden Knaben, weilte unterdessen im Wettbüro.
+++ Gratuliere zur Geburt eines Kohanim! +++ Name Walter +++ 53 cm groß +++ 7 Pfund schwer +++ kerngesund +++ Mutter und Kind wohlauf +++, telegrafierte Max gehorsamst an seinen Mäzen in Sauermühle. Erst als Max den Nachnamen des Kindes in das Telegrafenformular eintrug, stutzte er und verstand, warum der Kohanim seine Tochter und die Familie der Schande eines unehelichen Kindes aussetzte. Er hätte Franziska doch selbst als »gefallenes Mädchen« gern geheiratet,

mit oder ohne Kind, und der Kindesvater war auch nicht abgeneigt. Wenngleich das Kind mit dem zweifelhaften Status eines »Siebenmonatskindes« behaftet wäre, hätte man doch vor aller Welt den Schein wahren können.

»Strafe muss sein!«, erklärte sein Gönner daraufhin unergründlich. Verspätet begriff Max nun, dass die erwähnte Strafe dabei eher das Abfallprodukt für den Hauptzweck war, dem hier alles diente: Ein Kohanim, ein Stammhalter, ein Erbe war da!

Worin die angekündigte Strafe dann tatsächlich bestand, ließ nicht lange auf sich warten. Der Berliner Anwalt und Notar Lachmund lud im Auftrag seines Mandanten Samuel Kohanim aus Sauermühle die unverheiratete Mutter, Franziska Kohanim, ins Weddinger Amtsgericht. Man nötigte sie, eine Adoptionsurkunde zu unterschreiben. So wurde ihr Sohn Walter zum rechtmäßigen direkten Nachkommen und Mündel des Samuel Kohanim. Nach Ablauf von sechs Monaten war der Säugling in dessen Haushalt »zu überstellen«, notfalls mit Polizeigewalt. Dort sollte der Junge erzogen werden.

Da Franziska nach geltendem Recht noch unter Vormundschaft ihres Vaters stand, hatte sie nun alle Rechte an ihrem Kind verloren.

Dabei ging es dem Kohanim aber nicht um Strafe. Es galt, den »lilienreinen Ruf« der Familie zu verteidigen. »Liederliche Verhältnisse« in seiner Familie wollte er nicht dulden. Ob sie wollte oder nicht: Franziska sollte den schönen Willy nun sogar noch heiraten. Fränzes lautstarker Protest und ihr Sträuben änderten daran

ebenso wenig wie Marthas exaltierte Nervenzustände aus Eifersucht!
Nur der Hauptperson, dem schönen Willy, war alles »vollkommen Wurscht«. Die eine Kohanim-Braut war ihm ebenso recht wie die andere, zumal die schöne Fränze schon lange nicht mehr mit ihm sprach und ihm nur noch die Hölle heißmachte. Die Furie wird sich schon beruhigen und in ihr Schicksal fügen, so hoffte er.

Über Kleinbürger, gewesene Helden und andere Folgeschäden

In meinem Krankenzimmer in der Neurologie ist es fast dunkel geworden. Die blaue Stunde. Im Korridor hantiert man bereits mit dem Abendessen herum. Wie immer um siebzehn Uhr. Ich knipse die Leselampe am Bett an. So ist das Licht fast intim. Bloß diese Bahnhofshallenatmosphäre der Deckenbeleuchtung vermeiden.
Meine Anwältin sagt, ich solle meiner Therapeutin Frau Dr. Vogelsang ruhig vertrauen. Da beschuldigten Frauen zu viel Schlauheit jedoch schlecht zu Gesicht steht, rät sie mir im selben Atemzug, in den Sitzungen jeden nur denkbaren psychischen Schaden anzubringen, den ich auftreiben kann.
Frau Dr. Vogelsang will heute mehr über die Prägung in frühester Jugend und meine Eltern wissen. Das halte ich für unverfänglich, und so breite ich meine Kindheit aus:
Meinem Vater, der damals aussah wie die athletisch-wehrhaftere Version einer Melange von Erich Kästner und dem deutschen Schauspieler Horst-Günter Marx, nur mit dunklerem, schütterem Haar und grauen Augen, waren die Amtswege zur Zuteilung einer Wohnung zu langwierig. Als Verfolgter des Naziregimes hatte er zwar einen Anspruch, doch diesen durchzusetzen, war zeitraubend, durch viele bürokratische

Hürden erschwert und vor allem aber erniedrigend, weil die Nazi-Bürokraten fast alle noch weiter in Amt und Würden waren. Auch unter dem neuen Regime blieben sie ihren alten Gewohnheiten treu. Ja, schlimmer noch, sie rächten sich für ihre Niederlage an den »Siegern der Geschichte«, indem sie die einstmals Verfolgten ganz besonders schikanierten und vor allem nach Herzenslust demütigten. Nach mehreren erfolglosen Anläufen, die aus ihm entweder einen Bettler oder Totschläger gemacht hätten, wollte er die Sache nun selbst in die Hand nehmen. Nach zwölf Jahren Haft wollte Walter aber keinen Tag länger auf das warten, was ihm zustand. Man schuldete ihm ein Leben. Seine besten Jahre.

»Und die Soldaten im Krieg?«, hielt meine Mutter dagegen. »Schuldet man denen nicht auch etwas?«

»Die waren selber schuld! Sie haben auf die Falschen geschossen!«

Mit Hilfe meines Onkels Benno, der als naturalisierter Engländer nun nicht mehr Benno Rubin, sondern Ben Rhodes hieß und als britischer Offizier zurückkam, requirierte er im Handstreich eine Wohnung, die ihm passend schien.

Kompliziert an der Sache war nur, dass die Traumwohnung in spe im sowjetischen Sektor Berlins lag. Ein Verbindungsoffizier der Roten Armee musste eingeschaltet werden. Gegen drei Flaschen schottischen Whisky und vier Stangen Player's Navy Cut kooperierte der zuständige sowjetische Alliierte. Der sowjetische Offizier auf der Kommandantura in Karlshorst fühlte sich sogar noch geschmeichelt, dass er

einem britischen Kameraden einen Gefallen erweisen konnte.
»Eigenhändig für ein Stück Gerechtigkeit zu sorgen, zu der die deutschen Stellen unfähig oder unwillig sind«, erklärte der Rotarmist belustigt in erstaunlich flüssigem Deutsch, »ist vielleicht die einzige gute Tat, die ich in diesem Krieg kann machen!«
Als wollte er sich wegen dieses Ausspruchs sogleich entschuldigen, sprang er auf, hob das volle Whiskyglas und prostete Stalin zu. Stalin blickte väterlich streng von der Wand herab. Das anschließende unvermeidbare Trinkgelage ging dann bis in die frühen Morgenstunden, wobei mein Vater, der als Sportler ein erklärter Abstinenzler war, alles an Täuschungsvermögen aufbot, um den Inhalt der Gläser an den Lippen vorbei im Topf einer verdorrenden Büropflanze enden zu lassen. Im Morgengrauen fuhren zwei verkaterte alliierte Offiziere mit meinem Vater auf dem Rücksitz mit quietschenden Reifen vor dem Wohnhaus Buschstraße 56 vor.
Die stadtbekannte Nazifamilie, die in der begehrten Wohnung lebte, wurde kurzerhand mit einem falschen Requirierungsbefehl an die Luft gesetzt. Vierundzwanzig Stunden hatten sie Zeit, ihre Sachen zu packen. Als der Hausherr Einwände vorbringen wollte, verkündete ihm mein Vater kalt lächelnd: »Sie können froh sein, dass es nicht gleich nach Sibirien geht, Mann!« Das hatte gesessen. Servil packte der Mann seine Siebensachen.
Einige Tage später wurde er erschossen aufgefunden. Anscheinend hatte ein anderer mit dem verhassten Nazi abgerechnet.

Zuerst wollte meine Mutter in die Wohnung in der Buschstraße nicht einziehen. »Da liegt kein Segen drauf!«, meinte sie. »Die Nachbarn werden bestimmt zu den alten Nazis halten und uns das Leben schwermachen. In einem solchen Unfrieden soll das Kind nicht aufwachsen.« Sie schämte sich für die Eigenmächtigkeit meines Vaters. Dieser fand die Reaktion meiner Mutter so kurios, dass er im Freundeskreis Witze darüber riss: »Was für eine Kleinbürgerin meine Frau doch ist!« Und alle Genossen, ehemalige Lagerkameraden, Spanienkämpfer, Emigranten und sonstige antifaschistische Helden, die bei uns ein und aus gingen, bogen sich vor Lachen.

Dass mein Vater sie derart bloßstellte, kränkte meine Mutter zutiefst. Und weil sie von Natur ohnehin nachtragend war, sprach sie drei Wochen kein Wort mehr mit ihm. Sie schoben sich schweigend Zettel mit notierten Notwendigkeiten über den Tisch.

Erst nachdem meine Mutter aus der Nachbarschaft erfahren hatte, dass die Nazifamilie seinerzeit eine jüdische Familie aus derselben Wohnung geworfen hatte, ließ sie sich beruhigen: »Dann ist das ausgleichende Gerechtigkeit!«

Trotzdem fremdelte sie anfangs mit dem fertigen Nest, in das sie von meinem Vater von heute auf morgen gesetzt worden war. Eine komfortable Zweizimmerwohnung mit Zentralheizung, ein Bad mit Badewanne, eine Küche mit Gasherd, eine große Loggia, und das alles in einer guten Wohngegend. Ein Traum für jemanden, der nur in Wohnlauben ohne Kanalisation und mit Plumpsklo großgeworden war. Überdies musste die Nazifamilie auch alle Möbel stehen lassen, wie die jüdische Familie davor. Mit anfänglicher Scheu polierte meine Mutter im Wohnzimmer an den dunklen Nussbaummöbeln herum. Chippendale! Eine Anrichte, ein Esstisch mit sechs Stühlen, ein zierlicher Wohnzimmerschrank, alle mit Schnitzereien und den berühmten gebogenen Beinen, ein englisches Ledersofa, zwei dazu passende Sessel, ein Fliesentisch aus falschen Delfter Kacheln und handgeschmiedetem Gestell mit ebenso gebogenen Beinen wie die Chippendalemöbel und eine gemütliche Leselampe in der Ecke. An der Wand ein etwas protziges Stillleben mit Obst und einem toten Fasan in der Mitte. Meine Mutter, die Hausarbeit normalerweise hasste, wienerte nun mit Hingabe an den Möbeln herum. Es war ihre Art der Zwiesprache mit den Dingen, um sie sich anzueignen. Wahrscheinlich war es das einzige Mal, dass sie völlig entspannt und mit sich und der Welt im Einklang einen Hausputz verrichtet hatte. Ein absoluter Ausnahmefall. Für gewöhnlich überkam meine Mutter bei der Hausarbeit eine berserkerhafte Wut, mit der sie die ganze Familie terrorisierte. Auch in den Kochtopf fluchte sie, denn Kochen hasste sie am meisten. Selbst wenn ich hungrig war, fiel mir das Essen der so nachhaltig verfluchten Mahlzeit schwer, im Gegensatz zu meinem Vater, der aus alter Lagergewohnheit alles irgendwie Essbare, ob es schmeckte oder nicht, unbesehen derart hastig herunterschlang, dass er seine Portionen bereits aufgegessen hatte, bevor wir auch nur drei Löffel zum Munde geführt hatten. »Walter, schling nicht so! Keiner nimmt dir mehr das Essen weg! Es ist genug da! Wie soll das Kind so Tischmanieren lernen?!«

Selbst wenn mein Vater und ich ihr um des Hausfriedens willen die Hausarbeit abnehmen wollten, war ihr nicht zu helfen. Nichts konnten wir ihr recht machen. Sie war der Meinung, wir würden nur Schmutz verursachen, hätten zwei linke Hände und stünden ohnehin nur im Weg! Folglich verließen wir vor dem berüchtigten Hausputz am Sonnabend oder vor der noch schlimmeren Kocherei des gefürchteten Sonntagsbratens samt sonntäglichem Kuchenbacken möglichst schon in der Frühe fluchtartig die Wohnung. Meistens ging mein Vater mit mir zum Fußballplatz. Erst zur Essenszeit wagten wir uns wieder heim. Dann empfingen uns normalerweise zwei Gerüche im Treppenhaus: der Geruch von Bohnerwachs und der Duft von frisch gebackenem Kuchen. Später gesellte sich noch der Geruch von »echtem, gutem Bohnenkaffee« dazu, den mein englischer Onkel regelmäßig aus London schickte. »So riecht Frieden!«, erklärte mir mein Vater. Währenddessen lauerte meine Mutter schon mit vorwurfsvoller Miene am Esstisch. Wenn wir uns nur geringfügig verspätet hatten, verließ sie beleidigt den Raum und knallte die Tür hinter sich zu. Den Rest des Tages verzog sie sich dann ins Schlafzimmer und wollte nicht gestört werden.

Als kleines Mädchen war es mir vollkommen rätselhaft, wie ein Mensch plötzlich völlig grundlos so schlecht gelaunt und gemein sein konnte. Doch selbst als Kind spürte ich, dass hinter ihrer eruptiven Zankwut ein Unglück stecken musste. Aber welches Unglück, welcher Schmerz? Auch sonst gab es zunehmend Streit zwischen meinen Eltern. Er wurde immer heftiger und länger. Bald hielt jeder von ihnen ein erbittertes Plädoyer am Küchentisch vor mir, um mich, das Hohe Gericht ihrer Tochter, auf ihre oder seine Seite zu ziehen. Damals muss ich etwa vier Jahre alt gewesen sein. Über den Luxus eines eigenen Zimmers, in das ich hätte flüchten können, verfügte ich nicht. Also nahm ich Zuflucht im Bad. Stundenlang schloss ich mich dort ein. Die anschließenden drei bis vier Schläge mit der flachen Hand auf mein Hinterteil, die ich deswegen bekam, änderten aber nichts an meiner Grundüberzeugung, dass ich bei elterlicher Zankerei ein Anrecht auf das Badezimmer und die taktische Kontrolle über das heimische Klo hätte. Schon um es ihnen heimzuzahlen!

Ansonsten gab es zwei eherne Grundregeln in unserer Familie: Erstens, dass mein Vater Jude ist, durfte auf keinen Fall jemand wissen. Zweitens, dass meine Mutter aus einer Laubenkolonie kam, durfte auf keinen Fall jemand wissen.

Zur Erklärung, warum ich so schwarze Haare und dunkle Kulleraugen hatte und zudem im Vergleich zu den gleichaltrigen Kindern so »spillerig«, also so zierlich war und überall die Kleinste, wurde die offizielle Parole ausgegeben, dass wir von Hugenotten aus Südfrankreich abstammten. Den Namen Lefèvre sollte ich mir merken. Das war einfach, weil ein bekannter Teppichladen im Westen so hieß. Lügen war zum Überleben notwendig, lernte ich. Umso höher wurde jedoch das Ideal der Ehrlichkeit und der Wahrheit gepriesen, wahrscheinlich wie ein hehres Ziel, das man ohnehin nie erreichen konnte. Mein Vater brachte es auf die Formel: Ehrlichkeit muss man sich leisten können. Und immer kann man sich Ehrlichkeit leider nicht leisten. Das leuchtete mir ein. Nur fand ich die Lüge von der Hugenottenherkunft ziemlich albern. Ein Blick in das Gesicht meiner Mutter, und man sah in das Antlitz einer Tatarin mit hohen Wangenknochen und schräggestellten, extrem kurzsichtigen Mandelaugen. »Wie Brigitte Horney«, sagte mein Vater immer träumerisch. Das verwunderte mich noch mehr, denn die Ufa-Schauspielerin Brigitte Horney, die ich mir dann in einer West-Illustrierten anschaute, strahlte Gelassenheit, Milde und Glück aus, meine schmallippige Mutter dagegen nur Strenge, Zerrissenheit und ein tiefes, unbenanntes Unglück. Bald lernte ich, dass ein Teil ihres Unglücks darin bestand, dass meine lachlustige Oma Fränze aus dem Wedding meine Mutter ablehnte. Für sie war diese Schwiegertochter ein armes, dahergelaufenes Luder aus einer Elendssiedlung vom Stadtrand. Eine Kommunisten-Schickse! Beide Teile des Schimpfwortes wogen gleich schwer. Doch »Schickse« war wohl von beiden Ausdrücken am unverzeihlichsten. In der stillen Rivalität meines Vaters mit seinem Bruder um die Gunst der Mutter war mein Vater zwar, wie er sagte, »zweiter Sieger«, aber de facto unwiederbringlich geschlagen. Mein Onkel Ben, Herr über Zucker, Zigaretten, Kaffee, Tee, Kakao und Schokolade, glänzte in der schmucken Uniform der Royal Air Force und erklärte uns ständig mit seiner wunderbar volltönenden Bassstimme die Weltlage, so wie sie ihm sein großes Idol Winston Churchill vorgab. Auf Deutsch und in bestem akzentfreien BBC-Englisch. Am meisten faszinierten mich an Onkel Ben immer seine extrem glänzenden Stiefel. So glänzend geputzte Schuhe hatte ich noch nie gesehen. Dabei rauchte Onkel Ben seine Player's Navy Cut mit einer Elfenbeinzigarettenspitze, die ein Silberstück für die brennende Zigarette hatte. Ich fand das todschick. In London hatte mein Onkel Eunice, eine französisch/englisch-jüdische Frau aus wohlhabendem Haus, geheiratet und konnte bereits einen Stammhalter vorweisen. Mit mir konnte mein Vater da wieder einmal nicht mithalten. Nach dem Willen meiner Mutter sollte ich das Defizit, als Mädchen geboren zu sein, durch besondere Gaben wettmachen. So hatte ich zum Geburtstag meiner Oma Fränze ein schönes Bild gemalt. Es war so gut gelungen, dass meine Mutter es rahmen ließ. Stolz überreichte ich meiner Großmutter das Bild. »Ach, wie wunderhübsch! Du hast so viel Talent, meine Kleine!«, freute sie sich und strich mir über den Scheitel. »Schade nur, dass du *nie zu uns* gehören wirst!«

Mein Vater, der schon bei den stockkonservativen Ansichten meines Onkels und seinen Hymnen auf Churchill mit malmendem Kiefer schwer an sich halten musste, wurde bleich wie das Tafeltuch. Meine lustige Oma hatte so auf ihre unnachahmliche Art zum Ausdruck gebracht, dass ich niemals zur Gemeinschaft der Juden – »zu uns« – gehören würde, weil ich keine jüdische Mutter hatte. Der Schicksen-Vorwurf, der nun auch ihre Tochter zu einer Ausgestoßenen er-

klärte, traf meine Mutter wie ein Peitschenhieb ins Gesicht. Mit einem Schrei sprang sie vom Sessel auf, packte mich am Handgelenk, und ehe ich mich versah, schleifte sie mich wutentbrannt aus der Wohnung und brüllte: »In dieses Haus setzen wir keinen Fuß mehr! Komm, Walter, wir gehen!«
Mein Vater aber blieb und stritt erbittert mit seiner Mutter. Im Treppenhaus brüllte meine Mutter wie von Sinnen gegen die geschlossene Wohnungstür: »Ich hab euch in der Nazizeit geholfen, geschützt und versteckt, und nun sind mein Kind und ich nicht mehr gut genug für euch!? Dummes, unbelehrbares jüdisches Pack! Der Teufel soll euch holen! Alle!« Schluchzend rannte sie mit mir die Treppe runter. Die ganze Fahrt von Berlin-Wedding bis Pankow heulte sie in der S-Bahn vor Wut. Ich saß hilflos daneben und konnte ihr nur meine Taschentücher reichen, denn ihre mit Spitzen umhäkelten trieften bereits.
»Gehen wir jetzt nicht mehr zur Oma?«, fragte ich vorsichtig.
»Nie mehr!«, schluchzte sie in das nasse, geknüllte Tuch. Nach einer Anstandspause bohrte ich zaghaft nach: »Und warum?«
»Ach, das verstehst du nicht!«
Was ich damals verstand, war, dass ich der Familie meines Vaters nicht gut genug war und dass das irgendwie mit meiner Mutter zusammenhing. Von der orthodoxen jüdischen Regel, der Halacha, dass Jude nur sein könne, wer eine jüdische Mutter hat, wusste ich damals noch nichts.
In der Nacht kratzte ich mich blutig. Ich hatte plötz-

lich Neurodermitis. Mein erster Gedanke: Werde ich jetzt verrückt so wie meine Großtante Martha?

Ein Morgen, das kein künftiges Heute ist

Am 4. Oktober 1912 fand Franziskas Hochzeit statt. Im allerengsten Familienkreis von nur zwanzig Personen. »Das wäre doch eine günstige Gelegenheit, auch gleich Walters verspätete Beschneidung, die Milah, mitzufeiern«, schlug meine sparwütige Urgroßmutter vor. »So kann die Schandhochzeit wenigstens gleich mit etwas Ehrhaftem ausgeglichen werden!«
Samuel Kohanim sträubte sich noch ein wenig, fand es dann aber doch eine gute Idee. Um mit der Schandhochzeit kein Aufsehen in Sauermühle, Osche oder in Schwetz zu erregen, wurden die Feierlichkeiten in den Berliner Lunapark verlegt. »Da kennt uns wenigstens keiner!«
Franziskas Wiederaufnahme in den Schoß der Familie war eine sehr bittere, kühle Gnade. So etwas nannte man in der Familie ein »Boje Zeachany«. Im Wortsinne heißt das eine »milde Gottesgabe«. Bei den Kohanim wurde diese russische Redensart ironisch für alle Arten von unnützen bis peinlichen Almosen verwendet, für Gnadenerweise, die keine Gnade im Wortsinne, sondern eher das Gegenteil eines Gnadenaktes darstellten und für die man sich als Replik höchstens mit reinem Hohn oder einer kleinen Niedertracht revanchieren sollte.
Das »Boje Zeachany« für Fränze hieß: ein schäbiger, nur geduldeter drittrangiger Platz. Dankbar sollte sie

sein und demütig. Franziska und demütig? Sie warf wie bei jeder Herausforderung stolz den Kopf in den Nacken und fand sich klaglos in diese neuen widrigen Umstände ein, ebenso mühelos wie einst in das ungewohnte Leben im Weddinger Lumpenproletenmilieu. »Tenue!«

Im Elternhaus lief Franziska mit der tragischen Würde einer gestürzten Königin umher. Weil sie zu Selbstmitleid ebenso unfähig war wie zu anderen Sentimentalitäten, ließ sie alle Widrigkeiten der innerfamiliären Herabsetzung an sich abprallen, so als hätte sie um ihre Aura eine elektromagnetische Membran gespannt. Wenn es ganz arg wurde, schützte sie sich durch eine schildkrötige Unerreichbarkeit, die man bislang nur von ihrer Mutter kannte. Die Katastrophen und Zumutungen der Außenwelt drangen nicht durch ihren Panzer. Diese stolze Form des Duldens machte besonders auf das Hauspersonal und andere subalterne Menschen im Kohanim'schen Haushalt und in der Umgebung tiefen Eindruck. Die Köchin und die polnischen Hausmägde begannen die in Ungnade gefallene Lieblingstochter der Herrschaft wie eine Heilige zu verehren. Die vierte Kohanim-Tochter gab ein tröstendes Beispiel, dass man alles ertragen könne, ohne sich unterzuordnen, ihr stolzes Leid vergrößerte ihren Nimbus sogar.

Indes von einer Schande wusste niemand. Franziska hatte angeblich nur ihrem Herzen folgend heimlich unter ihrem Stand geheiratet. So lautete die offizielle, von den Kohanim geschickt lancierte Version. Das war zwar nicht comme il faut, aber lässlich. Gerade unter

den Dienstboten und den wichtigsten Klatschbasen war diese Variante am glaubwürdigsten. Franziska, die immer als arrogant galt, gewann so nun erst recht an Popularität und Beliebtheit.
»Daran sollten sich alle ein Beispiel nehmen!«, fand Teresa Plienska, die kaschubische Köchin, die die Wortführerin des Gesindes war. Dem Personal war es inzwischen eine Herzensangelegenheit, Franziska zu verwöhnen und mit doppelter Zuneigung gegen die Grausamkeiten ihrer Familie in Schutz zu nehmen. Man wollte sie mit der Warmherzigkeit der einfachen Menschen trösten. Darum stieg das Personal auch in Franziskas Werteskala, denn sie unterschied scharf zwischen guten Seelen, Menschen, Leuten, Pack, Geschmeiß und niederem Geschmeiß. Die Dienstboten des väterlichen Haushalts erfuhren eine Beförderung vom Pack zu guten Seelen. Auch später ließ sie nichts auf einfache Menschen kommen, vorausgesetzt sie zeigten sich nicht von selbst als Pack, Geschmeiß und niederes Geschmeiß.

Allen fiel auf, dass die sonst so strahlende Fränze ziemlich angegriffen aussah. Ihre früher rosigen Wangen waren nun bleich und hohl, die Augen umschattet. Man betrachtete das als die Patina des stummen Duldens. Doch hatte dieser augenscheinliche Verfall auch noch einen weiteren Grund. Fränze war genauso fruchtbar wie ihre Mutter, ihre Großmütter und Urgroßmütter und sah bereits wieder Mutterfreuden entgegen. Diese ungewollten anderen Umstände versetzten Franziska in zusätzliche Wut. Der Zorn rich-

tete sich gegen die »Kanaille« Willy, den sie jetzt ehelichen musste, aber auch gegen sich selbst, weil sie nicht widerstanden hatte. Deshalb saß sie wie eine Alabasterstatue im kleinen Festsaal am Berliner Halensee bei Tisch, ohne ihren aufgezwungenen Bräutigam zur Linken nur eines Wortes oder Blickes zu würdigen, und biss die Zähne zusammen. Das obligatorische »Ja!« unter der Chuppa schleuderte sie ihm wie einen Peitschenhieb entgegen.
Hinter den Kulissen der Festlichkeiten tobte indes ein zäher Kampf um den Ehevertrag und die Mitgift. Zum Glück bekam Franziska davon nichts mit, weil diese Streitigkeiten reine Männersache waren.

Die Rubins, Willys Familie, wollten aus der Muss-Ehe mit einer »besseren Tochter« Kapital schlagen. Im Wesentlichen lief es darauf hinaus, dass Willy, dem seine Familie im Nacken saß, sich gegen eine ordentliche jüdische Hochzeit sperren sollte, sofern man ihm nicht die ganze Mitgift zur freien Verfügung auszahlte. Außerdem beanspruchte der Bräutigamvater für den Ehemann alle seine Kinder, auch den Erstgeborenen, Walter, der inzwischen das Mündel vom Kohanim war. Und wenn nicht, dann –
Aber mit »Wenn nicht, dann« konnte man Samuel Kohanim nicht kommen. Franziska wurde im Nebenzimmer schon der Brautschleier festgesteckt, als Samuel immer noch stoisch darauf beharrte, dass die Mitgift vom Notar Dr. Lachmund in Berlin »zugunsten aller noch zu erwartenden Kinder« und »unter alleiniger Mitwirkung der Kindesmutter und des Notars« ver-

waltet werden sollte. So würden Willy und die Rubins nie an die Mitgift kommen.
Das Kind Walter beträfe das alles nicht mehr, erklärte der Notar, denn kraft Gesetzes nebst allen Urkunden war er bereits ein echter Kohanim und folglich außerhalb jeder Diskussion. Das sei ein Fait accompli.
Die Rubins tobten: »Wie kann man einem Vater den Erstgeborenen stehlen?«
Jakov Rubin, Willys Vater, der aus dem fernen Königsberg eigens zur Feier des Tages angereist war, klagte, dass das ein beleidigender Eingriff in die Rechte des Ehemannes wäre, und machte ein Riesengewese um die Vornehmheit seines Hutgeschäfts, als wäre der Handel mit Holz und Möbeln minderwertiger als der Handel mit Hüten.
Die ganze Hochzeit stand plötzlich auf der Kippe und drohte im letzten Moment zu platzen. Zudem beriefen sich die Rubins auf die jüdische Tradition, wonach bei der Trauungszeremonie unter der Chuppa beim Zertreten des Glases die Mitgift und der Ehevertrag zu übergeben seien.
Die Rubins kujonierten die Kohanim!? Die Aschkenasen die Sepharden?
»Na gut«, schloss Samuel das Geschacher kalt lächelnd. »Na gut! Dann machen wir es so, wie es Tradition ist!«
Die Rubins seufzten erleichtert auf und blickten triumphierend in die Runde.
»Wir müssten lediglich die Papiere neu aufsetzen«, meinte der Kohanim plötzlich sanftmütig und seufzte. Mit dem Notar und dem Schreiber verzog er sich in

den Nebenraum. Sie wechselten das Kuvert, auf dem »Ehevertrag« stand, aus, nahmen einen neuen Umschlag, auf dem »Mitgift« stand, steckten eine vorbereitete Urkunde in diesen Umschlag und schlossen ihn mit rotem Siegellack.

Draußen hielt Samuel Willy den Umschlag unter die Nase. Der zuckte nur mit den Achseln. Sein Vater, Rubin senior, quengelte zwar noch herum, dass er das Schriftstück vorher nicht prüfen konnte, gab aber schließlich Ruhe, denn der Rabbiner war eingetroffen, steuerte auf ihn zu und schnitt ihm mit einer Handbewegung das Wort ab.

Nach der Zeremonie riss der Rubin ungeduldig den Umschlag auf. »Mitgift und Ehevertrag Franziska Kohanim verbürgt durch Samuel Kohanim und Notar Dr. Lachmund«. Nach der Lektüre des Dokuments erlitt Rubin senior einen Schwächeanfall.

In dem Dokument setzte der Kohanim unter dichtem Juristengestrüpp sorgsam verklausuliert seiner Tochter Franziska und den künftigen Enkeln eine persönliche monatliche Leibrente aus, über die nur seine Tochter Franziska unter Vormundschaft von Dr. Lachmund ganz allein verfügen sollte. Erst jetzt fiel Franziska, die man mit den Einzelheiten des Ehevertrags hatte »verschonen« wollen, aus allen Wolken. Tief gekränkt musste sie zur Kenntnis nehmen, dass es ihrem Willy und den Rubins auch bei ihr, der »Vielumworbenen«, wie vorher bei ihrer unansehnlichen Schwester Martha, von Anfang an nur um die Mitgift gegangen war! Jetzt begriff sie, warum der Vater sie damit nicht behelligen wollte, und war ihm nun im Nachhinein trotz ihres

Grolls auf die ganze Mischpoke dankbar, dass er das Schlimmste verhindert hatte.
»Das wirst du mir büßen!«, zischte sie ihrem frischgebackenen Ehemann zu.
Der schöne Willy tat unschuldig.
Mindel musterte die betrogenen Betrüger amüsiert durch ihr Lorgnon. Ihr Schwiegersohn Willy und dessen Bruder Georg sowie deren Vater Jakov Rubin waren alle tadellos wie Gentlemen gekleidet. »Das macht eben die Modebranche!«, wehrte Jakov ihre durchdringenden Blicke ab. Mindel sah aber noch mehr. Sie wunderte sich über die elegante Maßkleidung einerseits und über die auffällig gesunde Gesichtsfarbe des Bräutigamvaters andererseits. Für einen im Comptoir tätigen Menschen war so ein ländlicher Teint erstaunlich. Bei nichtjüdischen Kaufherren hätte man da auf eine Passion für das reiterliche Landleben und die Jagd geschlossen. Ein Leben auf See, wie bei einem Kapitän, ergäbe auch so einen Teint, fiel ihr ein. Der Rest der Rubin-Baggage schillerte so bunt wie ein Schwarm Schmeißfliegen. Die Farben der Schuhe passten nicht zu den Hosen. Die Hosen bissen sich mit den Gehröcken, die zu lange oder zu kurze Ärmel hatten. Die Frauen steckten in zu engen oder zu weiten, vor allem zu bunten Kleidern, die seit zwanzig Jahren aus der Mode waren. Die Rubins waren eine Versammlung glänzender Vogelscheuchen!
»Russischer Geschmack!«, witzelte der nur spärlich vertretene Kohanim-Clan, tauschte belustigt scheele Blicke und verbreitete dabei das penetrante Gefühl unendlicher gesellschaftlicher Überlegenheit.

Rubin senior war nach Öffnen des Mitgiftbriefes unpässlich. Auf Anraten des eilig herbeigerufenen Arztes sollte er ab sofort das Bett hüten, abgeschirmt von jeder weiteren Aufregung.
Auch Franziska wurde plötzlich grün um die Nase. »Haltung ist jetzt alles«, raunte Mindel ihr immer wieder zu. »Bald ist das Affentheater vorüber!«
Da alle nur gezwungenermaßen an dieser absonderlichen Hochzeitsfeier teilnahmen, verabschiedete sich der Kohanim-Tross nach der Chuppa-Zeremonie rasch. Die Nachfeier für Walters Beschneidung wurde abgesagt und verschoben. Der Kohanim schickte die Tanzkapelle mit einem guten Trinkgeld nach Hause und empfahl sich. Zu unguter Letzt saßen die Rubins zu dritt an der Tafel und stopften kalten Braten in sich hinein, während das murrende Personal abräumte und demonstrativ schon das Mobiliar hin und her schob. Die Rummelmusik vom nahen Lunapark wehte durch die Eingangstür herein. Mehrere Leierkästen und ein elektrisches Klavier lieferten sich erbitterte Musikschlachten.

Wegen der Rückzahlung der verauslagten Kosten für das Pensionszimmer und den Arzt für Jakov Rubin erkundigte sich Samuel durch Gewährsmänner über das Rubin'sche Geschäft in Königsberg, denn die Begleichung der Rechnungen ließ noch immer auf sich warten.
Das Geschäft ginge prächtig und mache seinen Besitzer »Jakob« Rubin zum reichen Mann, wurde ihm auf seine hartnäckige Nachfrage beschieden.

»Ja, und warum will der Kerl dann nicht zahlen?«
Die Erklärung war so einfach wie grotesk: »Jakov« Rubin aus dem Dorfe Osche, dessen Vater mit seinem Bruder 1821 vor den Pogromen aus Russland in einem Postsack nach Ostpreußen geflohen war – *dieser* Jakov Rubin war nur ein zufälliger Namensvetter des reichen »Jakob« Rubin aus der Königsberger Seilergasse. Dass »Jakov« Rubin, der Schwiegervater von Franziska, ein Hochstapler oder gar Betrüger war, konnte man trotzdem nicht behaupten. Er hatte tatsächlich das »erste Hutgeschäft am Platze«: Am Markt vor der Synagoge hielt er sechs Tage die Woche seinen Hut auf ...

Bei ihrem Coup gegen die Kohanim hatten die im Landkreis erst seit kurzer Zeit ansässigen Rubins nur ein winziges, aber wichtiges Detail übersehen. Hätten sie sich beizeiten sorgfältiger im Landkreis umgehört, insbesondere unter den älteren Weibern, die überall auf der Welt die zuverlässigsten Chronisten sind, so wären sie gewarnt gewesen. Wie die lokalen Legenden in den Küchen, Kneipen, Wirtshäusern, Märkten, Hinterzimmern und Stuben von Schwetz, Zempelburg, Tuchel bis Bromberg zu berichten wussten, brauchten die Kohanim gegen ihre Beleidiger und Schädiger weder Duelle oder Rache noch schützende Obrigkeiten wie Polizei oder Richter. »Die Kohanim stehen am Ufer der Weichsel und warten, bis die Leichen ihrer Feinde vorübertreiben!«
Für die einen standen die Kohanim trotz weggestorbener Erben weiterhin unter göttlichem Schutz. Für die anderen war genau dieser Schutz von übernatürlichen

Kräften der Beweis, dass die Kohanim mit dem Teufel im Bunde sein mussten.
Dass dieser göttliche Schutz nicht dem Geschmack des barmherzigen Gottes der Christen entsprach, sondern dass – wenn überhaupt – dabei nur der gerechte Gott der Juden am Werk sein konnte, zeigte sich der Legende nach das erste Mal anno 1648, als die Kosaken zu einem Raubzug und Pogrom ins Königreich Polen einfielen. Ein berittener Kosak, der den Ahnherrn aller Kohanim, Baruch Kohanim, auf dem Marktplatz Lemberg mit dem Säbel niedermachen wollte, fiel angeblich tot vom Pferd, als er mit der Waffe gegen ihn ausholte. Der christliche Gott hätte den Kosak vermutlich nur fromm gemacht, so dass er seine Tage in Reue als Eremit beschlossen hätte. Doch den Kosak hatte der Schlag getroffen.
1661 wiederholte sich das Wunder. Dem Pferdehändler Jehuda Kohanim waren die Gäule durchgegangen, und er hatte sich deshalb in Zempelburg nicht an das Ausgangsverbot für Juden am heiligen Karfreitag gehalten. Für diesen Frevel am Tage des Herrn sollte er von den Schergen des Bischofs von Kujawien mit den üblichen fünfzig Stockhieben bestraft werden. Als der Büttel zum Schlag ausholte, fiel sein Arm plötzlich schlaff zur Seite und war gelähmt. Ähnliche Vorfälle wurden aus den Jahren 1708, 1779 und 1825 kolportiert.
»Offenbar wacht Gott, der Gerechte, selbst im 20. Jahrhundert noch über die Kohanim«, raunten später die Eingeweihten. Wie sonst konnte man sich erklären, dass der schöne Willy Rubin, dieser vielversprechende Spross einer Dynastie von Luftexistenzen, Hoch-

staplern und Mitgiftjägern, der so zu Lasten der Kohanim ein neues Leben beginnen wollte, urplötzlich im blühenden Alter von nur zweiunddreißig Jahren am 24. Juni 1913 um zehn Uhr in seiner Klitsche umfiel und auf der Stelle tot war?

Franziska war ihrem Herrgott für die erwiesene Gnade so dankbar, dass sie seitdem wieder zu Schabbes in die Synagoge ging und wenigstens zeitweise versuchte, wie eine brave Jüdin zu leben. Ganze drei Monate hielt sie das durch. Dann war die Lust auf Schwarzwälder Schinken größer. Zu ihrer Ehrenrettung sei gesagt, dass sie die Lust auf Schinken immer erst nach dem Sabbat anfiel, wenn die Leuchter abgeräumt waren. –

Nur ließ Martha der mysteriöse Tod des geliebten Schwagers nicht ruhen. Auch wenn er ihr untreu geworden war, so blieb er doch die große Liebe ihres Lebens. Martha war felsenfest davon überzeugt, dass Franziska dem lästigen Gatten Rattengift in den Morgenkaffee gerührt haben musste. Auf der Polizeiwache für Kapitalverbrechen am Alexanderplatz erstattete Martha eine Woche später Anzeige. Auch die ältere Schwester Elli und die Lieblingscousine Else mochten den schrecklichen Verdacht nicht ganz von der Hand weisen.

Die Frage des vermeintlichen Gattenmordes spaltete die Familie in drei Lager: die Beschuldiger, die Entschuldiger und die Zweifelnden, wie die einflussreiche Cousine Else. Ganz gleich, welche Meinung man sich in der Familie zur Affaire Willy Rubin zu eigen gemacht hatte, zeitlebens blieb Franziska im Ruch der

Gattenmörderin und schien die Aura der Gefährlichkeit sogar zu genießen.
Ob es nun tatsächlich Ausdruck eines schlechten Gewissens war, wie ihre rachsüchtige Schwester Martha behauptete, oder ob es nur Franziskas großzügigem Naturell entsprach, dass sie Wilhelm, Willy Rubin, einen kolossalen Grabstein aus falschem schwarzem Marmor auf dem jüdischen Friedhof in Berlin-Weißensee setzen ließ, auch darüber gingen die Meinungen auseinander. Bezeugt war nur, dass Franziska zur Beerdigung ihres verstorbenen Mannes nicht erschien. Auch später hat sie sein Grab nie besucht. Und um das Maß vollzumachen, tat sie das Ärgste, das Juden einander antun können: Sie ließ den Grabstein ohne Inschrift!
Das hieß übersetzt: Hier ruht ein Niemand. Keiner soll sich an ihn erinnern, selbst Gott nicht, wenn er zur Wiederauferstehung die Namen der Toten aufruft! Der hier ruht, hat keinen Namen und wird nicht wiederauferstehen!
Nur einmal noch sollte sich der tote Willy später in Erinnerung bringen.

Benno und Bruno

Am 7. April 1913 kam Benno zur Welt, die zweite Frucht aus der Verbindung der Katastrophe auf Abruf mit einem falschen Rubin.
Glückwünsche kamen dieses Mal nur aus der ahnungslosen Berliner Nachbarschaft. Die Mischpoche schwieg dröhnend. Der kleine Benno war das komplette Gegenteil seines älteren Bruders Walter, der als Säugling rosig mit Muskeln bepackt wie eine Putte von Michelangelo aussah und mit dem breiten aschkenasischen Schädel ganz aus der Kohanim'schen Art schlug.
Während Walter eine exakte jüngere Kopie seines Vaters Willy zu sein schien, präsentierte sich der kleine Benno wie ein echter Kohanim. Er war zartgliedrig, hatte den schmalen Sephardenkopf und den etwas dunkleren Teint, anders als die extrem hellhäutigen, athletischen »Rubine«. Benno war ein stilles Kind, nicht so wild und fordernd wie sein älterer Bruder. Vom ersten Augenblick auf Erden wurde »Benni« deshalb mit Mutterliebe überschüttet.
Sorgsam behütet von seiner Kinderfrau, Fräulein Gerti, wuchs Benni in der Beletage in der Heilandstraße 6 am Nettelbeckplatz im Berliner Wedding auf. Dorthin hatte Franziska ihren Wohnsitz verlegt, sobald sie über die väterliche Leibrente verfügen konnte. Das Haus in der Heilandstraße 6, dessen Portal zwei Titanen auf ihren massigen Schultern trugen, entsprach auch ihrem

Lebensgefühl: »Sonst hätte man auf die Geburtsurkunde als Geburtsort ja auch gleich *Gosse* schreiben können!«

Obgleich noch im Arbeiterbezirk Wedding gelegen, wohnte hier in der Gegend um den Leopold- und den Nettelbeckplatz eher die Arbeiteraristokratie. Die Meister, die Poliere, die kleinen Ladenbesitzer sowie die Angestellten und kleinen Beamten residierten in den Vorderhäusern, die Vor- und Facharbeiter in den ersten Hinterhäusern. Ihre Frauen, die den gesellschaftlichen Status von Hausfrauen genossen, die es nicht nötig hatten, arbeiten zu gehen, zelebrierten hier eine übertriebene Wohlanständigkeit und trugen diese in ihren frisch gestärkten Schürzen wie eine Monstranz vor sich her. Selbst ihre Arbeitsschürzen verzierten sie beim Schein der Petroleumlampen mit aufwendigen Häkelspitzen. Kein Handtuch, kein Tischtuch und selbst kein Taschentuch blieb unbehäkelt. Die peinlich genau eingehaltene Hausordnung hätte jeder Kaserne zur Ehre gereicht. Nirgendwo in Berlin waren die Treppenhäuser glänzender gebohnert und die Namensschilder und Blenden an den Wohnungstüren aus Messing so spiegelblank poliert wie dort, wo der Wedding Ambitionen zu Höherem hatte.

Dass es Franziska hierher verschlug, hatte einen einfachen Grund: Eine alleinstehende Jüdin mit Kind wurde in den gutbürgerlichen Gegenden Berlins schräg angeguckt. Im nördlichen Arbeiterbezirk war man toleranter. Überdies hatte Franziska keine Lust, sich ständig mit Leuten auseinanderzusetzen, die auf sie herabsahen und sich für etwas Besseres hielten. Das

reklamierte sie für sich. »Lieber eine kleine Herrin als eine große Dienerin.«
Hier, im »roten Wedding«, konnte Franziska Kohanim sich ihrerseits für etwas »Besseres« halten. Das ganze bourgeoise Berlin konnte sich ihrer Meinung nach seine Vornehmheit an den Hut stecken.
Neben Fräulein Gerti, die sich nur um das Wohl und Weh von Benno zu kümmern hatte, war noch die polnische Jolanda gegen Kost und Logis bei Franziska angestellt. Sie stammte aus Posen und war ihr von der mütterlichen Verwandtschaft empfohlen worden.
Von der väterlichen Möbelfabrik bestens mit Mobiliar ausgestattet, brachte Franziska neben dem Hausrat aus ihrer Aussteuer als Krönung das schwarze nicht verschließbare Klavier aus Sauermühle mit. Das Kinderfräulein bewohnte die Dienstbotenkammer. Jolanda hatte ihr Reich auf dem Hängeboden über der Vorratskammer, dem eine kleine verglaste Klappe zum Hof die Illusion eines Kämmerchens verlieh. In diesem Verschlag fanden gerade eine Matratze, drei Regalbretter, eine Holztruhe sowie ein Kruzifix an der Wand Platz.
Als Witwe mit zwei Dienstboten in der Beletage wurde Fränze im Hause ehrerbietig mit »Gnädige Frau« angesprochen. Wenngleich allen das Wort »Frollein« auf der Zunge brannte. Franziska hatte ihre Rangordnung wiederhergestellt. Besser noch: Mit ihren jungen Jahren konnte sie endlich tun und lassen, was sie wollte. Welche Frau in ihrem Alter konnte das von sich behaupten? Franziska trug den Kopf deshalb sehr hoch.
Wenn es nach ihrem Vater gegangen wäre, dann wäre »die Klitsche«, das sogenannte Bauunternehmen, das

sie von Willy geerbt hatte, sofort nach Willys Ableben verkauft worden. 1913 war ein mattes Wirtschaftsjahr, besonders für Berliner Bauunternehmer. Berlin war fertig und satt. »Wer braucht jetzt eine marode Bauklempnerei ohne Kundschaft und Prinzipal?«, ermahnte ihr Vater sie.

»Genau, Papa!«, pflichtete Fränze ihrem Vater schlagfertig bei. »Momentan ist wirklich kein günstiger Zeitpunkt für einen Verkauf!«

Das hatte er nicht gemeint und schwieg perplex. Im Prinzip wurde die »Klitsche« nur von einem gebraucht, nämlich von dem angestellten Gesellen Bruno Geißler. Eben um Brunos willen brachte Fränze es nicht übers Herz, die nachgelassene Klitsche aufzugeben. Dieser Bruno Geißler war zudem der seltsamste Klempner, den man ihrer Meinung nach je gesehen hatte. Und für seltsame Menschen hegte Franziska von jeher ein Faible. Bruno Geißler, der Franziska immer »Meesterin« nannte, war ein gestandenes Mannsbild von Gardemaß mit imposantem Kaiserbart und wasserblauem Adlerblick, der »EssEmm«, seiner Majestät Kaiser Wilhelm Zwo, so ähnlich sah wie ein bescheidener Zwilling.

Wenn er nicht gerade in frisch gebügelter Arbeitskluft und Lederschürze in der Werkstatt Gewinde schnitt oder an Rohrstücken feilte, dann empfing er die Kundschaft im Laden im tadellosen Rock, mit steifem Kragen und Krawatte und verströmte dabei den dezenten Duft von Kölnisch Wasser. Angeblich hatte ihn die unglückliche Liebe zu einer Modistin von Dresden nach Berlin verschlagen. Warum das Glück mit der Putzmacherin nicht lange währte, wusste kein Mensch. Er sprach nie darüber, als sicher aber galt, dass Bruno der einzige Rohrleger im proletarischen Berlin war, der nach Arbeitsschluss perfekt manikürte Hände mit polierten Fingernägeln hatte. Mit weißer Nelke im Knopfloch und einem weichen Hut auf dem semmelblonden Schopf spazierte er allmorgendlich in die Werkstatt, grundsolide und würdig wie ein sächsischer Fels im märkischen Sand. Bruno war ein stiller Mensch. Sein weiches Gemüt war nah am Wasser gebaut. Oft tropften ihm dicke Tränen auf seinen aufgezwirbelten Kaiser-Wilhelm-Bart, wenn Franziska ihn etwas barsch anfuhr.

Für Fränze war Bruno »eine Seele von Mensch«. Schützend hielt sie ihre Hand über ihren wunderlichen Gesellen mit der großen Seele. Seine Monatsabrechnungen, die er mit der Schönschrift eines Grundschülers in die schwarze Kladde eintrug, waren vielleicht nicht so sehr von wirtschaftlichem Belang, dafür aber rührend anzusehen. Egal welche Zahlen er da notiert hatte, Franziskas Herz lachte angesichts der braven Sorgfalt, die von strebsamer Genauigkeit und Ehrlichkeit kündete. Die immer dringlicheren Mahnungen des Vaters wegen der Geschäftsaufgabe gingen Fränze derart auf die Nerven, dass sie über eine eigene Lösung zum Thema »Klitsche« nachsann. Sie fasste den Entschluss, nun selbst zu arbeiten. Im eigenen Geschäft. Mit Hilfe des Vormunds. In der Handelsschule am Gesundbrunnen belegte sie einen Kursus für angehende Kontoristinnen. Jeden Tag dankte sie ihrem Herrgott, dass sie sich im Wesentlichen nur auf die Buchhaltung konzentrieren musste. Die anderen Frauen, die alle eine Anstellung suchten, mussten sich auf Tempo bei der Stenographie und beim Maschineschreiben trimmen und sich dazu ziemlich schinden lassen. Nach sechs Monaten mit nur mühsamen 68 Silben Kurzschrift in der Minute, die sie anschließend nie aus ihrem Stenogramm entziffern konnte, und mit läppischen 120 Anschlägen in der Minute auf der Schreibmaschine und unzähligen Tippfehlern, aber mit der Note 1 in Buchführung verließ Franziska die Handelsschule. Jetzt fühlte sie sich gewappnet, das Steuer selbst in die Hand zu nehmen.

»Die Klitsche liegt in der falschen Gegend!«, eröffnete sie Samuel. Wenn überhaupt noch Bedarf an Bauklempnereien in Berlin bestand, dann vielleicht noch im Berliner Norden. Dort wurde gebaut, aber nicht in der Innenstadt, wo bereits jede Handbreit Boden zugemauert war.

»Kein Mensch kommt extra nach Berlin-Kreuzberg, um einen Bauauftrag in Wedding, Reinickendorf, Dalldorf oder Tegel zu erteilen«, erklärte Franziska die neue Lage. Als dann der »Grünkramfritze« im Parterre des Wohnhauses seinen Laden wegen der Gicht schloss, verlegte Franziska die Klitsche von Kreuzberg zu sich nach unten ins Haus. Das Lager für die Rohre, Becken und Wannen kam ins Souterrain und in den darunter liegenden Keller. Oben in dem nun schwarz-weiß gefliesten Laden blinkten bald die verchromten Wasserhähne mit den Duschen und Armaturen um die Wette.

Der dernier cri waren Waschbecken aus Porzellan und Messingarmaturen. Die modernen Duscharmaturen aus den verschiedenen Materialien stellte sie blitzblank poliert in das Schaufenster. Das machte sonst kein Klempner in Berlin. Die Klitsche war jetzt ein Laden mit vornehmen schwarz-silbernen Glasblenden und Ladenschildern. Dem Haus verlieh das eine gewisse Feierlichkeit. Zufrieden spiegelte sie sich in der glänzenden Fassade. Jetzt war sie Prinzipalin. Warum sie sich denn nicht mit ihrem Los bescheiden könnte, wurde sie von der ältesten Schwester Fanny gefragt, der das alles für eine Frau allein allzu kühn erschien, zumal die Innungszulassung auf einen Klempnermeister eingetragen war, der nie einen Fuß in ihr Geschäft gesetzt hatte, aber alles unterschrieb.

»Ach, Fanny! Wer was im Leben gelten will, muss fordern! Demut und Bescheidenheit sind nur Dienstbotentugenden!«

Max im Glück und Herrenausstatter im Pech

Im Frühjahr 1914 hatte Max endlich den ersehnten Durchbruch. »Max Gulkowitsch, ein zweiter Alfred Denis Cortot«, las Franziska staunend in der Zeitung, immerhin war Cortot der bekannteste Pianist seiner Zeit. Ein langer Artikel befasste sich ausführlich mit Max' Polydaktylie, jene Vielfingerigkeit, die statistisch nur bei einem von fünfhunderttausend Menschen vorkam. Eine chirurgische »Kapazität« aus Prag ließ sich in dem Blatt über das Für und Wider einer Operation zur Entfernung seiner überzähligen Finger aus, der sich der Pianist aber bislang verweigerte. Er wolle keinen Finger missen, teilte Max den Lesern der Vossischen Zeitung mit, denn schließlich könnte es ja göttliche Fügung sein, gerade ihm sechs Finger an jeder Hand zu schenken. Max wollte ein Original bleiben.

Von allen Tourneestationen, die Max absolvierte, schickte er Franziska eine Postkarte. Diese steckte die bunten Karten aus aller Welt hinter den Spiegel der Flurgarderobe. Die letzte Karte kam aus Rio de Janeiro und zeigte Palmen, den Zuckerhut, einen großen bunten Papagei und das Meer. Die Grüße auf der Rückseite der Karte waren flüchtig hingeschmiert. Selbst die herzlichen Grüße verkamen zu »herzl. Gr.«.

»Dann soll er lieber gar nicht schreiben«, monierte sie pikiert und klemmte die bunte Karte ganz oben an den Spiegelrand.

Als Max im ausverkauften Opernhaus von Manaus mitten im brasilianischen Busch gerade eine Tschaikowski-Matinée für mittellose südamerikanische Musikfreunde gab, fielen in Sarajevo zwei Schüsse.
Max saß in Amerika fest und behauptete nun trotz seines deutschen Passes, ein Russe zu sein. Die Zeitung zeigte neben dem Artikel das Foto eines inzwischen weltmännischen, durch Wohlleben zur Korpulenz neigenden »Maxim Gulkovich« in einem luxuriösen Automobil mit drei ebenso reichen wie schönen Amerikanerinnen, die ihn anhimmelten.
Dieses Foto wurmte Fränze. Max stand ihr zu! Nicht dieser Gloria Vanderbilt, Julia de Braganza oder Lydia Katz, die ihr aus der Zeitung frech ins Gesicht lachten.
Bald darauf wurde aus dem Russen Maxim der US-Amerikaner Max. Für die deutschen Zeitungen lieferte Max Gulkowitsch damit den endgültigen Beweis für jüdische Vaterlandslosigkeit. Verrat an der Heimat warf man ihm vor, der er doch alles verdanke, und so weiter und so fort.
»Die Einzigen, denen Max etwas verdankt, sind wir, meine Familie!«, empörte sich Franziska. »Wer hat sonst je was für Max getan außer uns? Kein Mensch und sein Vaterland schon mal gar nicht!«
Doch noch etwas hatte sich verändert, wenn man genau hinsah. Der Ruhm hatte Max' Hässlichkeit mit den Jahren in jene sonderbare männliche Attraktivität veredelt, die an unansehnlichen Menschen nur der Erfolg, gepaart mit sehr viel Geld, Pflege und gutem Essen zustande bringt.

Vor Wut über ihre Verblendung heulte Fränze auf die grünen Heringe, die eingewickelt in Zeitungspapier mit Max' Foto auf dem blau-weiß gewürfelten Wachstischtuch des Küchentisches lagen und ihrer Zubereitung harrten. Durch Franziskas Tränen wurden sie jetzt zusätzlich gesalzen. Auch noch später musste Franziska bei grünen Heringen immer an Max denken. Aus diesem Grund kamen grüne Heringe bei ihr nicht mehr auf den Tisch. Bloß war das bald keine Frage mehr für oder gegen Heringe und ebenso wenig eine Frage für oder gegen Max, sondern eine Frage des Hungers ...

Um Franziskas jüngere Schwester Martha war es eine Weile still geworden. Im polnischen Familienexil bei ihrer Großmutter Taubine Beinesch, wohin Martha zur Befriedung des Haushalts in Sauermühle geschickt worden war, genoss sie erstmals den Luxus der ungeteilten Liebe und Aufmerksamkeit. Das ließ Martha aufblühen wie eine sonnenbeschienene Geranie. Die altbekannten nervösen Leiden traten kaum mehr auf. Vom verblichenen Willy war schon lange keine Rede mehr. Taubine Beinesch beschloss daher, dass ihre Enkelin unter der Obhut ihrer Warschauer Modistin Bozena Wrobelska nach Berlin reisen sollte, um sich fachkundig einkleiden zu lassen. Bei dieser Gelegenheit sollte sie Fanny, die ältere Schwester, im vornehmen Schneideratelier besuchen. Auch Fanny musste zugeben: Die Wrobelska hatte an Martha wahre Wunder vollbracht. Elegant wie ihre Feindin, die »Königskobra«, würde Martha zwar nie werden, aber gepflegt und proper schaute sie aus. Sie hatte sich zu einer jungen Frau mit ansprechendem Äußeren gemausert. Teils lag das an der sorgfältig gewählten Garderobe und teils an der neuen Frisur, die die Pracht ihrer vollen, inzwischen rotblondierten Haare zur Geltung brachte. Die weniger schönen Seiten ihrer Erscheinung traten in den Hintergrund. Ihre neue Attraktivität erstaunte Martha zuerst, doch fand sie daran sichtlich schnell Gefallen. Auf den ausgedehnten Spaziergängen genoss sie bald recht routiniert die Huldigungen gelüfteter Hüte und artiger Verbeugungen der Herren, ohne verlegen zu werden oder zu erröten.

Einer dieser langen Spaziergänge ermutigte Martha zu kühneren Plänen und führte sie direkt in das Amtszimmer des Staatsanwalts für Kapitalverbrechen am Landgericht Berlin, zum Herrn Assessor Dr. Leopold Hirschfeld. Schüchtern erkundigte sich Martha, wie sie eine Anzeige gegen eine gewisse Franziska Rubin, geborene Kohanim, erwirken könnte.
»Herr Rat, ein junger, kerngesunder, kräftiger Mann wie der verblichene Wilhelm Rubin fällt doch nicht einfach so – mir nichts, dir nichts – tot um! Wo gibt's denn so was? Sehr tief blicken lässt doch auch – und das müssen Sie zugeben –, wenn die Ehefrau selbst zur Beerdigung nicht erscheint! Das sagt doch wohl alles! Meine Schwester Franziska hat ihren Mann vergiftet! Die Polizei will mir nicht glauben, und darum müssen Sie mir helfen, Herr Staatsanwalt!« Erstaunlicherweise hatte ihre Stimme jetzt auch nichts Quäkendes mehr.

»Assessor!«, korrigierte Dr. Hirschfeld nachsichtig lächelnd.
»Ja, Herr Assessor! Überall, wo ich vorstellig wurde, hieß es immer nur, ich sei eine Querulantin. Und wie man mich behandelt hat! Sie können sich gar nicht vorstellen, wie demütigend das alles ist. Dem Wilhelm, einerlei, ob er mich nun zugunsten meiner Schwester Franziska verließ oder nicht, dem Wilhelm muss Gerechtigkeit widerfahren!«
Dr. Leopold Hirschfeld hörte Martha mit ernstem Gesicht zu.
»Wenn Sie vor Gericht gehen, bekommen Sie nur ein Urteil, gnädiges Fräulein«, erklärte er sanftmütig. »Die Menschen erwarten von der Justiz immer Gerechtigkeit, aber die gibt es nur im Himmel. Also, erwarten Sie nicht zu viel!«
»Das soll mir alles recht sein, Herr Rat! Hauptsache, meine Schwester Franziska kommt endlich vor den Kadi. Das bin ich dem Angedenken des teuren Verblichenen schuldig.«
Nachdenklich musterte Dr. Hirschfeld Martha, erhob sich dann und wippte ein paarmal bedeutungsvoll von den Hacken auf die Fußballen. Bedächtig schritt er um seinen großen Schreibtisch herum. Schließlich lümmelte er sich halb sitzend auf die Tischplatte, strich ihr wie einem Kind über die Wange und versprach, sich persönlich des Falles anzunehmen. Martha schwebte aus der Amtsstube wie auf einer Wolke. Zum ersten Mal seit ihrem letzten Rendezvous mit Willy war sie wieder glücklich.

Was sich selbst ärgste Pessimisten in ihren schlimmsten Albträumen nicht ausmalen konnten, trat deshalb mit umso größerer Heftigkeit ein. Nur dank Mindels praktischer Umsicht und ihrer eingefleischten Schwarzmalerei, die sich nicht von der rosigen vaterländischen Propaganda beirren ließ, litt man bei den Kohanim selbst im Krieg kaum Not. Gewiss, man musste sich einschränken. Der Rest war dem Geschick guter Haushaltsführung zu verdanken. Das Gutshaus, sämtliche Scheunen und Lager auf Sauermühle und Umgebung wurden von Mindel sofort nach der Kriegserklärung bis zum Rand mit Lebensmitteln vollgestopft. Im Reich wollte man tatsächlich allen weismachen, der Krieg wäre eine Art forscher Osterspaziergang, auf dem man hier und da Salut schießt. Ansonsten müsste man nur die eleganten Uniformen mit etwas Pulverdampf lüften, um nach höchstens drei Monaten mit allen afrikanischen Kolonien im Sack wieder heimzukehren.
In tiefem Misstrauen gegen solches Maulheldentum und derlei Traumtänzereien verschickte Mindel zur Kriegserklärung sofort teure Blitzdepeschen in alle Richtungen: +++ Die Kluge baut vor! VORRÄTE!!! Eilt! +++
Sie verwendete entgegen aller Gewohnheit dieses Mal ein teures Telegramm mit sechs Wörtern, für das normalerweise auch nur zwei Silben genügt hätten: »Hamstern«. Doch dieses Wort war im Kaiserreich verboten, es stand unter Strafe. Überall schnüffelte die kaiserliche Geheimpolizei nach vermeintlichen Defaitisten. Nach der Blitzdepesche an alle Kohanim-

Töchter gingen Eilbriefe ab mit einer ausführlichen Liste von Lebensmitteln, Wein, Öl, Schnaps, Seifen, Stoffen, Wolle, Leder, Garnen, Nähnadeln, Knöpfen, Nägeln und worauf bei der Einlagerung zu achten wäre, wo man Rabatte erhalten könnte und dergleichen mehr. Nur Franziska und ihre ältere Schwester Fanny hielten sich dran. Elli, die sich die überhebliche Weltsicht ihres preußischen Offiziersgatten, des Rittmeisters von Strachwitz, zu eigen gemacht hatte und im Geiste bereits den Nil bereiste und in Kenia Elefanten jagte, ignorierte nicht nur den guten mütterlichen Rat, sondern antwortete mit einem vor Empörung lodernden Brief.

Geliebte Mutter, geliebter Vater!
In Zeiten, in denen das Vaterland in blutigem Ringen mit dem Feind liegt, nur an das kleine private Wohl zu denken, ist schmählich und unpatriotisch! Vielmehr sollten wir dem Heer und unseren Soldaten alles geben, damit der Sieg unser sei!
Und Dir, lieber Vater, möchte ich aufgrund eines Winkes von einem Freund meines Mannes, dem Herrn Oberst von Reichenau, dringend empfehlen, nicht nur jede Beziehung zu Max Gulkowitsch fallenzulassen, sondern Dich auch von ihm in aller Öffentlichkeit zu distanzieren, da er sich seinem Vaterland und seinem Gönner gegenüber als undankbar erwiesen hat. Gerade wir Juden müssen auf der Hut sein, nicht in schiefes Licht zu geraten. Vielmehr sollten wir unsere unverbrüchliche Treue zu Volk und Vaterland beweisen!
Auch von der Grafenfamilie sollte man Abstand nehmen. Den Solkowskys ist es zwar seit einigen hundert Jahren durch man-

ches Bubenstück gelungen, sich als polnische Adlige mit fragwürdigen Mitteln in Preußen zu halten, doch wir alle kennen ihre pro-französische und extrem polnisch-patriotische Einstellung, aus der sie nie einen Hehl gemacht haben!
Ich darf Euch vertraulich mitteilen, dass die Solkowskys ganz oben auf der Liste potentieller Spione und Verräter stehen und jeder Kontakt mit ihnen sowie mit dem Subjekt Max Gulkowitsch für uns hochgefährlich ist.
Darum, lieber Vater, obgleich wir in fast allen Dingen verschiedener Meinung sind, so bitte ich Dich dringend im Interesse der Familie, meine Warnungen nicht in den Wind zu schlagen.
In Sorge und Liebe
Ergebenst Eure Tochter Elsbeth

Bei der ältesten Kohanim-Schwester, in Gerson und Fanny Segals Schneideratelier in der Berliner Leipziger Straße, herrschte zu dieser Zeit eine fiebrig-hektische Geschäftigkeit. Unzählige Offiziersuniformen für hochgestellte Persönlichkeiten warteten auf ihre Fertigstellung. Die Kundschaft drängelte sich im Atelier und war noch ungeduldiger und unleidlicher als sonst. Fast schien es so, als könnten sie alle nicht schnell genug auf das Schlachtfeld, um ihr Blut auf den Äckern der Normandie und in den Weiten Russlands zu vergießen. In Vierundzwanzig-Stunden-Schichten arbeiteten die Näherinnen, bis die Maschinen und Nähnadeln heiß liefen. Da die »allerhöchsten Kreise« nun auch keine englischen Herrenschneider mehr für die Maßanfertigung tadelloser Uniformröcke bemühen konnten, wollte man in Berlin wenigstens Uniformen »wie angegossen« vom Segal. Trotz des ganzen Hochbetriebs war den Segals nicht wohl zumute. »Das ist alles Panikblüte«, brummte Gerson verdrießlich. Ein anderer Grund für seinen Missmut war: Die Helden in spe reagierten auf das Ansinnen einer Zahlung bei Lieferung, als handele es sich um Landesverrat, und machten dem jüdischen Schneider wilde Szenen. Er sollte gefälligst bis zum Sieg warten, der ja nun angeblich unmittelbar bevorstünde. Doch Fannys Ehemann ließ nicht locker.

»Was hat der unbezahlte Schneider vom Heldentum seiner Kundschaft? Die Pleite!«, knurrte Gerson zurück.

Der andere Gedanke, der den Segals mit einem l schlaflose Nächte bereitete und den man öffentlich nicht einmal auszusprechen wagte: »Was, wenn sich der Krieg hinzieht? Was, wenn der Krieg viele Opfer fordert, auch unter unserer Kundschaft?« So dachte Gerson laut in die Nacht, als er und Fanny mal wieder keinen Schlaf fanden. Fanny raffte sich augenblicklich vom Kissen auf. Energisch rückte sie ihre Schlafhaube zurecht und sprach das erste Mal in ihrem Leben ein Machtwort:

»Gerson, ich weiß, dass du das nicht gern hörst. Aber wir sollten unser Geschäft sofort auf Damenbekleidung des mittleren Genres umstellen und künftig für die großen Kaufhäuser arbeiten.«

Für einen Herrenmaßschneider, der sich als die Krone seiner Zunft betrachtete, war ein derartiger Vorschlag in etwa so, als wolle man einen Erzkatholiken dazu bewegen, Martin Luther die Hand zu küssen.

»*Damenkonfektion?* Nur über meine Leiche!«
Unwillig drehte er sich von seinem Eheweib weg und fing sofort an zu schnarchen.

Während nur wenige Herrenausstatter in der Leipziger Straße und im Konfektionsviertel die stumme Sorge um hingemordete männliche Kundschaft und die Folgen fürs Geschäft umtrieb, zeigte der proletarische Wedding ein feineres Ohr für kaiserliche Wirklichkeitsferne.
»Der olle Bismarck war wenigstens noch so schlau und hat imma eenen nach dem andern anjegriffen. Unsa Kaiser meent, er kannet mit der janzen Welt uff eenmal uffnehmen? So wat kann ja jar nich' jutjehen! De feine Jesellschaft sitzt wie imma uff'm Feldherrnhüjel und vadient, während wir in't Gras beißen und unsere Kinder hungern!«
Ausnahmsweise teilte Fränze dieses Mal die Meinung des »roten Gesocks«. Die Kellerräume der Wohnung, des Ladens, die Lager der Werkstatt im Souterrain, die Vorratskammer, das Kinderzimmer, die Hängeböden bogen sich unter der Last von Konserven, Einweckgläsern, Säcken von Reis, Mehl, Zucker, Erbsen, Linsen, Bohnen, Geräuchertem, Geselchtem. Gegen Hunger wären sie gefeit. Franziska sorgte sich nur um ihren Gesellen Bruno.
Wenn Max schon durch diesen unsinnigen Krieg perdu gegangen war, dann wollte sie wenigstens ihren Bruno behalten.
»Auf irgendwen muss ich mich doch stützen. Schließlich bin ich doch eine Witwe mit zwei kleinen Kindern,

die alle von seiner Arbeit abhängen«, jammerte sie im Reichskriegsministerium und im kaiserlichen Musterungsamt. »Und meinen Sie, Rohrbrüche warten bis nach dem Krieg?«, setzte sie hinzu, um noch einen weiteren Grund für die Unabkömmlichkeit ihres Gesellen zu liefern.

Die Vorstellung, dass Berlin ohne Bruno Geißler womöglich unter Wasser stünde, teilte man nicht. Ausschlaggebend war vielmehr, dass sich Bruno als vollkommen farbenblind und auf einem Ohr stocktaub erwies. Brunos Vermieterin, eine Kriegerwitwe, deren Mann gleich während der ersten Kriegshandlungen den sogenannten Heldentod fand, hielt Brunos »UK« (Unabkömmlichkeit) für Drückebergerei. Als Patriotin zeigte sie ihn bei der Obrigkeit an und kündigte ihm das möblierte Zimmer. Tatsächlich tauchten bald zwei Spitzel auf. Lange wurde Bruno verhört. Drei weitere Musterungsärzte sollten herausfinden, ob Bruno in Wahrheit nicht doch wehrtauglich wäre und nur simulierte.

Er blieb jedoch farbenblind und einseitig taub.

Der Einfachheit halber zog Bruno in die Ladenwohnung hinter der Werkstatt in der Heilandstraße 6 ein. Dort musste er nun auf Tuchfühlung mit Franziskas eingelagerten Vorräten leben. Bruno machte es sich wohnlich zwischen Kartoffelsäcken, Pökelfässern, Nudeln, Reis, Sago, Graupen, Grieß, Weizen, Roggen, Zündhölzern, Speck- und Schinkenseiten und kapitalen Regalen mit Eingemachtem aus Osche-Sauermühle. Seine tadellosen Anzüge, Jacketts, Hosen und Mäntel fanden in einem ausrangierten Kleiderschrank

Platz, den seine »Meesterin« eigentlich ans Hinterhaus verkaufen wollte. Brunos erlesenes Rasierzeug aus Dachshaarpinsel, Solinger Rasiermesser, der Haarbürste und dem Kamm mit den Silbergriffen ruhte auf dem Marmor des Waschtisches zusammen mit der eleganten Waschschüssel und Wasserkanne aus edlem Porzellan, die Franziska als Mitgift von Sauermühle nach Berlin brachte. Brunos Grundbedürfnisse zur Pflege seiner Person waren gesichert. Er war glücklich. Ohne dass sie es ahnte, löste das gemeinsame Mittagessen, das Franziska täglich im abgesperrten Geschäft für Bruno und sich auftischte, Häme aus. Die Neiderinnen aus der Nachbarschaft waren ohnehin fuchsig, dass eine freche Göre im achtbaren Witwenstand alle Freiheiten und noch dazu ihr Auskommen hatte. Sie missgönnten ihr den »möblierten Herrn«, der für die »lustige Witwe« arbeitete – »... und vielleicht nicht nur im Parterre, sondern auch im Souterrain, ha ha ha!« »Na, *die* kricht ihr Fett ooch noch wech«, trösteten sich die Stroh- und Kriegerwitwen aus den Hinterhäusern und dem Seitenflügel. Als Straßenbahnschaffnerinnen, Weichenstellerinnen oder als Briefträgerinnen, Granatendreherinnen, Schweißerinnen und sogar als Eisengießerinnen an den Hochöfen traf man sie nun anstelle der Männer an. Zu einem Viertel des Lohnes der Männer und auf Hungerration.

Franziskas beste Freundin in dieser schwierigen Zeit wurde Charlotte Hörl. Lotte war eine drollige Berliner Jüdin mit einem flotten, schlagfertigen Mundwerk. Gut einen Kopf kleiner als Franziska war sie, alles an ihr schien rundlich. Ihr dichtes schwarzes Haar war so lockig wie der Karakulkragen ihres Wintermantels. Fast alle Frauen beneideten Lotte um ihre Naturlocken. Alles andere an Lotte war irgendwie filigran, sie hatte winzige Ohren, fast Kinderhände und Schuhgröße 36, was Frauen seltsamerweise sogar noch mehr entzückte als Männer. Lottes blitzende, fast schwarze Augen schauten meist spitzbübisch in die Welt. Jeden Satz begann sie mit einem kleinen Lacher, selbst wenn es nichts Komisches mitzuteilen gab. Die gegenseitige Bewunderung von Witz und Scharfzüngigkeit war der Quell ihrer herzlichen Freundschaft. Sie amüsierten sich so sehr über- und aneinander, dass der Beifall und das Gelächter anderer sie nur irritierte. Man konnte auch sagen, sie waren ineinander vernarrt und hielten es kaum einen Tag ohne einander aus. Sie waren Busenfreundinnen, die ständig beieinandergluckten.

Donnerstags hatte Franziska ihren »Jour«. Im Wedding wusste man nicht, was das ist, merkte aber rasch, dass den ganzen Tag die Wohnungstür für alle und jeden offen blieb, es Klaviermusik, frechen Couplet-Gesang und vor allem viel Gelächter gab. Keiner von Franziskas Gästen ging ohne Ratschlag oder Tröstung, vorausgesetzt, man übertrieb es nicht mit dem Leid. »Für Trauerklöße gibt's auch hier nichts zu lachen!«, kanzelte sie unverbesserliche Heulsusen und Miesmacher da schon mal ungnädig ab. Während dieser Betriebsamkeit saß Bruno meist stumm in seinem Lehnstuhl in der Erkerecke am Fenster, glücklich in seine Kreuzworträtsel vertieft. Immer wichtiger wurde mit der Zeit der kleine Imbiss, den Franziska bei ihrem »Jour« auf ihren Bleikristallplatten kredenzte. Vielen Neiderinnen stopfte sie so auch im Wortsinn das Maul, wenn auch nur mit Mohrrübentorte.

Fränzes Freundin Lotte hatte auch einen Mann, der Willi hieß. Als Polier war Wilhelm Hörl »uk-gestellt«. Lottes gojischer Willi war ein strammer SPD-Anhänger, leidenschaftlicher Atheist und gehörte zu jener Sorte Mensch, die selbst ein harmloses Gespräch übers Wetter zwangsläufig in einen belehrenden Monolog über Kapital und Arbeit münden ließ. Dabei hatte Willi Hörl die Angewohnheit, seine Rede mit energischen Faustschlägen auf die Tischplatte zu begleiten, so dass die Tassen, Gläser und Teller hüpften.

Auf Baustellen muss man wahrscheinlich so reden, dachte sich Franziska. Von solcher Herumpolterei ließ sie sich nicht beeindrucken. Gewitzt bot sie dem Polter-Willi kräftig Paroli, wofür sie Respekt erntete, denn nicht viele Menschen wagten, dem obersten Herrn über die Baustellen der Firma Flor & Otis die Stirn zu bieten. Ihre Freundin Lotte konnte da nicht mithalten, denn für Widerworte betete Lotte ihren Willi einfach zu sehr an. Aus diesem Grund schenkte Franziska ihrer besten Freundin zum Geburtstag einen Gong.

»So kannst du auch mal zu Wort zu kommen!«, sagte sie und platzierte den schweren Messinggong, der mit einer goldenen Kordel in einem schwarzen, fernöstlichen anmutenden Rahmen gehalten wurde, vor ihrer Freundin Lotte auf der Kaffeetafel.

Der Gong, mit dem man zu besseren Zeiten auf Sauermühle die Dienstboten herbeigerufen hatte, bekam eine neue Aufgabe. Von nun an sollte er nicht irgendwelche Domestiken bändigen, sondern ausschließlich den Redestrom des Gatten ihrer besten Freundin. Von nun an thronte der Gong auf dem Wohnstubentisch der Hörls und verlieh der proletarischen Stube etwas Feierliches. Man hörte den Gong seitdem häufiger, meist gefolgt von Gelächter, denn im Grunde war der Raubauz Willi Hörl ganz umgänglich und gutherzig. Ihm ging oft nur das heftige Temperament durch. Die Idee mit dem zweckentfremdeten Gong fand er köstlich und drohte Franziska spaßhaft mit dem Zeigefinger.

Franziskas vaterloser Sohn Benno hatte an dem Raubein Hörl einen Narren gefressen. Nur Willi Hörls leiblicher Sohn Karlheinz, ein ganz stiller, sensibler Knabe, wagte in der Gegenwart seines Vaters kaum zu atmen.

*

Der Assessor des Staatsanwalts, Dr. Hirschfeld, hatte sich mit Samuel Kohanim wegen einer, wie er sagte, »heiklen Mission« telefonisch in Verbindung gesetzt. Es war das dritte Ferngespräch, das von dem neuen Fernsprecher im Kontor auf Sauermühle überhaupt geführt wurde.

Für einige Tage ließ sich Dr. Hirschfeld daraufhin beurlauben.

Über die dortigen Verhältnisse wollte er sich selbst ein Bild machen. Marthas abstruse Mordanzeige anlässlich eines unerhörten Dramas in einem guten jüdischen Haus hatte sein Interesse sowohl beruflich als auch privat geweckt. Hier müsste man behutsam agieren, fand er. »Fürs Erste genügt es, wenn ich diese Sache inoffiziell verfolge«, beschloss er bei Marthas letztem Besuch und betonte auch gegenüber Samuel Kohanim mehrmals den rein persönlichen, inoffiziellen Charakter seines Besuchs auf Sauermühle. Der Kohanim runzelte die Stirn. Was wollte der Kerl wirklich? Mit seiner zupackenden Art entschloss sich Samuel, nicht lange um den heißen Brei herumzureden, und schenkte dem Assessor aus Berlin reinen Wein ein: »Es reicht, dass meine Tochter Franziska die Familie durch ihre Mesalliance mit diesem Subjekt ins Gerede gebracht hat. Jetzt noch eine Morduntersuchung und *andere Peinlichkeiten*«, womit Samuel auf diplomatische Art und Weise Marthas hysterische Pseudologia Phantastica andeutete, »*Peinlichkeiten*, Herr Dr. Hirschfeld, die den guten Namen meiner Familie unnötig in den Schmutz ziehen! Wer hat etwas davon außer die Antisemiten und die Konkurrenz?«

Beide Männer waren in diesem Punkt schnell einer Meinung. Die Aussichtslosigkeit, einen Juden aus dem heiligen Grund eines jüdischen Friedhofs zu holen, um ihn für eine gerichtsmedizinische Untersuchung exhumieren zu lassen, musste nicht mehr erörtert werden.

Dr. jur. Leopold Hirschfeld hatte nämlich nach eingehender Prüfung der wirtschaftlichen Verhältnisse der Kohanim um Marthas Hand angehalten. Mit Trauerflor um die Stimmbänder erzählte er von seinem großen persönlichen Verlust. Trotz teurer Kuren war ihm vor zwei Jahren in der Schweiz seine erste Ehefrau Edeltraud an Tuberkulose verstorben. Kinderlos.

Mindel und Samuel blickten anstandshalber betreten zu Boden. Ihren inneren Jubel kleideten sie in den banalen Satz: »Tja, ein Mann muss seine Ordnung haben!«
Ausgerechnet Martha kam als Einzige endlich standesgemäß unter der Haube! Mit einem Doktor aus einer tadellosen jüdischen Familie von Juristen und Architekten! Gelobt sei der Allmächtige!

Zugegeben, mit einem Willy Rubin konnte man Dr. Leopold Hirschfeld nicht vergleichen. Ein schöner Mann war der Herr Assessor nicht. Mehr als zwanzig Jahre älter als Martha war er außerdem. Zwei glanzlose Augen wohnten hinter einem blitzenden Kneifer. Seine Stirnglatze reichte bis zum Hinterkopf. Alles andere war nicht der Rede wert, außer dass er die bornierte Pedanterie des Juristen mit der schwächlichen Gutartigkeit eines Durchschnittsmenschen zu vereinen verstand. Allein an die Seriosität ihres neuen Verlobten und an die Zeichen mangelnder Bosheit, gepaart mit seiner gemütlichen Behäbigkeit, klammerte sich Martha, denn über ihre Chancen auf dem Heiratsmarkt machte sie sich keine Illusionen mehr, zudem sie »spät dran« war. Auch bei ihr stand inzwischen die Aussicht auf eine gute Versorgung höher im Kurs als die Romantik.
Das nennt man wohl Reife, beschwichtigte sie sich. Resignation traf es zwar eher, wenngleich das eine wohl das andere bedingt.

Bereits drei Monate später wurde auf Sauermühle in stilvollem Rahmen Hochzeit gefeiert. In Anbetracht der Kriegszeiten war es keines der üblichen großartigen Familienfeste, aber trotzdem recht passabel. Was Martha zum Glück nicht wusste: Das Brautkleid, das sie trug, war einst Franziskas Brautstaat zur Schandhochzeit gewesen. Die sparsame Mindel hatte es der Wrobelska zum Umarbeiten gegeben. Man erkannte es kaum wieder. Martha sah darin aus wie ein opulentes Sahnebaiser mit Fleischfüllung und mit Grünzeug garniert. Zum Festessen reichte man Eierklößchensuppe, Aal grün in Dillsoße, Salate und Käse aus eigener Produktion und Teresas legendäre Kirschcremetorte. Die schlechteren Zeiten bemerkte der Kenner nur an der etwas geringeren Qualität des Sektes und des Weines. Samuel fand das in Anbetracht der Zeiten mehr als angemessen.

Die Ironie des Schicksals wollte, dass Martha es im Grunde genommen ihrer verhassten Schwester Franziska zu verdanken hatte, dass sie nun die Gattin eines angesehenen Juristen war und künftig in einer üppigen Villa residieren durfte. Die Villa in Berlin-Dahlem gehörte Martha, bezahlt aus ihrer Mitgift.
»Sonst hätte der Hirschfeld die doch nie geheiratet«, hetzte Elli.
»Na, du musst es ja wissen!«, lachte ihre Cousine Else auf. »Du mit deinem bettelarmen von und zu Rittmeister! Als ob dein Rittmeister Strachwitz dich nur wegen deiner schönen Augen und Pokale geheiratet hat!«

Darauf fiel Elli nichts mehr ein, woran man sonst noch herummäkeln konnte, und stöhnte nur: »Was für eine Mischpoke!«
Wenngleich das Schönste an Leopold Hirschfeld vielleicht seine Füße waren, so konnte Martha auf ihren Mann wenigstens hinsichtlich seiner gesellschaftlichen Stellung stolz sein.

Wenn wir fallen, dann fallen wir tief

Mit dem Ende des Krieges zeigten sich auf den Straßen Berlins neue Wesen. Als Sinnbild der Epoche sah man auf dem Kurfürstendamm einen Hund auf dem Rücken seines Herrn. Dem Herrchen hatte man an der Front das Rückgrat gebrochen und seine Beine trugen ihn nicht mehr. Der bettelnde Kriegsinvalide kauerte deshalb auf einem Rollbrett mit zusammengefalteten, unbrauchbaren Beinen fünf Zentimeter über dem Straßenpflaster, das eine Parallele zu seinem Oberkörper bildete.
Obenauf ritt der Hund auf dem Rücken seines Herrn.
Und der abgedankte Kaiser ging in Holland Holz hacken!
Grotesker konnte die Welt nicht aus den Fugen sein, meinte man.
Bloß ahnte noch niemand, dass Kaiser Wilhelm II. nur der Prophet für den war, der nach ihm kommen sollte. Nun jedoch spaltete er ganz volkstümlich im Haus Doorn in Holland bergeweise Holz. Die von ihren Untergebenen ständig Tapferkeit bis in den Tod einfordernden kaiserlichen Offiziere hatten sich aber aus Angst vor ihren revoltierenden Mannschaften an der Front davongemacht. Wochenlang irrten diese führungslos dem Schicksal preisgegebenen Soldaten deshalb im Winter 1919 hungernd und von Läusen und Flöhen zerfressen durch die Weiten Russlands, Polens,

Ost- und Westpreußens heimwärts. Bei den Bauern bettelten sie um Essen, Trinkwasser und die Gunst einer Pennerschlafstatt im Heu. Ihre Offiziere stolzierten derweil, als wäre nichts geschehen, in den von ihren Burschen spiegelblank gewienerten Stiefeln mit klirrenden Sporen durch die Berliner Salons. So auch der Rittmeister von Strachwitz. Am meisten erschütterte diese Herren, dass am Ende des Krieges die Kavallerie abgeschafft worden war. Im modernen Krieg wären Reiter nutzlos, hieß es.
In den Offizierskasinos Berlins sinnierte diese Elite deshalb nicht etwa über die Erfordernisse der Zeiten, das eigene Versagen und ihre realitätsferne, phrasendreschende Selbstüberschätzung, sondern sie schwadronierte wie Ellis Ehemann, der Rittmeister von Strachwitz, über Verrat und lancierte Dolchstoßlegenden.

In Berlin, München oder Kiel schoss alle fünf Minuten irgendwer in die trostlose deutsche Luft, um die eine oder andere Revolution auszurufen.
»Jetzt übernehmen wir das Ruder!«, trompetete Lotte Hörls Willi siegesgewiss. »Als Erstes stellen wir alle Generäle an die Wand, dieset Verbrecherpack! Und diesem Idioten von Kaiser, der ohne Grund unser schönet Vaterland in den Untergang getrieben hat, dem machen wir den Prozess! Und dem ganzen Adels- und Junker-Pack noch dazu! Wenn's nach mir jeht, soll auf dem Alex die Guillotine heiß laufen!«
Leider musste die ersehnte Revolution ohne Willi Hörl stattfinden. Seine Frau Lotte hatte in ihrer Sorge um

ihren cholerischen Ehemann alle seine Hosen versteckt. Und in Unterhosen konnte man keinen Barrikadenkampf führen. Willi Hörl hockte ohne Beinkleider in der Wohnküche und konnte nur brüllen und toben. Seine Lotte zitterte zwar, blieb aber standhaft. Sie schlug den Gong und verkündete: »Selbst wenn du mich totschlägst, Willi, deine Hosen kriegste nich'!«
Natürlich schlug Willi Hörl seine Lotte nicht. Mit langen Unterhosen lag er dann grollend auf dem Kanapee, während über ihm der Kuckuck aus der Uhr rief.
Wie man später erfuhr, hatten Franziska und Lotte die Hosen ihrer Männer bei Fränzes Busenfreundin Emmi eingelagert und ihnen damit möglicherweise das Leben gerettet.
Neuntausend bewaffnete Spartakisten standen an einem Märztag auf dem Alexanderplatz an die vierhundert unbewaffneten, meist übergewichtigen älteren Offizieren, die die Gicht plagte und die auch sonst nicht sonderlich gut zu Fuß waren, gegenüber. Unter ihnen an vorderster Front General von Hoffmann und Admiral von Tirpitz. Das Volk verstummte. Kein Schuss fiel. Wie hypnotisierte Kaninchen starrten die Arbeiterführer auf die Uniformen der Generäle. Offenbar waren sie plötzlich eingeschüchtert durch den Glanz der alten Macht. Schließlich sprachen die hohen Herren ja mit ihnen! Diese wussten die Situation zu nutzen: Als hätten sie Kreide gefressen, appellierten sie treuherzig, dass Deutsche nicht auf Deutsche schießen dürften. Tatsächlich ließen sich die Aufständischen von nur fünfundzwanzig dicklichen, graubärtigen Offizieren, denen vor Angst die gichtigen Finger zitterten, über-

tölpeln und widerstandslos entwaffnen. Der Lohn für diese friedfertige Gutgläubigkeit folgte auf dem Fuß.

An die zweitausend Spartakisten, darunter viele Frauen und Kinder, die nach der abgesagten Revolution brav den Heimweg in ihre Arbeiterquartiere im Wedding und Prenzlauer Berg antreten wollten, wurden von kleinen Stoßtrupps im Hof des Untersuchungsgefängnisses Moabit zusammengetrieben.

»In Gruppen zu je fünfundzwanzig Personen wurden die Männer, Frauen und Kinder aneinandergefesselt mit drei Maschinengewehren niedergeschossen. Das Massaker dauerte vier Stunden«, berichtete der einzige Augenzeuge, der amerikanische Reporter Ben Hecht, der auf einen Baum geklettert war und so die Vorgänge im Hof des Untersuchungsgefängnisses beobachtet hatte.

Keiner deutschen Zeitung war das eine Meldung wert. Ansonsten regierte der Mangel an allem. Selbst die Sonne sah aus, als hätte sie ihre Nächte im Zuchthaus verbracht. Lustlos machte sie Dienst nach Vorschrift, ohne dabei Helligkeit und Wärme zu spenden.

Bei den Kohanim-Töchtern in Berlin machte sich die Revolution vorerst nur dadurch bemerkbar, dass die »Fresspakete«, die Mindel sonst jede Woche aus Osche schickte, ausblieben. Am schlimmsten war das Fehlen von Brennmaterial, egal wie viele Säcke Kienäppel Walter und Bruno in den Berliner Forsten auch sammeln mochten. Die vertrauten, stolzen Kachelöfen mit ihren schon fast angeberischen Bratröhren wirkten plötzlich wie Relikte einer untergegangenen Epoche und standen nutzlos und kalt in den Zimmerecken. Ihre Ofenklappen zeigten nur ein leeres Grinsen.

Zu den Alltagsplagen kamen die politischen. Die Polen und die Deutschen rangen um die Macht in Westpreußen. Erst sollte alles in Westpreußen polnisch werden. Von einem »Korridor« Polens zur Ostsee war dann die Rede. Der Völkerbund mischte sich ein. Es gab Abstimmungen. Die Mehrheit stimmte deutsch. Daran waren nur die Juden schuld, ereiferten sich die polnischen Nationalisten. Westpreußen wurde nach langem Hin und Her dann doch überwiegend polnisch. Die Leute in Osche waren darüber doppelt verwirrt.

Ihr Holzjude, der Kohanim, hatte sich für Polen erklärt, und das auch noch lauthals, genau wie sein einst stramm deutschnationaler Widersacher, der größte Industrielle der Region und Vorstand der jüdischen Gemeinde in Schwetz, Artur Bukofzker.

Das Votum vom Bukofzker machte alle Seiten sprachlos. Einige Jahre zuvor hatte er als kaisertreuer Deutschnationaler noch durchgesetzt, dass die Westwand in der Synagoge von Schwetz wandfüllend mit dem überlebensgroßen Porträt von Kaiser Wilhelm II. verziert wurde. Für den liberalen Kohanim war das der Tropfen gewesen, der das Fass des jüdisch Erträglichen zum Überlaufen gebracht hatte.

»Soll mich ein Goi beim Gebet anglotzen? Auch wenn es der Kaiser ist, hier in der Synagoge hat der nichts zu suchen!«, begehrte Samuel Kohanim damals gegen die Gemeindeleitung und den deutschnationalen Bukofzker auf. Sogar einen Prozess gegen die jüdische Ge-

meinde hatte er vom Zaun gebrochen, den er zum allgemeinen Erstaunen gewann. Das überdimensionale Kaiserporträt musste hinter einem burgunderroten Samtvorhang verschwinden. Eine Entfernung des Freskos kam nicht in Frage. Das hätte den Tatbestand der Majestätsbeleidigung erfüllt.
»Ihr könnt euch ja unter dem Vorhang verkriechen und so euren neuen Götzen anbeten«, verhöhnte der Kohanim seine Widersacher, die deutschnationalen kaisertreuen Juden.

Die plötzlich erwachte Polenliebe der beiden einflussreichsten jüdischen Industriellen des Kreises hielten die Polen indes für eine ganz abgefeimte jüdische List, die sie nur noch nicht recht zu deuten wussten.
Die Volksdeutschen hingegen hatten endlich ihren Beweis, dass die Juden Vaterlandsverräter waren, die ihnen in den Rücken fielen! Das Vaterland galt ihnen nichts, der Besitz ging ihnen über alles!
Bei diesem Urteil unterschlugen die Volksdeutschen freilich, dass die Juden schon sechs Jahrhunderte vor den Deutschen in Westpreußen beheimatet gewesen waren, friedlich arbeitend, bevor die Preußen das Land okkupiert und zu ihrem Vaterland erklärt hatten. Für sie stellte sich nur die Frage: Was lieben wir mehr, unsere Heimat oder das Deutsche Reich?
Am vaterländischsten ereiferte sich im Landkreis der deutsch-russische Zuckerbaron von Steinfeld, dem Samuel einst vom »Russischen« nach Osche verholfen hatte. Wie man es auch drehte und wendete, in einem

waren sich die verfeindeten Deutschen und Polen einig: Die Juden sind an allem schuld!

Inmitten dieser Wirren ging ein Blitztelegramm nach Berlin ab, das wiederum entgegen allen Gewohnheiten aus mehr als drei Worten bestand: +++ Gefahr +++ Walter sofort nach Berlin holen +++

Zur goldenen Hochzeit der Eltern machten sich die Kohanim-Töchter sorgenvoll auf den gefährlichen Weg heim ins Niemandsland. Marodierende Soldaten und Räuberbanden trieben in ganz Westpreußen inzwischen ihr Unwesen.
Nach zermürbenden Bahnfahrten, die inzwischen drei Tage und Nächte dauerten, im Gegensatz zu acht Stunden wie zu Kaisers Zeiten, sowie nach vier, fünf Kontrollen durch bewaffnete Soldatenräte und Komitees aller möglichen Kommandos, die sich rauchend, ungewaschen, unrasiert, in verlotterten Uniformen mit Armbinden und scharf geladenen Gewehren wichtig machten, kam Franziska endlich am Bahnhof von Osche an. Kein Wagen am Bahnhof, der sie abholen kam?
Mietdroschken, erklärte man ihr, gebe es schon lange nicht mehr. Sämtliche Gäule habe man vor Jahren für die Kavallerie requiriert. Sie waren wohl alle zusammen mit ihren Reitern auf den Schlachtfeldern krepiert oder noch schnell vor der Requirierung im Kochtopf gelandet. Nur das Automobil des Zuckerbarons fuhr hupend mit Vollgas an ihr vorbei und spritzte sie mit Schlamm voll. Mit Absicht, das war klar. Fränze war so perplex, dass sie sich noch nicht einmal auf-

regen konnte. Nur in der Magengegend zog sich etwas zusammen. Da tauchte der junge Graf Solkowsky auf. In einer neuen polnischen Hauptmannsuniform der Piłsudski-Armee mit viereckiger Mütze und viel Lametta auf Schultern und Brust hastete der junge Solkowsky geschäftig auf dem Bahnhof hin und her.
War ausgerechnet er ihre Rettung?
Das »Fischauge«, wie man ihn wegen seiner Basedow-Augen nannte, sah durch Franziska hindurch, als bestünde sie aus reinem Fensterglas. Dann gab er seinen Mannschaften den Befehl: »Durchsuchen und verhaften!«
Die Soldaten johlten und befahlen Franziska, sich auszuziehen.
Franziska rührte sich nicht. Sie trug den Kopf sogar noch höher als gewöhnlich, während einer der Soldaten ihr den Lauf einer Pistole an die Schläfe setzte.
Wie einst in der Synagoge bei ihrer Bat-Mizwa und in der Schmach ihrer Hochzeit nahm Franziska vor übelwollendem Geschmeiß Haltung an. Sie starrte das einst liebestolle Gräfchen nieder, das ihr seinerzeit so penetrant wie glücklos nachgestellt hatte: »Wage es ja, du Kanaille!«
Das Fischauge lehnte sich lässig ans Bahnhofsbuffet, senkte den Blick und zündete sich eine Orientzigarette an. Er lächelte verwaschen. In diesem Moment fielen von weither mehrere Schüsse.
»Na, dann lasst sie laufen. Die hat schon ihre Strafe weg!«, rief er auf Polnisch. Als die Männer nicht gleich spurten, weil sie Franziska gerade die Bluse aufreißen wollten, brüllte er: »Das ist ein Befehl!«

Einen Moment lang kostete er die Situation noch aus, indem er umständlich seine Handschuhe anlegte. Theatralisch nahm er die frisch angerauchte Zigarette aus dem Mund und trat sie genüsslich vor Franziska aus, als gelte es, sie höchstpersönlich auszulöschen. Danach stieg er aufs Pferd und galoppierte davon. Seine Truppe folgte ihm missmutig zu Fuß. Einige warfen Franziska enttäuschte Blicke zu, so als trauerten sie einer verpassten Gelegenheit hinterher.

Mit derangierten Kleidern und vor Wut bebend zerrte Franziska ihren Koffer aus der Bahnhofshalle. Vor dem Gebäude stand der einzige in diesen pferdelosen Zeiten verfügbare Mietwagen von Osche: ein größerer Handwagen mit einem Hundegespann. Der Betreiber dieses Fahrzeuges war Georg Rubin, Franziskas ehemaliger Schwager. Diskret versuchte er, an ihrem aufgewühlten Gesicht vorbeizusehen. Den schweren Koffer nahm er ihr höflich ab und lud ihn auf seinen Wagen, den zwei Rottweilerhunde in frischem Galopp nach Sauermühle zogen.
»Sie können sich ruhig auch auf den Wagen setzen. Die Hunde hatten jeder sechs Ratten zum Frühstück. Die ziehen schon was weg!«
Die schweigsame Fahrt durch das düstere Waldstück wurde nur vom Hecheln der ziehenden Hunde untermalt.
»Die Kohanim können immer auf die Rubins zählen. Egal, was war und was sonst noch kommt!«, versicherte der ehemalige Schwager so zartfühlend wie möglich.

Was will der Kerl mir damit eigentlich sagen, ging es Franziska matt durch den Kopf.

Auf der Anhöhe nach dem Waldstück zeigte sich am Fluss das Kohanim'sche Gutshaus über der schmutzig grauen Landschaft. Ein feiner Eisregen versetzt mit klumpigen Schneeflocken hing darüber wie ein schmutziger Schleier, fast so, als wolle er das Haus verstecken.
Seltsam, heute müsste eigentlich alles strahlen und munterer Hochbetrieb herrschen, dachte Franziska. Tatsächlich standen vor der Auffahrt zum Haus eine Reihe von schlammverkrusteten Kutschen, Wagen und vom Regen nasse Gäule, sogar Automobile.
Ob Max gekommen ist?, fragte sich Franziska, doch auf dem Hof war keine Menschenseele zu sehen. An ihren Sohn Walter hatte Fränze bis eben noch nicht mal gedacht. Dabei hatte sie plötzlich den Eindruck, als wollte das Haus ihr zurufen: »Bleib, wo du bist!«
Der Klumpen, der sich seit den Tätlichkeiten am Bahnhof in Fränzes Magen gebildet hatte, wanderte nun in Richtung Herz. Vorsichtig schälte sie sich vom Hundegefährt ihres Ex-Schwagers und drückte Georg Rubin stumm ein Geldstück in die Hand. Dieser zierte sich bei der Annahme. Gedankenverloren kraulte Franziska den angestrengt hechelnden Hunden den Kopf und näherte sich beklommen dem Haus.
Als sie die Tür öffnete, lief ihr die inzwischen weißhaarig gewordene Beinesch-Großmutter mit stark zitterndem Kopf entgegen und schloss sie schluchzend in die Arme. Sie murmelte ein Kauderwelsch aus Pol-

nisch und Jiddisch, aus dem Franziska nicht schlau wurde. Hinter ihnen heulte Teresa, die kaschubische Köchin. Ihr Pfannkuchengesicht war vom Weinen vollends aus der Form geraten.

»Du musst jetzt stark sein, mein Kind!«, beschwor sie Taubine Beinesch, mal auf Polnisch, mal auf Jiddisch und Deutsch, während sich das unkontrollierte Zittern ihres weißhaarigen Kopfes zum Tremolo steigerte.

»Ja, was ist denn bloß los? Ist jemand krank, oder was?«

»*Krank?!* Nee, *krank* is' hier keiner!«, schrie Walter, ihr Sohn, den sie seit einem Jahr nicht mehr gesehen hatte, zornig. »Opa und Oma sind ermordet worden! Von ganz gemeinen Räubern!«

»Von Polen!«, korrigierte jemand gehässig aus dem Hintergrund.

»Das weißt du doch noch gar nicht«, zischte ein anderer dazwischen.

Walter kam auf seine Mutter zu, als wollte er sich in Fränzes Arme werfen, hielt dann aber inne und suchte verlegen am Geländerpfosten Halt. Demonstrativ kehrte er ihr den Rücken zu und schaukelte verlegen am Pfosten hin und her.

»Was redest du denn da?«

Ehe Franziska die Nachricht fassen konnte, nahm Fanny sie beiseite, dorthin, wo die übrigen fünf festlich geputzten Schwestern bereits um die Wette heulten. In diesem Moment stürzten zwei bleiche, verstörte Mägde mit blutigen Putzlappen und roter Seifenlauge in den Putzeimern und Schüsseln aus dem elterlichen Schlafzimmer und bekreuzigten sich mit den blutverschmierten Wischlappen in ihren Händen. »Jesses Maria, Jesses Maria und Josef!«

Die Angehörigen, die in Festgarderobe zur goldenen Hochzeit angereist waren, standen deplatziert wie bunte Pfauen an einem Kriegsschauplatz. Um Fassung ringend nahm man im großen Salon Platz. Teresa hatte sich so weit gefangen, dass sie sich wieder ihrer Aufgaben bewusst wurde. Sie ließ Kaffee und Kuchen reichen. Stumm liefen ihr die Tränen die Wangen herunter und tropften auf die Kaffeekanne, die sie fest an ihren Busen gepresst hielt. In die Trauer und die Fassungslosigkeit über diese Gewalttat hatte sich unterdessen noch etwas anderes gemischt: Es lag der Geruch von Pogrom und Schwarzgebranntem in der Luft. Ein uraltes, fast vergessenes Grauen ging wieder um. Der Instinkt nahm Witterung auf. Der Verstand wehrte sich noch dagegen, wollte jegliche Gedanken an ein Pogrom sogleich im Keim ersticken. Dazu führte man die Vernunft ins Feld.

Samuels Kompagnon, Zacharias Segall, fing Franziska an der Tür zum Schlafzimmer der Eltern ab.
»Fränze, das ist wirklich kein Anblick, den du als letzten von den Eltern mitnehmen solltest!«
Verloren stand Franziska neben ihrem leichenblassen Erstgeborenen, der sie misstrauisch von der Seite musterte, im Vestibül. Sie tat, was sie immer tat, wenn andere von ihren Gefühlen überwältigt wurden: Sie versteinerte.
»Tenue!«, raunte sie auch ihrem Sohn Walter zu, der

sich vor seiner Mutter, die für ihn mehr Legende als Wirklichkeit war, nicht blamieren wollte.
Ascher Nathanson, Schwester Selmas seltsames Ehegespons aus Danzig, fasste sich als Erster. Mit bleichem Gesicht, die Augen auf einen Punkt in die Ewigkeit gerichtet, begann er die vorgeschriebenen Gebete zu sprechen, die man hier zuletzt zur Beerdigung des Kronprinzen vernommen hatte. Dabei wiegte sich Ascher wie eine Aufziehpuppe, während die Leichen zur Feier hergerichtet wurden.
Zacharias Segall, Elses Vater und Samuels Partner, übernahm inzwischen das weltliche Regime. »Man muss jetzt nur die Nerven behalten!«, versuchte er die anwesenden Juden und Nichtjuden aufzurichten. »Alles spricht doch *nur* für einen *ganz normalen Raubmord*!« Aus seinem Munde klang es, als wäre ein *normaler Raubmord* etwas Tröstliches.
»Richtig! Man muss erst einmal die Untersuchungen der Polizei abwarten. Vorher kann man noch gar nichts sagen«, sekundierte Gerson Segal, Fannys Ehemann.
Im Clan der Kohanim-Beinesch-Segal-Segall fanden sich – wie bei allen Katastrophen – auch wieder unerschütterliche Optimisten. »Nur der Anlass hat sich geändert«, versuchten sie die Untröstlichen aufzumuntern. »Trauerfeier statt Jubelfeier. Man muss lediglich aus der Festkleedaje raus und in die Trauerkleidung rin.«

Am nächsten Tag auf dem Friedhof sprach Walter, der Kohanim junior, wie er von allen genannt wurde, mit zittrigem Kinderstimmchen, angeleitet von Ascher, tapfer das Kaddisch für die ermordeten Großeltern und erfüllte damit Samuels sehnlichsten Wunsch. Keine Tauben flogen auf, noch nicht einmal Krähen. Hinter den schwarzen Wolken war am 11. April 1919 die Sonne über Schwetz untergegangen, und für die Kohanim für immer.

Der Doppelmord an Samuel und Mindel Kohanim wurde nie aufgeklärt. Die polnischen Stellen hatten Wichtigeres zu tun, als Mörder von Juden zu richten, ließ man sie ziemlich unverblümt und mit einem kalten Lächeln wissen. Teresa Plienska, die Köchin der Kohanim, gab zu Protokoll, dass sie vom Dachbodenfenster des Gesindehauses die Mordtat genau beobachtet hätte: An die zwanzig polnisch sprechende Männer in deutschen Militärmänteln seien in das Gutshaus eingedrungen und hätten Samuel und Mindel in ihren Betten erschossen und Geld und Wertsachen geraubt. Hinter der Scheune wurden Zigarettenkippen der englischen Marke Nelson gefunden, wie der junge Graf Solkowsky sie rauchte. Angesichts solcher Indizien ließ die Polizei sofort sämtliche Untersuchungen fallen wie heiße Kartoffeln.
Die Akte wurde mit dem Vermerk geschlossen, dass die Zeugin Pani Plienska keine verwertbaren Aussagen machen könne, weil sie keinen der Täter erkannt hatte. »Das ist doch gar nicht wahr! Ich kann jeden Einzelnen beschreiben und würde jeden wiedererkennen!«, protestierte Teresa auf Deutsch.
»Das wäre aber vielleicht äußerst ungesund«, riet ihr

der Polizist ab, »insbesondere für euch Kaschuben! Ihr Kaschuben seid doch sowieso alle Verräter und Deutschendiener!«
Pan Jerzy Chemienski, Teresas Verlobter, der Vorarbeiter in der Kohanim'schen Kornmühle war, legte den Zeigefinger auf den Mund. »Was können wir schon tun?«, belehrte er seine vor Wut heulende Verlobte Teresa. »Knechte sind wir überall, ob bei den Deutschen, den Juden oder den Polen. Also halten wir den Mund und denken uns unseren Teil.«
Nachdem die beiden Dienstboten aus Protest die Tür der Amtsstube krachend ins Schloss fallen lassen hatten, erhob sich Fränze. In voller Größe baute sie sich vor dieser neuen polnischen Respektperson auf. »Wissen Sie«, fauchte sie den gleichgültigen polnischen Polizeikommandanten mit verengten Augen an, »ich habe heute etwas Wichtiges gelernt: Heimat ist dort, wo man sein Recht bekommt!«
Sie wirbelte auf dem Absatz herum, nahm ihren lautlos weinenden Ältesten bei der Hand, zerrte den Jungen hinter sich her und fuhr nach Hause.
Zum ersten Mal war »Heimat« nun Berlin.
Sauermühle, Osche und Schwetz in Westpreußen waren von nun an Orte wie Salamanca, Venedig und Lemberg.
Orte ohne Wiederkehr.

Die Vernehmung

Meine Vernehmung findet in der Schöneberger Sonderkommission statt. »Abteilung Delikte am Menschen« steht in der Vorladung. Zweite Etage, »Referat Menschenhandel und Schleusertum«. Vorher hatte ich mich kurz im ersten Stock bei »Tötungsdelikten und Körperverletzung« verlaufen. Der Gang durch die Büros der Behörde ist wie eine Zeitreise durch die sechziger Jahre des vorigen Jahrhunderts: Veraltete bis tote Technik steht herum und wartet auf Erlösung oder Abtransport ins Technikmuseum. Nur die Schreibtischsessel sind neu.
Neben mir sitzt Frau Kühnel. Bevor es mit dem Verhör losgeht, erhebt sie energisch Einspruch gegen meine erkennungsdienstliche Behandlung. Sie wirft den verdutzten Beamten eine Reihe Paragraphen an den Kopf, verhindert die Abnahme von Fingerabdrücken und eine DNA-Probe, nicht ohne die Ergänzung, dass auch bereits vorliegende erkennungsdienstliche Daten aus sämtlichen Dateien bundesweit zu löschen seien. Vorsorglich droht sie mit einer Dienstaufsichtsbeschwerde.
»Die Beschuldigte ist ohne Vorstrafen, und es besteht kein ausreichender Anfangsverdacht des gewerblichen, kriminell organisierten Schleusertums, der eine solche Maßnahme rechtfertigen würde.«
Die reihum versammelten Beamten nicken zögerlich.
»Wie die Befragte angibt, ist sie allein nach Istanbul gereist.«

Ein Assistent des Chefvernehmers legt mir ein Foto unter die Nase.
»Kennen Sie diese Person?«
»Keine Ahnung!«, sage ich so lässig wie möglich, gucke beiläufig treuherzig und wirke hoffentlich überzeugend ahnungslos.
»Fällt Ihnen an dem Bild etwas auf?«, fragt mich die einzige Frau aus der Riege der Beamten mit mittlerer Laufbahn.
»Na, eine Frau, dunkelhaarig, ungefähr in meinem Alter, würde ich sagen«, gebe ich lahm zu Protokoll.
»Weiter!«
»Was weiter?« Ich gucke angemessen begriffsstutzig in die Runde und beuge mich der Form halber noch einmal über das Foto, setze umständlich meine Lesebrille auf.
»Na, sie trägt die Haare fast so wie ich.«
»... ja, und?«
»Was, und?«
»Sie sieht Ihnen *ähnlich*! Das fällt jedem doch gleich auf! *Zum Verwechseln ähnlich* sogar!«
»Das finde ich nicht! Aber nun gucke ich ja auch nicht den ganzen Tag in den Spiegel. Wer ist das denn?«
Das hatte mir die Anwältin eingetrichtert. Immer bei Vorlage eines Fotos nachfragen, um wen es sich handelt, sonst unterstellt man, man kenne die Person.
Das Verhörteam wechselt jetzt erbitterte Blicke.
»Bitte schildern Sie uns, soweit Sie sich erinnern, Ihren Abreisetag aus Istanbul.«
»So gegen sieben Uhr dreißig bin ich vom Hotel in den Topkapi-Park gejoggt und nach genau vierzig Minuten

wieder ins Hotel gekommen. Dann habe ich bis ungefähr halb zehn gefrühstückt und den Reiseführer studiert. Danach bin ich schnell zu den Thermen gelaufen, bevor es dort zu voll wird. Da habe ich mich so circa eine Dreiviertelstunde aufgehalten. Gegen elf war ich dann im Bazar, weil ich noch Mitbringsel gesucht habe.«

Der Chefvernehmer lächelt fade.

»Sie sind also rein zufällig zur gleichen Zeit im Bazar wie Ihre Komplizin?«

»Ich habe keine *Komplizin*. Und was andere Leute zur gleichen Zeit machen oder nicht, dafür kann ich nichts, und es ist mir auch egal! Ich habe Geschenke gekauft und dann wohl so gegen eins ein Taxi zurück zum Hotel genommen, um in dem Gartenrestaurant in der Nähe etwas zu essen.«

»Ist Ihnen jemand gefolgt, oder hatten Sie das Gefühl, dass Ihnen jemand folgt?«

»Nein!«

»Was dann?«

»Dann habe ich von meinem Handy aus eine Nummer in Istanbul angerufen, und weil der Gesprächspartner weder Deutsch noch Englisch sprach, den Kellner gebeten, für mich zu übersetzen.«

»Ja, das ist die Nummer eines Bauunternehmens, wie wir von Ihrem Telefonanbieter bereits wissen. Was wollten Sie von denen? Wollten Sie Ihre Komplizin vielleicht bei den Rohbauten der Firma treffen? Dort hausen viele Flüchtlinge, wie wir schon von den türkischen Kollegen erfahren haben.«

Jetzt staune ich tatsächlich und schüttele den Kopf.

»Ich habe keine Ahnung, worauf Sie hinauswollen. Ich wollte eine deutsche Bekannte anrufen, die seit vierzig in Istanbul Jahren lebt. Sie hatte mich eingeladen. Das war auch mit ein Grund für meine Reise. Aber die Telefonnummer stimmte nicht.«
»Wie heißt denn die große Unbekannte mit der falschen Telefonnummer?«
Lächelnd öffne ich meine Handtasche, wühle dort herum und fische endlich mein Notizbuch heraus.
»Hier ist ihre Visitenkarte. Sehen Sie selbst: Sie heißt Christel Genc.«
Der Chef des Vernehmerteams prüft die Visitenkarte von beiden Seiten und nimmt sie zu den Akten. Meine Anwältin fotografiert das Kärtchen sowie die Übergabe des Beweisstückes.
»Was haben Sie dann gemacht?«
»Ich habe mir ein Taxi genommen und mich zu der auf der Visitenkarte angegebenen Adresse fahren lassen, stellte dann aber fest, dass die Bekannte dort gar nicht wohnte und sie auch niemand zu kennen schien.«
Das Vernehmerteam wechselt belustigt scheele Blicke.
»Wie haben Sie das denn festgestellt?«
»Ich habe bei den Nachbarn geklingelt und ihnen das Bild von Frau Genc gezeigt.«
Ich ziehe zwei Urlaubsfotos aus der Plastikhülle meines Notizbuches und tippe in die Bildmitte. Wieder fotografiert Frau Kühnel die Beweisstücke und die Übergabe.
»Das also ist Frau Genc«, fahre ich fort und deute auf eine Person auf dem Foto, »jedenfalls hat sie sich allen Damen hier auf dem Bild so vorgestellt und diese

Visitenkarte verteilt. Übrigens war gleich um die Ecke des angeblichen Wohnhauses eine Polizeistation. Dort habe ich die Beamten ebenfalls nach Frau Genc gefragt, konnte aber nichts in Erfahrung bringen.«

»Und dann?«

»Dann bin ich an den Hafen gefahren und habe meinen Ärger mit einem Campari Orange runterspülen wollen – ja, und dann ging das Licht aus. Aufgewacht bin ich erst wieder in Berlin im Krankenhaus und wusste zunächst gar nichts mehr, noch nicht mal, wer ich bin und wo ich bin ...«

»Wie sind Sie zum Flughafen gekommen?«

»Das deutsche Konsulat muss das wohl arrangiert haben. Ich habe keine Ahnung. Meine Erinnerung setzt erst wieder hier in Berlin, in der Neurologie, ein.«

»Das ist aber ein ganz schön starker Tobak, den Sie uns hier auftischen!«

Man gibt sich professionell erheitert.

»Sie sind also zeitgleich mit Ihrer Komplizin im Bazar, kennen diese aber natürlich nicht. Ihre beiden Handys hatten sich zur gleichen Zeit am selben Mast eingewählt. Sie brechen trotz einer falschen Telefonnummer zu einer geheimnisvollen Unbekannten auf, die es nicht gibt und die Ihnen eine falsche Visitenkarte gegeben hat? Danach fahren Sie zum Hafen und bekommen K.-o.-Tropfen in den Drink, während Ihre Komplizin mit Ihrem Personalausweis und Ihrem Ticket von Istanbul nach Berlin fliegt und somit mit falscher Identität in die Bundesrepublik einreist. Und das sollen wir Ihnen glauben?«

Seraphina Kühnel hebt Einhalt gebietend die Hand:

»Im Blut meiner Mandantin fanden sich nachweisbar Spuren einer Substanz, die man gemeinhin als K.-o.-Tropfen bezeichnet. Sie ist folglich das Opfer einer K.-o.-Tropfen-Attacke geworden, und man hat ihr den Ausweis und das Flugticket entwendet. Nichts, absolut gar nichts liegt vor, was für eine Klageerhebung ausreicht.«

»Und was suchte Ihre Mandantin im Kryptonetzwerk Tor?«

Betretenes Schweigen, dann ergreife ich das Wort: »Wie Sie in den Unterlagen sehen, bin ich Journalistin ... gewesen. Ich habe recherchiert. Kennen Sie den Roman *Deep Web*?«

»Muss man das?«, fragt die Vernehmerin spitz und lacht gespielt amüsiert.

»Sie sind also aus rein literarischem und beruflichem Interesse in einem Kryptonetzwerk unterwegs, in dem man Drogen, Auftragskiller, falsche Pässe, Identitäten und massenhaft Kinderpornografie unbehelligt anbieten und bekommen kann? Und zufällig ist Ihre Komplizin im selben Netzwerk unterwegs. Ich sage Ihnen, was Sie dort *recherchiert* haben: Sie haben mit Ihrer Komplizin gemeinsam dieses Schleuserunternehmen zum Nachteil der Bundesrepublik Deutschland verabredet!« Selbstzufrieden lehnt sich der Hauptvernehmer zurück und verschränkt die Arme vor der Brust.

Meine Anwältin räuspert sich nachdrücklich: »Also, jetzt wollen wir mal die Kirche im Dorf lassen! Das Einloggen in ein Kryptonetzwerk ist nicht strafbar. Und für politisch Verfolgte wie die Mitbeschuldigte ist

das die einzige Möglichkeit, ohne Repressionen zu kommunizieren. Sie sind uns aber bis jetzt jeden Beweis schuldig geblieben, dass meine Mandantin an einem kriminellen Unternehmen beteiligt war, es sei denn als Opfer! Sie haben noch nicht einmal so viel in der Hand, um eine Anklage gegen meine Mandantin zu formulieren.« Ihr Daumen und ihr Zeigefinger deuten weniger als einen Millimeter an.
Der Chefvernehmer wirft resigniert die Arme hoch und springt dann frustriert von seinem Stuhl auf. »Okay, für heute kommen wir nicht weiter. Halten Sie sich weiterhin zu unserer Verfügung, und verlassen Sie das Land nicht. Für heute können Sie gehen!«
Kaum haben wir das Vernehmungszimmer verlassen, da schießt Frau Kühnel eine Salve strafender Blicke auf mich ab. »Also, das mit dem Kryptonetzwerk Tor hätten Sie mir unbedingt sagen müssen!«
Draußen vor der wilhelminischen Trutzburg der Polizeiwache beschließen wir, etwas essen zu gehen. »Sie sind eingeladen. Das geht als Geschäftsessen mit Mandanten durch.« Launig fügt sie hinzu: »Also im Grunde zahlen natürlich Sie alles!«
Unten am Strand des Halensees sind wir die einzigen Gäste. Man kann reden, ohne Wasserhähne laufen zu lassen. Nur unsere Handys müssen im Auto zurückbleiben. Darauf besteht die Kühnel.
»Also«, frage ich gespannt, »was haben Sie von Nasi Gohari erfahren?«
Frau Kühnel schiebt sich die Sonnenbrille hoch ins Haar.
»Sie gab zu Protokoll, dass sie Ihren Ausweis von einem

türkischen Schleuser gekauft habe. Alles sei in großer Eile geschehen, denn sie musste sofort zum Flughafen.«

»Dann bin ich also aus dem Schneider?«

»Man soll den Tag nicht vor dem Abend loben.«

Örtlich betäubt

Inmitten einer Unzahl von Kisten, die von Dienstmännern in grauen Kitteln mit den Akten der Kanzlei gefüllt wurden, konstatierten die Nachlassverwalter der Eheleute Kohanim, die Herren Dr. jur. Leopold Hirschfeld, inzwischen Richter am Landgericht Berlin, und Dr. jur. Nathan Weinstock, Notar zu Schwetz, in der Sache ihrer verblichenen Mandantschaft Totalverlust. »Sic transit gloria mundi!«
Ungerührt vom hastigen Betrieb um sie herum ruhten beide Volljuristen wie zwei spiegelverkehrte Buddhas in den Kanzleifauteuils. Sobald sie sich von den Sesseln erhoben hatten, kamen die Packer und luden auch die schweren Ledersessel auf. Eine Weile schwiegen sie genießerisch, um dem historischen Moment nachzuspüren, von dem sie dereinst ihren Enkeln erzählen würden.
Angesichts der Wirren erbauten sie sich an der ewigen Klarheit der Jurisprudenz und fanden es dem Zeitgeist trotzend »angezeigt«, ja sogar »zweckdienlich«, die jahrelang ängstlich gehüteten Restbestände des Kanzleiportweins zu vernichten. »Wenn alles zum Teufel geht, dann wollen wir auch nicht geizen! Wohlsein!«
Da nun alles besprochen und protokolliert war, diskutierten sie für die Länge ihrer finalen Trinkrunde das Für und Wider der gängigen Mordtheorien in der Causa Kohanim.

Waren die Mörder der Kohanim nun deutsche Militärs, die zum Schein polnisch sprachen? Was sprach für deutsche Räuber in deutschen Militärmänteln, die vorgaben, Polen zu sein? Oder handelte es sich gar um reguläre polnische Militärs, die sich mit deutschen Uniformteilen verkleidet hatten? Oder waren da polnische Räuber am Werk, die sich jetzt als Patrioten ausgaben und bei der Tat nur zufällig in erbeuteten deutschen und polnischen Militärmänteln steckten? Alles Mutmaßungen, alles Hörensagen! Das einzige Indiz blieben die Kippen von Orientzigaretten, die weit und breit nur einer rauchte. Der junge Solkowsky! Aber was bewies das schon? Lediglich, dass er am Haus der Kohanim gewesen war und geraucht hatte. Nur wann? Also alles letztendlich substanzlos!
Oder musste man im Falle der Kohanim etwa doch einen Pogrom-Überfall unterstellen, und wenn ja, von welcher Seite? Deutete die Tat eher auf deutsche oder polnische Nationalisten hin? Vielleicht war alles tatsächlich nur ein ganz banaler Raubmord ohne politische oder völkische Motive?
Bevor Dr. Weinstock das letzte Mobiliar aufladen ließ, um seine eigene Kanzlei ins deutsch gebliebene pommersche Kamenz zu verlegen, war nur noch eine letzte traurige Pflicht zu erledigen. Ihr Disput mäanderte so ohne Schwung mit viel Verdachtsgeröll und Theoriemorast mal hierhin und mal dahin und versandete schließlich im beliebigen »Alles ist möglich«. Das Gleiche galt für die Mutmaßungen über die bevorstehende Versteigerung des Kohanim'schen Nachlasses.
Dr. Weinstock, der ausgewiesener Musikfreund war, er-

schien diese Mitzwa wie der Schlussakkord eines symphonischen Werks, das Max Gulkowitsch einmal schreiben könnte, eine angemessene Untermalung zum Untergang des Kohanim'schen Imperiums.
Sämtliches Kapital der Kohanim steckte in Ländereien und Wäldern an den Bahngleisen, der Schwarzwasser und rund um das Werk des größten jüdischen Unternehmers in Schwetz, Artur Bukofzker. Erst jetzt, posthum, wurde offenkundig, dass der Kohanim seinem alten Rivalen, dem Bukofzker, eine Partnerschaft zur Errichtung einer großen Papierfabrik vor den Toren von Schwetz offenbar aufzwingen wollte. Ohne dass es jemand ahnte, hatte Samuel Kohanim über die Jahre das gesamte Gelände um das Bukofzker-Werk über Strohmänner aufgekauft. Ein bahnbrechendes neues Patent zur Papierherstellung vervollständigte den Coup, den er offenbar von langer Hand eingefädelt hatte. Samuels Cousin, Zacharias Segall, meldete sofort Ansprüche auf das Patent an, die ihm als ehemaligem Kompagnon auch sofort eingeräumt wurden, ohne die Erbauseinandersetzung abzuwarten.
Staunend analysierte man Samuels kühnen Plan, den nur der »dämlichste aller je da gewesenen Kriege«, wie er den Weltkrieg immer genannt hatte, zunichtegemacht hatte. Alles nur wegen eines österreichischen Thronfolgers, dem ohnehin niemand eine Träne nachgeweint hätte, normalerweise.

Jetzt, 1920, wo alle diejenigen, die für den Verbleib der Provinz beim Deutschen Reich optiert hatten, Westpreußen verlassen mussten, überstieg das Angebot an

Grund und Boden die Nachfrage um ein Tausendfaches.
Hastig leergeräumt und mit Brettern vernagelt verwaisten deutsche und jüdische Anwesen und Häuser, deren Eigentümer Heim und Hof verlassen hatten, weil eine polnische Herrschaft, unter die sie sonst geraten wären, für Deutsch-Optierer nichts Gutes verhieß. Man fürchtete Repressionen. Allein schon die Vorstellung, dass sich die Polen bei ihnen genauso aufführen könnten wie die Deutschen vorher, war für die meisten Deutschen Grund genug, »ins Reich« zu fliehen. Selbst viele Juden, die nicht für Deutschland gestimmt hatten, vertrieb jetzt die Aussicht, unter einer judenfeindlichen Regierung Piłsudski Bürger zweiter Klasse zu werden.
Während man vorne noch die Türen und Fenster vernagelte, wurde hinten bereits eingebrochen und herausgeschleppt, was nicht niet- und nagelfest war. »Noch nicht einmal ordentlich annektieren können sie, diese Polacken!«, lästerte Dr. Hirschfeld.
Im deutsch-polnischen Niemandsland Westpreußen herrschten nun Anarchie, Mord und Totschlag. Die neue Anarchie und der alte Untertanengeist wiegten sich dabei in einem aberwitzigen Totentanz, als ob das unermüdliche Tanzorchester der Titanic auf ewig verdammt war, den Valse macabre weiterzuspielen.
Vom allgemeinen Widersinn angesteckt, entbrannten auch die Erbstreitigkeiten zwischen den Kohanim-Schwestern in ungewohnter Heftigkeit. Die Schwestern, die ihre Mitgift in voller Höhe erhalten hatten, rangen nun mit denjenigen, die wie Selma wegen ihrer

heimlichen Heirat leer ausgegangen waren. Die testamentarische Bestimmung des achtjährigen Walter zum Universalerben erbitterte alle Schwestern. Nur Franziska nicht. Dabei bestand das vermeintliche Erbe fast nur noch aus Luft mit Holz- und Leimgeruch. Über Nacht hatte sich der ganze seit Generationen angesammelte Wohlstand in Nichts aufgelöst. Davon unbeeindruckt machten sich die Schwestern weiter gegenseitig Rechnungen auf. Reihum beteuerten alle, dass es ihnen nicht ums Geld gehe, sondern ums Prinzip, was erfahrungsgemäß viel schlimmer ist als reine Geldgier. Habsucht bleibt berechenbar und macht Kompromisse möglich, verletzte Gefühle dagegen niemals.

So wie die Dinge lagen, ruhten alle Hoffnungen auf einem zweifelhaften Gerücht: Der »Amerikaner« sollte in der Gegend umgehen. Der legendäre »Amerikaner«, von dem inzwischen halb Polen fantasierte, war ein aus Kattowitz stammender Pole, der es Gerüchten zufolge in Chicago zum Eisenbahnkönig von Amerika gebracht haben sollte und nun über einen sagenhaften Dollarreichtum verfügte. Im darniederliegenden Land, das jetzt nicht mehr Deutschland sein durfte und noch nicht Polen sein konnte, befand sich der naturalisierte US-Bürger Jerzy Kowalski auf Einkaufstour und erwarb reihenweise Fabriken, Gruben, Schlösser und Ländereien, so als handelte es sich um Kartoffeln und Karotten auf dem Wochenmarkt bei Preisverfall zum Marktschluss. Außer seinem spindeldürren Sekretär, bei dem es sich um einen in den Weiten des

Ostens gestrandeten ehemaligen preußischen Fähnrich handelte, der mit einem Außenhandelsdiplom, perfekten Kenntnissen der deutschen, polnischen sowie der englischen Sprache gesegnet war, hatte noch niemand den sagenhaften Amerikaner leibhaftig gesehen. Je märchenhafter die Berichte über den Reichtum des Eisenbahnkönigs aus Amerika und seine unvorstellbaren Ankäufe wurden, desto inbrünstiger wartete man auf Mister Kowalski wie auf den Messias. Denn andere zahlungskräftige Kaufinteressenten gab es weit und breit nicht, abgesehen von Zacharias Segall, der ebenfalls heimlich für Polen optiert hatte, auf dem Papier bereits polnischer Staatsbürger geworden war und nun die Gelegenheit nutzte, den Anteil seines ehemaligen Geschäftspartners an der Möbelfabrik für ein Butterbrot zu erwerben. Noch dazu konnte er das Ganze sogar als Großmut gegenüber den armen Waisen des Toten aussehen lassen. Auch auf den vormals stramm deutschnationalen Artur Bukofzker, der seinem Besitz und seiner Zellulosefabrik zuliebe plötzlich »Pole« geworden war, hoffte man. Endlich bot sich ihm die Gelegenheit, billig an die Ländereien zur Erweiterung seiner Werke zu kommen, die ihm der Kohanim einst heimlich weggeschnappt hatte. Doch weder der Bukofzker noch einer seiner Vertreter waren zu sehen. Das verdutzte alle.

Pünktlich zur angesetzten Auktion um zehn Uhr standen die versammelten Herren mit gereckten Hälsen an den Gleisen der Kanalbahn. An diesem 7. Mai 1920 herrschte typisches Aprilwetter. Der Wind blies verirrte Schneeflocken durch die Gegend. Als die Sonne kurz vor Ende der Auktion hervorbrach, als wollte sie die hoffenden Menschen kurz aufmuntern, kniete der Auktionator vor dem Gleis auf seinem Taschentuch nieder. Umständlich legte er sein rechtes Ohr auf die Kanalbahnschiene und gebot den Umstehenden mit herrischer Geste Ruhe. Langsam hob er den rechten Arm und winkte seinen Assistenten herbei. Auf einer alten Zeitung kniete dieser ebenfalls nieder und lauschte in die Gleise der Bahn bei Osche, als schlüge dort das verborgene Herz des Universums. Diesem Beispiel folgten mehrere würdige Herren mit Bärten und hörten gleichfalls angestrengt das Eisen der Schienenstränge ab.

»Ich hör' was!«

»Bestimmt nur wieder Soldaten auf 'ner Draisine«, beschwichtigte Zacharias Segall die Optimisten.

»Nö nö, Draisine hört sich irgendwie flüchtiger und leichter an. *Das*, meine Herren, ist ganz eindeutig ein Zug!«, konstatierte einer der Bartträger und richtete sich triumphierend auf.

Tatsächlich blühte in der Ferne eine Dampfwolke, daraus wuchs eine Lok mit zwei rot lackierten Salonwagen im Schlepp. Mit lautem Gebimmel und Tuten fuhr der Zug jedoch in hohem Tempo an ihnen allen vorbei. Verdattert sahen sie den Schlusslichtern nach.

Der erste Auktionsgegenstand, den nur Polen erwerben durften, war das Flurstück 11 an der Schwarzwasser mit Gesindehaus und Kornmühle. Aufgrund von angeblich ausstehenden Löhnen war dieser Posten aus der Liste gestrichen worden. Mit diesem Winkelzug schanzte Dr. Weinstock der kaschubischen Köchin das

Anwesen der Familie für zwanzigtausend Mark Nennwert zu. Wenn schon alles verloren war, dann wenigstens an die Treuesten der Treuen. Die Köchin Teresa schluchzte gerührt und küsste der »alten Herrschaft« die Hände: »... und wenn ich jeden Pfennig einzeln nach Berlin tragen muss. So ein Unglück! Nein, so ein Unglück!«

»Tja, was des einen Unglück, kann des anderen Glück sein«, tröstete der Notar die Kohanim-Töchter, die dazu verbissen lächelten und wie geschorene Schafe im kalten Wind vor Kälte zitterten.

Danach wurde die Hauptmasse aufgerufen. Mit einem Hüsteln verschaffte sich der Auktionator Aufmerksamkeit und klopfte gebieterisch mit seinem Metallhämmerchen auf das provisorische Pult: »Wer von den Berechtigten macht ein Gebot für das Gutshaus Sauermühle mit Sägewerk und zweihundert Hektar besten Ackerlandes sowie dreitausend Morgen an Forsten und Wäldern inklusive Mühlbach und vier Fischteichen? Mindestgebot zweihundertfünfzigtausend Mark!«

Bei Nennung der Summe gab es bittere Lacher aus der Ecke, wo sich das Gesinde versammelt hatte.

In die Frage und das aufmeckernde Lachen hinein vernahm man erneut das Herannahen des bimmelnden Privatzuges. Mit aufzischendem Dampf aus allen Rohren hielt der Zug tatsächlich an. Ihm entstieg in voller Uniform, mit der eckigen polnischen Militärmütze auf dem Kopf und umgeschnalltem Säbel an der Hüfte, Hauptmann Stanislaw Graf Solkowsky. Nichts erinnerte mehr an den schlaffen Adelsspross von einst. Hier hatte ein Mann seine Bestimmung gefunden.

Mit nachlässig militärischem Gruß, indem er seine behandschuhte Rechte an den Schirm der Uniformmütze tippte, rief er, die bühnenreife Situation geschmäcklerisch auskostend, sehr stolz auf Polnisch: »Ich biete fünftausendfünfhundert amerikanische Dollar!«
Den Leuten blieb der Mund offen stehen.
Der Sekretär des Amerikaners, der nun hinter dem Fischauge auftauchte, rechnete auf einem Fetzen Papier fieberhaft und flüsterte dem martialisch auftretenden »Monsieur le Comte« etwas ins Ohr. Der reckte das Kinn vor und erklärte mit herablassendem Unterton: »Ja, das ist mehr als das Mindestgebot, und es entspricht nach heutigem Wert genau der Summe, die der Kohanim meinem Urgroßvater geboten hatte.«
»Das ist eine verdammte Lüge!«, schrie Franziska mit vor Wut funkelnden Augen.
Das Fischauge reagierte mit Herablassung auf den Zwischenruf und fuhr ungerührt fort: »Keiner soll den Solkowskys nachsagen können, sie wären schoflig!« Er feixte. »*Wir* sind schließlich keine Juden!«, fuhr er auf Deutsch fort und warf verächtlich mehrere Bündel Dollarscheine auf das Pult des Auktionators.
Ein Mann von etwa sechzig Jahren, mit blutunterlaufenen Augen, schiefem Zylinder auf dem verschwiemelten Kopf, dessen Haar darunter als weißer Flaum hervorlugte, prostete der Auktionsversammlung aus dem Abteilfenster des Salonzuges zu. Kowalski, der Eisenbahnkönig persönlich.

Erst viel später wurde bekannt, dass der junge Graf dem Amerikaner auch das alte Jagdschloss und die Schnapsfabrik des deutschen Zuckerzaren von Steinfeld beim Kartenspiel abgeluchst hatte. Die einen meinten, eine Glückssträhne beim Ecarté hätte ihm den alten Besitz verschafft. Andere wussten, dass der Solkowsky junior schon vorher damit geprahlt hatte, die alten Besitzverhältnisse wiederherzustellen. Er hatte mit dem Eisenbahnkönig darum gespielt. Angeblich mit gezinkten Karten.

Der deutschnationale Schnaps- und Zuckerzar, der früher als alle anderen die Russische Revolution heraufziehen sah, wurde dieses Mal von den Ereignissen nach dem Weltkrieg überrascht. Nach dem Fiasko seiner Quasi-Enteignung durch die Polen hatte er sich mit den Resten seines Vermögens in den Harz abgesetzt. Er blieb der Schnapsproduktion treu und produzierte dort seitdem »Original Danziger Goldwasser«.

Odas Privatrevolution

Oda Hanke, geborene von Güldner und ehemaliges Mündel des Zuckerbarons, betrieb in Berlin neben der Weltrevolution zugleich auch ihre private: Oda ließ sich scheiden!
Die polizeibekannte Kommunistin Oda Hanke ging damit als Nummer vier der proletarischen Berlinerinnen in die Annalen ein, die es im Jahre 1919 in Berlin wagten, die Scheidung von ihren Ehemännern zu beantragen. Reinhold, der »gleichgesinnte Konditor«, den sie einst hastig geheiratet hatte, um nicht wieder zurück zur Familie der von Steinfelds geschickt zu werden, hatte sich an der Seite seiner amazonenhaften Ehefrau mehr und mehr der Trunksucht ergeben. Eines Morgens erschien er im Segal'schen Lohnbüro in Begleitung eines Schutzmannes. Er bestand darauf, dass man ihm als Familienoberhaupt den Lohn seiner Frau auszahlte. Anderenfalls wollte er ihr die Arbeit verbieten. Fanny Segal blieb nichts anderes übrig, als dem versoffenen Nichtsnutz die Lohntüte ihrer ersten Näherin auszuhändigen. Odas Darstellung zufolge lief Reinhold Hanke am Abend mit dem Kopf gegen eine glühend heiße gusseiserne Bratpfanne, die Oda zufällig bei der Zubereitung von Kartoffelpuffern in der Hand hatte.
Der Richter entschied trotz Reinhold Hankes dramatischen Stirnverbands und vorgewiesener roter Brand-

narbe, dass Frau Oda Hanke, geborene von Güldner, die in Lohn und Brot bei der Schneidermeisterei Segal stand, schuldlos geschieden wurde. »Der Beklagte Reinhold Hanke ist ein notorischer Trinker und ein verkommenes Subjekt«, urteilte der Richter. Die gemeinsamen Kinder Hella und Peter sprach er Oda zu. Um schnellstmöglich geschieden zu werden, verzichtete Oda auf sämtliche Unterhaltsansprüche. Erstens betrachtete Oda Unterhalt ohnehin als konterrevolutionär, und zweitens wäre dieser auch nicht eintreibbar. Reinholds Anzeige wegen Körperverletzung wurde abgewiesen. Oda habe lediglich in Notwehr gehandelt, erklärte der Richter. Das körperliche Missverhältnis zwischen der großen, kräftigen Oda und dem eher schmächtigen rothaarigen Reinhold ließ er nicht gelten.
Eine Frau, die sich scheiden ließ, fand Odas Bruder Rudolf so skandalös, dass er ihr mitteilte: »Als ob Kommunistin nicht schon ausreichen würde! Jetzt bist du zusätzlich auch noch eine *geschiedene* Kommunistin. Es reicht! Meine Frau Bertha und ich brechen jeden Kontakt zu dir ab!«

Eine geschiedene Frau und die Kalamitäten, die Oda wegen Reinhold Hanke durchlitten hatte, waren Vorkommnisse, die Dr. Leopold Hirschfeld selbst an der äußersten Peripherie seines Bekanntenkreises nicht dulden wollte. Anfangs hatte Leopold durchaus nichts dagegen, dass seine Frau Martha ihre Jugendfreundin Oda traf. Aber nur in seiner Abwesenheit und über den Dienstboteneingang, so hatte er es angeordnet. Schließlich war Oda von gebürtigem Adel, und das wog bei

Leopold schwer. Odas sozialer Abstieg berechtigte sie nun nur noch zur Nutzung der Dienstbotenpforte. Nach einer gewissen Zeit irritierten ihn Odas Ansichten derart, dass er Martha aufforderte, die Freundin besser nicht mehr im Hause zu empfangen, weil man schließlich »Rücksichten« zu nehmen hätte. Nach Odas Scheidung, die er genauso skandalös fand wie die Vergangenheit der nicht minder berüchtigten Schwägerin Franziska Rubin, geb. Kohanim, verbot er Martha jeden weiteren Kontakt zu »dieser Person«. »Das ist keine Bosheit, meine liebe Martha, sondern eine Frage der sozialen Hygiene«, belehrte er seine Frau, die daraufhin gleich das Schlafzimmer abdunkelte und in einem dreitägigen Migräneanfall versank.
Wenn Martha ihre Freundin Oda nicht in der Näherei abpassen konnte, dann schrieb sie ihr wie früher Briefe, postlagernd. Nach der Scheidung fand Oda als Geschiedene keine Wohnung. Abwechselnd musste sie mit den Kindern bei gutmütigen Kolleginnen oder Genossen Unterschlupf suchen.

Liebste Martha!
Ich bin ganz verzweifelt. So wie es den Anschein hat, vermietet kein Mensch in Berlin an eine geschiedene Frau! Selbst für die finstersten, feuchtesten Löcher voller Wanzen ist eine Geschiedene zu schlecht! Das ist die Welt, in der wir leben! In meiner Not habe ich mich nun entschlossen, draußen, wo der Wedding ins Ländliche übergeht, in den Rehbergen, eine Parzelle Land zu pachten, um darauf eine Laube zu errichten. Jeden Pfennig, den ich verdiene, stecke ich nun in Bretter und Nägel. Nach Feierabend geht's dann anstatt mit Nadel und Faden mit

Hammer und Säge weiter. Ein Genosse, der Zimmermann ist, hat mir einen Plan gezeichnet und kommt am Sonntagnachmittag mit seiner Frau vorbei, um mir beim Zimmern der Laube zu helfen. Meistens reißt er dann aber bloß die Bretter ab, die ich die Tage zuvor angenagelt hatte. Aber ich lerne dazu, und mittlerweile ist er mit meiner Zimmermannsarbeit schon so zufrieden, dass er meint, ich könne als Lehrling bei ihm anfangen. Trotzdem geht alles viel zu langsam voran, aber zum August will ich fertig sein und dann mit den Kindern, die Deine Schwester Fanny freundlicherweise für diese Zeit bei sich aufgenommen hat, endlich in mein neues »Schloss« einziehen.
Von Fanny bekomme ich auch einige Möbel, und wenn ich von Dir dann noch den alten Kleiderschrank und das Bett mit Sprungfederböden, die Federbetten und Matratzen kriegen könnte, wäre mein Glück komplett. Eine andere Sorge sind Hellas Beine. Weil ich bis zur Geburt der Kleinen immer über die Nähmaschine gebeugt gearbeitet habe, sind ihre Beinchen so verbogen, dass sie nicht richtig laufen kann. Dafür krabbelt sie auf allen vieren wie ein Wiesel. Durch die orthopädischen Schienen und die Massagen, die Fanny, die gute Seele, bezahlt, sind Hellas Beinchen schon etwas gerichtet. Am Sonntag setze ich Hella immer im »Garten« in die Sonne und grabe ihre Beine im heißen Sand ein. Und wenn ich dann von der Leiter steige, massiere ich ihre Beinchen und erneuere den heißen Sand. Sie klatscht dann immer in die Hände und freut sich. Es tut ihr offenbar gut. Ihre Haare sind durch die Sonne vollends weißblond geworden und sie selbst schwarz wie ein Neger.
Wenn ich Richtfest feiere, musst Du unbedingt kommen.
In Liebe
Oda

Liebste Oda!
Ich freue mich über Deine Fortschritte und weiß nicht, woher Du die Kraft und den Lebensmut nimmst! Auch von Elli kannst du Sachen bekommen. Sie überlässt Dir unter anderem ein Wägelchen, das Du an ein Fahrrad hängen kannst. Dann brauchst Du keinen Handwagen mehr. Auch Möbel und Hausrat lässt sie Dir noch zukommen. Selbst auf die Hilfe meiner Schwester Fränze kannst du zählen. Sie lässt Dir durch Else Dahnke, die auch kräftig für Deinen Haushalt beisteuern will, auch etwas zukommen ... allerdings kannst du das wahrscheinlich gleich wegwerfen, so wie ich Fränze kenne.
Kannst Du denn keine Hilfe von Deinem Bruder Rudolf aus dem Harz erbitten? Als Bruder muss er Dir doch in der Not zur Seite stehen!
Außerdem gibt es Nachrichten aus der alten Heimat. Der alte Segall, der frühere Kompagnon meines Vaters, hat geschrieben. Die Geschäfte gehen – obwohl ihm jetzt die polnische Staatsbürgerschaft zuerkannt wurde, was man nicht von allen Juden sagen kann – wohl inzwischen so schlecht, dass man zu Tauschhandel übergegangen ist: ein Kleiderschrank gegen ein Schwein, eine Fußbank gegen ein halbes Huhn usw. Der Segall hat deshalb gleich einen Lebensmittelhandel en gros aufgezogen. Typisch! Aber er war ja immer schon der bessere Geschäftsmann im Vergleich zu Vater, der sich mehr vom Visionären als vom Buchhalterischen leiten ließ.
Apropos:
Du erinnerst Dich bestimmt an unsere alte Familienlegende. Denk Dir: Gräfchen Solkowsky wurde beim Ritt von Osche über Sauermühle vom Blitz getroffen! Was sagst Du dazu?! Da wird einem doch gleich ganz schwummerig. »Das war wohl

der glücklichste Sabbat der Juden von Osche seit langem«, schrieb der Segall, der dem Gräfchen wohl immer noch nicht verzeihen kann, dass er das vor hundert und mehr Jahren erworbene Land unseres Vaters mit der wertlosen Mark von heute aufgerechnet hat, um die Kohanim und die Juden insgesamt in ein schiefes Licht zu rücken.

Mich bedrückt aber eine andere Sorge: Mein Leopold will sich taufen lassen!

Ihm wurde bedeutet, dass er nur Gerichtspräsident werden könne, wenn er und seine ganze Familie christlich wären! Ich empfinde das als eine Zumutung, zumal das jetzt gar nicht mehr wie zu Kaisers Zeiten nötig ist, ja sogar gegen geltendes Gesetz verstößt! Außerdem ist das auch gegen die Abmachung, die mit meinem Vater bezüglich der Religion getroffen wurde. Natürlich wird offiziell von der Behörde eine Konversion nicht verlangt, sagt er. Das geht ja auch gar nicht. Aber inoffiziell, wenn mehrere Bewerber auf einen Posten spekulieren, wird ein Richter jüdischen Glaubens natürlich nicht in ein solch hohes Amt berufen. Selbst für einen Katholiken könnte es wegen des immer noch herrschenden Kulturkampfes zwischen den Katholiken und Protestanten heikel werden, meint er. Aber bei der zunehmenden Hetze gegen Juden überall ist jüdisch zu sein inzwischen bestimmt schon schlimmer als katholisch, meinst du nicht auch?

Ich werde aber auf keinen Fall meinen Glauben verraten! Warum auch? Ich bin zwar nicht besonders gläubig, aber das ist eher eine Frage des Charakters als des Glaubens. Man wirft seine Herkunft nicht einfach weg und wechselt das Bekenntnis je nach Mode oder Opportunitäten! Aber das soll jeder mit sich selbst ausmachen.

Und noch eine Nachricht: Ich bin endlich in anderen Umstän-

den! Aus Pietät war ich deshalb gestern bei Willy am Grab, und denk Dir, Fränze hat noch immer keine Inschrift auf dem Grabstein anbringen lassen! Angeblich liegt sie mit der Gemeinde wegen des Wortlauts über Kreuz, wie meine Cousine Else erzählte, die uns vorgestern mit ihrem Koffer-Bruno besucht hat. Bruno Dahnke, Elses Mann, hat mir auch ein wunderhübsches Handtäschchen aus Schlangenleder aus seiner Fabrik mitgebracht. Das kann ich natürlich nicht annehmen.
Bruno Dahnke und Leopold verstehen sich übrigens wie ein Kiek und ein Ei. Und ich weiß wirklich nicht so recht, wie ich mich Else gegenüber verhalten soll, da sie doch so dicke mit Fränze ist …
Alle Kraft und alles Gute für Dich, und lass bald von Dir hören.
In Liebe Deine treue Freundin
Martha

Ein Kronprinz ohne Reich

Dem achtjährigen Kronprinzen Walter war mit dem Tod der Großeltern die Welt untergegangen. Von den Erwachsenen verschwendete niemand auch nur einen Gedanken an das besondere Leid des Jungen. Schließlich war allen in der einen oder anderen Weise die Welt zusammengestürzt. Jeder war mit den eigenen Nöten und Katastrophen beschäftigt.
Der Verlust des vergötterten Großvaters und der Großmutter wog schwer. Den Verlust des Königreiches, dessen König Walter dereinst hatte werden sollen, wie Samuel ihm immer versprochen hatte, fand er dagegen nicht so tragisch, weil er sich als Kind darunter nur wenig vorstellen konnte. Aber Walter vermisste das Haus, sein Zimmer mit dem Gaubenfenster, seine Amme, »die olle Olga«, die Schwarzwasser vor dem Anwesen, in der alle im Sommer mit den Enten und den Fischen um die Wette schwammen und auf der man im Winter Schlittschuh lief. Er sehnte sich nach den Wiesen, den Feldern und ganz besonders nach dem Wald. Am meisten schmerzte ihn jedoch der Verlust seines Hundes Hasso und seines Ponys Flöckchen, das er vom Großvater zum fünften Geburtstag geschenkt bekommen hatte.
Sein Leben hatte sich über Nacht aufgelöst und war nur noch ein ferner, schöner Traum. Walter schien es, als hätte ein böser Fluch plötzlich alles Glück in Un-

glück verhext. Und die Frau, die sich nun seine Mutter nannte, war die böse Hexe, daran bestand für ihn kein Zweifel. »Sie ist böse. Ich kann sie nicht leiden, und sie kann mich auch nicht leiden«, erklärte er Bruno Geißler, dem sächsischen Klempner, seinen Brass gegen die Mutter. Bruno war der Einzige, der sich um Walter kümmerte.

Plötzlich war Walter verschwunden. Kurz vor Bromberg, das sich nun Bydgoszcz nannte, griff ihn die polnische Polizei auf. Das zweite Mal kam er sogar bis nach Zempelburg, das nun Sępólno hieß. Er bat Zacharias Segall inständig, bei ihm bleiben zu dürfen. Dem Onkel wäre es recht gewesen, denn er mochte den Jungen, doch Franziska war dagegen. Nachdem er zum dritten Mal ausgerissen war und ausgerechnet von seinem Onkel väterlicherseits, Georg Rubin, nach Berlin zurückgebracht wurde – »der sich wohl lieb Kind machen will«, wie man hämisch munkelte –, streckte Franziska die Waffen.

»Ich werde mit dem Jungen einfach nicht fertig, und ich will auf keinen Fall, dass er so wird wie sein Vater! Schließlich trage ich ja die Verantwortung«, klagte sie dem Direktor des jüdischen Waisenhauses in der Breiten Straße in Berlin-Niederbarnim. »Ihm muss Anstand und Disziplin beigebracht werden. Religion natürlich auch, versteht sich!«

Bruno und Else setzten durch, dass Walter wenigstens zum Schabbes und zum Wochenende nach Hause in die Heilandstraße kommen durfte.

»Und wenn'd'n nich' verknusen kannst, dann kommt der Junge eben zu mir runter in die Werkstatt«, begehrte

Bruno das erste Mal gegen Franziskas Regime auf. »Fränze, versündije dir nich' jejen dein eijen Fleisch und Blut!«, warnte er sie mit sächsisch gefärbtem Berliner Dialekt und hob drohend den rechten Zeigefinger.
»Der Junge ist kräftig, ein sehr guter Schüler und einer unserer besten Sänger. Aber renitent ist der Bengel, vollkommen aufsässig und verstockt! Neulich hat Ihr Sohn dem Pedell, der ihn züchtigen sollte, in den Oberschenkel gebissen und sich noch nicht einmal dafür entschuldigt! Wie finden Sie das!?«, berichtete der Anstaltsleiter empört anlässlich der nächsten monatlichen Zahlung, die Franziska zu jedem Ersten abzuliefern hatte.
»Das ist das schlechte Blut des Vaters, Herr Direktor. Außerdem wurde der Junge von seinen Großeltern auch vollkommen verzogen!«, rechtfertigte sich Franziska.
Am Wochenende stellte Bruno fest, dass Walter stotterte, wenn er sich aufregte. Bruno machte sich Sorgen und beriet sich heimlich mit Franziskas Cousine. Else holte Walter daraufhin immer schon am Mittwochnachmittag aus dem Waisenhaus ab und brachte ihn zu einem Sprecherzieher. Das geschah heimlich, Else kam für die Heilbehandlung auf. Anschließend ging sie mit dem Jungen »konditern«, oder sie besuchten Elli in ihrem Sportgeschäft, das für Walter ein Paradies auf Erden war.
Die Sportbegeisterung ihres kleinen Neffen, sein nicht unbeträchtlicher Kindercharme und seine sportliche Veranlagung nahmen Elli für Walter sofort ein. Liebend gern hätte Elli den kleinen Kerl bei sich aufgenommen,

wie sie versicherte. Doch der Gesundheitszustand ihres Mannes, der als Kriegsversehrter heimgekehrt war, ließ das nicht zu. Außerdem befand sich Ellis Gatte ebenso wie sein vergötterter abwesender Kaiser im antisemitischen Delirium. Ein lebhafter »Judenbengel« im Hause war derzeit undenkbar. Davon erzählte Elli natürlich niemandem, noch nicht einmal der Vertrauten der Familie, Cousine Else Dahnke. Diesen Kummer machte Elli von Strachwitz, geborene Kohanim, mit sich allein aus.

Mittwochs warteten im Sporthaus Elite auf Walter ein Rennrad, mit dem er im Hof »eine Biege« fahren durfte, ein Lederfußball und echte Boxhandschuhe, »der letzte Schrei aus Amerika«. Das Privileg eines »Schabbes-Bruno« nebst interessanten Mittwochstanten und ein ganzes Sportgeschäft für ihn allein söhnte Walter mit dem verlorenen Paradies in Osche und dem strengen Regime des Waisenhauses aus. Er war zwar nicht der König von Sauermühle geworden, aber wegen seines handfesten Gerechtigkeitssinns, dem redegewandten Mundwerk, seinem schönen Gesang und dem privaten Zugang zu echten Lederfußbällen war er drauf und dran, der ungekrönte König des jüdischen Waisenhauses in Berlin-Pankow/Niederbarnim zu werden. Bereits nach zwei Monaten weinte er nachts nicht mehr heimlich ins Kopfkissen. Anstatt zu heulen, dachte Walter über Politik nach. Das Wort kannte er zwar noch nicht, aber er grübelte, wie er die Schrecken des Heimes aus Prügel, Willkür der Starken, Kopfnüssen, tausend Stecknadeln, Gruppenterror und Demütigung mittels einer Valuta von Bonbons, Keksen, Schokolade, Obst und Lederbällen zusammen mit seiner Gabe der Beredsamkeit und Sangeskunst für sich und seine Freunde abwenden könnte. Seine Bilanz: Die zu Gebote stehenden Mittel und Talente, um sich das Leben erträglicher zu machen, waren vielversprechend. Bald hatte er den Bogen raus und wusste, wie man Schläger einwickelt, ihnen die Gefolgschaft abspenstig macht, sie kaltstellt und ins Leere laufen lässt. Der nächste Schritt war dann, die gestürzten Bösewichte ohne Gesichtsverlust wieder aufzufangen und sie mit den anderen zu versöhnen. Damit sie auf Dauer Frieden gaben, mussten sie aber auf ihn angewiesen sein. Es galt, Begeisterung für ein Ziel zu wecken, neue Regeln aufzustellen, die alle erstrebenswert fanden, so dass seine moralische Überlegenheit und das gemeinsame Ziel bald mehr zählten als die Einschüchterung durch Gewalt seiner Widersacher. Damit gewinnt man die Herzen, die Mehrheit und letztendlich die Oberhand, dachte Walter. Die Brutalen und Bösen, die uns bisher mit Terror beherrschten, brauchten auch Gefolgschaft, und das war ihr wunder Punkt!

Und tatsächlich funktionierte sein Plan. Die Schwachen und Gleichstarken fühlten sich von der Tyrannei befreit. Sie folgten ihm mit Begeisterung für die gerechte Sache. Gegen die neue Macht einer verschworenen Gemeinschaft konnten die isolierten Übeltäter nur wenig ausrichten, denn die Angst, der sie sich früher wie einem stets paraten Werkzeug bedienen konnten, war plötzlich nicht mehr da. Ihrer Gewalt stand jetzt die Mauer einer eingeschworenen Gemeinschaft

gegenüber, gegen die die Raufbolde nichts mehr ausrichten konnten. Wenn die Schurken nicht selbst isoliert und verachtet sein wollten, mussten sie sich nun den neuen Regeln fügen und mitspielen. Walter wusste die früheren Bösewichte dann ehrenvoll einzubinden, und binnen acht Wochen hatte er die Verhältnisse umgekrempelt. Das neue Regime im Waisenhaus wurde nun von einem gewählten Kinderrat geführt.
Wenn man nicht untergehen wollte, dann musste man die Welt verbessern! Das Laboratorium des Lebens erwies sich als viel interessanter, als ein blödes, verwöhntes oder verängstigtes Kind zu sein, das besseren Tagen nachweinte. Das Leid, das der »Rubinenpriester«, wie er im Heim genannt wurde, ab und zu in seinem Herzen spürte, führte er deshalb auf die gleiche Ursache zurück wie das Stechen in den Schienbeinen.
Alles nur Wachstumsschmerz! Egal wie trübe das Dasein in einem Waisenhaus sein mochte: Das Leben lag vor ihm wie ein kostbar verpacktes Geschenk. Er würde es mit beiden Händen anpacken, wenn er groß wäre. Das bisschen Weh gehörte einfach dazu. Nur noch selten dachte er kurz vor dem Einschlafen an Hasso und Flöckchen. Eigentlich war jetzt alles nur noch halb so schlimm, eher sogar viel besser als die ländliche Langeweile ohne Herausforderungen.

Insgeheim grämte sich Bruno Geißler um seine »Meesterin«, die nun nach Wegfall der väterlichen Leibrente plötzlich wieder gezwungen war, ganz kärglich zu leben, so dass sie wieder in den Lichtspielhäusern auf dem Klavier klimpern musste.

Aus der großartigen Beletage im Vorderhaus, wo sie standesgemäß neben der Hausbesitzerin, Frau Melisande Bollin, gewohnt hatte, zog sie in die vierte Etage des Seitenflügels und bewohnte nun mit Sohn Benno eine enge Zweizimmerwohnung. Der einzig verbliebene Luxus bestand aus einer eigenen Innentoilette. Bruno stemmte dazu das halbe Treppenhaus auf, um Zu- und Abflussrohre nach oben zu verlegen.
Nun wohnte Franziska mit ihrer engsten Vertrauten, Emmi, Tür an Tür. Das schwarze unabschließbare Klavier, das sie seinerzeit aus Sauermühle mitgebracht hatte, wuchteten vier Männer aus der Beletage des Vorderhauses mit breiten ledernen Tragegurten in die neue, enge Bleibe hoch. Aus Platzmangel blieb es im Flur an die Wand gerückt stehen und verengte den Korridor zu einem Schlauch mit Flaschenhals. Alle anderen überflüssigen Möbel kamen auf den Dachboden oder zur roten Oda in die Laubenkolonie »Frohsinn«.
Die ehemalige Klitsche des verblichenen Willy Rubin und das abendliche Klavierklimpern in den Kinos mussten nun Bruno, Franziska und Benno ernähren und die Kosten für Walters Kinderheim einbringen. Während Bruno und der Lehrling Aufträge ausführten und auf Montage waren, rannte Franziska in ganz Berlin herum, um neue Geschäfte an Land zu ziehen, fällige Zahlungen einzutreiben, oder sie wartete unten im Laden hinter dem Tresen thronend auf Kundschaft, die dort bei ihr vorsprechen durfte. Emmi kümmerte sich währenddessen um Benno, der mit ihren Söhnen auf der Straße spielte.
Walters Erbschaft, die fünftausendfünfhundert Dol-

lar, die Notar Dr. Lachmund für den Jungen in amerikanischen Aktien angelegt hatte, bewahrte Fränze und ihre Söhne aufgrund der Dividendenzahlungen vor dem Ärgsten, obwohl sie dem Fischauge damals die Dollarscheine eigentlich vor die Füße hatte werfen wollen. Keiner konnte Franziska ausreden, dass ihr ehemaliger grausam verhöhnter Verehrer am Mord ihrer Eltern beteiligt gewesen war.

»Das ist Blutgeld!«, räsonierte sie damals in der Notarkanzlei. »Ich als Jüdin darf kein Blutgeld annehmen. Das wissen Sie doch ganz genau!«, belehrte sie den in Religionsfragen offenbar unterbelichteten Notar. »Mohammedaner und Christen dürfen das, wir Juden aber nicht!«

Dr. Lachmund musterte sie sorgenvoll wie eine Geisteskranke im Stadium eines akuten Schubs.

»Liebe gnädige Frau! Ihre Ansichten in allen Ehren. Wirklich! Bei allem Respekt muss ich Ihnen aber sagen, dass Ihnen eine Entscheidung über die Verwendung des Geldes gar nicht zukommt!«, erklärte er ihr lapidar. Ängstlich prüfte er dabei, wie seine Worte auf sie wirkten. Mit dem Ergebnis schien er zufrieden, dann fuhr er sachlich fort: »Juristisch betrachtet haben Sie damit nichts zu schaffen. Es handelt sich hier um das Kapital Ihres Sohnes Walter, das ich dem Vermächtnis Ihres verstorbenen Vaters gemäß mündelsicher verwalten muss!«

Dr. Lachmund hatte im Interesse des Universalerben Walter dereinst auch die Erbansprüche seiner Tanten abgewehrt. »Das Überspringen einer Generation von direkten Nachkommen erlaubt das deutsche Erbrecht«, hatte er Selma beschieden, der Zweitältesten der Schwestern, die gegen das Testament des alten Kohanim hatte klagen wollen. »Der Erblasser wusste genau, was er tat, und daran ist nicht mehr zu rütteln!« Auch Else Dahnkes Angebot, den Neffen Walter bei sich aufzunehmen und zu erziehen, hatte erst einmal keinen Erfolg. »Walter bleibt da, wo er ist! Punktum!«

Das Feuer und der gewässerte Hering

Bis um zweiundzwanzig Uhr dreißig in der Nacht auf den 13. September 1925 empfand Oda ihre empfindliche Nase meist mehr als Fluch denn als Segen. Proletariat und Armut riechen einfach schlecht. Meist nach Schweiß, Schmutz, Verfall und Krankheit. Obwohl Oda sonst mit Leib und Seele der Arbeiterklasse verbunden war, blieb ihre Nase bourgeois. In dieser Nacht jedoch schlug Odas empfindlicher Geruchssinn Alarm und ließ sie aus tiefstem Schlaf hochfahren. Rauch! Als Oda die Augen aufschlug, sah sie, dass rings um das Haus am Boden kleine bläuliche Flammen tanzten und die Tapete an der Tür gerade entzündeten. Ohne nachzudenken, riss Oda ihre beiden Kinder aus den Betten und stürzte mit ihnen nach draußen in den Garten, lief noch einmal zurück in das brennende Häuschen, um das Wichtigste zu retten: die Papiere, das Geld. Hellas Beinschienen glühten bereits. Von oben fielen Oda brennende Dachbalken entgegen. Zum Glück hatte sie sich vorher geistesgegenwärtig ein nasses Handtuch von der Wäscheleine über den Kopf gezogen und sich so mit ihren letzten Besitztümern nach draußen zu den schreienden Kindern retten können. Nachbarn liefen in Nachthemden und Schlafanzügen mit Wassereimern zusammen und bildeten eine Kette, um sich die Eimer zum Löschen schneller reichen zu können. Allerdings konnten sie nur wenig ausrichten. Erst als die Wohnlaube fast niedergebrannt war, hatten sich die Feuerwehr und die Polizei mühsam einen Weg durch den hohen Sand der Laubenkoloniepfade bahnen können und bewässerten die verkohlten Bretter und Bohlen. Der Brandmeister und die herbeigerufene Kriminalpolizei stellten Brandstiftung mit Hilfe von Brandbeschleunigern fest, welche der Täter um das Haus vergossen hatte, um den schlafenden Bewohnern keine Chance zum Entkommen zu lassen. Mit ziemlicher Wahrscheinlichkeit sollte es sich dabei um Petroleum gehandelt haben. Die Anzeige lautete auf Brandstiftung und heimtückischen Mordversuch an einer Frau samt ihren schlafenden Kindern. Die Polizei fahndete nach Reinhold Hanke, der am Abend vorher nicht weit vom Tatort gesehen worden war.

In der Kneipe »Zum grünen Anker« in der Oderberger Straße am Prenzlauer Berg nahm man den Verdächtigen noch am gleichen Abend fest. Reinhold Hanke war volltrunken, und seine Kleidung stank nach Petroleum.

Oda und die Kinder fanden bei der Arbeitskollegin Gerda Kuht in deren Wohnlaube »jwd« in der Nähe von Lübars Obdach.

Allen Arbeiterinnen und Nachbarinnen ging der Fall sehr nahe. Sie, die selbst kaum etwas besaßen, spendeten Kleider, Wäsche und Schuhe, Schulhefte, Bleistifte. Oda und die Kinder waren dem Feuer barfuß und in Nachthemden entkommen. Alles andere hatten sie verloren.

Sechs Monate später stand Reinhold vor der zweiten Strafkammer in Berlin-Moabit. Der Richter erkannte, trotz des sofortigen Geständnisses des Angeklagten, auf »Mordversuch in einem besonders schweren Fall«. Handeln im Affekt und verminderte Schuldfähigkeit aufgrund von Alkoholgenuss ließ das Gericht wegen der aufwendigen Vorbereitung und der besonderen Heimtücke der Tat nicht gelten. Strafverschärfend wirkte neben den Vorstrafen, dass der Angeklagte auch den Tod seiner beiden Kinder geplant hatte, was Reinhold schluchzend abstritt: »Den Kleenen wollte ick doch nischt tun. Ick wollte der Oda doch nua 'n Denkzettel vapassen und außadem war ick doch vollkomm' blau!«

Marthas Leopold kehrte am 26. März 1926 bester Laune heim, und das lag nicht nur daran, dass er den Fall Reinhold Hanke wegen Befangenheit abgeben konnte. »Ab heute fängt ein neues Leben an«, verkündete er aufgekratzt und entkorkte zur Feier des Tages eine Flasche Kellergeister. Martha verspürte schon seit dem Morgen die seltsame prophetische Unruhe, die sie anfiel, wenn sich wichtige Ereignisse anbahnten. Außerdem hatte sie Sodbrennen. Nach der Lektüre der Morgenzeitung mit den Prozessberichten des Vortages schob sie ihre Unruhe und das Sodbrennen auf den Prozess gegen Reinhold Hanke und ihre Sorge um Oda, doch angesichts der seltsamen Euphorie ihres Gatten schwante ihr nun weit Schlimmeres. Nachdem Leopold Martha mit ihrem schwangeren Bauch mit übertriebener Fürsorge in den bequemen Ohrensessel bugsiert hatte, setzte er sein wichtiges Senatsgesicht auf.

»Drei Dinge verändern ab heute unser Leben, meine liebe Martha«, fing er salbungsvoll mit vorgerecktem Kinn auf und ab laufend an. Martha wurde es flau.
»Erstens: Ab heute sind wir Christen! Um genau zu sein: Protestanten! Ich habe mich vor genau einer Stunde taufen lassen! Damit noch nicht genug: Hirschfeld ist tot. Wir heißen ab heute Hartmann! Und drittens: Ab ultimo bin ich Gerichtspräsident Dr. Leopold Hartmann!«
Erwartungsvoll schaute er sein Eheweib an, so wie ein Künstler vor Publikum Applaus heischt.
Einerseits war Martha erleichtert. Sie hoffte, dass ihrem Mann der Hanke-Prozess wegen des Betreibens der eigenen Karriere entgangen war, und entblößte die grauen Zähne, um die erwartete Freude zu heucheln. Zerstreut stammelte sie etwas, das sich wie ein Glückwunsch anhören sollte: »Ach, wie das alles passt! Hartmann und Richter!«
Leopold wusste wieder einmal nicht, ob Marthas Antwort bloß nur dumm war oder etwa ironisch. Mit einer energischen Bewegung wischte er seine Irritation weg.
»Gerichtspräsident, Martha, Gerichtspräsident!«
Zu gerne hätte sie gefragt, ob er sich den neuen Namen zu seinem neuen Amt selbst ausgesucht hatte, »nomen est omen«, oder ob er wie schon bei der Frage der Taufe auch in diesem Fall einer dubiosen Empfehlung gefolgt war. Da sie nicht wieder taktlos oder sarkastisch erscheinen wollte, schwieg sie lieber mit möglichst harmloser, undurchdringlicher Miene.
Mit ihrer Antwort schien ihr Leopold, der nun sowohl Hartmann als auch Gerichtspräsident war, nur halb

zufrieden. Er kräuselte die Stirn und starrte sie an, als wäre sie nicht bei Trost.
Martha strich sich fahrig mit einem besänftigenden Lächeln über den Bauch und sagte so beiläufig wie möglich: »Ich werde morgen gleich neue Namensschilder gravieren lassen.«
»Ja, ist das alles, was dir dazu einfällt? Neue Messingschilder? Immerhin bin ich jetzt A Präsident und B kein Jude mehr!«
»Ja, ja, ja! Aber weißt du, was mein Vater, Gott habe ihn selig, dazu gesagt hätte?« Martha verstärkte ihre Bemühungen um ein begütigendes, dämliches Lächeln, mit dem sie ihre Worte mildern wollte.
Leopold kniff den Mund zusammen. »Na, was denn wohl?!«, bellte Dr. Hirschfeld alias Hartmann gereizt, denn die verbreiteten Kohanim'schen Weisheiten bei passender und unpassender Gelegenheit gingen ihm schon seit der Hochzeit auf die Nerven.
»Dass ein getaufter Jude ebenso ein Jude bleibt wie ein gewässerter Hering ein Hering!«
Leopold rollte den Kopf von der linken zur rechten Schulter, wie er es sonst nur im Gerichtssaal tat, wenn ihn ein Plädoyer aus der Fassung brachte.
»Ach, papperlapapp! Damit du dich gleich darauf einstellen kannst: Ab heute wird sich unser Leben von Grund auf ändern. Fortan gehen wir sonntags in die Kirche, und damit basta!«
Es klang wie ein Befehl, und es war auch einer.
»Der Arzt hat mir aber dringend Bettruhe verschrieben!«
»Ach, du und deine Krankheiten!«, stöhnte Leopold.

»Und merk dir eins: Juden haben ab heute nichts mehr in unserem Haus verloren.«
»Aber Leopold! Nu' lass doch mal die Kirche im Dorf! Das Haus ist schließlich *mein* Haus, und ich bin immer noch Jüdin und werde es bleiben!«
»Du stellst dich also gegen deinen Mann?!«
»Ich bin, was ich bin, sonst gar nichts! Nur bin ich eben nicht ganz so klug wie du!«, versuchte Martha es erneut mit Demut. Und das war kein gutes Zeichen, wie ihr Gatte wusste. Er wunderte sich, dass sie nicht die Passage zur Religion aus dem Ehevertrag aufs Tapet brachte.
An diesem Punkt schien es Dr. Leopold Hirschfeld/Hartmann daher geboten, das Gespräch erst einmal auf sich beruhen zu lassen und die christliche Bekehrung seiner Gattin auf einen späteren Zeitpunkt zu verschieben. Erstaunlich fand er nur, dass seine sonst herumfantasierende Frau plötzlich so auf ihre wahre Herkunft bestand, anstatt sich mit Wonne auf eine neue Daseinsmöglichkeit zu stürzen, worauf er eigentlich spekuliert hatte.
Als das Dienstmädchen eine Stunde später den Gabelimbiss auftrug, fiel Leopold noch etwas ein: »Habe ich dir schon das Neueste von Harry Fisch, dem verschwundenen Mann deiner Schwester Flora, erzählt?«
Martha reichte Salzgurken und Radieschen zu den belegten Broten und schaute ihren Gatten erwartungsvoll an.
»Dieser Harry Fisch hat sich als Missionar nach Brasilien eingeschifft. Seltsamerweise ist er dort nie angekommen, wie ich der Kopie der Passagierliste des

Hafens São Paulo entnommen habe. In Bremerhaven ist er an Bord gegangen, aber nirgendwo angekommen! Das ist doch verrückt. Der Kerl hat sich in Luft aufgelöst, oder ist zu den Fischen gegangen? Keiner hat was gesehen, keiner hat was gehört, keiner weiß was. Wie sonderbar!«

»Und was schreiben wir meiner Schwester Flora?«

»Dass sie auf die Todeserklärung wohl noch zehn Jahre warten muss. Aber mal ehrlich, in der ganzen Familie ist doch der Wurm drin, oder?!«

*

An einem heißen Maisonntag vor Pfingsten beobachtete man einen baumlangen Mann in einem Wintermantel von undefinierbarer Farbe. Auf seinem verhältnismäßig kleinen Kopf trug er einen kaffeebraunen Filzhut. Mit schwerem Gepäck überquerte er die Gleise der Berliner Industriebahn Nord und nahm Kurs auf das Geflecht der Trampelpfade zu den Laubenkolonien. Am Froschorchester des »Paddenpfuhl« vorbei steuerte er den Heidekrautweg der Laubenkolonie »Kleintierfarm« in Berlin-Lübars an. Rechts und links schleppte er schwere Koffer. In dieser Gegend wirkte so etwas verdächtig, denn der Mann gehörte nicht hierher. Und Fremde sah man hier nicht gern. Alle fünfzig Meter setzte er sich auf einen der Koffer und wischte sich mit einem blau gestreiften Taschentuch mit dem Monogramm RvG den Schweiß vom Gesicht, schüttelte den Kopf und machte insgesamt einen hilflosen bis desolaten Eindruck. Einem Mann, der mit Hingabe und viel Farbe seinen Lattenzaun strich,

kam das nicht geheuer vor: »Wo wolln Se denn hin, Mann?«
»Ich suche den Heidekrautweg 58. Das Haus von Oda Hanke.«
»Na, da bis zum Knick links, und denn sehn S' et schon. Die teert grade det Dach ihrer Wohnlaube. Kann Ihnen jar nich entjehn!«, feixte der Anstreicher.
Um sich bemerkbar zu machen, schlug der Mann mit den Koffern am Gartentor der Nummer 58 auf ein Stück Eisenbahnschiene, die über dem Querbalken des Tores hing und dem proletarischen Entree fast ein fernöstliches Flair verlieh und als Türklopfer oder Gong diente.
Bei dem Schlag auf die Schiene drehte sich eine Person auf dem Dach um, die erst durch ihre Bewegung als Frau erkennbar wurde. Sie trug einen Hut mit abgeschnittener Krempe, Männerhosen und darüber ein zerschlissenes Herrenhemd, das voller Teerflecke war, ebenso wie Hosen, Stiefel und die Handschuhe, die sie angesichts des Gastes ablegte und brüllte:
»Na, ick werd ja verrückt!«
Der seltsame Besucher entpuppte sich als Odas Bruder. Seit ihrer Flucht aus Osche vor zwölf Jahren hatten sie sich nicht mehr gesehen und zu Odas Scheidung nur böse Briefe gewechselt.
»Wie kommst *du* denn hierher?«
Rudolf von Güldner trank in einem Zug fast die ganze Emaillekanne Wasser leer, die Oda ihm nach Bedienung der Gartenpumpe ohne Glas hingestellt hatte.
»Bitte erspare mir Einzelheiten, freu dich einfach oder lasses bleiben!«

Erst nach und nach erkannte er Oda wieder. Die dunkelblonden Haare, die ihr unter dem Hut hervorkrochen, die unverwechselbaren graugrünen, schrägen Tatarenaugen über den typisch slawisch-hohen Wangenknochen und ihre russische Sattelnase. Sie sah genauso gesund und abgearbeitet aus wie die Frauen im weiten Russland in der »guten alten Zeit«. Wider besseres Wissen hegte Rudolf bei Antritt der Reise von Seesen nach Berlin die stille Hoffnung, dass seine Schwester mittlerweile vielleicht doch zur Vernunft gekommen wäre. Bei ihrem Anblick wusste er aber sogleich, dass sie offenbar noch verbohrter geworden war. Sektierer jeglicher Couleur haben alle den gleichen selbstgerechten, überheblichen Blick, dachte er bei sich. Was sollte dieser ganze Proletenkult denn bloß? Das hatte sie doch gar nicht nötig!

»Du reist ja mit großem Gepäck. Das hättest du doch nicht herschleppen brauchen, hättest es doch am Bahnhof aufgeben können.«

»Nein, hätte ich nicht, denn das hier ist alles deins.«

»Wieso, was ist denn da drin?«

»Dein Erbe. Unsere Mutter ist vor acht Wochen gestorben. Du musst doch das Telegramm bekommen haben. Und das hier«, er wies auf den anderen Koffer, »das ist dein Erbteil von dem, was *unser* Vater uns hinterlassen hatte beziehungsweise was davon noch übrig ist. Na, sieh doch selbst!« Dann schaute er sich argwöhnisch um, legte endlich den dicken Mantel ab und öffnete das Hemd, das ihm am mageren Körper klebte.

»Aber vielleicht sollten wir nicht unbedingt hier draußen alles auspacken.«

Gemeinsam schleppten sie die Koffer in die provisorisch neu erbaute Wohnlaube. Das Haus hatte noch keinen Fußboden, wie Rudolf ungläubig feststellen musste.
»Das habe ich alles nach dem Grundriss des Schlosses Sanssouci gebaut«, erklärte Oda stolz. Rudolf blickte hilflos auf der Suche nach Ähnlichkeiten mit dem Potsdamer Lustschloss um sich. Offenbar bestand die einzige Ähnlichkeit von Odas Laube mit dem Schloss darin, dass sich neben einem Rundbau in der Mitte rechts und links jeweils ein Zimmer mit großem Fenster anschloss, was dem Bau etwas absurd Extravagantes verlieh. Kopfschüttelnd reichte Rudolf seiner Schwester die Kofferschlüssel.
»Willst du denn gar nicht wissen, wie die Eltern gestorben sind?«
Oda schwieg verbissen, und so fuhr er fort: »Aber an deine Flüche gegen Mutter und den Steinfeld erinnerst du dich schon noch, oder?«
Oda zuckte die Achseln. »Das ist doch alles Schnee von gestern, Mensch!«
»Na, von wegen! Deine Flüche haben sich bis ins Kleinste bewahrheitet. Kann einem ja richtig unheimlich werden. Willst wohl davon nichts mehr wissen, was?«
Oda überhörte die Frage demonstrativ.
»Na, du bist mir vielleicht 'ne komische Heilige! Ich erzähl's dir aber trotzdem: Der Steinfeld ist genauso gestorben, wie du es prophezeit hast. Der hat den Hals tatsächlich nicht mehr vollgekriegt. Genau wie du ihn verflucht hast, verhungerte er buchstäblich am

vollen Tisch: Kehlkopfkrebs! Der konnte nicht mehr schlucken, ein grauenvolles Ende. Kannst stolz darauf sein, du Hexe!«
Rudolf hatte sich in Rage geredet.
»Hmm«, brummte Oda und machte ein finsteres Gesicht.
»Und unsere Mutter starb auch, wie du es vorhergesagt hattest: von allen verlassen, mutterseelenallein. Zufrieden?«
»So, so«, brabbelte Oda fahrig. Ihr früherer fauler Zauber war ihr jetzt peinlich. Wie vertrug sich das mit dem wissenschaftlichen Marxismus-Leninismus? Ihren Bruder bedachte sie deshalb mit einem langen strafenden Blick.
»Was für'n kleinbürgerlicher Quatsch!«
Voller Inbrunst fummelte sie nun am Koffer herum, bis es ihr schließlich gelang, die Schlösser zu öffnen. Beide Koffer waren randvoll mit Geldscheinen gefüllt. Mittendrin lag das Familiengebetbuch von 1792, das von der mütterlichen Seite immer an die älteste Tochter weitervererbt worden war, und die silberne Suppenschüssel mit der silbernen Kelle. Wo das andere Silberzeug geblieben war, das im Gutshaus in Osche zwei Vitrinenschränke gefüllt hatte, wusste keiner mehr.
»Um Gottes willen, Rudi, was soll ich denn damit?«
Fassungslos wies sie auf das zusammengepresste Geld.
»Ja, wie viel ist das denn überhaupt?«
Wie um sich zu vergewissern, zog sie den Teerhandschuh aus und rührte mit der rechten Hand in den Geldscheinen herum.

»Weil ich es selbst zählen musste, kann ich es dir das auf die Kopeke genau sagen. Es sind zwei Millionen zweihundertfünfundfünfzigtausend Rubel.«
Odas Gesicht verfinsterte sich.
»Zwei Millionen Rubel?! ... und da hat man uns Kindern nicht das Schwarze unterm Fingernagel gegönnt und uns Kohldampf schieben lassen?«
Rudolf nickte nachdenklich. »Wenn man nur wüsste, was das Geld hier jetzt wert ist?«
»Na, hast du nicht gefragt?«
»Doch, schon. Aber in ’nem Kaff wie in Seesen im Harz konnte mir keiner was sagen. Alle meinten, ich solle damit in die Hauptstadt zur Preußischen Staatsbank fahren.«
»... und was sagen die? Mensch, nu’ lass dir doch nicht alles aus der Nase ziehen!«
»Erst einmal musste ich dich ja ausfindig machen. Und das war wirklich nicht einfach. Fanny Segal hat deine Adresse auch nicht so einfach rausgerückt. Es war ein Riesentheater! Warum machst du denn so ein Geheimnis um deinen Wohnort? Wirst du von der Polizei gesucht, oder was ist los?«
»Das ist eine lange Geschichte, die dich nichts angeht. Nur damit wir uns recht verstehen: Das Geld da gehört uns nicht!«
»Ach nee? Wem denn dann?«
»Der Sowjetunion.«
»Ach, du heiliger Strohsack! Das Geld hat uns doch schon gehört, als es noch überhaupt keine Sowjetunion gab! Nu’ mach mal halblang!«
»Aber *jetzt* gibt es die Sowjetunion, und das Geld ent-

stammt der Ausbeutung der werktätigen Massen Russlands, der *heutigen Sowjetunion*!«
Rudolf seufzte schwer auf und drehte die Augen himmelwärts.
»Meinetwegen kannst du mit *deinem* Geld machen, was du willst. Morgen aber gehen wir zur Staatsbank und werden erst einmal sehen, was man uns dafür überhaupt gibt. Dort können wir es auch gleich in einen Tresor schließen lassen.«
Kurz nachdem Rudolf im Garten unter drei Gießkannenfüllungen geduscht hatte, schlummerte er auch schon auf dem Ziehharmonikafeldbett neben seiner schnarchenden Schwester in ihrem Wohnlauben-Sanssouci.
Wie jede Nacht träumte er vom Krieg und davon, wie er bewegungslos unter einem riesigen Berg Sand verschüttet lag. Und wie jeden Morgen erwachte er mit einem Angstschrei.

Am nächsten Tag packten Oda und Rudolf die Geldkoffer auf den Fahrradanhänger. Oda setzte sich mit einem Sofakissen auf den Gepäckträger des Rades und ließ Rudolf bis zum S-Bahnhof Dalldorf radeln. Wie alle aus den Laubenkolonien machten sie sich auf der Bahnhofstoilette stadtfein: Fahrradklammern wurden von Hosenbeinen entfernt, Kopftücher durch Hüte ersetzt, schweres Schuhwerk durch städtische Riemchenschuhe. Rudolf kam aus der Bahnhofstoilette in seinem Sonntagsanzug mit Krawatte, einem neuen Hut und blanken Schuhen. Die Taschen mit den Landsachen gaben sie in ihren Stadtköfferchen zusammen

mit dem Rad in der Gepäckaufbewahrung auf. Schnell eilten sie die Treppen in dem roten Backsteinbau hoch und traten mit der S-Bahn die lange Reise in die Stadt an, zum Bahnhof Börse.
Oda verkniff sich Kommentare zu seiner Krawatte und dem Hut. Männer ihrer Kreise trugen bewusst nur den »freien« Schillerkragen, das heißt, die oberen zwei Knöpfe am Oberhemd bleiben offen, bestenfalls trug der klassenbewusste Mann dazu ein Halstuch oder einen Schal und als Kopfbedeckung eine Mütze. Hüte und Krawatten waren bei Linken und Künstlern zutiefst verpönt. Wer das trug, war ein Schnösel, ein Bourgeois. Das waren Titel, die in Arbeiterbezirken nicht als erstrebenswert galten. Ein Mann trug Klassenstolz. Zum geplanten Vorhaben jedoch passte Rudolfs Aufzug, fand Oda. Außerdem war er ja ein Bourgeois.

Von dem kolossalen Marmorportal der Staatsbank des Deutschen Reiches ziemlich eingeschüchtert, bahnten sich Rudolf und Oda etwas zaghaft ihren Weg zu dem Schalter, den man ihnen zugewiesen hatte.
Ein glattrasierter Geldmensch mit Schmissen im Gesicht und steifem Kragen am Hals schaute die beiden mit den ramponierten Koffern sehr ungnädig an.
»Einen guten Tag! Wir haben eine Erbschaft eines nicht unerheblichen Geldbetrages in Banknoten gemacht.«
Rudolf deutete auf die Koffer.
Dem scharfrasierten Narbengesicht entgleisten die Gesichtszüge. Zur Erklärung nestelte Rudolf in der rech-

ten Brusttasche herum und präsentierte einen Erbschein.
»Und da mir an meinem Wohnort im Harz niemand sagen konnte, was das alles in Reichsmark wert ist, wollten wir uns auf Empfehlung der Sparkasse Seesen hier bei Ihnen erkundigen.«
Rudolf griff daraufhin in die linke Jackettinnentasche und legte ein Bündel Banknoten auf den Kassentisch.
»Der Rest ist in den Koffern da!«
»Das ist *der Rest*???«, fragte der eingebildete Bankmann entgeistert. Mit sehr spitzen Fingern und noch skeptischerem Blick fischte der Bankangestellte einen Schein aus dem Geldbündel und hielt ihn gegen das Licht.
»Na, wo haben Sie denn *DAS* her?«, seine schmissgespaltene Lippe umspielte der Anflug eines Halblächelns. »Haben Sie einen der Romanows oder einen der Großfürsten ausgeraubt?«
»Ja, sagen Sie mal, was denken Sie sich eigentlich, Sie …, Sie …!«, begehrte Oda wie von der Natter gebissen auf.
»Nicht doch, Oda! Lass doch mal nach …«
Der Mann reagierte nicht.
»Und wie viel haben Sie davon … so … *insgesamt*?«
Der Bankmann deutete auf die Koffer.
Rudolf und Oda guckten sich irritiert an.
»Tja, alles zusammen sind das knapp fünf Millionen. Hier auf den Zettel habe ich die abgezählte Summe notiert. In den Koffern ist ja nur die Hälfte. Das ist nur der Erbteil meiner Schwester. Es müssten so zweieinhalb Millionen sein«, raunte Rudolf.
»Das restliche Geld ist in der Gepäckaufbewahrung«, erläuterte Oda.

»Zweieinhalb Millionen Rubel?! In der Gepäckaufbewahrung?!«, rief der Banker nun halb belustigt, halb ungläubig und warf die Arme hoch. Sämtliche Bankkunden drehten sich nach ihnen um.
Dann winkte der Bankmensch seinem Vorgesetzten zu, der mit schmalen Augen und noch schmaleren Lippen in einer Haltung, die teils Diensteifer und teils auftrumpfende Autorität verriet, heranwieselte.
»Was gibt es hier, meine Herrschaften?«
Mit scharfem Klasseninstinkt musterte er dabei Oda und Rudolf eindringlich von oben bis unten.
»Die *Herrschaften* erzählen mir gerade, dass sie davon fünf Millionen haben!«
»Was denn? Fünf Millionen *Zarenrubel*?!«
»Ja, Zarenrubel!«
Beide Bankleute wanden sich in einem Lachanfall.
»Ich glaube, damit kommen Sie vielleicht *etwas spät*«, gluckste der leitende Bankier durch ein fettes Kichern.
»Ihnen will ich das Geld auch gar nicht geben. Das Geld gehört der Sowjetunion!«, rief Oda.
Jetzt quiekten die Bankleute vor Lachen auf. In diesem Moment trat ein Herr mit sorgfältig frisiertem Bart und einem Panamahut von hinten an Rudolf und Oda heran.
»Värzeihän Sie, dass ich versähentlich Zeugä Ihräes Gäsprääches wurdä«, sagte er mit schwerem russischem Akzent. »Wenn Sie damit zur Sowjätbottschaft gähen, gälten Sie als Kontärrävolutionärin, Madame! Und das alles für nichts und wieder nichts! Also seien Sie nicht töricht, und bringän Sie sich nicht in Schwierigkeitän. Machän Sie sich damit ein schönes Feuer-

chen! So habän wir uns auch an där Idee von frühäräm Reichtum erwärmt! Habä die Äähre!«
Damit lüftete er mit einer wertvoll beringten Hand seinen Panamahut und schenkte der Welt das mitleidigste Lächeln, das in diesen Zeiten möglich war.
Rudolf fuhr nach einem kurzen Abschied niedergeschlagen vom Bahnhof Friedrichstraße direkt heim in den Harz. Das Geld war nichts mehr wert. Wie Regentropfen liefen ihm Tränen das Gesicht runter, und er merkte es nicht einmal. Solche unvermittelten Tränensturzbäche hatte er seit seiner Hirnverletzung im Krieg öfter.
Oda dagegen stimmte in das Gelächter der Bankiers ein, lachte und lachte, schleppte die Geldkoffer zurück in ihre Wohnlaube und lachte noch drei weitere Tage und Nächte, bis es sich fast anhörte, als ob sie weinte. Falls sie doch geweint haben sollte, was sehr unwahrscheinlich ist, dann höchstens über den grotesken Widersinn der Situation, über die Ironie ihres Schicksals, oder weil man ab einem bestimmten Grad von Tragik und Groteske nur noch lachen kann, wenn man nicht irrewerden will.
Als Oda mit Lachen fertig war, nahm sie ihre Bautätigkeit wieder auf. Sie griff zum Kleister und klebte alle Zarenrubelscheine als Makulatur an die Wände ihrer neuen Wohnlaube. Nach vollendetem Werk setzte sie sich mit ihren Kindern Hella und Peter inmitten ihres »Reichtums«, von dem an den Wänden der Tapetenkleister tropfte. »Dieser Anblick muss festgehalten werden«, meinte ihr neuester Verehrer, Julius Bessmer. In der Nachbarschaft fand sich ein Fotograf mit einem

Magnesiumblitzgerät. Breit grinsend ließ sich Oda mit ihren wertlosen Millionen von Rubel ablichten.
Über die Tausende von Zarenköpfen klebte sie eine Blümchentapete und fühlte sich auf der Stelle besser. Nördlich vor den Toren Berlins an der Heidekrautbahn lag seitdem ein verborgenes Fünf-Millionen-Rubel-Schloss, in dem ganz außergewöhnlicher Adel lebte.

Etwas läuten gehört

Dass die Staatsanwaltschaft dahintergekommen ist, dass ich auf TOR unterwegs war, hat mich in milde Panik versetzt.
Egal wie, ich muss mir Gewissheit verschaffen. Ich hatte doch an alles gedacht: Damit man die IP-Adresse meines Computers nicht zurückverfolgen könnte, hatte ich extra ein Internetcafé im hintersten Wedding aufgesucht. Ironischerweise ist aber der hinterste Wedding von Berlin inzwischen die neue »Mitte«. Das besagte Internetcafé lag, gemäß meiner veralteten West-Berliner Topographie, im neuen Berlin – und zwar genau gegenüber vom neuen BND-Quartier mitten in Berlin! Selbst angesichts dieser Mischung aus Fehlschluss und Situationskomik gelingt es mir trotz der sechseckigen grünen Psychopillen nicht, die gewohnten Lachsalven abzurufen.
In großen Leuchtbuchstaben steht nur eine Frage vor meiner inneren Stirnwand: Wer oder was hat mich verraten? Hoffentlich gibt es den Internet-Laden noch, bete ich. Im Zeitalter der Smartphones machen die Internetcafés doch alle dicht. Aber der hinterste Wedding, die »neue Mitte« also, ist zum Glück immer noch ein netter kleiner Slum, in dem sich solche Geschäfte wegen der mangelnden Schufa-Bonität seiner Bewohner noch eine Weile lohnen.
Außer einem Afrikaner, der in einem versifften, halb-

offenen Kabuff so laut telefoniert, als müsste er bis nach Afrika schreien, und dem verfetteten, ungekämmten, lethargischen Mann am Tresen ist keiner da. Zum Glück derselbe Mann, der mich damals am PC eingewiesen hat, freue ich mich.

»Na, dass Sie sich hier noch blicken lassen!«, pflaumt der mich anstelle einer Begrüßung empört an. Ohne dass ich weiter nachfragen muss, macht er seinem Ärger Luft: »Da haben mir die Jungs von gegenüber hia für zwee Tage den Laden dichtjemacht und jeden PC durchgecheckt, nur weil Sie da auf irgendwelchen Seiten unterwegs waren, uff die man nicht darf ...«

»Darf man aber, guter Mann, darf man!«, fahre ich ihm in die Parade.

»Ist mir scheißegal! Zum Glück hatte ick 'ne Ausweiskopie von Ihnen! Wat 'n Glück ooch, dass ick an die jedacht hatte.«

Der Unsympath hat sich so in Rage geredet, dass er mit zittrigen Fingern hinter sich ins Regal greift und umständlich ein Blatt Papier hervorfischt. »Sie, hier is' de Rechnung! Ich kriege für den Spaß 560 Euro inklusive Mehrwertsteuer von Ihnen! Det deckt jrade mal die Unkosten für den Jeschäftsausfall für die Nummer, die Se mia da einjebrockt ham!«

Ich zeige ihm einen Vogel. »Schicken Sie das doch an meinen Anwalt«, sage ich so arrogant ich kann. In dem Moment ist der Afrikaner fertig mit seinem Telefonat. Mit Getöse tapst er aus seiner Kabine und schiebt sich raumfüllend zwischen mich und den geschäftsführenden Nörgler. Der Tresenmann muss sich um ihn kümmern. So schlängele ich mich unbemerkt aus dem

Internetcafé. Draußen geht ein Wolkenbruch nieder. Die Autos pflügen tiefe Pfützen um. Auch ein freies Taxi kommt wie ein Speedboot herangerauscht. Ich stelle mich halb auf die Straße und winke. Eigentlich darf das Taxi in der ganzen Straße nicht halten. Der BND gegenüber hat ringsherum ein absolutes Halteverbot durchgesetzt. Die Folge: überall nur noch leere Läden. Abbruch-Berlin, denke ich mir und setze mich klatschnass in den haltenden Wagen. Der Taxifahrer sieht sorgenvoll zu, wie aus meiner Kleidung kleine Regenwasserbäche über seine grauen Lederpolster laufen. Kommentarlos reicht er mir ein flauschiges lila Handtuch nach hinten.

Auf dem Weg zur Nervenklinik will ich noch einen kleinen Schlenker nach Berlin-Reinickendorf machen. Zum Gotthardamm. Nur mal so. Flugzeuge donnern da im Zwanzigsekundentakt in dreißig Meter Höhe knapp über die Häuser. Darum sind die Mieten billig. In der Nummer 48 wohnt Nasi Gohari, die »Mitbeschuldigte«: meine Komplizin. Ich weiß selbst nicht, was ich hier will. Langsam fahren wir am Haus vorbei. Tatsächlich sehe ich Nasi auf dem Balkon. Sie hängt Wäsche auf und blickt genau in dem Moment in unsere Richtung, als ich hochschaue. Vor dem Prozess dürfen wir uns nicht sehen. Genauer gesagt, wir dürfen nicht zusammen gesehen werden. Ich nicke nur kurz mit dem Kopf, sie erkennt mich und nickt zurück.

Auch über Facebook, wo wir uns kennengelernt haben, dürfen wir jetzt nicht kommunizieren. Eine australische Freundin, die nicht aus dem Iran stammt, hatte Nasi eine zweite Identität bei Facebook zur Verfügung

gestellt. Nur wusste ich das damals noch nicht und dachte die ganze Zeit, dass ich mit einer Australierin Posts tauschte.
Wir waren zufällig im Netz aufeinandergestoßen. Auf Englisch hatte ich lang und breit darüber gelästert, dass eine namhafte deutsche Politikerin der Grünen, die sonst so frauenrechtlich tut, im Iran auf Staatsbesuch brav das Kopftuch trägt und sich dabei auch noch fotografieren lässt.
Darauf meldete sich Nasi, die ich damals noch für eine Pamela hielt, mit mehreren kopftuchfreien Fotos von Frauen auf den Straßen Teherans, als Beweis, dass sich die iranischen Frauen nicht so einschüchtern lassen und europäische Politikerinnen, die sich im Iran das Kopftuch aufzwingen lassen, aus tiefstem Herzen verachten.
Ich hatte ihren Beitrag auf Facebook geliked, mich jedoch zugleich noch gewundert, wie die Fotos durch die iranische Zensur kommen konnten. Als Australierin muss sie die Fotos in Teheran selbst geschossen haben und dann aus einem freien Land gepostet haben. Als ich meiner Facebook-Freundin an die Pinnwand schrieb, dass ich in der Türkei in der Nähe von Alanya Ferien machen würde, schickte mir die vermeintliche Pamela Southall aus Perth eine Nachricht, in der sie fragte, ob wir uns nicht treffen wollten, da sie zur gleichen Zeit dort sein würde. Welch ein Zufall! Natürlich fand ich diesen Vorschlag großartig. Ob ich allein reise oder mit Mann, wollte sie noch wissen. Arglos teilte ich ihr mit, dass ich immer allein reise, um interessante neue Menschen kennenzulernen. Wie

interessant diese Bekanntschaft dann tatsächlich werden sollte, konnte ich nicht ahnen.
Zur verabredeten Zeit fand ich mich im vorgeschlagenen Restaurant in der Altstadt ein, das mit vitalen Russen und extrem gut gelaunten, brüllenden Holländern voll besetzt war, und hielt nach der blonden Australierin von dem Facebook-Profilfoto Ausschau. Plötzlich tippte mir von hinten jemand auf die Schulter. Sie war weder blond, noch war sie Australierin! »Surprise!« Es war Nasi Gohari, eine Iranerin. Staunend stellte ich fest, dass wir uns unglaublich ähnlich sehen. Sogar der Kellner machte sofort Witze über uns »Zwillingsschwestern«, die ich nicht verstand und die sie mir etwas widerwillig übersetzte. Langsam dämmerte mir, dass ich offenbar eine sorgfältig ausgesuchte Zielperson war. Jeder normale Mensch wäre bei diesem Verdacht sofort aufgestanden und hätte nach diesem Täuschungsmanöver wütend das Lokal verlassen. Mich fesselte meine Neugier: Welche Geschichte steckte wohl dahinter? Und da war noch irgendetwas anderes, etwas Unerklärliches ... Auf jeden Fall blieb ich wie angewurzelt sitzen. Ich wollte die ganze Story wissen, und die ging so:
Nasi Gohari war Ärztin in Isfahan und hatte sich als Frauenrechtlerin um misshandelte Frauen gekümmert. Für ihr Engagement kam sie ins Gefängnis, war dort vergewaltigt und gefoltert worden und suchte nun nach einer Möglichkeit zur Flucht nach Europa. Schleppern wollte sie sich nicht anvertrauen. Sie sah zufällig bei meinem Post über iranische Frauen mein Profilfoto auf Facebook. Daraufhin durchstöberte sie

alle meine Fotos und googelte alles über mich. Das waren mir inzwischen ein bis zwei Zumutungen zu viel, und mein Verstand setzte wieder ein: »Facebook ist doch in der Türkei meistens gesperrt, und Google wird zensiert.« Das Ganze wurde mir langsam unheimlich.

»Ja, aber nicht, wenn man eine US-IP-Adresse hat«, belehrte sie mich. »Damit kann man hier in den Touristenorten ziemlich viel surfen.«

Offensichtlich standen mir meine Zweifel überdeutlich auf der Stirn. Ich suchte bereits fieberhaft nach Ausflüchten, nach einem eleganten Abgang, wusste nur noch nicht, wie. Offenbar hatte sie meine Gedanken erraten und schob mit traurigem Blick den Ärmel hoch. Tiefe Folternarben kamen zum Vorschein. »Die Brust und den Rest«, sie wies mit dem Zeigefinger auf ihren Schoß, »will ich dir nicht zumuten.«

Ich bin eine Frau, die Nein sagen kann, ich lasse mich auch sonst nicht emotional erpressen. Trotzdem blieb ich ganz ruhig sitzen, nahm einen langen Schluck aus meinem Glas Coca Cola, schwieg so undurchdringlich wie möglich und lauschte in meinen inneren Tumult: Mein Vater, meine Mutter, mein Onkel und meine beiden Großmütter hielten bereits lebhafte Plädoyers; alle Großtanten und alle 248 im Holocaust getöteten Verwandten, denen keiner zur Flucht verholfen hatte und die deshalb sterben mussten, lagen mir jetzt in den Ohren. »Wer auch nur einen Menschen rettet, rettet die ganze Welt und ist ein Gerechter«, sagt die Thora. Und was riskierte ich schon im Vergleich zu all jenen, die unter Lebensgefahr meine Verwandten versteckt, ge-

schützt und zur Flucht verholfen hatten in jener dunklen Zeit?
Ich sagte Nasi, dass ich mir das erst überlegen müsse. Wir mieteten uns ein Boot, um ungestört und ungehört zu sein. Auf den Wellen schaukelnd wie zwei harmlose Touristinnen entwickelten wir den Plan, dass sie ihre Fake-Identität Pamela Southall auf Facebook löschen müsste, dass wir uns auf dem Kryptonetzwerk TOR eine Kommunikationsplattform schaffen müssten und dass ich in drei Wochen noch einmal nach Istanbul fliegen würde. In Istanbul würde Nasi meinen Ausweis und das Ticket über einen Kellner an sich nehmen und mir einen wohldosierten K.-o.-Drink servieren lassen. Sie war Ärztin und würde warten, bis ich sicher in der Klinik angekommen wäre. Dann würde sie mit meinem Ticket und meinem Personalausweis, der noch nicht biometrisch ist, nach Deutschland fliegen. Ich würde später, nach einem Klinikaufenthalt und einem attestierten Knockout, mein Alibi zum Beweis meiner Schuldlosigkeit, mit meinem deutschen Reisepass nach Berlin zurückkehren. Sie gäbe den Behörden zu Protokoll, meinen Ausweis von Schleppern erhalten zu haben, ich würde noch in Istanbul den Diebstahl meines Ausweises und des Tickets anzeigen.
So haben wir das dann auch gemacht. Nur das K.-o.-Mittel durfte nicht zu medizinisch sein, damit der Verdacht nicht auf sie, die Ärztin, fiele. Daher mussten wir uns die K.-o.-Tropfen vom Schwarzmarkt besorgen. So weit hatte alles geklappt, beinahe jedenfalls. Denn die Tropfen wirkten stärker als geplant.

Als die Glocken auf dem Turm der Stahlbetonkirche auf dem Reinickendorfer Gotthardamm anfangen zu läuten, fährt mein Taxi weiter.

Jemandem sein Leben erzählen zu müssen ist unangenehm, wenn man nicht zufällig Narzisst mit seelenexhibitionistischen Ambitionen ist. Offenherzigkeit und Vertrauensseligkeit liegen mir nicht. In mein Leben lasse ich nach Möglichkeit niemanden Einblick nehmen. Das ist Teil meiner Sicherheitsmarotte, ein nachhaltiger Schaden, den viele Nachkommen von Verfolgten haben. So wohne ich beispielsweise grundsätzlich nie dort, wo ich polizeilich angemeldet bin. Keine staatliche Stelle soll jemals direkt Zugriff auf mich haben, wie auf meinen Vater, meine Großmutter Oda und alle verfolgten und getöteten Verwandten. Meine Häscher, egal welche, müssten Umwege gehen, auf denen ich Warnsysteme installiert habe. Falls ich Scherereien habe, will ich immer allen einen Schritt voraus sein. Unbekannte Orte untersuche ich grundsätzlich erst einmal nach sicheren Fluchtwegen. Darum würde ich nie ein Kreuzfahrtschiff betreten. Das sind alles Todesfallen. In Zügen stehe ich an der Tür. Auf Fähren ist mein Platz immer an der Reling, nie unter Deck, im Restaurant an der Tür, im Flugzeug an den Notausgängen oder hinten auf den sichersten Plätzen im Heck. Ein Reporterleben lang habe ich nur unter Pseudonym über andere berichtet. Mein Ego oder gar mein Name ging niemanden etwas an und hatte in irgendwelchen Berichten nichts zu suchen, auch nicht im Text. Betroffenheitsjournalismus ist et-

was für Frauenmagazine oder Schülerzeitungen, heißt es in der Branche. Jetzt erweist sich als Glück, dass mein bürgerlicher Name im Zusammenhang mit früheren heiklen Reportagen nicht bekannt ist und mir meine Vita nicht in die Quere kommt, weil ich ja als das arme, übertölpelte Opfer überzeugen muss. Trotzdem: Dass ich nun gerade meine verletzlichsten Seiten auf Anraten meiner Anwältin herausstellen soll, geht mir gegen die Natur. Schon der Gedanke allein verursacht mir Übelkeit. Es gilt, für den Fall der Fälle mildernde Umstände herauszuholen. Das hat mir meine Strafverteidigerin eingeschärft: »Ruhig auf die Tränendrüse drücken! Aber auch nicht zu dick auftragen.«
Das weiß ich aus dem Redaktionsalltag selbst. Alle, die zu viel jammern und reden, leiden nicht wirklich. Alte Journalistenweisheit. Im Kopf sortiere und redigiere ich den Text meiner Vita: Was bringe ich, und was bringe ich nicht, was hat welchen Effekt? Um Zeit zu gewinnen, erzähle ich der Vogelsang'schen weiter Episoden aus meiner reichen Familiengeschichte.

Schüttelfieber

Die Inflation 1923 nannte man galoppierend. Auf jeden Fall hielt sie außer Gelddruckmaschinen vor allem die Frauen auf Trab.
Am Zahltag, am Freitag um zwölf Uhr mittags, stand Charlotte Hörl mit ihrer Freundin Fränze im Nieselregen am Werkstor der Firma Flor & Otis. Lotte wartete auf ihren Willi. Eigentlich wartete sie an dieser Stelle bloß auf Willis Lohn, den man früher in kuvertähnlichen Tüten auszahlte. Nur brauchte man dazu inzwischen größere Behältnisse. Mit einem Wäschekorb voller Banknoten, der mit einer Zeltplane abgedeckt war, fegte Willi kurz nach zwölf im Laufschritt um die Ecke.
Als Oberpolier genoss er das Privileg, vor allen anderen entlohnt zu werden. Die anderen Arbeiter mussten ihrem Rang entsprechend auf ihre Löhne warten. Zum Empfang ihres Wochenlohns trugen die meisten zusammengerollte Zucker- oder Kornsäcke unter dem Arm. Wenn die unteren Chargen am Zahltag Pech hatten, schrumpfte bereits während ihrer Wartezeit der Wert ihrer Löhne, weil die Preise in der Zwischenzeit wieder gestiegen waren.
In dieser Hektik, wo Zeit tatsächlich Geld war, hatte man für einen flüchtigen Kuss oder gar zum Nachzählen des Geldes keine Muße. Inzwischen wog man in den Geschäften die Geldballen. Mit einer zu-

verlässigen Waage ging das schneller und war genauso präzise.
»Los, nimm de Beene in die Hand, Meechen!«, war Willis Begrüßung.
Lotte stellte den abgedeckten Korb mit den zig Milliarden, Billionen und Zahlen, deren Nullen man nur noch angestrengt mit einem Stift in Dreiergruppen abzählen konnte, hastig auf den Handwagen und trabte mit ihrer Freundin Fränze los in Richtung Markhalle. Im Dauerlauf rannten sie die Straße hinunter. Lotte am rechten Deichselgriff, Franziska am linken. Alle dreihundert Meter machten sie halt, um die Plane über den Scheinen festzuzurren, und hielten Ausschau nach den anderen Hausfrauen, die ihnen auf ihrem Weg zur Markhalle und den Geschäften auf den Fersen waren.
Mit einem Sack voller Banknoten, den sich Franziska über die Schulter warf, bog sie bereits am Leopoldplatz ab. Sie sollte für Lotte schnell die Miete beim Hauseigentümer zahlen, bevor diese weiter in die Höhe schnellte. Fränze brauchte diese Eile nicht. Sie hatte ja täglich Einkünfte in der Werkstatt zum Tageskurs. Allerdings war Bruno, die Seele von Mensch, zum Eintreiben fälliger Zahlungen überhaupt nicht zu gebrauchen. Für alle Fälle hatte Franziska noch die festverzinslichen Dollar-Anleihen aus Walters Erbe.
Lotte verließ sich auf Fränzes bewährte Verhandlungshärte, um den Hausbesitzer mit unbilligen Forderungen in Schach zu halten. Fränzes Standardsätze zur Verhandlungseröffnung je nach Lage lauteten: »Ich lass mir von Ihnen doch kein X für ein U vormachen!

Wen denken Sie, wen Sie hier vor sich haben?! Steht auf meiner Stirn Idiotin geschrieben?!«

Martha Hartmann, die seit dem Namenswechsel ihres Mannes Leopold auch nicht mehr Hirschfeld hieß, wollte etwa zur gleichen Zeit, als Charlotte Hörl und ihre verhasste Schwester Fränze einen Wettlauf mit dem Preis der Kartoffeln und Karotten unternahmen, im Kaufhaus Tietz am Potsdamer Platz eine lachsfarbene Seidenbluse kaufen. Auf dem Weg vom Kleiderständer bis zur Kasse war der Preis der Bluse bereits wieder um zehn Prozent gestiegen. Die Welt war verrückt geworden. Auf Marthas Seelenleben hatte die zunehmende Verrücktheit der Welt eine seltsam heilende Wirkung. Verblüfft stellte Martha fest, dass die Realität selbst ihre krausesten Fantasien übertraf. Irgendwie fand sie das beschämend. Es verdarb ihr den Wetteifer ums Abstruse. Und je verrückter sich die Welt um Martha herum wandelte, desto normaler wurde Martha. Man konnte sagen: Marthas Wahn kapitulierte vor dem Irrsinn des Realen. So wurde sie vernünftig, ja sogar übervernünftig. Selbst ihre absonderliche Ehe schien einen günstigen Einfluss auf Martha zu haben. Gesundheitlich ging es ihr seit der Wirtschaftskrise glänzend. Doch zu ihren Lügengeschichten war sie nicht mehr so recht aufgelegt. Ihre Gespinste verblassten vor der Wirklichkeit. Sie machten in diesen verrückten Zeiten keinen Eindruck mehr. Wenn sie dennoch den Drang zum Schwadronieren in sich aufsteigen fühlte, ging sie einfach in die Konditorei Huthmacher. Dort tischte sie dem Personal oder einer

ahnungslosen Zufallsbekanntschaft eine ihrer haarsträubenden Geschichten auf. Nicht selten musste Martha dabei enttäuscht feststellen, dass ihre Berliner Gesprächspartner sogar noch überspanntere Geschichten auf Lager hatten als sie. Ihre Schimären wirkten dagegen fast beschämend fad. Blamieren wollte sie sich mit uninteressanten Geschichten auch nicht. Also ließ sie nach und nach davon ab.
Nach dem etwas ärgerlichen Erwerb der Bluse überkam Martha plötzlich ein Heißhunger auf eine jüdische Challa für den Sabbat, die sie daheim nicht mehr backen durfte. Wie gewohnt winkte sie einer vorbeifahrenden Droschke, ließ sich ins Scheunenviertel chauffieren und stand unversehens inmitten eines Albtraums. Eine Horde wild gewordener Männer plünderte jüdische Geschäfte, schlug deren Inhaber nieder, stahl die Kassen und die Waren, überfiel wildfremde Menschen, die zufällig dunkle Haare und dunkle Augen hatten, und raubte ihnen auf offener Straße Geld, Uhren und Ringe. Die Polizisten standen daneben und feixten. In der Grenadierstraße stürmte schließlich ein bärtiger, hünenhafter jüdischer Schlachter mit Schläfenlocken und Kippa auf dem Kopf sein Fleischbeil schwingend auf die Marodeure los und trieb den Pöbel zurück bis zum Alexanderplatz. Ein Pogrom mitten in Berlin! Am helllichten Tag! Im 20. Jahrhundert! Auf so etwas wäre selbst Martha in ihren wildesten Fantasien nicht gekommen. Geistesgegenwärtig hatte sie sich in einen Hausflur geflüchtet. Dort wartete sie mit angehaltenem Atem ab, bis es draußen wieder ruhiger wurde. Es erschien ihr wie eine Ewigkeit.

Während des Wartens liefen vor ihrem inneren Auge die letzten drei Jahre ihres Lebens ab: der Übertritt ihres Mannes Leopold zum Christentum samt protestantischer Taufe; die Geburt ihrer Tochter Susanne, die ihr von Anfang an fremd war; dann die Geburt der Zwillinge Siegmund und Siegfried. Fast ein halbes Jahr musste sie sich davon erholen. Für die Zwillinge empfand sie nichts, rein gar nichts. Sie versorgte die Knaben ebenso korrekt wie ehedem ihre Tochter Susanne und war froh, wenn sie die Kinder dem Kindermädchen überlassen konnte. Von Anfang an hatte sie das merkwürdige Gefühl, dass Susanne, Siegmund und Siegfried nicht zu ihr gehörten. Es waren Leopolds Kinder. Umso ängstlicher war sie bemüht, sich ihre fehlende Mutterliebe nicht anmerken zu lassen, und überspielte dieses Defizit an echtem Gefühl mit übertriebener Fürsorge und Theatralik und erstickte die Kinder mit Essen, Spielzeug und Küssen.
Oda war die Einzige, die sie darüber ins Vertrauen gezogen hatte.
»Als das Suschen damals an der Spanischen Grippe gestorben ist, hat mich das vollkommen kaltgelassen. Stell dir das mal vor! Ich bin als Mutter ein Ungeheuer!«
»Tja, Liebe kann man nicht erzwingen. Doch wenn man seine Pflicht tut, muss man sich auch nichts vorwerfen«, meinte Oda lakonisch.
Martha tat nun ihre Pflicht genauso lustlos und zerstreut wie ihre Mutter Mindel Jahre zuvor. Hatte je einer gefragt, ob Mindel ihre achtzehn Kinder geliebt hatte? Kann man so viele Kinder überhaupt lieben?

Mittlerweile war es draußen dämmerig und still geworden. Vorsichtig öffnete sie das Haustor und schlich auf Zehenspitzen still und leise aus dem Hausflur der Grenadierstraße und lief dann eilig in Richtung Chausseestraße zur Cousine Else Dahnke. Selbstverständlich glaubte Else Martha kein Wort. »Ja, ja, Martha! Ja, ja, ist schon gut!«
Elses Bruno verdrehte nur die Augen: »Eine Massenschlägerei im Scheunenviertel, na und? Pack schlägt sich, Pack verträgt sich. Gibt es jeden zweiten Tag!«
Man wusste ja, was man von Marthas Berichten zu halten hatte.
Auch die Zeitungen sollten später schreiben, dass die Gerüchte über ein »angebliches Pogrom« im Berliner Scheunenviertel vollkommen aufgebauscht waren und jeder realen Grundlage entbehrten.
Martha war nun definitiv davon überzeugt, dass nicht sie irre war, sondern die Welt! Seit jenem November 1923 wusste Martha, dass Reales provozierender als Irreales war. Seitdem sagte sie aus Protest nur noch die Wahrheit. Doch die Wirkung blieb die gleiche.

Am Mittwoch, als Else Dahnke wie gewöhnlich ihren Lieblingsneffen Walter vom Waisenhaus abholen wollte, war der nicht da. Der Pflegevater hätte Walter am Sonntag nicht zurückgebracht, wurde ihr mitgeteilt. »Warum hat man Sie denn nicht informiert?«
Genau das fragte sich Else auch. In Sorge ließ sie sich nun in die Heilandstraße chauffieren. Walter sei von Bruno ins Jüdische Krankenhaus gebracht worden, erklärte ihr Fränze kleinlaut. Der Kleine habe sich den

Kopf gehalten und schon seit Freitagabend vor Schmerzen geweint und zum Schluss sogar geschrien. »Und dabei hält der wirklich was aus! Der weint doch nie, selbst wenn er sich in voller Fahrt mit dem Rad die Beine der Länge nach aufschrammt, gibt der sonst keinen Ton von sich und grinst noch dazu, der Lausejunge!« Das klang halb stolz, halb dramatisch.

Im Krankenhaus stellten die Ärzte eine schwere Mittelohrvereiterung fest. Noch am selben Abend wurde das Kind operiert.

»Wahrscheinlich schon seit Wochen verschleppt«, schimpfte der Stationsarzt vorwurfsvoll und setzte hinzu, das gesamte Innenohr sei bereits bedroht. Unverzüglich müsse dem kleinen Patienten der Schädel am Felsenbein hinter dem Ohr aufgemeißelt werden, damit der Eiter abfließen und die übrigen Areale saniert werden könnten. Wenn die Heilung misslänge, würde Walter auf einem Ohr taub sein, vielleicht sogar den Gleichgewichtssinn verlieren.

Der Oberarzt schnauzte Bruno wütend an, erhob schwere Vorwürfe gegen alle Beteiligten und schrieb dem Waisenhaus einen erbitterten Brief, »den man sich hinter den Spiegel stecken kann!« Außerdem drohte er mit Klagen gegen die Aufsichtspersonen und alle Verantwortlichen.

Bruno, Fränze und Elli lösten sich an Walters Krankenlager ab, der es sichtlich genoss, plötzlich Mittelpunkt des allgemeinen Interesses zu sein. Dabei prüfte er besonders misstrauisch seine Mutter.

Franziska schlug zum ersten Mal das Gewissen. Sie kam zu der Einsicht, dass es jetzt genug sei mit dem

Groll gegen Willy, den sie an dem Sohn ausließ, der ihm so erschreckend ähnlich sah. Schließlich kann der Junge doch nichts dafür und hat sich eine ehrliche Chance verdient, ermahnte sich Franziska. Von Zuneigung konnte zwar noch nicht die Rede sein, aber vielleicht von Mitgefühl und Sympathie. Für Franziskas Verhältnisse war das schon enorm.

Walter registrierte den Temperaturanstieg der mütterlichen Gefühle. Auch er wollte seiner Mutter eine Chance geben, wenn auch unter Vorbehalt. Nach langen Diskussionen am Krankenbett wurde beschlossen, dass Walter nach dem Krankenhausaufenthalt nicht mehr ins Waisenhaus zurückkehren sollte. Weil man aber ohnehin schon zu beengt hauste, sollte Walter nun bei Elli wohnen.

»Willst du denn auch zu Tante Elli?«, fragte Fränze ihn so mitfühlend, wie sie irgend konnte.

»Mensch, det wär 'ne Wolke!«, rief Walter begeistert und musste sich zusammennehmen, damit er den bandagierten Kopf nicht zu heftig bewegte.

Die Ärzte waren mit dem Heilungsprozess sehr zufrieden und sprachen mit Hochachtung von der Tapferkeit des robusten kleinen Kerlchens. Fränze war das erste Mal stolz auf ihren Erstgeborenen.

Mit einer Inbrunst, die sich zu stummem Wüten steigerte, räumte derweil Elsbeth von Strachwitz, geborene Kohanim, das ehemalige Herrenzimmer ihres Gatten aus. Seine Bücher und schändlichen antisemitischen Magazine wanderten in die Öfen der Wohnung. Viele seiner Sachen gingen zur Verteilung an Arme.

Den Rest seiner Habe schickte sie an die Schwiegereltern. Ihre grimmige Aufräumaktion ähnelte einem Austreibungskult. Einen Tag vor Walters Entlassung aus dem Krankenhaus hatte sie die Scheidung eingereicht.
Ursprünglich wollte Elli eine Scheidung vermeiden. Man würde doch auch getrennt vernünftig leben können, dachte sie. Doch man konnte es drehen und wenden, als Ehefrau blieb sie weiter für ihren morphiumsüchtigen Gatten verantwortlich. In allem. Normalerweise hätte ihr das nichts ausgemacht. Elli war von Natur aus loyal. Jedoch endete die Loyalität für sie an dem Tag, als ihr Gemahl, kurz nachdem sie ihm ihr Portemonnaie entwunden hatte, das er soeben aus ihrer Handtasche stehlen wollte, sie »Judensau« nannte.
Den wahren Scheidungsgrund verriet Elli freilich niemandem.

Eine Nacht später lag Walter mit angehaltenem Atem in seinem neuen Bett in der Potsdamer Straße. Das Zimmer roch noch nach frischer Farbe. Die Gardinen verströmten noch den Geruch nach der Appretur neuer Stoffe. Neuer konnte kein Anfang sein. Mit angehaltenem Atem wartete Walter in seinem neuen Bett darauf, dass die nächste Kastanie vom Baum auf das Blechdach der Remise im Hof donnerte. Als die sechste Kastanie mit einem schussähnlichen Knall auf das Dach niederging, Walter aber immer noch keinen Rhythmus in der Kastanienfolge feststellen konnte, wunderte er sich nur noch über sich selbst. Wochenlang hatte er

sich im Krankenhaus auf seine erste Nacht in einem richtigen Zuhause gefreut, und nun das!
»Das«, was er noch nicht zu benennen wusste, setzte ihm zu. Darüber hinaus litt er, weil er noch nie in einem Zimmer allein geschlafen hatte. Selbst als Kronprinz von Sauermühle war er das nicht gewohnt, denn die olle Olga hatte im abgetrennten Kabuff hinter einem Vorhang immer vor sich hin geschnarcht. Er fand das beruhigend.
»Das«, diese tosend stille Einsamkeit, die er jetzt empfand, war die Abwesenheit all seiner Freunde im Waisenhaus. Hinzu kamen der ungewohnte und alleinige Umgang mit Frauen und deren ungeteilte Aufmerksamkeit ihm gegenüber. Zuerst empfand er diese nie enden wollende weibliche Fürsorge beglückend, nun aber wurde sie ihm mehr und mehr lästig, ja unerträglich. Ständig verfolgte ihn ein weibliches Augenpaar. Fortwährend musste er erklären, wie es ihm ging, ob er sich auch wirklich wohlfühlte, warum er etwas so und nicht anders tat, was er wozu sagte, warum er blau zu grün trug oder rot zu blau, das Essen so schnell herunterschlang oder sich keinen Schal umband, keine Mütze aufsetzte, die Hände wusch und so fort.
»Lass mich doch einfach mal in Ruhe«, bat er die Tante erst kläglich. Später schwieg er nur. Er wollte nicht undankbar sein. Immer, wenn er allein in seinem Zimmer blieb, musste er sich übergeben.
»Das sind die Umstellungsschwierigkeiten«, tröstete ihn Tante Elli, doch Walter hatte im Heim ein feines Ohr für untergründige Gefühlsschwingungen entwickelt und hörte in der Stimme seiner Tante eine zu-

nehmende Enttäuschung über ihn heraus. Er nahm sich das sehr zu Herzen. Er hatte versagt, fand er, sein Glück aus Dämlichkeit vermasselt. Doch wo lag der Fehler? Liebe, so hatte er gelernt, wurde einem nicht geschenkt, sondern musste stets erworben werden. Er hatte sich doch alle Mühe gegeben. Was also hatte er falsch gemacht?

Die gemeinsamen Mahlzeiten im Berliner Zimmer mit der langen antiken Tafel, der dunklen Nussbaumanrichte vor der ebenso dunklen Tapete, die ein nachgemachtes Nussbaumpaneel darstellen sollte, wurden immer schweigsamer, und je schweigsamer die Mahlzeiten, desto lauter schlug Elli die Türen hinterher. Von ihm wurde etwas erwartet. Nur wusste er nicht, was.

Am Wochenende war er froh, wenn er wie jeden Sabbat »nach Hause« zu seiner Mutter, eher jedoch zu Bruno, kommen durfte. Da war Leben. Das eigene Zimmer bei Tante Elli kam ihm dagegen vor wie eine Grabkammer.

»Kann ich eigentlich wieder ins Waisenhaus zurück?«

Diese Frage trieb Bruno auf Anhieb das Wasser in die Augen.

»Ja, aber warum denn nur, mein Junge?«, fragte Bruno ihn erschrocken. »Geht es dir bei Elli denn nicht gut? Behandelt sie dich schlecht?«

»Nö, ... is' schon alles in Ordnung, wirklich!«

»Und warum fragst du?«

»Ich kann nicht schlafen. Ich bin so allein.«

»Das ist doch ganz normal. Du wirst dich dran gewöhnen.«

»Ich will mich aber nicht daran gewöhnen, allein zu sein! Ich will zu dir, Benno und zu Mama oder zurück ins Heim.«
»Aber bei Tante Elli geht's dir doch Jold. Mensch, du lebst wie Jott in Frankreich, hast sogar ein *eigenes* Zimmer, alles, was ein Kind sich nur wünschen kann! Kein Kind hier im ganzen Wedding hat 'n eigenes Zimmer, und du ziehst 'n verdammten Flunsch?«
»Ja, ja, stimmt ja alles, aber ... das macht mir alles ... na ja ... äh ... *Angst*! Ich will lieber mit Benno zusammen ein Zimmer haben oder mit dir.«
Bruno rieb sich nachdenklich das Kinn.
»Und was meint Benno dazu?«
»Der will auch lieber mit mir zusammen sein.«
»Dann sollte Benno mit deiner Mutter reden, denn so wie ich sie kenne, kann sie ihm nichts abschlagen.«
Dabei zog Bruno verschwörerisch mit dem Zeigefinger das untere Augenlid runter.
Zwei Wochen später gab sich Franziska geschlagen. Sie räumte schließlich das Schlafzimmer und schlief fortan auf dem Sofa in der Stube, obwohl die Standuhr sie meschugge machte. Eine Uhr ohne Pendelschlag und Schlagwerk alle Viertelstunde machte sie aber noch meschuggener. Die angehaltene Uhr erinnerte sie an die Todesfälle auf Sauermühle, genau wie die Standuhr selbst. Das Erbstück landete deshalb nach einigen Tagen unten bei Bruno in der Ladenwohnung, wo ihre sekündliche Mahnung an die Vergänglichkeit niemandem mehr den Schlaf raubte. Das Westminster-Schlagwerk konnte schadlos alle fünfzehn Minuten auf Brunos nachttaube Ohren einschlagen.

Entgegen allen Befürchtungen war Tante Elli überhaupt nicht böse, dass Walter sich aus ihrem Paradies davonmachen wollte. Im Gegenteil. In der kurzen Zeit ihres Zusammenlebens war ihr nämlich mit steigender Panik klargeworden, dass sie zur Mutter nicht so recht taugte. Insgeheim musste sie sich eingestehen, dass Kinder ihr vollkommen fremd waren und ihr ziemlich auf die Nerven gingen. Als Fränze verkündete, »dass ein Kind schließlich doch zur Mutter gehört und Blut wohl dicker als Wasser ist«, fiel Elli ein Stein vom Herzen. Ohne Gesichtsverlust konnte sie ihre übereilte Entscheidung revidieren. Dreimal küsste sie Walter von oben bis unten ab und versprach, dass er immer zu ihr kommen könne, wenn er etwas auf dem Herzen habe.

Fortan widmete sich Elli ihrer neuesten Leidenschaft, dem Sportschießen. Und als Gast war ihr der Neffe Walter entschieden willkommener, so dass sich die alte Unbeschwertheit zwischen Neffe und Tante bald wieder einstellte.

Die Eroberung der Hälfte des Ehebetts, in der vorher Benno und vor diesem der »falsche Halbedelstein«, sein Vater Willy, geschlafen hatten, betrachtete Walter indes als seinen ersten Sieg in der Familie, dem er weitere folgen lassen wollte. So hatte er sich zum Ziel gesetzt, von seiner Mutter fast ebenso geliebt zu werden wie sein Bruder. Realistischerweise ging er davon aus, dass der erste Platz im Herzen seiner Mutter für immer und ewig von seinem Bruder besetzt sein würde, aber der zweite Platz war ihm auch recht. Wie im Sport betrachtete Walter den zweiten Platz nicht als den Platz des ersten Verlierers. Für ihn war der Zweite immer der zweite Sieger. Und Sieger wollte er bleiben, so oder so. Da sollte man nicht kleinlich sein! Und Kleinlichkeit entsprach auch nicht seinem großzügigen Naturell.

*

Dass die Gattenwahl der zweitältesten Kohanim-Tochter ein Fehlgriff war, sah offenbar auch der gerechte Gott der Kohanim ein. Ernüchtert musste Selma rasch nach der Hochzeit mit ihrem gottesfürchtigen Mann feststellen, dass sich Ascher Ben Nathanson leider als genau das entpuppte, was er immer schon gewesen war: ein durchschnittlicher Mensch ohne einen eigenen Gedanken, der nur Auswendiggelerntes zitieren konnte. Kurz: Ascher erwies sich als ein Papagei in Menschengestalt, der Thoraverse plapperte und, was für Selma noch schlimmer war, keinen Ehrgeiz besaß, sich als Rabbiner einen Namen machen zu wollen. Nach nicht einmal sechs Monaten war ihr der Mann lästig. Selbst für Ehestreitereien taugte er nicht. Er ließ sie Klagemonologe führen, nickte gedankenschwer und schwieg. Das brachte sie vollends aus der Fassung. Nach zehn mühsam fromm ertragenen Ehejahren dankte Selma dem Allmächtigen, dass er ihren Fehler korrigierte, indem er Ascher mit Hilfe der Spanischen Grippe zu sich nahm.

Selma trauerte nicht lange und heiratete einen Mann, von dem ihre Eltern zu Lebzeiten begeistert gewesen wären, obgleich dessen Vater der ärgste Widersacher des alten Kohanim war. Selmas zweiter Ehemann trug den stolzen Namen Cäsar. Dieser Cäsar war der Sohn von

Artur Bukofzker, des bekanntesten Industriellen des Landkreises Schwetz, der 1903 das größte Sägewerk in Westpreußen begründete hatte und einst Samuel Kohanims heimliches Vorbild und dessen Rivale war – einerseits. Andererseits aber war Cäsars Vater, der stramm deutschnationale Artur Bukofzker, als Vorstand der jüdischen Gemeinde von Schwetz für das überlebensgroße Konterfei von Kaiser Wilhelm II. in der Synagoge verantwortlich gewesen, gegen das Samuel Kohanim seinerzeit so erfolgreich wegen Verletzung seiner religiösen Gefühle Sturm gelaufen war. Der Bukofzker und der Kohanim waren einander Lieblingsfeinde, die sich genauso ingrimmig schätzten wie bekämpften.
Als Westpreußen dann polnisch wurde und der vormals extrem deutschnationale, kaisertreue Bukofzker plötzlich für das Polentum votierte, um bei seinem Besitz und seinen Fabriken bleiben zu dürfen, war Artur Bukofzker beim Kohanim endgültig unten durch. Für seinen Sohn Cäsar galt das aber nicht. Auch wenn sich die Zeiten von preußischer Ordnung und Kapitalwerten hin zu polnischen Verhältnissen geändert hatten, galt der Bukofzker-Sohn weiterhin als eine der besten jüdischen Partien im nördlichen Polen, wenngleich Cäsar als Beruf »Privatier« angab, was die trefflichste Bezeichnung seines Daseins darstellte. Er war der »Grüßaugust«, der Frühstücksdirektor des Unternehmens, ein Mann ohne Geschäftsbereich, dem es nur oblag, in tadelloser Garderobe mit perlender Konversation in bester Laune die Fabrik zu repräsentieren. Im Sinne der Eltern traf Selma nun die für sie richtige Wahl. Allerdings zur falschen Zeit und postum.

Nach dem Siegeszug der Spanischen Grippe, die Cäsar Bukofzker gleichfalls zum Witwer gemacht hatte, und nachdem er sich nach den zunehmenden polnischen Schikanen gegen Juden für die Ideen des Zionismus und besonders für deren Propagandistin Selma Nathanson erwärmte, dauerte es nur sechs Monate bis zur stillen Hochzeit der beiden Grippehinterbliebenen. Dass sie noch nicht einmal das Trauerjahr respektierten, in normalen Zeiten ein Skandal, hatte natürliche Gründe, wie die Geburt des Siebenmonatskindes Leon bewies.
Die Wechselfälle, die das Leben für zionistische Aktivisten mit sich brachte, waren für Selma Routine, denn sie hatte nur den Gegenstand ihres leidenschaftlichen Eifers gewechselt. Mit Cäsars behaglichem Leben als Fabrikantensohn und stets wohlgemutem Frühstücksdirektor war es nun endgültig vorbei.
»Das Heilige Land braucht keine Direktoren, sondern Bauern«, erklärte Selma kategorisch.
»Ja, gibt es denn in Palästina keine Bauern?«, wunderte sich Cäsar.
»Nebbich, klar doch! Aber keine jüdischen.«
»Ja, wäre es dann nicht praktischer und klüger, dass jeder das täte, was er am besten kann? Die Palästinenser bestellen weiterhin den Boden, und die Juden kümmern sich um Gott, Geschäfte und den Rest?«
»So haben wir hier auch gelebt. Und was ist aus uns geworden? Ein klägliches, degeneriertes Volk, das nach sechshundert Jahren Leben in Polen noch nicht mal ordentlich Polnisch sprechen gelernt hat und der Natur völlig entfremdet ist! Wir leben wie zu pharao-

nischen Zeiten in Schande und Knechtschaft und müssen wie unsere Vorväter wieder heim ins Gelobte Land und unseren eigenen Grund und Boden bestellen! Das ist das Gebot der Stunde!«

Cäsar hätte wohl einwenden mögen, dass die meisten jüdischen Gelehrten der Meinung waren, dass die Juden erst mit dem Messias nach Israel heimkehren dürften und dass die Heimkehr nach Erez Israel ohne den Messias als reine Blasphemie galt. Religion war jedoch nicht gerade Cäsars starke Seite, wohl aber die seiner Gattin, und darum wollte er sich nicht den Mund verbrennen. So tat er, was er meistens tat: Er lächelte versöhnlich, bis Selma besänftigt war, und schwieg.

Nur eine zweite, nicht minder wichtige Frage beunruhigte ihn: Wie würden die Juden ihr eigenes Land bekommen? War Palästina etwa menschenleer? Dieses Problem schien Cäsar nicht ausreichend geklärt. Auskünfte darüber blieben im Ungefähren oder endeten meist wolkig, etwa mit dem Verweis auf die Schweiz, wo verschiedene Völker ebenfalls friedlich miteinander lebten. Da Cäsar im Widerspruch zu seinem Namen zu den gutmütigen Naturen zählte, ja stets ein Spaßvogel war, der lieber über eine originelle Anekdote, die neueste Operette plauderte oder über eine Schnurre nachdachte als über die letzten Fragen der Menschheit, folgte er leichten Herzens den Anweisungen seiner besseren Hälfte. Der Landwirtschaft näherte er sich auf die ihm einzig bekannte Weise: durch Bücher.

Entsprechend hatte sich Cäsar durch mehrere Meter landwirtschaftlicher Literatur hindurchgefressen, zu jedem Buch brav eine Zusammenfassung geschrieben, die er dann auswendig lernte, um vor dem strengen Prüfungskomitee namens Selma zu glänzen.
So räkelte sich fünf Zentimeter vor seiner Seidenfliege mit angesteckter Perle eine Raupe namens *Pieris brassicae*, auch als Großer Kohlweißling bekannt, unter der Lupe. Gerade weil es so schwer vorstellbar war, dass aus diesem Wurm ein Schmetterling werden sollte, dankte er dem Allmächtigen für die Pracht und die Vielfalt seiner Geschöpfe. Selma konnte die Faszination, die von einer ordinären Kohlweißlingraupe ausgehen sollte, nur schwer nachvollziehen. Dennoch fand sie es angeraten, ihren von jeglicher Arbeit entwöhnten Cäsar weiter zur Entdeckung der Natur zu ermutigen: »Dann weißt du ja auch bald, wie man das ganze Raupenzeug am besten umbringt.«
Auch zu dieser Frage hatte Cäsar brav seine Aufgaben gemacht: »Ja, man muss die Raupen vom Kohl absammeln und sie den Hühnern zum Fraß vorwerfen. Raupen sind nämlich ein sehr nahrhaftes Futter! Reich an Eiweiß. Ich habe mich deshalb auch schon gefragt, ob man den Anbau von Kohl und Hühnerhaltung vielleicht irgendwie kombinieren sollte ...«
Selma war sprachlos.
Aus rein pädagogischen Gründen unterdrückte das Landkind Selma den Einwand, dass dort, wo Hühner picken, nichts mehr wächst. Es wurde ihr nun schlagartig klar, dass Cäsar dringend praktischer Erfahrung mit der Landarbeit bedurfte.

Es traf sich deshalb gut, dass sie eine Gruppe zionistischer Jugendlicher, die sich auf die Alija vorbereitete, zu einem Ausbildungsaufenthalt auf einem Gut südöstlich von Berlin begleiten sollte.

Liebste Cousine Else!
Bitte verzeih', dass Du so lange nichts von mir gehört hast, aber Du weißt ja, wie sehr ich von der ganzen zionistischen Bewegung in Anspruch genommen werde. Alle Welt, scheint es, will jetzt heim ins Gelobte Land. Gesegnet sei der Allmächtige!
Nun trifft es sich, dass wir am 20. d. M. mit einer Gruppe auf dem Weg zu unserem Ausbildungsgut »Philadelphia« bei Beeskow auch in Berlin haltmachen. Wir kommen um 14:23 Uhr am Anhalter Bahnhof in Berlin an und haben circa eine Stunde Aufenthalt, bevor wir in den Bummelzug in Richtung Beeskow steigen. Zeit genug für eine Tasse Kaffee oder zwei. Du und Bruno Dahnke seid herzlich eingeladen, uns im brandenburgischen Philadelphia zu besuchen.
Du kannst ja außerdem mal bei Fränze vorfühlen, ob ihre Jungs nicht auch Lust auf Sommerfrische haben. Landarbeit würde denen bestimmt auch nicht schaden. Aber bring' nicht die ganze Mischpoke mit, höchstens vielleicht noch Schwester Fanny. Aber die arbeitet sich lieber für ihren Mann zu Tode. Na, Gott soll schützen!
Ich warte auf Dein Telegramm. Schönen Gruß auch von Cäsar und den Kindern,
Deine Cousine Selma

Einen weiteren Brief richtete sie an ihre jüngere Schwester.

Meine liebe Schwester Franziska!
Schade, dass Du es nicht einrichten konntest, zusammen mit den Jungen hier raus nach Philadelphia zu kommen. Eigentlich sollte ich es Dir ja nicht beichten, aber Walter und Benno haben sich das Fahrtgeld für den Zug gespart und sind von Berlin aus die ganze Strecke mit dem Fahrrad bis nach Philadelphia geradelt. Hier kamen sie dann spätabends wohlbehalten, aber völlig erschöpft an. Wie Walter, der das Ganze wohl ausgeheckt hatte, mitteilte, sind sie ohne Pause und Reifenpanne »auf Zeit« in 3 (!) Stunden durchgefahren, Walter vorneweg und Benno wohl immer mit zusammengebissenen Zähnen hinterher. Für Sechzehn- bzw. Fünfzehnjährige eine beachtliche Leistung, denn es sind ja immerhin fast siebzig Kilometer. Wenn es stimmt. Also schimpf' nicht zu sehr mit den Jungs, denn auch sonst sind sie wohlgeraten – also Schwamm drüber!
Damit du beruhigt bist: Zurück zu Dir nach Hause setze ich sie persönlich in den Zug. Die beiden sind eine echte Bereicherung hier, und helle sind sie außerdem. Anstatt sich wie die anderen beim Heuen mit der vollen Heugabel zu überschlagen, hatten die sich nämlich heimlich vom Knecht des Nachbarhofes bereits zeigen lassen, wie es richtig geht. Walter wusste wohl noch aus Sauermühle, dass es da einen Trick gibt, genauso wie beim Mähen mit der Sense. Darum haben die beiden Jüngsten den gestandenen Männern im Wortsinne gezeigt, was eine Harke ist. Es müssen wohl Walters Erinnerungen aus früher Kindheit sein, die ihm nun bei der Feldarbeit zugutekommen und bewirken, dass er sich im Stall so geschickt anstellt, als hätte er noch nie etwas anderes gemacht. Alle jammern über Muskelkater und Blasen an den Händen, nur Deine Jungs nicht. Die waren schlau und hatten sich die Hände bandagiert. Du kannst wirklich stolz auf sie sein!

Am liebsten würde ich gleich beide nach Palästina mitnehmen. Dein Sohn Walter zeigt auch die richtige Moral. Wenn der Arbeitsfluss lahmt, singt er los, und alle vergessen ihren müden Rücken. Was für eine schöne Stimme der Junge hat! Aber das brauch' ich Dir ja nicht zu sagen, das weißt du ja selbst.
Dein Walter und mein Cäsar sind inzwischen ein Herz und eine Seele. Sei also ganz beruhigt. Du wirst die Jungs braungebrannt und vor Gesundheit strotzend kaum wiedererkennen, wenn ich sie nächste Woche in den Zug nach Berlin setze.
Mit liebem Gruß, auch an Deinen Bruno unbekannterweise,
Deine Schwester Selma

Walter war von Tante Selmas zweitem Mann, Cäsar Bukofzker, restlos begeistert. Da Begeisterung Walters normaler Gemütszustand war, muss hier der Zusatz »restlos« angebracht werden, um den Gemütszustand zu beschreiben, der eigentlich dem Zustand der Euphorie des Normalmenschen entspricht, bei Walter aber nur die Äußerung normaler Zustimmung war.
Walter hatten es vor allem Cäsars staatsmännische Augenbrauen angetan, die seine verschmitzten braunen Augen wie schwarzgraue Wattebäusche bewölkten und die er beim Vortrag seiner Couplets und Conférenciérwitze lustig hüpfen ließ. Zum anderen war er hingerissen von ihrer gemeinsamen Vorliebe für Plätze ihrer Kindheit in Schwetz, Osche, an der Weichsel und in der Umgebung. Außerdem konnten sie ohne Worte über die gleichen Dinge in schallendes Gelächter ausbrechen.
Walters jüngerer Bruder Benno teilte die Begeisterung für Onkel Cäsar nicht. Wie eine düstere Regenwolke

dem Sonnenschein folgte er den beiden Frohnaturen, die ihn nach einer Minute stets vergaßen, da sie vollkommen davon in Anspruch genommen waren, sich gegenseitig mit Späßen und Witzen zu übertrumpfen.
»Onkel Cäsar ist ein Quatschkopp! Und außerdem ist er nicht ganz koscher«, verkündete Benno kühl, als sich Cäsar in Richtung Imkerei trollen musste, wohin Selma ihn abkommandiert hatte.
»Na, nu' mach doch mal 'n Punkt, Benno! Seit wann sind denn ausgerechnet *wir* koscher?!«
»Ach, Mensch, du weißt ganz genau, was ich meine! Der Kerl ist nicht astrein. Irgendwas stimmt nicht mit dem.«
»Nur weil er lustig ist und hier ein bisschen Stimmung in die Bude bringt? Tante Selma bekommt Onkel Cäsar jedenfalls um vieles besser als Onkel Ascher, diese trübe Tasse. Jott hab' 'n selig!«
»Na ja, schon möglich, aber ... ich hab ihn beobachtet. Ist dir nicht aufgefallen, dass er dich manchmal so komisch von der Seite anguckt?«
»Was denn? Wie anguckt? Du hältst den doch nicht etwa für'n warmen Bruder oder so was?«
»Nee, det nich' grade. Aber mir ist aufgefallen, dass der dich manchmal so mustert, so, so ... na ja, als ob er 'n schlechtes Jewissen hätte. Als Tante Elli hier auftauchte, hat er sich ooch janz stieke davongemacht, und als Tante Jenny mit Onkel Albert da war, hat er sich auch so komisch benommen.«
»Quatsch!«
»Mensch, Walter, glaub mir! Da is' was im Busch. Holzauge, sei wachsam, sag ich da nur.«

»Ja, was sollte *das* denn nu' sein, Mensch? Von früher kannte er die Tanten doch alle gar nicht persönlich. Der war doch jott we de im Internat und kam erst wieder nach Schwetz, als wir schon über alle Berge waren. Außerdem hat er ja in Danzig gewohnt. Nu' erklär mir mal, welchen Grund sollte ausgerechnet Onkel Cäsar haben, uns gegenüber aus seinem Herzen 'ne Mördergrube zu machen? Was für eine Spinnerei! Also wirklich, Benno! Auf so was kommt ja noch nicht mal Tante Martha! Geh mal lieber 'ne Runde schwimmen! Det bringt dich vielleicht auf jesündere Gedanken!«
»Ick weeß, wat ick weeß«, knurrte Benno trotzig, da er sich wieder einmal vom älteren Bruder abgekanzelt fühlte. Er zog die Schultern hoch, vergrub seine Hände bis zu den Ellbogen in den Hosentaschen, was auch nur möglich war, da er Walters abgelegte Hosen auftrug, in die er erst noch reinwachsen musste. Eingeschnappt stakste er breitbeinig runter zum See und kickte wütend Steinchen auf dem Weg in Wiesen und Büsche.
Walter guckte in den unerschütterlich blauen Sommerhimmel über dem brandenburgischen Philadelphia und schüttelte den Kopf. »So ein Idiot!«
Zugutehalten musste man Benno allerdings, dass auf seinen Riecher meist Verlass war, auch wenn er Walter damit auf die Nerven ging. Neben Walters Hang zum Chaos und Bennos Pingeligkeit waren Bennos Anfälle von »Spökenkiekerei« und Walters Hitzköpfigkeit die häufigsten Anlässe zu Streitigkeiten zwischen den Brüdern. Nicht nur charakterlich waren sie so unterschiedlich, dass es schwer vorstellbar schien, dass sie tatsächlich von denselben Eltern abstammen sollten.

Auch äußerlich hatten sie wenig gemeinsam: Der langaufgeschossene, dünne Benno trug im Wedding den Spitznamen »Gandhi«, das Kraftpaket Walter den Namen »King Kong«.

»Du fühlst dich anscheinend nur wohl, wenn du anderen in die Suppe spucken kannst, wat?«, erzürnte sich Walter, wann immer Benno ihm mit seinen Einwänden und Bedenken kam oder seine Begeisterung für die eine oder andere Sache bremsen wollte.

»Keiner zwingt dich, auf mich zu hören, Walter! Ich sag's ja nur, aber beklag dich hinterher nicht, ich hätte dich nicht gewarnt!«

Was auch immer im Falle Cäsar Bukofzker an Bennos »Holzauge sei wachsam«-Parole dran sein mochte oder nicht, Tatsache war, dass Walter mit einem Mal der ganze Aufenthalt auf dem Gut Philadelphia verleidet war. Mit Misstrauen mochte er sich nicht belasten. Und auch wollte er weder über die seelischen Abgründe von Cäsar Bukofzker noch über die seines Bruders nachdenken. Da sich auf der zionistischen Musterfarm trotz der ständig in Gang gehaltenen Palästina-Euphorie allmählich bräsige Langeweile breitmachte, insbesondere nachdem sich auch die Neugier der Bauernmädchen auf beschnittene Pimmel erschöpft hatte, fiel Walter ein, was er gerade alles in Berlin verpasste: das Sechstagerennen im Sportpalast, für das Tante Elli ihm eine Karte versprochen hatte! Wie konnte er das nur vergessen? Im Nu drehte er sich auf dem Absatz um, füllte seine Wasserflasche, schwang sich aufs Fahrrad und war auf und davon.

Nachdem er nun auf »die lahme Ente Benno« keine

Rücksicht mehr nehmen musste, wollte er wie unter Wettkampfbedingungen durchfahren. Die Stoppuhr, die ihm Tante Elli zum Geburtstag geschenkt hatte, baumelte wie ein Pendel um seinen Hals. Er steckte sie sich unters Hemd, die Wasserflasche kam wie bei allen zünftigen Radrennfahrern an den Lenker. Walter machte seinen Rücken ganz flach und trat in die Pedale, bis sich sein Körper wie eine gut geölte Maschine anfühlte und nur der Rhythmus seines Atems und das singende Geräusch der Reifen auf dem Asphalt zu hören war. Ein höheres Glück gab es für ihn nicht, oder fast nicht.

Anhand der Meilensteine am Straßenrand und mit dem Blick auf die Stoppuhr stellte er befriedigt fest, dass er so schnell war wie nie zuvor. Nun ließ er auch seinen Gedanken freien Lauf. Seiner Meinung nach gab es dafür keinen besseren Platz als auf dem Sattel eines Rennrades, allein mit sich, der Landschaft, dem Rad und der Straße. Und so dachte er daran, was sich vor seinem und Bennos Aufenthalt bei Selma zugetragen hatte ...

Zu Schabbes wollte er wieder daheim sein. Vor der Dämmerung. Die »Silberpappel«, wie die Söhne Fränze wegen ihres Mundwerks und der ersten grauen Haare spaßhaft nannten, würde den Tisch wie gewöhnlich mit den Leuchtern decken.

Bei Franziska war das immer mit Hektik und einem hastigen Hin und Her verbunden, und meistens fand sie die Streichhölzer nicht. Dabei musste Walter jetzt beim Fahren grinsen. Wahrscheinlich waren die Bade-

zeremonien bereits in vollem Gange: Die Waschkessel standen schon auf dem Herd. Wie immer, wenn sie fast am Küchentisch einschliefen, würden Benno und Walter nacheinander in die Zinkwanne steigen müssen, die in der Küche bei der großen Wäsche auf zwei Küchenstühlen thronte. Um in den Waschtrog zu gelangen, müssten sie über den Küchentisch klettern. Das Badewasser hätte Bruno eine Stunde in den großen Waschkesseln auf dem Herd erhitzt. Dann würden sie einander mit Kernseife abschrubben, und nach dem Bad würde man das Badewasser bequem in Eimer ablaufen lassen und in den Ausguss gießen. Refrainartig würde Fränze bei dieser Gelegenheit den längst fälligen Bau eines Bades in der Speisekammer anmahnen und Bruno triezen: »Ja, beim Schneider fehlen die Knöpfe am Rock, beim Tischler wackeln alle Stuhlbeine, und bei uns tropft der Wasserhahn und das Bad bleibt ein ferner Wunschtraum!«
Bruno würde dann wieder so tun, als hätte er nichts gehört, und sich in seine Kreuzworträtsel vertiefen.
Frisch gewaschen, mit roten Gesichtern und nassen Haaren säßen dann alle Männer des Haushalts am Tisch und würden warten, bis Franziska ihre ziemlich fahrigen Kulthandlungen zu Ende bringen würde, um nach der Broche das Essen feierlich aufzutun.
»Warum gehen wir eigentlich nicht auch nach Palästina?«, wollte Walter letztens von Fränze wissen. »Jedes Jahr sagen wir zu Pessach: Nächstes Jahr in Jerusalem!, aber keener jeht hin! Is' doch ziemlich behämmert, oder?«
»Walter, du sollst nicht so berlinern! Und was sollen

wir deiner Meinung nach in der Wüste bei den Kamelen?«
»Na, wie hier: einfach 'ne Klempnerwerkstatt aufmachen!«
»Da gibt's ja noch nicht mal Wasser! Geschweige denn *Wasserleitungen*! Wer braucht' denn da 'n Klempner?«, amüsierte sich die Silberpappel.
»Na, grade!«, konterte Benno. »Wenn's keine Wasserleitungen gibt, dann braucht man erst recht Leute, die welche bauen und verlegen. Wasser brauchen alle. Is' doch logisch!«
»Und was is' mit Bruno?«
»Onkel Bruno kann ja Jude werden.«
»Nur um mit uns in der Wüste zu schwitzen?« Franziska wollte sich vor Lachen ausschütten und hielt sich mit beiden Händen am Esstisch fest. »Der ist doch schon hier im Sommer ganz rammdösig. Nebbich!«
»An mir und meinem edelsten Teil schnippelt mir keener rum, ooch keen Rabbi«, knurrte Bruno und löffelte weiter seine Suppe. »Ick bleibe, wat ick bin!«
»Und wann heiratet ihr endlich? Selbst Tante Selma, dieser Drachen, hat wieder einen abgekriegt und ist wieder verheiratet! Warum ihr nicht?«
Bruno und Franziska taten so, als hätten sie die Frage überhört. Mit Inbrunst löffelten sie ihre Hühnersuppe weiter, als hinge ihr Schicksal von der Feierlichkeit ab, mit der man Suppe zu löffeln verstand. In das lastende Schweigen, das nur vom Löffelgeräusch auf Porzellan unterbrochen wurde, bohrte Walter damals, bevor er ins zionistische Camp fuhr, weiter: »Und warum willst *du* eigentlich nicht auch nach Israel, Mama?«

»Da sind mir zu viele Juden!«, entfuhr es Franziska gnatzig.
»Und was ist schlimm daran, wo hier doch kein Tag vergeht, dass nicht Stimmung gegen uns gemacht wird?«
»Zu viele Juden auf einen Haufen gehen mir auf die Nerven, so wie mir alle Ansammlungen von zu vielen Menschen einer Sorte auf die Nerven gehen! Zu viele von einer Sorte auf einem Haufen, und schon schnappen sie alle über! Kriegen einen Gruppenkoller. Das ist ungesund. Nein, lass mal, da bleib ich lieber, wo ich bin. In diesem Tohuwabohu. Und du? Sticht dich hier etwa der Hafer, oder warum willst du weg?«
»Will ick ja jar nich. Ick frag ja nur mal!«
»Walter, hör endlich auf, so grauenhaft zu berlinern!«

... Nachdem er so in Gedanken versunken Königs Wusterhausen in neuer Rekordzeit passiert hatte und sich ausmalte, was Tante Elli wohl zum neuen Streckenrekord sagen würde, ließ Walter nun auch die ernste Frage nach seiner Zukunft zu. Seit einem Jahr schob er die schon vor sich her: Lehre oder höhere Schule? Jetzt nach den großen Ferien musste er sich entscheiden. Dank seines Dollarerbes in Aktien war er einer der wenigen in seiner Schule, die tatsächlich eine Wahl hatten. Walters Problem war nicht das Schulgeld wie bei seinem Freund Eddi aus dem Seitenflügel, der ihm im Rechnen und in Geometrie haushoch überlegen war und ihm in diesen Fächern half, wofür er sich beim Aufsatzschreiben und Einüben von Gedichten revanchierte. Eddis Vater ging stempeln. Eddis Mutter brachte die fünfköpfige Familie mehr schlecht als recht mit Heimarbeit durch. Tag und Nacht füllte sie kistenweise Knallbonbons mit Scherzartikeln. Das fand Walter so ernüchternd, dass er Knallbonbons ab sofort hasste. Regelmäßig zum Fünfzehnten jedes Monats kam Eddis Mutter zu Fränze, um Geld zu pumpen.

»Im Grunde genommen haben wir Eddis Familie zehn Mark geschenkt, wenn sie immer am Fünfzehnten borgen, am Ersten zurückbringen und wieder am Fünfzehnten von neuem pumpen«, meinte Benno, der der Zahlenmensch in der Familie war. Darum lag Bennos Lebensweg schon ein Jahr vor dem Schulabgang wie ein Eisenbahngleis vor ihm: eine Banklehre, mit dem Ziel, eine Anstellung als Buchhalter zu finden.

Walter jedoch war hin- und hergerissen zwischen der Möglichkeit einer Klempnerlehre, um das väterliche Geschäft zu übernehmen, was dem Wunsch seiner Mutter entsprach, und dem, was er für sich selbst wünschte, das Abitur mit Studium der Geschichte und Literatur, Musik oder Theater oder, oder ...

Aber Herzenswünsche haben Tücken. Ginge er aufs Gymnasium, würde er auf einen Schlag aus seinem Freundeskreis gerissen und in ein fremdes Milieu verpflanzt, zwischen lauter Beamten- und Kleinbürgerschnösel, die ihn verachten würden, gab seine Mutter zu bedenken.

»Rat' mal, warum wir im Wedding wohnen? Ich weiß, wovon ich rede! Ich jedenfalls finde es nicht so schön, wenn die Leute einem dämlich kommen und von oben auf einen herabsehen. Und auf der Oberschule,

da kommen sie dir alle dämlich und gucken dich schief an. Da kannste Gift drauf nehmen.«
»Mama, so dämlich, wie ick vertragen kann, so dämlich kann mir jar keener kommen!«
Franziska guckte ihren Sohn perplex an und lachte schallend los: »Das hätte auch von mir sein können!«
Aber wenn er ehrlich war, war er von seiner Parole nicht restlos überzeugt, insbesondere wenn er an Lehrer wie Dr. Fleischhut dachte, der bekannt dafür war, sämtliche jüdische Schüler besonders scharf aufs Korn zu nehmen. Und außerdem, fragte die andere Stimme in Walters Brust, habe ich wirklich Lust, selbst im günstigsten Falle noch mindestens zehn Jahre auf Schul- und Universitätsbänken herumzuhocken und immer von dem Urteil von Obrigkeiten wie einem Dr. Fleischhut abhängig zu sein, anstatt das Leben nach drei bis vier Jahren selbst in die Hand zu nehmen?
Disziplin und Unterordnung fiel ihm selbst schon bei gerechter Behandlung schwer, und mit seiner großen Klappe eckte überall stets an. Selbst da, wo er es am wenigsten erwartete oder sogar meinte, noch zurückhaltend gewesen zu sein. Ständig fiel er aus dem Rahmen. Andererseits hatte er außer beim Sport bei keiner anderen Sache so viel Spaß und Erfolg wie bei dem Vortrag von Gedichten, Gesang und Theaterstücken oder Parodien. Stimmen und Dialekte nachzuahmen war seine Spezialität. Neben Deutsch waren ihm Erdkunde und Geschichte am liebsten. Aber Pauker werden? »Nee, danke!«

Während er sich nach einer kleinen Talfahrt zu einem schnellen Zwischenspurt entschloss, stand ihm vor Augen, wie er in der Aula den Hamletmonolog vorgetragen hatte. Selbst die tumbsten Rabauken waren ergriffen gewesen, und sogar der Rektor hatte hinter seinen Brillengläsern Wasser in den Augen gehabt.
»Welche Kraft dem Wort innewohnt, Jungs! Da seht ihr's«, hatte ihn der Rektor mit belegter Stimme gelobt, obwohl er Walter eigentlich nicht mochte, weil er ihn für einen Angeber hielt.
Andererseits waren Walter die Künstler, auf die er ab und an bei Tante Elli gestoßen war, alle ziemlich unsympathisch und suspekt vorgekommen. Wie affige Arschlöcher, ohne Mumm in den Knochen, hatte er bei sich gedacht, alles Muster ohne Wert. Alles Wilmersdorf und Bayerisches Viertel. Nee, diese Leute waren nicht nach seinem Geschmack. Zu bourgeois! Seine Weddinger waren ihm lieber. Berlin-Wedding, das war wie er: aufrecht, rau, herzlich und geradeaus. Auch wenn es mal auf die Fresse gab. Also doch lieber Klempnerlehre und die Klitsche übernehmen?
»Na, Bücher lesen und Musik machen oder ins Theater gehen kann man auch mit 'ner Klempnerwerkstatt. Genauso wie Sport machen«, meinte seine Mutter.
Momentan fand er gerade mal wieder, dass seine Mutter recht hatte. Obwohl – was war eigentlich mit Sport? In gut zwei Stunden war er die gut siebzig Kilometer von Beeskow nach Berlin geradelt. Auch kein Pappenstiel!

Der Lärm im Sportpalast war ohrenbetäubend. Eine Blaskapelle spielte auf, die Leute pfiffen, sangen, feierten, feuerten die Rennfahrer und sich selbst an.
»Eih Atze, ick gloob, deine Mutta ruft dia da«, brüllte jemand Walter ins Ohr. Der Junge, der ihn am Ärmel zupfte, deutete mit der anderen Hand auf den Zugang zum Rang. Widerwillig riss Walter seinen Blick von den Rennfahrern los, die um das Rund des Sportpalastes jagten, und reckte den Hals in die Richtung, in die der Junge wies. Hinten am Ausgang ruderte Elli, die zur Feier des Tages mit einem breitkrempigen Atlas-Hut regelrecht verkleidet war, mit den Armen und signalisierte Walter, schnell zu ihr herüberzukommen. Wacker kämpfte sich Walter durch die herumhüpfenden Enthusiasten, die mit Biergläsern bewaffnet zum Sportpalastwalzer schunkelten und zum Refrain durch die Finger pfiffen, vorzugsweise dem Nebenmann direkt ins Ohr. Fanden die alle komisch.
»Nu' komm schon, Walter!«, brüllte Elli gegen die Geräuschkulisse an. »Ich will dich jemand Wichtigem vorstellen.«
Trotz des ungewohnten Hutes aus schwarz-weißer Atlasseide bahnte sich Elli auch im Abendkleid souverän ihren Weg bis zum Abstieg, der zum exklusiven Innenraum, um den herum die Piste verlief, führte. Dort auf den teuersten Plätzen tummelte sich die Hochfinanz, das Amüsier-Berlin zusammen mit Sportgrößen und den Veranstaltern in spektakulärster Gala. Diese schillernde Hautevolee rauchte Havanna-Zigarren und ließ unter Gekreische die Champagnerkorken knallen, während die Rennfahrer an ihnen vorbeisausten.

Zu diesen privilegierten Gästen zählte beim Sechstagerennen auch Elli, denn das Sporthaus Elite, das dem Sportpalast gegenüberlag, gehörte zu dieser Veranstaltung wie ein Weihnachtsbaum zu Weihnachten.
Walter, der nicht genau wusste, wohin es gehen, der aber zur Bahnung des Weges voranschreiten sollte, wurde von Elli auf Kurs geknufft, bis sie vor einem Tisch voller Likörflaschen landeten. Hinter dem Tisch schälte sich ein befrackter dicklicher Mittsechziger hervor, der mit hochrot angelaufener Birne aussah, als könnte ihn jede Minute der Schlag treffen. Kraftlos überließ er Walter eine fette Hand mit einem ebenso fetten Siegelring.
»Das ist mein Neffe Walter!« Elli lugte unter ihrer überdimensionalen Hutkrempe hervor, die sich wie ein Segel über der Menge aufbäumte. Der Mann pflückte sich mit seinen rötlich behaarten Wurstfingern eine ziemlich heruntergerauchte Zigarre aus dem Mundwinkel.
»Na, Junge, jefällt dia det hier?«, fragte er mit feuchter Aussprache und wies mit der Zigarrenhand in die Runde, als gehöre ihm der ganze Sportpalast. »Wenn de jut bist, kannste in einijen Jahren hier mitmachen. Willste?«
Er kniff Walter mit den rechten Wurstfingern in die Wange. »Hab ja schon viel von deiner Tante jehört.«
Walter verbeugte sich wie ein braver Junge und setzte das erwartete Lächeln des hoffnungsvollen Sporteleven auf, der um seine Chance bettelte. Tante Elli quittierte das mit stummem Beifall in den Augen.
»Nächsten Sonntach, wenn det hia allet vorbei is',

macht der Nachwuchs 'ne kleene Rundfahrt um de Rehberje. Bei dia inne Jejend. Deine Tante saacht, daste ordentlich Dampf druff hast. Kannste zeijen, Junge, kannste allet zeijen am Sonntach! Mir is' nämlich eenea ausjefallen. Is' nua 'n Vasuch. Keene Angst! Aber wenn Neger heutzutage boxen, warum solln Juden nich' ooch Rad fahren, wat?!« Er schüttete sich aus vor Lachen und hustete sich dann fast bewusstlos. »Also, ick zähl uff dich, Kleena!«
Zur Bekräftigung stieß er Elli seinen Ellbogen in die Rippen, damit sie mitlachte. Wider Erwarten stimmte Elli tatsächlich mit ein, wenngleich etwas gequält. Mittlerweile hatte Walter Zeit, in seinem Gedächtnis herumzukramen, für wen Tante Elli sich zu solchen Höflichkeitsverrenkungen hinreißen lassen mochte. Dann dämmerte ihm angesichts der Batterie von Schnapsflaschen, dass vor ihm wohl kein anderer als der Radsportmäzen Paul Peschke stehen musste, der Likörfabrikant aus dem Wedding, dem die Förderung des Weddinger Radrennnachwuchses besonders am Herzen lag.
Ehe Walter sein »Ja, gerne« stammeln konnte, stieg der Lärmpegel wieder, weil das Kaufhaus Tietz soeben Freibier für den »Heuboden«, wie das obere Stehplatzareal des Sportpalastes genannt wurde, spendiert hatte. Schräg hinter Paul Peschke riss der befrackte Direktor des Kaufhauses wie ein Preisboxer nach Punktsieg beide Arme hoch, und der Heuboden stimmte zum Dank unter Begleitung des Orchesters »Das ist die Berliner Luft, Luft, Luft!« an.
Jetzt pfiff Walter mit. Ob er demnächst auch wie ein

armer Irrer wie die Radrennfahrer hier beim Sechstagerennen ständig im Kreis fahren wollte, müsste noch geklärt werden, fand er. Aber nicht heute.

Ganze zwei Wochen war Franziska wütend auf Elli, dass sie ihrem Sohn diesen Floh ins Ohr gesetzt hatte.

»Radrennen! Nebbich! Da kannste ja gleich auf den Rummel gehen und dir für'n Sechser die Nase breitkloppen lassen. Bruno, so sag du doch auch mal was!«

»Ick sach dazu nischt, Fränze! Ein Mann muss tun, wat ein Mann tun muss«, orgelte Bruno verdrießlich aus seinem Sessel, wo er über einem neuen Kreuzworträtsel brütete.

»Ein Mann vielleicht, aber kein Junge! Der ist noch grün hinter den Ohren!«

»Meine Jüte, Fränze, so gönn ihm doch den Spaß und lass 'n mitfahren! Der Junge muss sich austoben. Besser so wat, als sich mit den Polacken oder den Braunhemden unten auf der Straße herumzuprügeln, oder ständig diese Tanzerei zu de Negermusike, wat keen Mensch aushält – wat is' 'n noch mal eine Erhebung bei Braunschweig?«

»Elm«, riefen sie dreistimmig im Chor und verdrehten die Augen. Brunos Kreuzworträtsel-Manie machte alle seit Wochen närrisch.

Nach Walters Verschwinden aus Philadelphia herrschte eine Woche Funkstille zwischen den Brüdern, danach klapperten sie wieder zusammen die örtlichen Tanzveranstaltungen ab. Ob sie sich zum Charleston-Shimmy-Wettbewerb im Haus Vaterland anmelden sollten? Sie hatten eine Art Dick-und-Doof-Nummer auf Charleston einstudiert, die schon deshalb komisch war, weil Benno, »Gandhi«, lang und dünn, mit »King Kong«, dem athletischen Kraftpaket Walter, tanzte. Walter rundete die Nummer mit einem Flickflack und einer Spagatgrätsche auf dem Boden ab, während Benno seine langen Gliedmaßen arrogant schlackern ließ und unnachahmlich blasiert aus der Wäsche guckte. Damit waren sie der Lacherfolg jeder Veranstaltung. Zu ihrem Leidwesen waren Teilnehmer unter achtzehn Jahren jedoch bei Tanzwettbewerben nicht zugelassen oder durften nur in Begleitung der Eltern auftreten. Daran war aber nicht zu denken. Seit Walter »wegen unkontrollierter Tanzbewegungen auf dem Mittelstreifen der Müllerstraße« von zwei Schupos aufgegriffen und nach Hause gebracht worden war, war Tanzen ein Reizwort. Die fünf Mark Ordnungsstrafe zahlte er immer noch von seinem Taschengeld ab, und noch dazu hatte er sich eine Anzeige wegen Beamtenbeleidigung eingehandelt. So konnten die Jungen ihren Tanzfimmel nur auf privaten Tanzvergnügen wie Hinterhof- oder Erntefesten in den nördlichen Laubenkolonien austoben.

Dort auf den Tanzveranstaltungen der Laubenpieper und Sportvereine stießen die beiden ungleichen Brüder das erste Mal auf die sagenhafte Oda von Güldner, die jetzt ganz ordinär Hanke hieß und von der zu Hause nur als »der roten Verrückten« die Rede gewesen war. Sofern Oda nicht im Auftrag der Kommunistischen Partei unterwegs war, beglückte sie die Menschheit nun als Sanitäterin und tauchte deshalb unerwartet bei den verschiedensten Veranstaltungen auf.

Am Sonntag, zur Fahrt der Weddinger Rennradjugend, meldete sich Walter als Erster beim Rennstallbeauftragten von Paul Peschke.

»Walter Kohanim-Rubin steht bei mir nich' uff der Liste. Wat is' det ooch für'n Name? Brauchste gleich zwee oder wat?«

»Aber Herr Peschke hat mir persönlich versprochen, dass ich heute mitfahren darf. Ich bin Walter, der Neffe von Elli von Strachwitz vom Sporthaus Elite.«

»Von mir aus kannste der Kaiser von China sein. Wenn de nicht auf der Liste stehst, is' hier Sense!«

»Es sollten doch zehn für Paul Peschke starten, oder?«

»Ja, stimmt, aber dein Name ist nich' dabei.«

»Ich rede ja nich' von Namen, ich rede von Zahlen, juter Mann! Einer ist ausgefallen, hat mir Herr Peschke beim Sechstagerennen erzählt. Wenn der zehnte Mann also nicht antritt, kann ich doch starten. Woll'n Se mit Paul Peschke wegen so 'ner Lappalie wirklich Ärger riskieren?«

»Hm, und haste denn wenigstens 'n ordentliches Rad, du Nerventod?«

»Mensch, nu' lass 'n doch«, mischte sich ein anderer Mann ein, der die stolze Armbinde »Ordner« trug.

»Na, jut, wenn der Zehnte nich' in fünf Minuten ufftaucht, darfste fahren. Wie heißte noch mal?«

»Walter Kohanim-Rubin«

»Ist mir zu kompliziert.«

»Schreiben Se Walter Rubin, wie der Edelstein.«

»Ooch noch Jude, wat?«
»Ja, aber det macht det Rad ausnahmsweise ooch nich' schneller!«
»Und 'ne große Klappe ooch noch!? Kann sich aber ändern, du jiddischer Grünschnabel, du. Spätestens uff'm Katzenkopfpflaster in Rosenthal!«
Walter bekam seine Nummer und platzierte sich am Start, wo er die wenigsten Rangeleien vermutete und die Mitfahrer ihm nicht gleich zu Beginn heimtückisch in die Speichen traten oder mit anderen Übeltaten die Konkurrenz kleinhalten wollten. Walter hatte Glück. Nach dem üblichen Gerempel, gegen das er sich erfolgreich durchsetzen konnte, kam er gut weg und hütete sich wie die meisten der Jungen, sofort nach dem Start nach vorn zu drängen und seine Kräfte vor der Zeit zu verausgaben.
»Immer in der vorderen Gruppe des Feldes fahren, im Windschatten des Vordermanns bleiben und dem am Hinterrad kleben. Nach zwei Dritteln der Strecke aufholen und einen nach dem anderen einsammeln. Dabei weiterhin den Windschatten des Vordermannes ausnutzen, an vierter oder fünfter Position fahren und dann, wenn das Ziel schon fast in Sicht ist: ab die Post und keinen mehr vorbeilassen!«, hatte ihm Tante Elli eingeschärft. »Aber wenn du unter die ersten fünf kommst, ist es auch gut. Um den Peschke zu beeindrucken, musst du unbedingt unter die ersten fünf kommen, denk dran! Die ersten fünf!«
Genau wie Tante Elli es gesagt hatte, rollte Walter das Feld langsam von hinten auf und sah beim Überholen in viele erschrockene Augen. Um seine Mitstreiter ein-

zuschüchtern, guckte er böse herüber, rief abfällig: »Na, du alte Flasche! Ziemlich alle heute, wat?« – und eroberte die Spitze. Nur auf der Zielgeraden wähnte er den Sieg bereits sicher und merkte zu spät, dass kurz hinter ihm rechts noch einer vorbeispurtete und um eine Handbreit vor ihm durchs Ziel ging.

Walter wurde Zweiter mit silbernem Papplorbeerkranz und Siegerurkunde. Er war der Einzige aus Paul Peschkes Mannschaft unter den ersten fünf, und sein Mäzen in spe platzte fast vor Stolz.
»Na, Junge! Det kann ja heiter werd'n mit dir! Hättste nich' jepennt, wärste Erster. Reiner Anfängerfehler, Schwamm drüber! Aber det wird schon, det wird schon allet, wenn wa dia erst uffbaun. Mensch!«
Dann wandte er sich an die Mitorganisatoren und die staunenden Zuschauer: »Da kommt det Bürschchen von der Straße und macht 'n zweeten Platz! Da staunt ihr, wat! Der wird noch 'ne große Nummer im Radsport!«
Franziska blieb sprachlos, weil Oda mit Rotkreuzhaube auf dem Kopf und ihrer Tochter Hella im Schlepptau auf sie zusegelte und dazu auch ihre Schwester Elli herbeistürmte. Fränze wusste nicht recht, mit welcher Miene sie Marthas bester Freundin Oda begegnen und wie sie sich zu dem sportlichen Triumph ihres Ältesten verhalten sollte. Und dann auch noch Elli von Strachwitz auf Hochtouren! Fränze drückte sich an die Hauswand.
Elli umarmte Walter und tanzte mit ihm einen eigentümlichen Siegestanz. Oda klopfte ihm auf die Schul-

ter und sagte dann zu Franziska gewandt: »Na, lange nicht gesehen, was?«
»So über fünfzehn Jahre nicht. Grob geschätzt«, gab diese gedehnt zurück.
»Und dabei verbindet uns doch so viel!«
»Na, ich wüsste nicht, was«, konterte Fränze spitz.
Oda bog sich vor Lachen: »Wenn ich deiner Erinnerung mal auf die Sprünge helfen darf – wir beide waren schließlich mal die größten Skandalnudeln in unserem Kaff!«
»Na wenn schon, ich finde nicht, dass so etwas verbindet«, gab Fränze schnippisch zurück, denn an ihre Jugendtorheiten wollte sie besser nicht erinnert werden, besonders nicht in Gegenwart ihrer Söhne.
»Na, du kannst ja meinen, was du willst, aber die Tratschen, die früher an keinem von uns beiden ein Haar ließen, sehen uns jetzt gemeinsam am Pranger!« Oda wischte sich eine Haarsträhne aus dem Gesicht. »Na, du bist und bleibst ganz die alte Fränze, verdreht wie ehedem! Trotzdem: Auf deinen Goldjungen kannst du stolz sein! Glückwunsch!«
Franziska konnte die Situation nicht recht einordnen. Was sollte man mit Erfolgen im Radsport? Das Ganze irritierte sie. Plötzlich wurde sie von wildfremden Leuten ehrerbietig oder wie ein Familienmitglied begrüßt. Selbst die ungeliebte Nachbarschaft zeigte plötzlich ungekannte Sympathie. Beim Fleischer bekam sie kampflos die besten Stücke. Ein neuer Typ Mensch, Funktionäre von Sportvereinen, gab sich die Klinke in die Hand. Man raspelte Süßholz, wollte, dass sie irgendwelche Verträge unterschrieb oder irgendetwas

kaufte. Die Zeitungsreporter versuchten sie zusammen mit Walter abzulichten. Am liebsten mit dem Ikarus an der Spreebrücke im Hintergrund, was sie selbstverständlich aus religiösen Gründen ablehnte. So verwirrend das alles war und sie bisweilen ihre Schwester Elli am Telefon um Rat in Sportfragen bat, sie ließ sich nicht beirren. Sie gab hier den Ton an: »Schließlich bin ich die Mutter!«
Verständlicherweise wollte sich der angehende Berliner Jugendmeister nun bald nicht mehr mit eingebildeten Bürgerschnöseln und herrschsüchtigen Lehrern auf der höheren Schule herumärgern. Walter wurde Lehrling beim Installationsmeister Krüger, der ebenfalls ein Radrennenthusiast war. Bruno war kein Meister und durfte als Geselle keine Lehrlinge ausbilden, die Konzession der Klitsche lief ohnehin auf den Namen seines Lehrmeisters Krüger. Mit einem Wort: Walter hatte genau die Narrenfreiheit, von der jeder Jugendliche nur träumen konnte, und er machte reichlich Gebrauch davon.

*

»Ich kann doch meine drei Männer zum Geburtstag nicht in Unterhosen herumlaufen lassen. Wie sieht denn das aus, wenn die Gäste kommen?«, erklärte Fränze ihrer besten Freundin Lotte, die am 1. Mai früh um halb acht mit roten Nelken und einer Tafel Schokolade für Walter vor der Tür stand und Franziska an den befriedenden Coup durch konfiszierte Herrenhosen im Jahr 1919 erinnerte. Franziskas Söhne, die mit der Kommune sympathisierten, sollten heute zum revolutionären 1. Mai 1929 mit dem Hintern lieber brav hinter Mutters Ofen bleiben. »Was vor zehn Jahren gut für die Väter war, ist heute auch gut für die Söhne«, meinte Lotte.

Alle Aufmärsche und Kundgebungen unter freiem Himmel waren strengstens verboten worden. Die Polizei war bereits in der Nacht rund um die Arbeiterbezirke Wedding, Prenzlauer Berg und Neukölln in Stellung gegangen. Benno und Walter, die bereits in der Küche saßen und ihre Marmeladenbrote zu Malzkaffee mampften, gaben sich lammfromm und versicherten, »nur mal die Lage peilen« zu wollen. Während Franziska ihren Söhnen halbherzig Glauben schenken wollte, hörte Lotte nur heraus: Wir gehen auf die Straße!

Prompt stand keine Viertelstunde später Lottes Willi, der SPD-Polier, vor der Tür, um mit den Jungs ein Wort unter Männern zu sprechen. Dabei entging Franziska nicht, dass Walter eigentlich empört auffahren wollte und sich nur nach Bennos Faustschlag auf den Oberarm abregte und plötzlich verdächtig harmlos tat. Die führen etwas im Schilde.

Willi Hörl wollte goldene Brücken bauen.

»Kommt doch mit mir mit. Auf unserer Maifeier sprechen auch ganz interessante Leute, und unsere Feier bei der SPD ist wenigstens erlaubt!«

»Ja, weil bei Sozialdemokraten die Revolution im Saale stattfindet«, frotzelte Walter höhnisch.

»Also, damit brauchste uns gar nicht kommen, Onkel Willi«, sprang Benno seinem Bruder bei.

»Ja, was denn? Soll es wieder so ein Gemetzel geben

wie 1919, dass Maschinengewehre heiß laufen und am Ende wieder Hunderte Arbeiter tot auf'm Pflaster liegen? Wenn die Kommunisten heute zum 1. Mai marschieren, dann passiert jenau dasselbe wieder.«

»Ja, weil die Sozialdemokraten die Arbeiter verraten haben!«

»Nee, weil man eine so hirnverbrannte Politik wie se die Kommunisten machen, einfach gar nicht unterstützen kann. Ist euch schon mal aufgefallen, dass die deutschen Kommunisten aus jedem Sieg 'ne Niederlage machen, anstatt wie Lenin und Trotzki und Konsorten aus jeder Niederlage einen Sieg zu machen? Die können et einfach nich'! Scheint 'ne deutsche Revoluzzerkrankheit zu sein!«

Walter und Benno stöhnten auf und wanden sich, als litten sie unerträgliche Qualen. Sie schauten hilfesuchend hoch zur Küchendecke, in Anwesenheit ihrer Mutter wollten sie sich zurückhalten.

»Versprecht mir in die Hand, dass ihr nicht zu den Kommunisten geht!«, setzte Franziska nach. »Nix hier von wegen raus zum revolutionären Mai! Nebbich! Ihr haltet euch fern davon! Absolutes Ehrenwort, Walter, Benni?«

Walter und Benno wechselten Blicke und ließen lahm ein verlogenes »Ehrenwort, wir sind vorsichtig!« hören.

Kaum fiel hinter ihnen die Wohnungstür ins Schloss, sprangen Benno und Walter die Treppen hinunter, schwangen sich auf ihre Fahrräder und sondierten die Lage. Sie seien im Parteiauftrag unterwegs, brüsteten sie sich gegenüber Eddi, den sie am Nettelbeckplatz trafen und der ihnen erzählte, dass es dort sowie in der Soldiner Straße vor Polizei nur so wimmelte. An der Kösliner Straße, einer Sackgasse, wurde hastig eine Barrikade gebaut. Auf den Dächern gegenüber ging bereits die Polizei mit Maschinengewehren in Stellung. »Mensch, da kommt doch keiner mehr lebend raus, wenn's da losgeht! Benno, ick fahr schnell zur Parteizentrale und sag Bescheid. Die müssen det allet abblasen! Von der Pankstraße aus kommt man über die Höfe und Keller zur anderen Seite.«

In der Parteizentrale war man glänzender Laune. Man freute sich über die vermeintlichen Siege bei Straßenkämpfen in der Soldiner Straße, in Neukölln und am Hackeschen Markt. Walter sah ein, dass er als Jungspund hier nicht ernst genommen wurde und nichts ausrichten konnte, also sauste er zurück. Benno war weit und breit nicht zu sehen. Die Kader hatten Benno nach Neukölln geschickt, hieß es. Nachdem Walter zurück in die Weddinger Kampfzone geradelt war, versteckte er sein Fahrrad in einem Keller in der Pankstraße hinter einem Stapel Holz, kletterte über drei Hofmauern, schlich und kroch durch das Kellerlabyrinth, das ihm noch von seinen Trapper- und Indianerspielen vertraut war, bis er im Hinterhaus der Kösliner Straße 8 landete.
Je näher er dem Vorderhaus kam, desto lauter wurde es und desto stärker roch es nach Petroleum. Im zweiten Hof füllten Kinder die Flüssigkeit in Milchflaschen und steckten Lumpen hinein, die sie älteren Jugendlichen dann zur Barrikade und zum Dach weiterreich-

ten, während um sie herum die Kugeln pfiffen. Im ersten Hof lagen auf Decken und alten Matratzen die ersten Verwundeten. Neben ihnen hockten Frauen, die Bettlaken und Tischdecken zu handlichen Verbänden zerrissen.

In der Torzufahrt zum Haus wie zum Hof steckte auf jeder Seite sichtbar eine Rotkreuzfahne, und darunter in der Torzufahrt, nur durch die schwere Holztür zur Straße geschützt, hockte verängstigt Hella, Odas kleine Tochter. Sie hielt krampfhaft eine Stoffpuppe im Arm.

Oda war damit beschäftigt, das Kommando zu führen und mit bereits stark blutverschmierter Gummischürze die Verwundeten zu versorgen. Als sie Walter sah, traute sie ihren Augen nicht.

»Wie immer du hier reingekommen bist, du Teufelskerl! Wenn es einen sicheren Weg raus gibt, nimm bitte das Kind mit und bring es in Sicherheit! Früher oder später werden bestimmt die Häuser gestürmt! Und bring auf dem Rückweg unbedingt einen Arzt mit Chirurgenbesteck und genügend Morphium mit!«

»Na, den Arzt möchte ich sehen, der sich hierhertraut und über drei Mauern springt.«

»Es gibt auch noch Genossen!« Oda warf ihm einen strafenden Blick zu. »Und jetzt raus hier!«

Walter nahm Hella bei der Hand, die vor Angst ganz blass war, sich aber die Tränen verbiss.

»Na, hoffentlich biste keene Memme und ’n bisschen gelenkig! Außer Räuberleiter ist hier gutes Klettern und Springen gefragt. Also keine Angst vor Mäusen und Spinnen, junges Fräulein, denn einige der Keller

werden wir auch auf dem Bauch krabbelnd durchqueren müssen! Trauste dir dit zu?«
Beleidigt entgegnete die Kleine: »Pöh, Angst vor Spinnen und Mäusen haben nur Babys!«
»Na, dann kann ja nischt passieren!«
»Und Mutti?«
»Auf die passt so lange der liebe Gott auf!«
Als Odas Sanitäterdienst nach zwei Tagen und Nächten am 3. Mai 1929 beendet war, beklagte Berlin 32 Tote und 234 Verletzte.
Walters siebzehnter Geburtstag ging als der Berliner Blutmai in die Geschichte ein.

Im Schatten von Helden

Heute ist die letzte Sitzung mit Frau Dr. Vogelsang. Es ist ein schöner Tag. Die Spätherbstsonne scheint von einem stahlblauen Himmel in mein Zimmer. An der Wand tanzen die Schatten des spärlichen knallgelben Restlaubes des Ahornbaums. Am Tisch meines Krankenzimmers sitzen wir uns wie Schachspieler gegenüber. Die Sache zwischen Pamela und mir, erzähle ich meiner Therapeutin, kam erstmals in Schwung, als ich ein Video auf Facebook postete. Es war von einem Auto aus aufgenommen worden und zeigte einen Strand am Mittelmeer mit Sonnenschirmen. An diesem Traumstrand lagen an die dreißig Leichen von Frauen, Kindern, Männern, umspült von ausrollenden Wellen. Dazwischen hockten Fischer und sortierten ihren Fang in Kisten. Wahrscheinlich handelte es sich um die libysche Küste. Doch noch verstörender als die Bilder war die Reaktion der Facebook-Gemeinde, die sich sonst seitenweise über süße Katzenvideos und alle Possen zum Berliner Flughafen ausließ. Nur vier hatten auf die Schreckensbilder reagiert! Völlig außer mir berichtete ich meiner Facebook-Freundin Pamela davon. Dann war auch Pamela verstummt. Erst zu meiner hämischen Lästerei über die bekopftuchte Grünen-Politikerin im Iran meldete sie sich wieder.
»Wie oft sind Sie eigentlich in den Netzwerken?«, fragt Frau Dr. Vogelsang.

»Täglich mehrmals!« Ich lasse sie noch eine Weile auf dem Holzweg meiner latenten Mediensucht herumirren. Damit ist das Thema für sie erschöpft. Ich bin es auch. Sie will aber noch Nachträge zu meiner Kindheit hören.

»Wie wächst man auf, wenn man von lauter Heroen umstellt ist?«, möchte sie von mir wissen. Das ist mein Lieblingsthema. Meine Vorbilder waren alle so unerreichbar tüchtig und tugendhaft, dass ein erfolgreiches Nacheifern vollkommen aussichtslos schien. Jeder Durchschnittsmensch musste daran scheitern. Unausgesprochen verlangten die überragenden und mich beschämenden Tugendbolde von mir, dass ich es ihnen gleichtue oder sie sogar noch übertreffe. Ein Durchschnittsmensch zu sein war mir verboten.

Selbstverständlich sollte ich auch noch Klassenbeste sein und ein Musikinstrument so meisterhaft spielen, dass sich daran eine Solistenlaufbahn anschließen könnte. Außerdem erwartete man einen Studienabschluss mit Promotion summa cum laude und zu guter Letzt eine akademische Laufbahn. Möglichst etwas mit Pensionsanspruch, schärfte mir meine Mutter ein, was mein Vater mit einem Lacher quittierte. »Meine Tochter und Beamtin! Da lachen ja die Hühner!« Meine Mutter sah mich jedoch eher als Professorin. Egal, ich sollte stellvertretend all das verwirklichen, was ihnen durch Krieg, Verfolgung oder Armut verwehrt worden war. »Du wirst die Erste in unserer Familie sein, die Akademikerin wird.« Während sich solche Erwartungen bei anderen Familien auf mehrere Kinder verteilten, war ich Einzelkind, eine einzigartige

Prinzessin und eine eher schwächliche Solistin. Die einzige außergewöhnliche Gabe, die ich tatsächlich hatte, blieb lange unbemerkt: Ich verfügte über einen angeborenen inneren Kompass, wusste immer sofort die Himmelsrichtungen und konnte danach später, ohne auf die Uhr zu sehen, die Zeit ansagen. Ansonsten suchte ich immer instinktiv den sichersten Platz im Raum mit dem besten Überblick, nahe der Tür. Fluchtwege immer offen.
Mein Vater hätte ohne meine Mutter und mich zweifellos eine beachtliche Bühnenkarriere als Sänger oder Schauspieler gemacht. Doch ein so unsolider Lebensentwurf war mit meiner Mutter nicht zu machen. Mir dämmerte schon früh, dass ich sie durch meine bloße Existenz gegen ihren Willen aneinandergefesselt hatte. Und auch sonst hatte ich oft das Gefühl, meinen Eltern das Leben zusätzlich schwerzumachen. Die Hautkrankheit, die mich nach dem Krach mit meiner Oma Fränze befallen hatte, verlangte, dass ich morgens und abends mit verschiedenen Salben an Haupt und Gliedern behandelt werden musste. Dazu waren zweimal täglich baden und intensivste Kopfwäsche mit starkem Rubbeln zur Lösung des Fettes der scharfen Salben in den Haaren vonnöten. Trotz dieser Strapazen und Schmerzen bestand meine Mutter darauf, dass ich langes Haar und lange Zöpfe oder einen französischen Haarkranz zu tragen hatte. Jeden Morgen und Abend gab es großes Geschrei wegen der verknoteten Haare und des Ziepens beim unbarmherzigen Auskämmen der Knoten, bis die Kopfhaut ganz wund war. Morgens dauerte das Haareflechten dann noch fünf-

zehn Minuten extra, die ich am liebsten durchgeweint hätte. Aus Stolz unterdrückte ich das. Ich hasste die langen Haare.

Über die Jahre wuchs ich zu einem niedlichen Mädchen heran, mit dunklen Kirschaugen und schwarzem Haar mit weißen oder roten Schleifen oder dem unsäglichen französischen Zopf. Von meiner Mutter wurde ich zum Püppchen ausstaffiert, das all seine süßen Kleidchen, Schleifchen und Lackschuhe vorzuführen hatte. In einer Nacht kurz vor meinem siebten Geburtstag hatte ich genug von der Tortur mit den Haaren. Heimlich fischte ich ihre geheiligte Schneiderschere aus der Schublade und schnitt mir im Morgengrauen die Haare ab. Mein Vater sah mich am Morgen mitleidig an, schwieg aber, nachdem meine Mutter ihm einen warnenden Blick zugeworfen hatte. Es setzte dann eine Tracht Prügel. Nur meine Mutter prügelte. Mein Vater nie. Doch Prügel waren mir lieber als das tagelange kalt strafende Schweigen. Nach zwölf Schlägen mit dem Teppichklopfer auf meinen Hintern war wenigstens die Atmosphäre gereinigt. Dann konnte ich den Spieß umdrehen und meinerseits grollen: meine Mutter von mir stoßen, mich bockig abwenden, nicht mit ihr sprechen. So meinte ich, einen Rest obligaten Heldentums zu zeigen, um mir so wenigstens ein Stück Achtung meiner Eltern zu erkämpfen. Bei Schlägen gab ich keinen einzigen Schmerzenslaut von mir. Keine Tränen. Keine Furcht. Die Lippen zusammengepresst. Leider provozierte mein stolzes Dulden nur eine größere Heftigkeit der Schläge. Doch das war mir einerlei. Natürlich wurde mir dabei immer vor Augen

geführt, dass all das noch Lappalien waren im Vergleich zu dem, was sie, meine Eltern, in ihrem Leben als Kinder zu erdulden hatten. Das hatte nur den Effekt, dass ich mich noch eiserner wappnete.
Meine Mutter war die Stärkere der beiden Elternteile. Da ich ihr den ganzen Tag ausgeliefert war, musste ich mich auf ihre Seite schlagen, wenn ich einigermaßen über die Runden kommen wollte. In unmerklichen Dosen träufelte sie mir in ihrer Erbitterung gegen die väterliche Familie erst Widerwillen und langsam auch Hass auf meinen Vater ein. Nur meinen Opa Bruno, der uns weiterhin heimlich besuchte und verschämt von seinem Taschengeld, das Franziska ihm sparsam zuteilte, noch Schokolade, Apfelsinen, Bananen und West-Zeitungen für uns abzuzweigen wusste, ließ sie gelten. So war ich ständig hin- und hergerissen zwischen Schuldgefühlen gegenüber meinem Vater und dem kindlichen Opportunismus, der sich danach richtete, wer den stärkeren Schutz, die Fürsorge und die Nahrung lieferte. Trotz allem liebte meine Mutter mich abgöttisch. Ja, sie belagerte mich geradezu mit ihrer Liebe, die wohl nur deshalb so unerträglich wurde, weil sie außer mir kein anderes Ziel mehr hatte.
So gut ich konnte, entzog ich mich all den Liebesbeweisen, zumal ich diese ja nicht verdient hatte. War ich nicht ein Hochstapler, der unberechtigt Vergünstigungen erhielt? Seltsamerweise hatte meine Mutter anders als mein Vater überhaupt keine Freunde oder Freundinnen. Offenbar stellte sie so überhöhte Ansprüche an die Freundschaft, dass niemand diese erfüllen konnte oder mochte. Darüber hinaus erwartete

sie, dass man sie grenzenlos hofierte, während sie nichts unternahm, um Beziehungen oder gar Freundschaften zu pflegen. An allen hatte sie etwas auszusetzen. Meistens reichte nur der Hinweis, dass diese früher beim BDM oder jener in der Hitlerjugend gewesen waren und sich bei »Kraft durch Freude« vergnügt hatten, während sie Todesängste ausgestanden hatte.
Ich kenne keinen einsameren Menschen als meine Mutter. Und weil sie zudem unfähig war, Dinge allein zu unternehmen, nahm sie mich auch hier in Beschlag. Immer und überall musste ich mit.
So begann ich, von einem Leben in einem Internat zu träumen. Begierig las ich eine Buchreihe über eine Clique englischer Schulkinder, für die der Besuch einer Boarding School ganz normal schien. Mein Entschluss stand fest. Ich wollte in ein Internat! Möglichst weit weg von den Eltern, weit weg von der unentrinnbaren Kontrolle und den ständigen Streitereien. Kindheit empfand ich als eine entwürdigende, einengende Knechtschaft, der ich so schnell wie möglich entrinnen wollte.
Dann geschah etwas Beängstigendes. Aus irgendeinem unerklärlichen Grund kam ich plötzlich beim Schreiben nicht mehr mit, war immer die Letzte, las immer etwas anderes als das, was im Buch oder an der Tafel stand. Doch es waren nicht die Augen, die versagten. Es war im Kopf! Nun lebte ich in der ständigen Angst, dass die anderen merken könnten, dass mit mir etwas nicht stimmte. Also strengte ich mich noch mehr an. Wo andere sauber und flüssig Schönschrift schrieben, Schreibheftseiten wie Gemälde, zerhackte ich das

Schreibpapier des Schreibheftes, weil meine Hand nicht gehorchte, einfach gegen meinen Willen stehen blieb, verkrampfte und die Schreibfeder so stark aufdrückte, dass die Feder Löcher ins Papier riss und stecken blieb. Klecks! Beim Lesen hatte ich das Gefühl, als hätte ich einen Wackelkontakt im Kopf. Richtig verheerend wurde es, wenn es galt, ein Gedicht auswendig zu lernen. Ich war wohl das langsame ADS-Träumerchen, hielt mich damals jedoch für eine einsame Idiotin. Wer mich hänseln wollte, den verprügelte ich. Denn obwohl ich klein war, konnte ich es aufgrund meiner Wendigkeit und Entschlossenheit körperlich mit den meisten aufnehmen. Ansonsten half bei offensichtlicher Übermacht, dass ich die beste Läuferin, die beste Springerin der Schule in meiner Altersklasse war.
Als noch schlimmer, als ein Versager zu sein, galt bei uns zu Haus, ein Opfer zu sein. Das hatte ich schon früh gelernt, wenn mein Vater sich gegenüber anderen Juden, die »nur« rassisch verfolgt worden waren und nicht wie er, der zwölf Jahre als »Politischer« in Haft gewesen war, damit prahlte: »Ich war nie ein Opfer! Ich war immer nur ein unterlegener Kämpfer! Ich habe nicht gewartet, bis man mich zur Schlachtbank führt! Denn kämpfen lohnt sich immer, und wenn nur für den eigenen Stolz!« Dieser Satz, der die »unpolitischen Juden«, die »nur« rassisch verfolgt worden waren, sicher wie ein Ziegel auf die Stirn getroffen haben musste, hat mich tief geprägt. Wenn ich schon sonst nichts taugte, dann wollte ich mir wenigstens auf andere Weise Respekt verschaffen, koste es, was es wolle. Als Einzelkind ohne ältere Geschwister war das früher eigentlich

fast unmöglich. Alle anderen Kinder hatten mindestens zwei, drei, ja vier Geschwister und traten immer in Familienstärke auf. Nur ich stand überall allein. Ein Außenseiter. »Aber das übt!«, munterte mein Vater mich immer auf.

Jedem das Seine

»Normalerweise spreche ich nicht mit Fremden, wissen Sie. Meine Mutter hat mir das verboten. Ich bin ja auch erst zehn Jahre alt. Natürlich kann ein Mädchen von zehn Jahren auch mit fremden Leuten reden, aber nur über so Sachen wie Fahrpläne, wo es Schrippen gibt, ob es heute regnet und welchen Film man im Kino zeigt – harmlose Sachen halt. Sonst soll ich mich lieber dumm stellen und nichts sagen, sagt meine Mutter. Noch nicht einmal ein Tagebuch darf ich jetzt mehr führen. Da könnte ja was drinstehen, was dann schlecht für uns wäre, wenn es anderen Leuten in die Hände fiele. Jetzt, wo ich auch keinen Hund mehr habe, dem ich alles erzählen kann, würde ich schon gern ein Tagebuch haben und alles aufschreiben. Heute stünde da drin: Karfreitag 1933 ist der schlimmste Tag meines Lebens. Ob noch schlimmere kommen, weiß ich nicht.
Und danke, mein Herr, dass Sie mich getröstet haben, als ich vorhin eingestiegen bin und Rotz und Wasser geheult habe. Aber nur weil Sie freundlich zu mir waren, mir etwas zu trinken und drei belegte Schrippen gekauft und mir Ihr Taschentuch geliehen haben, werde ich trotzdem nicht gleich vertrauensselig. Aber mit irgendjemandem muss ich jetzt einfach reden! Vorhin, als die Polizei und zwei SA-Männer durch den Zug kamen, sind Sie ganz blass geworden. Sie scheinen genauso viel Angst zu haben wie ich. Sie werden gesucht, stimmt's?
Doofe Frage. Entschuldigen Sie! Manchmal bin ich eben doch noch ein Kind. Hella heiße ich übrigens.

Aber jemandem wie Ihnen kann ich ja erzählen, warum ich hier jetzt allein im Zug sitze und heule. Ich weiß nämlich nicht, wo ich hin soll. Heute Mittag ist meine Mutter verhaftet worden!

Ich war gerade mit dem Osterputz fertig und hatte einen Kuchen in den Ofen geschoben. Meine Mutter musste noch die letzten Mäntel fertig nähen, bevor sie am Sonnabend liefern fährt. Meine Mutter näht nämlich Mäntel in Heimarbeit. Akkord, wenn Sie wissen, was das ist. Da kam plötzlich die olle Minna angerannt. Die ist nicht ganz richtig im Kopf, ›Krieg, Krieg, die Soldaten kommen!‹, schrie die und rannte vor unserem Zaun hin und her. Da wussten wir sofort, was es geschlagen hat: Razzia mit Verhaftungen! Mutter hat sofort meine Schulmappe ausgekippt und ganz unten die Parteifahne, die Mitgliederkartei und Papiere reingetan, darauf die Hefte, den Handarbeitsbeutel und den Federkasten. Dann hat sie mich mit dem Ranzen auf dem Rücken losgeschickt: ›Wenn du gefragt wirst, du gehst in die Hindenburgschule in Rosenthal in die Klasse 4 a zu Frau Schubert! Du hast ein Heft bei deiner Lehrerin vergessen und musst es abholen.‹

Überzeugend fand ich das nicht so recht, mir fiel aber auch nichts Besseres ein. Wo ich wirklich hingehen sollte, das konnte sie mir nicht mehr sagen. Die Polizei machte schon den einen Ausgang dicht, und ich musste schleunigst in die andere Richtung rennen, harmlos und unverdächtig tun – ich kann mich gut verstellen, wissen Sie. Das braucht man fürs Illegalsein, sagt meine Mutter.

Aber nun saß ich in der Patsche: Wo sollte ich nun mit der Fahne und den Parteikarteien in der Mappe bloß hin? Auf keinen Fall zu jemandem aus der Partei oder zu einem nahen Verwandten. Wer ist politisch unverdächtig, mit wem würde man

meine Mutter am wenigsten in Verbindung bringen? Selbst an ihre beste Freundin, Tante Martha, habe ich gedacht. Aber die ist Jüdin und hat eigene Sorgen, jetzt wo ihr Mann, der Richter, von heute auf morgen nicht mehr arbeiten darf. Und da fiel mir plötzlich mein Vater ein.
Meine Eltern sind nämlich geschieden. Und aus Wut, weil meine Mutter ihn verlassen hatte, hat mein Vater unser Haus angezündet. Als er nach drei Jahren aus dem Gefängnis kam, hat er versucht, Kontakt zu meinem Bruder und mir aufzunehmen. Gebettelt hat er, dass wir ihm bitte, bitte verzeihen sollen. Mein Bruder Peter ist da aber eisern und hat ihn abblitzen lassen. Und ich lasse mich auch nicht so leicht einwickeln. Erwachsene denken sowieso, Kinder sind so blöd und lassen sich ein X für ein U vormachen. Aber den Zettel mit seiner Adresse, den er uns daließ, habe ich dennoch heimlich in meinem Federkasten versteckt. Zum Glück!
Der konnte sich gar nicht einkriegen vor Freude, als ich da mit einem Mal aufgetaucht bin. Da habe ich ihm gleich gesagt, dass er jetzt die Möglichkeit hat, seinen Fehler von damals mit Taten anstatt mit Worten wiedergutzumachen. Da hat er das ganze Zeug bei sich in der Backstube eingemauert. Danach bin ich schleunigst zurück nach Hause. Mein Vater wollte mich noch zur Straßenbahn bringen, aber das ging natürlich nicht. Er solle besser nicht mit mir gesehen werden, habe ich ihm gesagt, seinetwegen und zur Sicherheit für Mama. Das hat er auch verstanden und war plötzlich ganz stolz.
Als ich dann zu Hause ankam, war meine Mutter verschwunden. Verhaftet. Keiner wusste, wo man sie hingebracht hatte. Unsere Laube war total verwüstet, mein Kuchen auf dem Küchenboden zertreten, Mehl, Zucker, Salz, Reis, Milch alles ausgekippt, alle Polster, sämtliche Matratzen, Kissen, Feder-

betten waren aufgeschlitzt, überall lagen Federn verstreut. Eine Riesenschweinerei! Selbst meine Schulbücher und Spielsachen haben die kaputt gemacht. Was sind das bloß für Menschen? Was aber am schlimmsten war: Auch die fertig genähten Mäntel, die meine Mutter am Sonnabend liefern fahren wollte, waren hin. Das wird man ihr vom Lohn abziehen.
Völlig aufgelöst bin ich wieder und wieder durch die Räume gelaufen und wusste weder ein noch aus. Aber, dachte ich da, wie ich meine Mutter kenne, hat die einen kühlen Kopf behalten und mir irgendwo eine Nachricht hinterlassen. Tatsächlich! Auf dem Klo, am Rand des Zeitungspapiers, das wir als Toilettenpapier benutzen, hatte sie hastig mit Bleistift geschrieben, dass ich zu ihrem Bruder, dem Onkel Rudolf, in den Harz fahren solle. Das Geld für die Fahrkarte könnte ich von der Nachbarin Frau Kuth borgen. Und die ist dann mit mir zum Bahnhof gefahren und hat ein Blitz-Telegramm an Onkel Rudi aufgegeben: Oda verhaftet +++ Tochter Hella Ankunft Seesen 1 Uhr! +++.
Als ich kurz nach eins in Seesen ankam, stand Onkel Rudolf in SA-Uniform mit Tante Bertha am Bahnsteig. Obwohl sonst kein Mensch da war, haben sie sich ständig umgeschaut, dass sie bloß keiner mit mir sieht. Zehn Minuten später haben sie mich dann in den Gegenzug zurück nach Berlin gesetzt. Und da bin ich nu'! ... Aber wieso weinen Sie denn? Das ist Ihnen doch nicht passiert, sondern mir ... Sie fahren doch nach Prag. Raus aus Deutschland.
Meine Mutter könnte vielleicht nach Russland. Sie ist ja in Moskau geboren und spricht perfekt Russisch. Aber auch das hat einen Haken: Gerade weil sie Russisch spricht und dazu mal adlig war, ist die Sowjetunion vielleicht auch nicht so gut

für sie, hat man ihr zu verstehen gegeben. Vor einiger Zeit sollte sie als verdiente Genossin mit einer Parteidelegation die Sowjetunion besuchen. Ist natürlich nichts draus geworden! Alle haben ein Visum bekommen, nur meine Mutter nicht. Vielleicht auch wegen Rechtsabweichlertum, Zusammenarbeit mit SPD-Leuten und so ... haben wir uns so zusammengereimt ... Sie hat sich jedenfalls ihren Teil gedacht und gesagt, dass man vielleicht nicht nur für die Zarin Potemkin'sche Dörfer bauen kann. Was ein Potemkin'sches Dorf ist, hat sie mir später erklärt. Aber seitdem hört sie ganz genau hin, was die russischen Emigranten so erzählen. Sind beileibe nicht alles Reaktionäre und schlechte Leute, wissen Sie. Mir jedenfalls hat sie eingeschärft: Glaube ist der Feind der Menschheit. Nur Denken und Zweifeln bringt uns voran. Ich kenne außer der katholischen Betschwester bei uns in der Laubenkolonie keinen, der an Gott glaubt.
Wenn Sie an Ihren Gott glauben und deshalb aus Deutschland weggehen, dann ist das auch in Ordnung. Er soll Sie dann aber wenigstens auch schützen, denn Sie sind ein guter Mensch!
Wir kommen hier jedenfalls nicht mehr raus, hat meine Mutter gesagt. Wir müssen in Deutschland bleiben und uns redlich wehren, ob wir wollen oder nicht. So geht es allen armen Leuten, meint sie.
Gucken Sie mal, die Sonne geht schon auf! Ja, sehen Sie doch! Da, mich laust der Affe, sehen Sie mal da oben, da oben am Schornstein! Das ist ja nicht zu glauben, da weht tatsächlich eine rote Fahne! Ne rote Fahne am höchsten Schornstein Berlins! Das ist vielleicht 'n Ding! Na, die Nazis werden schäumen. Hahaha! Ist das nicht großartig?
Ich bin jetzt zu Hause! Danke Ihnen für alles und viel Glück in Prag!«

Vorbereitung eines hochverräterischen Unternehmens

Heiter flatterte eine rote Fahne im frühlingshaften Morgenwind am höchsten Fabrikschornstein Berlins. Der rote Wedding streckte Hitler die Zunge raus! Die Werksirene heulte am 2. Mail 1933 zur Frühschicht. Feixend drückten die Arbeiter das Kreuz durch und knufften sich gegenseitig mit den Ellenbogen in die Rippen. Weil Staunen bei Berlinern verpönt ist, wurden Wetten abgeschlossen: Wie lange würde es wohl dauern, bis sich unter den Braunen einer fände, der den Schneid hätte, auf den Schornstein zu klettern, um das rote Tuch zu pflücken?

Am Sonntag und am Montag, dem 1. Mai, war der Schornstein natürlich kalt geblieben. Sonst aber war er glühend heiß und unmöglich zu besteigen. Da hatte ganz offenbar einer Bescheid gewusst.

Weit legten sich die Köpfe ins Genick. Dann abschätzende Blicke auf die Werksuhr am Hauptgebäude. Spekulationen über die Machbarkeit, den möglichen Ablauf und die erforderliche Zeit einer Fahnenbeseitigung machten die Runde. Nach dreißig Minuten stand die Quote bereits 1:3 für zwei Stunden, 2:1 für vier und 3:1 für fünf Stunden.

Solch ein Schauspiel war ganz nach dem Geschmack des proletarischen Publikums. Erst die erfolglosen Kletterversuche der Polizei, dann der Feuerwehr am

glühenden, vierzig Meter hohen Schornstein und die kläglichen Bemühungen mit zu kurzen Drehleitern wurden mit Gejohle quittiert. Die »Schlipsheinis«, die Angestellten, die nun mit ärgerlich verkniffenen Gesichtern an den Männern mit Schlägermützen vorbeihasteten, ernteten milden Spott.
Das war kein Parteiauftrag. Dazu war die Sache zu populär. Man konnte der KPD in Deutschland sicher vieles vorwerfen, nicht aber, dass sie zu Humor und Volkstümlichkeit neigte. Da hatte einer auf eigene Faust gehandelt. Eine kleinbürgerlich-individualistische, anarchistische Tat, die so befreiend und zugleich völlig nutzlos zwischen Bierlaune und politischer Demonstration schwebte, dass es allen das Herz wärmte. Gerade an dem Tag, an dem Hitler alle Gewerkschaften verbieten und besetzen ließ, pfiff einer auf die braune Staatsgewalt und alle roten Parteilinien! Vielleicht ein Grünschnabel? Ein heiliger Narr der nordöstlichen Vorstädte!

Auch Martha entging an diesem Dienstagmorgen die seltsame Aufgekratztheit der Berliner nicht. Anstatt auf ihrem Weg zum Bahnhof in mürrische Morgenmienen zu blicken, sah Martha in blitzende Augen, auf kühn aufgeworfene Münder und sogar, es war kaum zu glauben, einen matten Abglanz von Stolz, Stolz, dass man es denen da oben gerade heute mal so richtig gezeigt hatte. Wenn vielleicht nicht alle darüber feixten, dann aber bestimmt mehr weit mehr als die Hälfte der Passanten, wie ihr schien. Wann hatte sie das letzte Mal auf den abgehärmten Gesichtern der einfachen

Leute einen solchen Ausdruck gesehen? Vielleicht würde man sich ja doch noch ermannen? Die Hoffnung, dass Deutschland nicht nur Stiefellecker und Duckmäuser hervorbrächte, geisterte weiter durch die Herzen.

»Die ham die Fahne immer noch nicht runterjeholt! Traut sich wohl keener von de Jestiefelten da ruff. Muss ooch verdammt heiß sein, und bis die den Ofen stillgelegt haben und der Schornstein abkühlt, na det kann dauern. Ansonsten tschüs bis Sonntag! Hahaha! Inzwischen rennen die Nazis da unten 'ne Rille int Trottoire und können nischt machen! 'n dolles Ding! Meine Fresse, aber ooch!«, so raunte es. »Wenn die *den* kriegen! Na dann jut' Nacht!«

Martha war mit ihren Gedanken inzwischen woanders. Sie wusste nicht mehr weiter. Seit ihr Leopold von einem Tag auf den anderen wegen seiner jüdischen Herkunft seines Postens als Kammergerichtspräsident enthoben worden war, saß er nur noch im Herrenzimmer und starrte stundenlang die Wand an. »Auch ein gewässerter Hering bleibt ein Hering«, kicherte Dr. Leopold Hartmann alias Hirschfeld, während er diese abgedroschene jüdische Binsenweisheit über die Vergeblichkeit, das Judentum durch Taufe und Assimilation loszuwerden, vor sich hin murmelte. Schließlich sagte er gar nichts mehr. Für Martha stand fest, ihr Leopold steckte in einer ernsthaften Krise. Ihr Mann hatte einen Zusammenbruch in Zeitlupe. Aber ärztliche Hilfe, die Martha in Gestalt des Neurologen Professor Dr. Süverkrüp herbeirief, lehnte Leopold schroff ab.

Die Zwillingssöhne Siegmund und Siegfried verfolgten Martha seit Wochen mit finsteren Blicken. Sie gaben ihrer Mutter die Schuld, dass auch sie jetzt auf einmal Juden waren. Dass sie nicht mehr in den Schwimmverein durften. Erst vor drei Tagen hatten die Jungen erfahren, dass sie sogar Voll-Juden sein sollten! Voll-Juden! Sie konnten es nicht fassen. Es war doch ihr heißester Herzenswunsch, Hitlerjungen zu werden. Hart wie Stahl und flink wie Windhunde. Und plötzlich waren sie komplett unarisch? Deutscher als ihr deutschnationaler Vater, der Kammergerichtspräsident a. D. Dr. Leopold Hartmann, konnte man doch gar nicht sein! Nicht nur ihre Mutter, Martha Hartmann, war Jüdin, wie sie mit Entsetzen erst jetzt erfuhren. Auch ihr Vater! Ihre Mutter war sogar noch so frech, weiterhin zahlendes Mitglied der jüdischen Gemeinde zu sein. Aus diesem Grund, so waren sich die Zwillinge einig, behandelte man sie plötzlich so abfällig. Dem Vater hielten sie zugute, dass er zumindest alles versucht hatte, kein Jude mehr zu sein. Von ihrer Mutter sprachen sie nur noch als »der dreckigen Jüdin, die unser Haus verpestet«. Sie weigerten sich, mit ihr zusammen im Esszimmer an einem Tisch zu sitzen. Demonstrativ schnappten sie sich ihre Teller, marschierten zackig aus dem Raum und nahmen die Mahlzeit in ihren Zimmern ein.
Leopold reagierte auf all das nicht mehr. Geistesabwesend schaufelte er das Essen in sich hinein. War der Teller leer, das Dessert verputzt, erhob er sich wortlos vom Tisch und verzog sich in das düstere Reich seines Herrenzimmers, ließ sich in seinen Ledersessel fallen und starrte die Wand mit den Hirschgeweihen an.

»Else, es muss etwas geschehen!«
Atemlos und ohne Gruß stürmte Martha durch Elses großbürgerliches Marmor-Entree und drückte der knicksenden Zugehfrau achtlos ihren Hut, ihre Handschuhe und den Mantel in die Hand.
»Martha, es geschieht pausenlos etwas!«, wollte Else sie bremsen. »Meistens geschieht nichts Gutes, zugegeben! Nu' komm erst mal rein, und setz dich!«
Else konnte es auf den Tod nicht ausstehen, wenn Besucher schon im Treppenhaus mit heiklen Familienangelegenheiten herausplatzten. Dazu noch in diesen Zeiten. Aus Groll darüber klang ihre Anweisung an das Dienstmädchen, das Marthas Garderobe in Empfang genommen hatte, schärfer als gewohnt: »Und bringen Sie dann bitte *sofort* den Kaffee und das Gebäck in den grünen Salon, hören Sie? Sie dürfen sich dann zurückziehen. Wir möchten nicht mehr gestört werden, ja?!«
Bevor Martha loslegen konnte, gebot Else ihr mit einer Geste und einem Finger auf den Lippen Einhalt, bis das Dienstmädchen aus dem Raum und einige Schritte im Korridor außer Hörweite war: »Nur so viel, bevor du ins Plaudern kommst. Gestern ist Elli auf und davon! Vor ein paar Tagen hat sie das Sportgeschäft noch einigermaßen gut verkaufen können. Die Wohnung hatte sie bereits vor einer Woche aufgelöst und bei Bekannten übernachtet. Jetzt sitzt sie im Zug nach Wien. Ihre Möbel hat sie bei mir untergestellt, wenn du etwas brauchst, sag's mir. Ich bin froh über jeden Stuhl und jeden Schrank, den ich loswerden kann.«
Damit lehnte sie sich ins Polster des grünen Sofas zu-

rück und wartete auf Marthas Lamento. Martha hatte immer etwas zu klagen, wenn sie zu ihr kam, vor allem am Vormittag. Da konnte man nur die Ohren anlegen.
Doch nun kein Mucks. Abgewandt weinte Martha still vor sich hin.
»Na, was ist denn? Geht ihr jetzt auch außer Landes?«
»Ach, Else! Das wäre ja wenigstens ein Ausweg, aber Leo will Deutschland partout nicht verlassen. Von den Jungs gar nicht zu reden«, schluchzte Martha und wischte sich die Augen. »Was soll Leo als Jurist denn woanders auch tun? Seit man ihn entlassen hat, ist er wie chloroformiert, sagt nichts und sitzt einfach nur da. Und meine Kinder sind jüdische Nazis, die mich hassen! Was soll bloß werden?«
Else und Martha beratschlagten sich stundenlang und heckten nach einigen Telefongesprächen einen Rettungsplan für Martha und die Familie des entlassenen Kammergerichtspräsidenten Dr. Leopold Hartmann aus. Es war bereits Spätnachmittag, als Martha mit verheulten Augen, aber wieder etwas zuversichtlicherer Miene die Chausseestraße zum Bahnhof Börse hinunterlief.

Hella fuhr gern mit dem Fahrrad in Berlin herum. Zum einen gab es für Bewohner der Laubenkolonie »Kleintierfarm« kein anderes Verkehrsmittel, zum anderen konnte man sich nur so Berlin auf seiner inneren Landkarte aneignen. Am besten aber kannte sich Hella inzwischen mit Berliner Gefängnissen aus. Auf der Suche nach ihrer Mutter Oda konnte man ihr auf dem

Polizeirevier keine Auskunft geben. Aus Mitleid schrieb man ihr höchstens verschiedene Adressen mit Kopierstift auf herausgerissene Zettel oder Zeitungsränder. Auch ihr großer Bruder Peter war keine Hilfe, denn Peter Hanke wurde ja ebenfalls steckbrieflich gesucht und musste sich verstecken. Nur auf S-Bahnhöfen oder nachts am rückwärtigen Gartenzaun konnte sie ihren Bruder heimlich mit frischer Kleidung, Nahrung und Post versorgen.
Den Nachbarn konnte man die mühsame Suche nach Gefängnissen, Folterkellern und anderen Berliner Vorhöllen nicht zumuten. Es war schon genug, dass sie Hella trösteten, beruhigten und bis auf weiteres durchbrachten. »Du wirst sehen, in einer Woche ist deine Mama wieder zurück wie der rote Hannes aus dem Hauptweg, neben dem Kaufmann!« Trotzdem weinte sich Hella nachts in den Schlaf.
Nach einer Woche war Oda noch immer nicht zurück wie die anderen politischen Gefangenen, die man nur nachhaltig einschüchtern wollte. Da ihr keiner helfen konnte oder wollte, blieb Hella nichts anderes übrig, als selbst den Stadtplan aufzuschlagen, um die notierten Adressen ausfindig zu machen, wohin man ihre Mutter verschleppt haben könnte. Mit einem Wäschepaket auf dem Gepäckträger und einem Kuchen in der Tasche am Lenker schwang sie sich auf ihr Fahrrad. So lernte Hella alle offiziellen Gefängnisse mit weiblichen Gefangenen, aber auch alle illegalen Folterverliese der SA in Berlin kennen, wo man sonst noch politische Gefangene vermuten durfte.
Ihre Klassenkameradinnen suchten derweil anderweitig

Abenteuer: auf Fahrten mit dem BDM, den Hella verächtlich mit »Bubi Drück Mich« übersetzte. Andererseits beneidete sie heimlich die anderen Mädchen um ihre schmucken BDM-Uniformen. Sie tröstete sich damit, dass die doofen BDM-Mädchen auch nicht wie sie den Mumm hätten, eine Parteifahne, gefährliche Papiere und Karteikarten der Partei in der Schulmappe an der Gestapo vorbeizuschmuggeln. Ihr machte das nichts aus. Im Gegenteil, Hella fand es aufregend, als Kurier mit geheimem Material unterwegs zu sein. Darauf war sie stolz. Die Erwachsenen machten ein großes Gewese darum, aber sie schlug ihnen allen ein Schnippchen, den Erwachsenen, der Polizei und den Spitzeln. Seit die Mutter verhaftet war, war Hella mit ihren nun elf Jahren auf sich allein gestellt. Nur die Nachbarin und Martha sahen ab und zu nach ihr, ob sie genug Geld und Lebensmittel hatte. Was für ein großes, verständiges Mädchen! Nachts sah und hörte ja keiner, wie sie sich in den Schlaf weinte. Irgendwann verbot sie sich auch, darüber nachzugrübeln, was man ihrer Mutter alles antun könnte. Nachdem sie sich vom ersten Schrecken des Verlassenseins und der Sorge um Oda erholt hatte, kam sie sich vor wie ein einsamer Pirat auf hoher See: Über mir nur der Himmel, summte sie das Störtebekerlied, das sie in der Schule gelernt hatte, und erschrak über sich. Hatte diese Freiheit vielleicht nicht nur etwas Bedrohliches, sondern auch etwas Verführerisches? Ein bisschen schämte sie sich bei dem Gedanken.

Schließlich fand Hella ihre Mutter im Columbiahaus, in einem geheimen Foltergefängnis in Berlin-Tempelhof, das erst später traurige Berühmtheit erlangen sollte. Beim ersten Besuch durfte Hella wenigstens das Paket mit Wäsche, Seife, den Kuchen und das Obst aus dem Garten abgeben. Obwohl das der schrecklichste Ort in Berlin sein sollte, wie sie von Eingeweihten erfuhr, machte man dem Mädchen Hoffnung: »Solange man Pakete entgegennimmt, ist alles in Ordnung. Schlimm ist es erst, wenn man keine Pakete mehr abgeben darf.«
Beim zweiten Besuch an der Pforte des Columbiahauses sollte sie warten. »Ist was passiert?«, rief sie besorgt. »Ist meine Mutter vielleicht in ein anderes Gefängnis verlegt worden? Kann ich sie sehen?«
Keine Antwort.
Zum Bitten und Betteln war sie zu stolz. Nach einer Stunde des Ausharrens durfte sie endlich eintreten. Vor ihr baute sich ein SA-Mann auf, an dem das Auffälligste seine zu großen Stiefel und die albern kurz geschorenen Haare waren. Als Hella ihn noch misstrauisch musterte, grinste der Mann plötzlich. Närrisch kichernd hielt er ihr seine rechte Hand vors Gesicht und knickte und streckte den Daumen.
»Na, erkennste mich noch?«
Die Stimme kam ihr sehr bekannt vor. Großer Gott! Der doofe Kalle, der Dorftrottel von Lübars, der sich mal beim Holzhacken fast den Daumen abgehackt hatte. Oda hatte ihn als Sanitäterin damals so gut verarztet, dass der Finger wieder angewachsen war, was an ein Wunder grenzte. Nun erinnerte sich Hella plötzlich auch wieder, warum Kalle damals unbedingt

exerzieren lernen wollte. Alle Lübarser Kinder hatten sich damals über ihn lustiggemacht: »Der doofe Kalle will in die SA!«
Aber selbst die SA wollte den doofen Kalle nicht. Jemanden, der so dämlich war, rechts und links zu verwechseln, konnten selbst die Nazis nicht brauchen. Hella hatte ihm damals an den rechten Arm Stroh und an den linken Arm Heu gebunden. Abwechselnd hatte sie dann »Heu« und »Stroh« kommandiert. Zu Kalles Leidwesen rief man bei der SA beim Exerzieren aber nicht »Heu« oder »Stroh«. Kalle-Drillen war auf die Dauer ein ödes Vergnügen, so dass Hella irgendwann davon abließ und stattdessen Frösche fing, die sie als Wetterfrösche verkaufte, um ihr Taschengeld aufzubessern.
»Alles prima, Hella!« SA-Kalle deutete freudestrahlend auf den beweglichen Daumen mit der großen Narbe. »Auch rechts und links verwechsle ich nicht mehr. Habt mir damals prima geholfen, du und deine Mutter! Wirklich janz eins a!«
»Ich glaube dir aber nicht, dass du meine Mutter gesehen hast. Du gibst nur an«, entgegnete Hella frech. Sie wollte SA-Kalle aushorchen und hoffte, dass er darauf hereinfiel.
Sogleich zog der eine sorgenvolle Grimasse. »Jesehen ... jesehen! Klar, habe ick deine Mutta jesehen. Wat denkste denn? Es jeht ihr jut. So wie et hier jemandem nur jut jehen kann. Ick bin zwar keen großet Licht, aber wer mia mal einer jeholfen hat, den lasse ick ooch nich' im Stich. Ejal wie. Kannste alle fragen.«
Hella versuchte, Kalle weiter auszuquetschen. Das machte Kalle nervös.

»Ick kann dia nischt sagen, aber nur so viel. Ick habe jesacht, dass deine Mutter eine jute Sanitäterin is', und darum lässt man sie jetzt da mitte Verhöre in Ruhe. Se verbindet nu' die Verletzten und so. Det kann se jut. Aber halt's Maul, ick darf nich' darüber reden.«
»Kann ich Mama mal sehen?«
»Schon wieder: Sehen! Sehen! Sehen?! Wat müsst ihr euch alle eigentlich imma sehen? Hier jibt et nischt zu sehen! Vielleicht wird se ja bald entlassen. Et kann allet sein bei unsam Führer!«
Halbwegs erleichtert verließ Hella das Columbiahaus, lief zu ihrem angeschlossenen Rad, hinaus in den strahlenden Sommertag und trat freudig in die Pedalen. Die gute Nachricht musste sie sogleich Martha, der besten Freundin ihrer Mutter, überbringen! Hella stieg bei der nächsten Telefonzelle ab und wählte die Nummer. Bei Martha ging keiner ans Telefon. Dann fiel ihr ein, dass Juden seit neuestem ja gar kein Telefon mehr haben durften. Was blieb ihr also übrig, als die zehn Kilometer von Tempelhof nach Schmargendorf zu radeln? Darauf kam es nun auch nicht mehr an. Nur dass es von Schmargendorf dann raus nach Lübars auch noch mal über fünfundzwanzig Kilometer waren, daran wollte sie in dem Moment nicht denken, genauso wenig, ob ihr unterwegs die Kette abspringen oder ob sie gar mit einer Reifenpanne liegen bleiben würde. Hatte der Dorftrottel Kalle nun die Wahrheit gesagt, oder wollte er sie nur beruhigen? Darüber wollte sie erst recht nicht nachgrübeln.

Zwei Stunden später bog Hella in die stille Villenstraße in Schmargendorf ein. Sie freute sich auf Marthas erleichtertes Gesicht und auf die Limonade aus echten Zitronen, die es bei den Hartmanns immer gab. Mit der »Preußenlimonade« aus Essig und Zucker nicht zu vergleichen, die sie sich zu Hause nur leisten konnten. Zitronen waren einfach zu teuer, fand ihre Mutter Oda.

Die Rollläden waren heruntergelassen, und selbst nach mehrmaligem Sturmklingeln rührte sich niemand. Die sind bestimmt raus an die Havel oder den Grunewaldsee gefahren, bei dem Wetter, vermutete Hella. Doch dann fiel ihr Blick auf den Briefkasten, in dem die Zeitungen von mehreren Tagen steckten. Besorgt klingelte sie bei den Nachbarn. Eine dralle Frau mit großgeblümter Schürze öffnete. »Tja, wie es scheint, sind die Hartmanns nun wohl auch auf und davon, genauso wie die Goldsteins von da vorne aus dem Eckhaus. Verdünnisieren sich doch alle von denen bei Nacht und Nebel, meist in die Schweiz oder nach Amerika!«

Amerika, das klang für Hella wie ein Zauberwort. Sie wäre auch lieber in Amerika.

Enttäuscht machte Hella kehrt. Aus der Pumpe trank an der Ecke trank sie noch eine Handvoll Wasser. Es war braun und schmeckte nach Rost. Marthas beschürzte Nachbarin sah nicht aus, als wäre sie so mildtätig, ihr ein Glas Wasser zu reichen. Hella tröstete sich damit, von den zwanzig Pfennig, die sie für das Telefonat gespart hatte, zwei Streifen Schokolade kaufen zu können, und trat den Heimweg an.

Suum Cuique!, las Hella am Giebel eines Hauses. Jedem das Seine hieß das. Das wusste sie von ihrem Lehrer, der sie für ein Stipendium für das Gymnasium vorgeschlagen hatte.

*

»Im Namen des Volkes ergeht folgendes Urteil: Der Strafgefangene Walter Kohanim-Rubin, geboren am 1. Mai 1912, sowie der Bruder des Vorgenannten, Benno Rubin, geboren am 7. April 1913, beide in Berlin-Wedding, werden der Vorbereitung eines hochverräterischen Unternehmens, ausgeführt in der Nacht vom 30. April auf den 1. Mai 1933 auf dem Gelände der Firma Schering, für schuldig gesprochen. In der Hauptsache wird der Beschuldigte Walter Kohanim-Rubin aufgrund von Indizien für schuldig befunden, in der fraglichen Nacht am Fabrikschornstein des Werkes eine *staatsfeindliche* rote Fahne angebracht zu haben, um damit zum Aufruhr aufzurufen und die Sicherheit und den Landesfrieden des Deutschen Reiches zu stören. Da sich beide Beschuldigte weder zur Sache geäußert noch Aussagen zum genauen Tathergang gemacht haben, erkennt der Strafsenat beide Beschuldigte zu gleichen Teilen für schuldig und verurteilt sie zu zehn Jahren und vier Monaten Zuchthaus oder schwerem Kerker! Die Untersuchungshaft der Beschuldigten wird auf die Haftzeit angerechnet. Die Angeklagten tragen die Kosten des Verfahrens!«
Der Vorsitzende Richter, der das Urteil verlesen hatte, klappte die Akte zu und trug eine zufriedene Miene zur Schau, während durch den Gerichtssaal ein un-

williges Raunen ging. Früher hätte es Zwischenrufe wie »Unerhört!« und »Klassenjustiz!« gegeben. Doch angesichts von vier Schupos der prügelnden Sorte, die im Saal wohl nur darauf warteten, die Knüppel tanzen zu lassen, hielt man sich zurück. Nach getaner Arbeit erhob sich das Hohe Gericht schwungvoll, raffte die Aktenbündel zusammen und fegte mit wehenden Roben aus dem Sitzungssaal. »Heil Hitler!«

Walter und Benno standen aufrecht, blickten mit finsteren Mienen drein und nahmen das Urteil reglos zur Kenntnis, wenngleich man Walter ansah, dass es ihm auf der Zunge brannte. Aufgebracht zog er bereits Grimassen, als wollte er gleich mit einer Brandrede loslegen.

»Halt jetzt bloß die Klappe«, raunte ihm Benno zu und legte seinem Bruder besänftigend die Hand auf den Arm. »Darauf warten die doch nur! Also, Schnauze!«

Franziska, die in der zweiten Zuschauerreihe neben ihrem Bruno saß, sank bei Nennung des Strafmaßes in sich zusammen. Lotte zur Linken tätschelte ihr tröstend die Hand.

»Fränze, die Jungs sind jung und gesund, und bestimmt gibt's bald 'ne Amnestie«, flüsterte Lotte. »Die sitzen keine zehn Jahre ab, glaub mir.« »Lotte hat recht, zehn Jahre hält sich der Hitler sowieso nich'!«, pflichtete ihr Bruno bei.

»Zehn Jahre für so eine Eselei, für so einen Dummejungenstreich«, zischte Franziska empört in Richtung Richtertisch.

»Lasset jut sein, Fränze!«
»Es ist nicht gut! Und ich lasse es nicht gut sein, Bruno!«, begehrte Franziska auf. »Niemals lasse ich so was gut sein! Niemals, hörst du!«
Die Schupos mit ihren schwarzglänzenden Tschakos auf dem Kopf reckten schon die Hälse nach ihnen.
»Fränze, jetzt mach bitte nicht so viel Wind und komm jetzt! Zwei politische Gefangene in der Familie reichen für heute!«, raunte ihr Lotte zu.
Bruno hakte Franziska unter und hievte sie von der Bank hoch. Walter und Benno, die nun in Handschellen aus dem Saal geführt wurden, tauschten noch schnell einen letzten Blick. »Pass auf Mutter auf!«, rief Walter Bruno zu. Dieser zerrte seine Fränze zusammen mit Freundin Lotte aus dem Saal, vorbei an bekannten und unbekannten Leuten, die Franziska plötzlich die Hand drücken wollten. Dabei wunderte sich Bruno, dass es trotz Kommunistenhatz sich doch so viele Leute nicht nehmen lassen wollten, offen ihre Verbundenheit zu zeigen. Auf der Treppe im Gericht reckten einige die Faust verstohlen hoch. Vielleicht Provokateure? Einige Frauen drückten Franziska still rote Nelken in die Hand.
»Wofür denn das? Das ist doch keine Beerdigung!«
Als Bruno und Franziska endlich zu Hause ankamen, war das ganze Treppenpodest voller roter Nelken.
»So jeht det aber nich', Sie! Nich' alle finden det jut, wat ihre Söhne so anstellen! Nich' alle, hör'n Se?«, keifte die »Portjeesche« ihnen hinterher. »Det räum' Se mir alles sofort weg, hör'n Se?! Zustände sind det! Zustände!«

»Sie! Lassen Se doch die Frau in Ruhe«, mischten sich andere Nachbarn vom ersten Stock ein. Hinter der Wohnungstür häuften sich durch den Briefschlitz geworfene Grußkarten und Post. Wie in den letzten Tagen waren wieder auch ein paar Hassepisteln und Drohungen darunter. Ehe Franziska diese entdecken konnte und Gelegenheit bekam, sich stundenlang darüber zu erregen und die Wände anzuschreien, fischte Bruno die bösen Briefe zielsicher heraus und warf sie gleich in die Flammen des Küchenherds, auf dem bereits eine Kanne Kaffee vor sich hinröchelte, die Willi Hörl für alle aufgesetzt hatte. Wahrscheinlich war es die erste Kanne Kaffee, die der Chefpolier Hörl jemals eigenhändig aufgebrüht hatte. Willi Hörls unbeholfene Geste der Verbundenheit. Trotz aller politischer Differenzen. Die Freundin seiner Frau hatte an der Tat ihrer Söhne keinen Anteil, und die Tat ihrer Söhne hatte nur symbolischen Charakter und keinen praktischen Wert, aber das war inzwischen auch schon egal, fand Willi Hörl und ließ die Hosenträger schnalzen.
»In dieser Zeit, wo alles andere versagt, sind Symbole nötig«, hatte ihm Walter während ihres letzten Wortgefechts über Sinn oder Unsinn der Tat vorgehalten. »Die Nazis, die jetzt die Arbeiterbewegung liquidieren, sollen sehen: Der rote Wedding lebt!«
Willi Hörl konnte darüber nur den Kopf schütteln. Zehn Jahre Haft für reine Symbolik!
»Wenn die Kommunisten nicht mit der Scheißhausparole vom Sozial-Faschismus gegen die SPD die Arbeiterbewegung gespalten und wir zusammen Volks-

front gemacht hätten, wäre Hitler niemals an die Macht gekommen!«, hatte er Walter und Benno damals vorgehalten.
»Det sind mir allet zu viel Konjunktive!«, hatte Walter zurückgegeben, schon um sich nicht anmerken zu lassen, dass Bruno recht hatte. »Konditional«, korrigierte Benno altklug.
Trotzdem konnte Willi Hörl die Leute verstehen, die sich jetzt an derart wahnwitzigen Taten erbauten und die es nach Helden aus ihren Reihen dürstete. Das rote Berlin des Nordens hatte seine populären Idole, und Franziska kam nach Walters Sportsiegen abermals in den Genuss, als »Heldenmutter« geehrt zu werden. Gegen Verehrung hatte die statusbewusste Fränze nichts, nur das Politische verwirrte sie. Was trieb ihre Söhne dazu, ohne Eigennutz sinnlose Risiken einzugehen? Das ging einfach über ihren Horizont. Andererseits ließ sie sich den volkstümlichen Ruhm ihrer Söhne gern gefallen, wenn sie beim sympathisierenden Fleischer das beste Bratenstück bekam, auf dem Markt die größten Kartoffeln und das frischeste Gemüse. Im Innersten war sie davon überzeugt, dass ihr das ohnehin zustand. Allerdings hatte sich die familiäre Versorgungslage noch zusätzlich verschlechtert, seitdem sich am Schwarzen Freitag die amerikanischen Aktien und Obligationen aus Walters Erbe in Luft aufgelöst hatten. Jetzt waren sie ausschließlich auf die »Klitsche« angewiesen und die Söhne dazu in Haft. Wie sollte das weitergehen? Vielleicht doch Bruno heiraten?
Zerstreut sortierte sie all die Briefe und Karten, die an

diesem Tag eingegangen waren. Darunter befand sich ein dickes Kuvert mit Trauerrand von ihrer Schwester Fanny sowie ein weiterer Brief mit schwarzem Rand von ihrer Cousine Else.

*

Wenn man die gesellschaftliche Stellung des Verblichenen bedachte, war die Trauergemeinde, die sich am 12. Juli 1935 auf dem Domfriedhof zu Berlin versammelt hatte, erstaunlich klein. Nur etwa zwanzig Trauergäste waren in der pompösen Seitenkapelle des Berliner Doms erschienen. Sie wirkten dort ziemlich verloren. Vor dem Altar standen drei Särge. In der Mitte war der Leichnam eines Erwachsenen aufgebahrt, rechts und links flankiert von zwei kleineren weißen Särgen, Kindersärgen. In der ersten Reihe für die engsten Familienangehörigen saß niemand. Hatte der einstmals so wichtige Mann tatsächlich keine Verwandten? Dahinter in der zweiten Reihe saß bleich und sichtlich kränklich Oda Hanke, die vor einigen Tagen aus der Haft entlassen worden war, daneben Else und Bruno Dahnke.
»Warum setzt ihr euch nicht in die erste Reihe? Du bist doch verwandt«, fragte Oda. »Doch nicht direkt. Wir sind nur angeheiratete Verwandtschaft«, belehrte sie Else flüsternd. Die übrige jüdische Verwandtschaft blieb aus Protest der Trauerfeier fern. Einem Konvertiten, Selbstmörder und Mörder von Familienangehörigen wollte man keine letzte Ehre erweisen. Dr. Weinstock, der inzwischen greise ehemalige Familienanwalt der Kohanims, war der Einzige, den Else Dahnke außer

Oda erkannte. Ansonsten fand sich verstreut das ehemalige Personal. Mehr verschämt als trauernd drückten sich ein paar Kollegen des Verblichenen nervös im Kirchengestühl herum. Trotz der sichtlichen Sorge um ihre Karriere, die ihnen die Teilnahme an der Trauerfeierlichkeit für ihren alten Chef bereitete, wollten sie mutig zur letzten Ehre des Toten erscheinen.
Zwei Lehrerinnen der aufgebahrten Kinder hatten sich mit Taschentüchern bewaffnet verstohlen in die letzte Reihe gezwängt. Die Orgel brauste gewaltig mit dem Largo von Händel auf. Als der letzte Ton verklungen war und der Pfarrer ein Kreuz geschlagen hatte, hallte die Predigt fast schon gespenstig durch den sonst leeren Dom.
»Verehrte Angehörige, werte Freunde der Verblichenen! Wir haben uns hier versammelt, um Dr. Leopold Hartmann zusammen mit seinen Söhnen Siegmund und Siegfried zu betrauern, die nun nach einer schrecklichen Tragödie die ewige Ruhe im Herrn gefunden haben. Wer von uns ohne Schuld ist, werfe den ersten Stein!, spricht der Herr ...«

Weiter mochte Else nicht zuhören. Zusammen mit Marthas Schwester Fanny Segal war sie durch die Polizei erst ins Haus ihrer Cousine Martha Hartmann und dann ins Leichenschauhaus zur Identifikation der sterblichen Überreste geladen worden. Im abschließenden Polizeiprotokoll las sich das so:

Abschlussprotokoll zur Leichensache Rehwiese 5, in Berlin S/W vom 28. Mai 1935, 15:35 Uhr: Zum o.g. Ort wurde zur ge-

nannten Zeit die Polizei zur Untersuchung eines Sachverhalts gerufen und zu diesem Zweck das Grundstück und das Haus der Familie Dr. Leopold Hartmann geöffnet. Im Haus fanden die Beamten, Polizeioberinspektor Wlodarchyk in Begleitung von Polizeiwachmeister Henschke, vier Leichen vor, bei denen es sich um die sterblichen Überreste des Juden Dr. Leopold Hirschfeld alias Hartmann, seiner Ehefrau, der Jüdin Martha Hirschfeld alias Hartmann, geborene Kohanim, sowie der Kinder, der Zwillinge Siegmund und Siegfried Hartmann handelt. Die Leichen wurden eindeutig von den Angehörigen, der Jüdin Fanny Segal, geb. Kohanim, Schwester der getöteten Ehefrau Martha, und Else Dahnke, geb. Segall, Cousine der getöteten Ehefrau Martha, identifiziert (s. Anlage zu 1). Die Leichen wiesen tödliche Schussverletzungen im Kopfbereich durch jeweils ein Geschoss (38 mm) auf. Jeder einzelne Schuss führte zum sofortigen Exitus (s. Anlage zu 2). Eintritt des Todes um 22-23 Uhr des 27. Mai 1935. Zum Tathergang: Es wurden keine Fremdspuren am Tatort vorgefunden, die auf eine Beteiligung Dritter hätten schließen lassen. Die Kinder Siegfried und Siegmund wurden in der genannten Reihenfolge in ihren Betten getötet, dann die Ehefrau im gemeinsamen Schlafzimmer (s. Anlage zu 3 Kriminaltechnisches Gutachten zur Spurenermittlung). Aufgrund der Schmauchspuren an Händen und Ärmel des Schlafrockes des Familienoberhauptes und der Tatwaffe, die Dr. Leopold Hirschfeld alias Hartmann in der rechten Hand mit gebeugtem rechten Zeigefinger am Abzug des Revolvers hielt und so am Schreibtisch seines Arbeitszimmers sitzend vorgefunden wurde, steht zweifelsfrei fest, dass es sich hier um den Tatbestand des erweiterten Selbstmordes handelt, d. h. um die Tötung einer Familie durch den Vater, der sich anschließend durch eigene Hand getötet hat.

Das mutmaßliche Motiv: Zwangshandlung aufgrund geistiger Umnachtung. Dieser Verdacht wird dadurch erhärtet, dass die oben benannten Beamten im Sekretär der Ehefrau Schiffspassagen der 1. Klasse für den 1. Juli 1935 für die gesamte Familie von Bremen nach Boston, nebst Pässen mit gültigen Einreisevisa in die Vereinigten Staaten von Amerika sowie einen Arbeitsvertrag der Bostoner Anwaltskanzlei Shapiro & Feldman nebst Arbeitsvisum für den Juristen Dr. Leopold Hirschfeld alias Hartmann, ausgestellt auf den Namen Dr. Leopold Hirschfeld, vorfanden. Diese Indizien weisen darauf hin, dass die Familie Hirschfeld/Hartmann Deutschland zum Datum der Schiffspassagen, am 1. Juli 1935, verlassen wollte, um sich in den Vereinigten Staaten von Amerika eine neue Existenz aufzubauen. Gerade diese Indizien legen den Schluss nahe, dass die Tat aus einem Anfall von geistiger Umnachtung durch den Vater Dr. Leopold Hirschfeld alias Hartmann verübt wurde.
Gez. Kriminaloberrat Osterholz
Gez. Kriminalrat Kölling

Anlagen:
Kriminaltechnisches Untersuchungsprotokoll, Obduktionsbericht, Identifikationserklärungen der Angehörigen

Vor dem Berliner Dom warteten drei Taxis, um einen Teil der Trauergemeinde zur nächsten Trauerfeier zu fahren. Die Autos nahmen Kurs zum Jüdischen Friedhof Weißensee. Hier sollte Martha endlich neben ihrem geliebten Willy Rubin die letzte Ruhe finden. Willy Rubins Grabstein war inzwischen beschriftet worden. Mit goldenen Lettern. Ein Gnadenakt seiner Schwägerin Fanny Segal, die dem Familienskandal endlich ein Ende setzen wollte. Auf beiden Steinen stand: »Ruhet in Frieden«, zweite Person Plural.

Stalin ist tot!

In der Frühe des 6. März 1953 hörte ich die Zeitung durch den Briefschlitz auf den Linoleumboden klatschen. Auf Zehenspitzen schlich ich in den Flur. Leise wollte ich sein. Im Wohnzimmer legte ich mich auf den Perserteppich, breitete die Zeitung aus und erprobte wie jeden Morgen meine Lesekenntnisse. »Stalin ist tot!« Mit dem Glücksgefühl, eine so wichtige Nachricht schon lesen zu können, lief ich mit der Zeitung in der Hand, vor mich hinträllernd »Stalin ist tot! Töterö! Stalin ist tot! Töterö!«, hüpfend ins Schlafzimmer meiner Eltern. Mit hochroten Köpfen fuhren sie auseinander. Ich hatte vergessen anzuklopfen, aber ausnahmsweise machten sie mir an diesem Tag keine Vorwürfe. »Stalin ist tot!«, krähte ich in ihren Coitus interruptus. Mein Vater riss mir die Zeitung aus der Hand. So konnte ich unter die warme Steppdecke in die Besucherritze des Ehebettes schlüpfen. Meine kalten Hände ließ ich auf dem Bauch meines Vaters, meine kalten Füße steckte ich zwischen die warmen Oberschenkel meiner Mutter. Vielleicht war das der glücklichste Morgen meiner Kindheit: Stalin war tot, und meine sonst so zanklustigen Eltern waren friedlich und wärmten sich und mich. Mein Vater mokierte sich sogleich über das Zeitungsfoto, das übertrieben verzweifelt trauernde Menschen neben Stalins Leiche zeigte. Prompt mahnte meine übervorsichtige

Mutter, dass er nicht so laut herumposaunen solle. Wegen der Nachbarn. »Die können mich mal alle!«, brüllte mein Vater lachend zur Zimmerdecke rauf. Über uns wohnten hundertfünfzigprozentige Parteigenossen aus Sachsen und verlässliche Stasi-Informanten, wie meine Mutter wusste. Mein Vater, der an diesem Morgen wieder sehr dem jungen Erich Kästner ähnelte, meinte zu mir: »Hier kannst du was lernen, Mädel!« Mit spöttisch abgesenkter Verschwörerstimme fuhr er fort: »Das ist natürlich alles Lüge!« Dazu schlug mit dem Handrücken wütend auf das Bild. »Aber die sind doch alle ganz traurig, Papa«, wandte ich kleinlaut ein. »Genau! Das ist die Macht des Wortes! Du kannst den Leuten praktisch alles eintrichtern, sogar gegen ihr besseres Wissen und Erleben wie bei diesen Leuten hier auf dem Bild! Jeder von denen hat mindestens einen Familienangehörigen in den Lagern verloren, in die Stalin sie geschickt hatte, aber trotzdem tun sie jetzt so, als ginge mit Stalins Tod die Welt unter. Darum merke dir eines: Keine Faust ist so stark, kein Schwert so scharf wie das Wort! Nur mit dem Wort kann man die Welt wirklich aus den Angeln heben: Moses, Buddha, Christus, Mohammed, Karl Marx! Dagegen sind alle anderen Welteroberer wie Alexander der Große oder Napoleon die reinsten Stümper! Heute beherrschen sie die Welt, morgen sind sie fast vergessen. Ewig leben nur die Dichter! Und im Grunde sind Religions- und Ideologiebegründer auch nur Dichter«, fügte er ergänzend hinzu.

Zweifelnd guckte ich rüber zu meiner immer besserwisserischen Mutter.

»Ja, ja! Man kann sich am großen Wort auch sehr gut den Mund verbrennen«, unkte sie wie auf Bestellung. »Diese ganzen Scheißhausparolen schaden nur den Leuten, die daran glauben!«
Erstaunlich schnell war sie an diesem Tag mit ihrer Miesmacherei fertig und lächelte sogar versöhnlich in mein fragendes Gesicht: »Ausnahmsweise hat dein Vater mal recht.« Das Wort, das so harmlos scheinende Wort, sollte so eine Wirkung haben? Ich war platt. Ebenso erstaunlich war, dass meine Mutter am Todestag Stalins bestens gelaunt war, obwohl Freitag war und der Hausputz wieder bevorstand. Den ganzen Tag lang herrschte Freude. Kein Zank, kein Streit. Zur Feier des Tages genehmigten sich meine Eltern eine Flasche Tokajer, und ich durfte die Gläser ausschlecken.
»Jetzt wird alles anders werden«, trompetete mein Vater hochgestimmt bei seiner zweiten täglichen Rasur in den Spiegel an der Küchentür. »Ihr werdet schon sehen!«
Wenngleich meine Mutter dazu nur vieldeutig schwieg und wie üblich skeptisch die Mundwinkel verzog, war unbestreitbar, dass Stalins Tod im Jahre 1953 den Frühling früher blauen ließ. Selbst das düstere Ost-Berlin schien plötzlich weniger grau. Fast taubenblau. Die Augen der Menschen leuchteten auf eine Weise, die ich vorher nicht kannte.
Auch mir war in diesem März leichtherzig zumute. Ich hatte es endlich geschafft, in die Jungsclique aufgenommen zu werden! Seltsamerweise wohnten in unserer Straße fast nur Jungen. Wenn ich mich nicht langweilen wollte, musste ich irgendwie dazugehören.

Ein Mädchen, zu klein geraten, mit schwarzen Haaren und Kirschaugen unter lauter blonden grobschlächtigen Bengels, die jeder Metzgerei und jedem Bauernhof Ehre gemacht hätten! Auf meine Gesellschaft waren die nicht erpicht. Etwas anderes als Ablehnung hatte ich auch nicht erwartet. Hier konnte ich nur mit Mut und originellen Einfällen glänzen. So viel hatte ich vom Fenster aus beobachten können.
Die Mutprobe ließ nicht auf sich warten. Hinter der Krankenhauswiese und den Sportplätzen standen riesige Eisentürme für die Stromüberlandleitungen. Die Masten waren ungefähr vierzig Meter hoch.
»Trauste dich da ruff?«
»Klar, aber nur wenn ihr euch auch traut und zeigt, dass ihr ooch keene Memmen seid! Denn mit Memmen will ick nix zu tun haben!«, konterte ich kess. Das gefiel ihnen.
Also kletterten wir alle hoch. Die Jungen verließ zwischen zwanzig und fünfundzwanzig Meter Höhe der Mut, ich kletterte als Einzige bis ganz nach oben zur windumtost-schwankenden Spitze. Mir wurde nur mulmig, als ich von oben hinunterschaute. Es lag weniger an der Höhe als an der Feuerwehr, die unten mit Blaulicht vorgefahren war, und der großen Menschentraube, die sich dort zusammengefunden hatte. Wenn Obenbleiben oder Wegfliegen Auswege gewesen wären, dann wäre ich geblieben oder geflogen. Da unten erwartete mich unübersehbar ein Haufen Ärger. Beim Runterklettern, das vom Ach- und Oh-Geschrei der Gaffer begleitet wurde, erkannte ich auch meine Mutter in der Menge. Vor Schreck hätte ich beinahe die

letzte Eisenstrebe losgelassen. Ihre schrägen Augen blickten finster und angstvoll zugleich. Schluchzend nahm sie mich unten in die Arme. Die Liebe währte nur kurz. Daheim setzte es die größte Tracht Prügel, die mein Hintern jemals erdulden musste. Dieses Leid war aber keines, denn es diente einem höheren Zweck: Meine Position in der Clique war jetzt unangreifbar! Meine Mutter ermüdete mit dem Teppichklopfer recht bald, und mein Vater schlug grundsätzlich weder Weib noch Kind und floh immer aus der Wohnung, wenn ich Schläge bekommen sollte. Meine bewiesene Furchtlosigkeit mit tapfer erduldeter Tracht Prügel flößte allen Kindern in der Straße eine tiefe Ehrfurcht ein. Zur Anerkennung meines Mutes und dank meiner Beredsamkeit wurde mir der Status des Diplomaten der Gang angetragen. Unausgesprochen war damit auch verknüpft, dass es künftig meine Aufgabe sein würde, die Clique bei Laune zu halten. Neue Streiche, neue Spiele und dazu die Versuchung, die Macht des Wortes auszuprobieren.

Angesichts der ausgebombten Villa, in deren Ruinen wir immer gern spielten, begann ich das Gerücht zu verbreiten, dass es in dem Gebäude spukte. Gegen Mitternacht, so machte ich ihnen weis, würden dort kleine Kinder mit ihren Köpfen unterm Arm umhergehen und die abgetrennten Köpfe in ihren Armbeugen würden laut weinen und nach ihren Müttern rufen. An manchen Tagen wären die Gespenster aber auch schon in der Dämmerung unterwegs, schwadronierte ich weiter. Als die Gruppe dann im Spätherbst in der Dämmerung zur Ruine kam, heulte der Wind, und selt-

same Töne erklangen, als der Luftzug durch die eisernen Fenstergitter fuhr. Vor Entsetzen rannten die Jungen schreiend davon. Ich lachte mir ins Fäustchen und kam mir unendlich überlegen vor.
Wenige Tage später erzählte ich ihnen, dass man den Spuk bannen könne, indem man alle Fenster und Türen mit Brennnesseln verbarrikadiere. Die Jungs rissen wie erwartet Brennnesselstauden aus und verbrannten sich dabei heftig Hände, Arme und Beine. »Nun müssen wir nur noch abends zu dritt mit Kerzen in der Hand in das mit Brennnesseln bestückte Haus gehen und singen.« Doch nur Manne, der Anführer unserer Clique, und ich fanden sich für diese heikle Mission. Alle anderen hatten zu viel Angst. »Ob das nur zu zweit geht, ist nicht sicher«, warnte ich. Als ich mit Manne hinter dem Eingang verschwunden war, gestand ich ihm unter dem Siegel der Verschwiegenheit flüsternd meinen faulen Zauber.
»Und das haste dir alles zusammengesponnen? Is' ja ne Wolke«, staunte Manne. Wir hatten jetzt ein gemeinsames Herrschergeheimnis. So mussten wohl Religionen entstanden sein, schlussfolgerte ich. Singend latschen wir um die Ruine und mussten uns das Lachen verbeißen.
Meine Eltern waren perplex, als sie von meiner Spukgeschichte hörten, und schüttelten die Köpfe: »Ja, so in etwa funktioniert die Welt ... aber in Zukunft lässte det sein, hörste?«
Betroffen nickte ich. Eigentlich schade, dachte ich und versprach widerwillig, es bestimmt nie wieder zu tun.

»Von wem hat das Kind das bloß?«, fragte meine Mutter.
»Tante Martha lässt grüßen«, folgerte mein Vater. »Da sei Gott vor und die Mutter!« Wie katholische Bannsprüche in unseren Atheistenhaushalt gefunden hatten, blieb mir ein ewiges Rätsel.
Meine Mutter konnte offenbar meine Gedanken lesen: »Denk an deine Großtante Martha, die Lügenbaronin! Nicht dass du so wirst wie die!«
Ein paar Wochen später, am Morgen des 17. Juni, wurden wir wach, weil das ganze Mietshaus bebte und schwankte. Die Gläser sprangen in der Vitrine von den Glasböden. Der riesige Kristallpokal, den mein Vater für einen Sieg im Berliner Straßenrennen gewonnen hatte, tanzte bedrohlich auf den Rand des Buffets zu, auf dem er thronte. Ich konnte ihn gerade noch auffangen.
»Weg vom Fenster!«, brüllte meine Mutter, als ich gerade den Kopf zwischen die Gardinen stecken wollte. Unten auf der Straße fuhr eine schier endlose Kolonne russischer Panzer. Aus den Panzern lugten Soldaten mit Maschinengewehren im Anschlag.
Anders als meine Großmutter hat meine Mutter leider nicht sämtliche Hosen meines Vaters versteckt. Unser Leben wäre sonst sicher anders verlaufen. So schnappte sich mein Vater aller Warnungen zum Trotz sein Rennrad und fuhr nach Aufhebung der Sperrstunde zu seinem Patenbetrieb »Sternradio«. Als altkommunistischer Kader betreute er diesen Betrieb. Am Abend, erst kurz vor der Ausgangssperre, kam mein Vater heim. Totenbleich fiel er auf den nächsten Stuhl und heulte

los. Er schrie wie ein Tier. Nie in meinem ganzen Leben habe ich je wieder einen Menschen vor Schmerz so schreien und weinen hören. Wie meine Mutter von ihm erfuhr, hatte er für die revoltierenden Arbeiter Partei ergriffen und in einer flammenden Rede vor einigen tausend Leuten seinen Parteiaustritt erklärt: »Eine Partei, die auf Arbeiter schießen lässt, ist nicht länger meine Partei!« Damit hatte er sein Parteibuch aus der Tasche gezogen und es den Bonzen auf dem Podium theatralisch vor die Füße geworfen. Unter dem Beifall der Arbeiter verließ er hoch erhobenen Hauptes den Saal. In der Niederlage ungeschlagen! Großer Abgang!

In diesem Augenblick der Krise zeigte meine Mutter, was in ihr steckte. Mein Vater müsse unverzüglich ins katholische St.-Joseph-Krankenhaus, zu Dr. Kastner, dem katholischen Arzt, ihrem einstigen verlässlichen Partner im Untergrund, bei dem sie in der Nazizeit Illegale auf der Isolierstation versteckt hatte. Zwei Stunden später lag mein Vater dort in der Nervenklinik, Diagnose »Nervenzusammenbruch«. Wie meine Mutter richtig befürchtet hatte, klingelte es am nächsten Morgen schon vor sechs Uhr in der Frühe. Ich öffnete. Zwei Männer in dunkelgrünen Lederolmänteln, der eine mit einer Baskenmütze ohne Stummel drauf, der andere mit einem schlammfarbenen Filzhut tief im Gesicht, wollten meinen Vater sprechen. Auf flüsterleisen Kreppsohlen, wie es sie sonst nur im Westen gab, betraten sie unsere Wohnung. Meine Mutter scheuchte mich in die Küche. Es gab einen kurzen, heftigen Wortwechsel, bei dem die Stimme meiner Mutter fest und ruhig klang, was mich beruhigte. Das war der erste Besuch der Schergen der Staatssicherheit. »So viel steht fest«, erklärte mir Mutter, als die Stasimänner unverrichteter Dinge gegangen waren, »ein zweites Mal geht dein Vater in Deutschland nicht als politischer Häftling ins Gefängnis! Das verspreche ich dir!«

Rette sich, wer kann!

Der Augusttag des Jahres 1937, an dem Walter auf dem Ettersberg ankam, war schwül und wartete auf ein erlösendes Gewitter. Aus der Ferne grüßten vor düsteren Gewitterwolken die Reste der berühmten Goethe-Buche, unter der Goethe einst so gern geruht hatte und 1776 an Frau von Stein schrieb:

Der Du von dem Himmel bist,
Alle Freud und Schmerzen stillest,
Den, der doppelt elend ist,
Doppelt mit Erquickung füllest;
Ach, ich bin des Treibens müde!
Was soll all die Qual und Lust?
Süßer Friede,
Komm, ach komm in meine Brust!

Walter wünschte sich in diesem Augenblick, hier auf Goethes Spuren zu wandeln, vielleicht sogar unter Goethes Buche lagernd mit Blick auf Weimar dem Geist der Landschaft und der deutschen Klassik nachspüren zu können, am besten in der Dämmerung zu »Wandrers Nachtlied«, wenn unten in Weimar die ersten Laternen angingen ...
Bei diesem Gedanken traf ihn ein Knüppel hart ins Kreuz und erinnerte ihn daran, dass ihn keine Kulturreise der Marxistischen Abendschule an diesen deut-

schesten aller Orte geführt hatte, genauso wenig wie die Hunderte, die mit ihm zusammen gerade unter Prügel und Geschrei den sogenannten Caracho-Weg hinaufgetrieben wurden.

Das also nennt sich Buchenwald!

Instinktiv verfiel er in den Laufschritt, so dass die Schergen nur mit Mühe mithalten konnten, stellte seinen Atem auf Dauerlauf bergan ein und sah zu, in die schützende Mitte der Marschkolonne zu kommen, nicht aber vorwitzig weit vorn zu laufen, wo die pure Panik herrschte und man die Angst der Männer riechen konnte. Der taktisch beste Platz war wie am Start beim Radrennen immer in der Mitte der dritten Reihe von vorn. Hier hatte man das vordere Feld unter Kontrolle. Bei Bedarf war immer ein Ausfall nach rechts und links, nach vorn, aber auch der taktische Rückfall nach hinten ins Feld möglich.

Beim Anblick der schreckgeweiteten Augen seiner Kameraden wünschte Walter Rubin-Kohanim seinem Erzfeind, dem Kalfaktor Erich Honecker, erneut die Pest an den Hals. Diesem »Genossen« im Zuchthaus Brandenburg, wo er vorher inhaftiert war, hatte er das hier zu verdanken. Dieser Honecker hatte dafür gesorgt, dass er auf die Buchenwald-Liste kam. Dieser intrigante Leuteschinder, der ihn ständig auf dem Kieker hatte! Genosse hin oder her. Auch Genossen konnte man sich nicht aussuchen. Irgendwann würde er sich diesen saarländischen Dachdecker zur Brust nehmen, wenn der ganze Nazi-Spuk einmal vorbei war. Das konnte ja nicht ewig dauern!

Mit seinen frischen einundzwanzig Jahren war er ein

unverbesserlicher Optimist. Wie lebenswichtig eine solche Haltung mitsamt seiner unverbrauchten Jugend, seiner im Radsport und durch winterliches Eisbaden gestählten Gesundheit unter diesen Umständen werden sollte, ahnte er damals noch nicht. Ebenso wenig konnte er wissen, dass sich seine Kindheitserfahrungen im Waisenhaus als gute Übungen im Umgang mit Hierarchien erweisen sollten. Neben dem Zwang zur Disziplin war er ja von Kindesbeinen mit den geheimen Regeln der Meute vertraut. Wenn man mal von seinen Querelen mit dem Kalfaktor Erich Honecker im Zuchthaus Brandenburg absah, zehrte er von diesem geheimen Wissen bereits seit dem ersten Tag in Gefangenschaft.
Anders als andere Gefangene fiel Walter nach den Demütigungen des Freiheitsverlustes und der erniedrigenden Machtlosigkeit nicht in ein finsteres Loch aus Depression, Verzweiflung und Hilflosigkeit. Ohne Ach und Weh stellte er sich sofort auf die neue Lage ein. Es galt, hier eine lange, harte Prüfung zu bestehen. Dieser Herausforderung fühlte er sich gewachsen. Dabei war er fast ebenso überwach und zuversichtlich wie vor einem Wettkampf.
Dann standen sie auf dem Appellhof. Weil er bei der Aufstellung nicht aufgepasst hatte, fand er sich in der gefährlichen Außenreihe wieder, aber zum Glück weiter hinten.
Ein ausgemergelter, hagerer Gefangener, der eine Schubkarre mit Feldsteinen an ihm vorbeischob, riss ihn aus seinen Gedanken und zischte ihm durch die Zähne zu: »King Kong, hörste! Wenn sie dich nach'm Beruf fragen, du bist Maurer! *Maurer!*«

Der Mann, der für die schwerbeladene Karre augenfällig nicht die richtige Statur besaß, trug einen roten Winkel und musste folglich ein Genosse sein. Dass er ihn bei seinem Spitznamen kannte, ließ darauf schließen, dass er entweder Berliner war oder etwas von Radrennsport verstand. Keine halbe Stunde später war Walter, der Häftling Nummer 3468, ein eingeschriebener Maurer im Baukommando I. Nachdem er in seine gestreifte Häftlingskleidung mit rotem und gelbem Winkel und mit den ungewohnten Fußlappen in die Holzpantinen gestiegen war, hielt er Ausschau nach den Baracken. Am Himmel sah es bedrohlich nach einem Unwetter aus. Im Tal über Weimar wetterleuchtete es bereits heftig. In der Ferne rollte der Donner, und der Wind fegte ein paar giftige Böen bergaufwärts. Ein Häftling, ungefähr so um die Mitte vierzig, von untersetzter Gestalt und mit klugem Gesicht, dem roten Winkel an Brust und Rücken, steuerte auf Walter zu, der noch an der Tür der Schreibstube auf weitere Befehle wartete.

»Genosse, sag mal, wo sind hier eigentlich die Baracken oder Unterkünfte?«, wollte Walter von ihm wissen.

»Ha! Du bist wirklich ein Witzbold, was?« Der Mann mit der intelligenten Miene über dem roten Winkel gab ein meckerndes Lachen von sich. »In Planung, mein Junge, in Planung! Und du bist herzlich eingeladen, dir dein Gefängnis selbst zu bauen! Regenschirme gibt's übrigens auch keine.«

Walter guckte ihn verdutzt an.

»Seifert heiß' ich, Leiter der Baubrigade I! Hier hört alles auf mein Kommando, und ich sage alles nur einmal, auch dir, King Kong! Und im Übrigen brauchen wir ein paar zuverlässige, kräftige Kerle, um die Vormacht der Kriminellen zu brechen. Muss ich noch mehr erklären?«

Walter schluckte und schüttelte den Kopf. Er hatte verstanden. Er würde Seiferts Werkzeug sein, oder er würde gar nicht sein.

In diesem Moment fielen talergroße Regentropfen vom Himmel, und ein tropisches Gewitter ging auf den Ettersberg nieder. Wer nicht wie Walter des Privilegs teilhaftig war, vom Genossen Seifert in den provisorischen Unterstand für die Zementsäcke eingeladen zu werden, war sofort nass bis auf die Haut und blieb es auch, denn das Lager bestand einstweilen nur aus einem riesigen aufgeweichten Gelände mit einigen tausend Menschen, zehn »Donnerbalken« und wenigen rückenlahmen Zelten. Ein elektrisch geladener Zaun umschloss das Areal. Wer nicht in Unterständen oder den paar Zelten unterkam, schlief im Morast oder klitschnass in der Hocke, die Knie eng mit den Armen umschlungen, den Kopf schützend zwischen den Knien, und wartete, bis das Fieber ihn gnädig wärmte.

Walter begriff langsam, welchen Massel er hatte, dass ausgerechnet er unter Seiferts Schutz stand und dass Seifert hier die Partei war.

Die Partei, das war das Leben.

In diesem Moment dankte Walter seinem Herrgott, an den er sonst nie einen Gedanken verschwendet hatte. Nicht dass er jemals daran gezweifelt hätte, doch von diesem Augenblick an wusste er, dass seine Aktien deutlich über 50 Prozent gestiegen waren und er aus dem Schlamassel heil rauskommen könnte. Könnte!

»Aber eins sag ich dir gleich, du Berliner Charlestonkönig und Rennradstraßenmeister: Ich dulde keine Disziplinlosigkeit, und Alleingänge schon gar nicht. Ich kenn deine ganze Geschichte, Freundchen!« Seifert drohte ihm onkelhaft mit dem Zeigefinger. »Und zu unseren Gesetzen gehört: Auf Diebstahl an Kameraden steht der Tod und auf Verrat sowieso.«

»Damit kann ich leben«, meinte Walter großspurig.

»Sei nicht so ein Großmaul! Wirst schon sehen!«

Bald darauf kam es zur entscheidenden Machtprobe im Lager.

»Entweder sie uns, oder wir sie!«, fasste der Genosse Seifert die Lage zusammen und erklärte den wenigen Eingeweihten, den Kadern und den Kämpfern der Partei, seinen Plan. Walter zählte als »Kämpfer-Kandidat«, der sich jetzt zu bewähren hatte. Es folgte eine kurze Zusammenfassung, wie sie, als »Speerspitze der Arbeiterklasse«, das Terrorregime der kriminellen Kapos im Lager brechen würden, die ihre nicht-kriminellen Mithäftlinge mit mafiösen Methoden ausraubten, sadistisch quälten und grundlos totschlugen. Die Politischen, die es aufgrund ihrer besseren Bildung bis in die Schreibstuben des Lagers geschafft hatten, ließen in der Folge auf wundersame Weise die schlimmsten Anführer und Kapos der Kriminellen mit Marschbefehlen in ferne Außenstellen und andere Lager verschwinden.

Walters Feuertaufe indes bestand darin, einen Splint

an einem Bremsbolzen zu lösen. Lautlos. Unbemerkt. Zur rechten Zeit.
Mit einem »Le Chaim« löste Walter die Arretierung der vollgeladenen Lore. Völlig geräuschlos setzten sich die Räder des schweren Waggons in Bewegung. Die Lore voller Steine begrub talwärts die zwei Verbrecherfürsten des Lagers, die ein »Läufer« der Politischen unter einem Vorwand an der richtigen Stelle unter dem Abhang gruppiert hatte. Im Parteiauftrag. Walter betete für die Männer, die er töten musste, den Psalm, den er zuletzt als Kind im Jüdischen Waisenhaus gebetet hatte:

Wir alle irrten umher wie Schafe, wir wandten
uns jeder auf seinen eigenen Weg;
aber der HERR ließ ihn treffen unser aller Schuld.
Denn er wurde abgeschnitten vom Lande der Lebendigen.
Wegen des Vergehens seines Volkes hat ihn Strafe getroffen!
Amen![5]

Ausgerechnet er, der Atheist, war jetzt auch so ein Knecht Gottes. Nur war Gott hier die Partei und Seifert ihr Hoher Priester.
Am nächsten Morgen wurde Walter in einer kleinen Zeremonie, bei der alle die geballten Fäuste gereckt hatten, von Seifert feierlich in den Rang eines Kampf-Kaders erhoben. Der Verlust der Unschuld nach erfolgreicher Liquidierung des Gegners wurde ihm durch besseres Essen und Zugehörigkeit zur Lageraristokratie versüßt. Jetzt war er ein regulärer Kämpfer.
Als die kriminellen Grünwinkel des KZs zum Gegen-

schlag gegen die Roten ausholen wollten, tappten sie in eine von langer Hand ausgetüftelte Falle, die Seifert und Genossen ihnen gestellt hatten. Die Grünwinkel-Gangster wurden von der SS mit untergeschobenen Waffen erwischt. Beim Morgenappell wurden acht Totschläger und Raubmörder vor den angetretenen Lagerinsassen gehenkt.

Es gab keinen, der um sie trauerte.

Je mehr das Konzentrationslager Buchenwald baulich Gestalt annahm, desto mehr wuchs die Bedeutung der roten Baubrigaden und umso stärker wurde die Rolle der Kommunisten im Untergrund des Lagers. Die SS war zufrieden. Endlich herrschte, ohne dass sie sich groß anstrengen musste, Ordnung und Disziplin, die Arbeit lief wie am Schnürchen, selbst um den Papierkram kümmerten sich die Politischen. Man ließ sie gewähren. Einstweilen.

Schlagartig änderte sich das, nachdem die SS wahllos ein paar Kommunisten liquidiert hatte. In der Nacht darauf hallte die Internationale durch das gesamte Lager. Die SS lief Sturm. Doch wo sie eingreifen wollte, verstummten alle, und im übrigen Lager flammte der Gesang wieder auf. Und weil der Gesang Signal und Bindemittel des Widerstands war, griff man sich den Gründer und Leiter des Gefangenenchors »Die Zebras«, den Häftling Nummer 3468, Walter Kohanim-Rubin.

Mit einem Stoß mit dem Gewehrkolben in die Zähne machten ihm die SS-Schergen klar, dass es hier nicht nur um eine Plauderstunde im Scheine einer sehr hellen Lampe gehen würde. Walters Lippe war aufgeplatzt.

Das Blut lief in Strömen. Mit der Zunge prüfte er die Festigkeit seiner Zähne. Sie hatten standgehalten. Die SS-Männer trieben Walter weiter vor sich her, schlugen auf ihn ein, banden ihm zum Schluss die Arme auf den Rücken und hängten ihn rücklings auf. »Baumhängen« nannte man diese beliebte Art der Folter. Der Schmerz war unbeschreiblich.

»Wir können das tagelang machen. Also rück gleich mit der Sprache raus, wer hinter der Aktion steht! Wir wissen, du steckst ganz tief mit drin, wer also noch?«

Dabei wussten die SS-Männer längst, dass Walter ihnen allenfalls nur zwei weitere Häftlinge nennen konnte. Den Kontaktmann vor und nach ihm. Die konspirative Struktur der Untergrundorganisation des Lagers, eine Organisation in Zellen von jeweils drei Mitwissern, war so beschaffen, dass jeder höchstens zwei weitere Mitverschwörer verraten konnte. Danach brach die Kette ab. Die SS hatte nicht oft das Glück, dass gleich zwei Gefolterte, die in zwei nachgeordneten Zellen organisiert waren, Namen oder Häftlingsnummern »ausspuckten«, um eine ganze Zelle mit übergeordnetem Kader preiszugeben. Die Angst, bei Verrat von den Kameraden liquidiert zu werden, war sogar noch größer als die Angst vor der SS und der Folter und sofortigem Tod.

»Jetzt kannsts singen, dua Rotkehlchen, dua!«

Walters Folterknecht sprach Bayerisch. »I höra nix? Joa, waruam höri nix? Dua roter Hund, dammichter!« Damit stieß er Walter noch einmal mit voller Wucht den Gewehrkolben in die Rippen und dann in die Geschlechtsteile. »Sing, Vögelchen, sing!«

Walter holte tief Luft und dachte sich weit weg, schickte seine Seele auf eine unerreichbare Umlaufbahn. Er zwang seine Gedanken, Halt in altbekannten Versen zu suchen:

Sein oder Nichtsein, das ist hier die Frage:
Ob's edler im Gemüt, die Pfeil' und Schleudern
Des wütenden Geschicks erdulden oder,
Sich waffnend gegen eine See von Plagen,
Durch Widerstand sie enden? Sterben – schlafen –
Nichts weiter! – und zu wissen, dass ein Schlaf
Das Herzweh und die tausend Stöße endet …

Wie oft sie noch auf ihn einschlugen, wusste er nicht. Er träumte von der fernen Schulstunde in der Aula, als er in kurzen Hosen auf der Bühne den Hamletmonolog vortrug und sogar der verhasste Dr. Fleischhut eine Rührung nicht abwehren konnte.

Als seine Arme beim Baumhängen schließlich auskugelten, wurde er ohnmächtig. Zähneklappernd erwachte er Stunden später im Bunker, einem lichtlosen Betongeviert, das knöchelhoch mit eiskaltem Wasser gefüllt war und jeweils 1,50 Meter Länge und Breite maß.
In diesem stockfinsteren Verlies konnte man weder liegen noch stehen, auch nicht diagonal. Man konnte nur im kalten Wasser sitzen oder sich in kompletter Dunkelheit mit den Füßen im Wasser bis zu einer 90-Grad-Beuge aufrichten oder hocken. Walter, dem man auf Betreiben von Rudi Seifert beim Abtransport in den

Bunker wenigstens die Arme wieder eingerenkt hatte, ertrug eine ganze Woche Bunker, wie man ihm hinterher auf der Krankenstation mitteilte. Er hatte auch die zweite Probe bestanden. Jetzt gehörte er zu den oberen Kadern.

Der diensthabende SS-Mann, Harald Sommer, dachte kurz darüber nach, ob er so eine »harte Nuss« wie die Nummer 3468 nicht besser mit dem Revolver erledigen sollte. Doch dann fiel ihm seine Frau ein. Der Chor »Die Zebras«, den Walter leitete, sollte seiner Frau in der nächsten Woche ein Geburtstagsständchen singen. Die 3468 hatte ihre Lieblingslieder einstudieren lassen. Ein missstimmiges Ständchen wollte er nicht riskieren, denn seine Ehe lief derzeit nicht gut.

Außerdem hatte der Gefangene 3468, der mehr tot als lebendig aus dem Verlies geführt wurde, etwas, das im Lageralltag kostbarer als Gold geworden war: das Lachen. Seine Parodien auf Hans Moser, Theo Lingen und Hans Albers brachten alle zum Lachen. Häftlinge wie Wachpersonal. Und so steckte er seinen Revolver wieder ins Halfter und bedeutete den Kapos, die den Gefangenen 3468 mit sich schleiften, mit einer Kopfbewegung: Laufen lassen.

Das Tageslicht schmerzte in den von Dunkelheit blinden Augen, so dass er sich die Hände vor die Augen halten musste und langsam, erst auf den Knien rutschend, dann Schritt für Schritt taumelnd, aus seinem Verlies kam. Doch noch nie hatte sich die Sonne auf seiner Haut so wunderbar angefühlt. Das Leben hatte ihn wieder. Diesem Genuss gab er sich in vollen Zügen hin.

»Bist ein harter Hund, 3468! Das muss ich dir lassen. Was ist dein Rezept?«, wollte der Häftling wissen, der hier als Pfleger eingeteilt war. Seine weiße Gummischürze verdeckte seinen Sträflingswinkel. Nach schwerkriminell sah er nicht aus. Dazu hatte er einen zu weichen, zu mitfühlenden Blick. Es hätte natürlich auch ein mitfühlender Dieb oder Betrüger aus den Reihen der Grünen sein können. Aber die schafften es nicht mehr auf so privilegierte Posten. Walter tippte eher auf einen »warmen Bruder« oder auf einen Bibelforscher. Seltsamerweise genossen die Zeugen Jehovas bei den Kommunisten besonders hohes Ansehen. Sie galten als genauso standhaft, sie stahlen und logen nie.
»Auf einem Bein stehend mit den besten Dichtern und Denkern hält man alles aus«, vertraute Walter dem Pfleger an.
»Hastes jetzt am Kopf?«
»So ungefähr, geht nur mit dem Kopf. Der Trick ist nämlich: Man kann nicht zwei Gedanken gleichzeitig denken! Alle Balladen und Dramen, die ich jemals auswendig gelernt habe, habe ich mir immer wieder aufgesagt. Und wenn man sich ganz auf die Tiefe und die Schönheit der Sprache und des Sinnes konzentriert, dann vergisst man den Schmerz und die Kälte. Die Macht des Wortes ist das eine. Das andere: Du musst einen Fuß immer mit Bewegung und mit Massage warmhalten und dann mit dem fast abgestorbenen anderen abwechseln. Das, kombiniert mit Shakespeare und Schiller, ist mein Rezept!«
Über den Rand seiner Nickelbrille sah der pflegende

Häftling ihn zweifelnd an. Um jeden Verdacht bürgerlicher Grübelei abzuwehren, mimte Walter sogleich den harmlosen Spaßvogel, als der er unter den Gefangenen galt. Von Shakespeare hatte er gelernt, dass die sicherste Position unter Übermächtigen immer die des Narren war. Gerade in der Finsternis waren Lachen, Singen, Pfeifen ein Lebenselixier. Neben seinen Moser-, Lingen- und Goebbels-Nummern konnte er fast jeden deutschen Dialekt nachahmen, so dass ihm jeder den eingeborenen Sachsen, Schlesier, Ostpreußen oder Hamburger abnahm. So konnte er sich zur Belustigung aller Anwesenden als ein hessisch babbelnder Landsmann eines heimwehkranken Wachmannes aus Darmstadt ausgeben, dem er weismachen konnte, früher im Haus gegenüber gewohnt zu haben.
Nach seiner ersten Erfahrung mit der Folter war Walter davon überzeugt, dass man nur durch das Beste der Menschheit, durch die Kunst, in der Lage war, Qualen zu tragen. Nur mit der Vergegenwärtigung des Besten könne man den Glauben an das Gute im Menschen aufrechterhalten. Aber sagen konnte er das nicht jedem. Walter hatte nämlich Rudi Seiferts Warnung durchaus richtig interpretiert. Er, Walter Kohanim-Rubin, war vom Klassenstandpunkt her ein »unsicheres Element«, ein Grenzgänger, und alle Extravaganzen, die ihn als Paradiesvogel, kleinbürgerlichen Individualisten, links-anarchischen Abweichler oder als intellektuellen Bourgeois verdächtig gemacht hätten, musste er sich verkneifen. Deshalb markierte Walter bei jeder Gelegenheit den Proleten im Stile einer drittklassigen Brecht'schen Aufführung. Er kehrte dabei grell das

Volkstümliche und Triviale hervor, um ja nicht den Argwohn der Genossen zu wecken.
Davon hing sein Leben ab.

*

Franziska Geißler, geb. Kohanim, ließ sich zur gleichen Zeit von politischen Wetterlagen nicht mehr bekümmern. Die Ansichten von Experten waren ihr schnuppe. Unbeirrt von allen Besserwissern hatte sich Fränze in den Kopf gesetzt, ihre Söhne aus Zuchthaus und Lager zu retten und ihnen zur Ausreise nach Amerika oder England zu verhelfen. Ihre »guten Jungs« waren zwar in Deutschland wegen Hochverrats verurteilte jüdische Strafgefangene und notorische Kommunisten, aber daran verzagte eine wie Franziska Geißler nicht. Eine Amnestie musste doch irgendwann kommen, und für diesen wunderbaren Fall wollte sie gerüstet sein.
Anstatt wie früher ihre Tage mit Klavierspielen der Weisen ihres Lieblingskomponisten Debussy und in geselligen Runden beim Rommé oder Bridge zu verbringen, hämmerte sie nun tagelang am Esstisch auf die Schreibmaschine ein, die sie nachts heimlich aus dem Geschäft extra die vier Stockwerke hochgeschleppt hatte. Als Jüdin durfte sie keine Schreibmaschine und kein Radio mehr haben, und so ließ sie die Schreibmaschine nach Gebrauch immer in der Schüssel des Waschtisches in der Küche verschwinden.
Außer mit deutschen Amtsstellen stand Franziska in regem Schriftwechsel mit mehreren Rechtsanwälten, mit den jüdischen Gemeinden Berlins und einem Dutzend anderer Städte im In- und Ausland, mit natio-

nalen und internationalen jüdischen Hilfsorganisationen und mit Botschaften von Ländern, von deren Existenz sie bislang keine Ahnung gehabt hatte. Damit ihr auch ja kein Land entginge, bei dem sie um ein Visum für ihre Söhne betteln könnte, hatte sie sich vom »Göttergatten« ihrer Freundin Lotte einen Globus ausgeliehen. Den arbeitete Franziska nun systematisch ab. Sie verfasste Petitionen, schrieb Gnadengesuche, Aufrufe, Bettelbriefe. Die Korrespondenz, die sich von einfachen Briefen zu Rohrpost, Expressbriefen, Einschreiben, eingeschriebenen Expressbriefen bis zu Depeschen durch Boten mit Rückantwort steigerte, wurde Franziskas Lebenszweck. Zu guter Letzt belagerte sie hartnäckig die Vorzimmer. Wo es sinnvoll schien, blätterte sie die beglaubigten Empfehlungsschreiben des weltberühmten Pianisten Maxim Gulkowitsch, der für alles garantieren wollte, auf die Schreibtische der Mächtigen. Mit anderen Worten: Franziska unternahm einen bürokratischen Feldzug gegen die Welt, und niemand konnte sie aufhalten.
Nach zwei Jahren zäher Korrespondenz mit Antichambrieren vor den Büros der Halbmächtigen hatte sie erreicht, dass Benno über das Jüdische Hilfswerk einen Pass und ein Visum für England bekam. Walter wurde die Einreise nach England verweigert, ihm blieb nur der letzte Ausweg Schanghai, für das man kein Visum brauchte. Als Walter und Benno im Winter 1937 kurz vor Weihnachten mit Bewährungsauflagen entlassen wurden, wähnte sie sich am Ziel, und sie feierten glücklich »Weihnukka«. Diese seltsame Mischung aus Weihnachten und Chanukka war eine Reverenz an Bruno,

der auf seinen Weihnachtsbaum und den Gänsebraten auch in Fränzes Reich nicht verzichten wollte.
»Nimm du deinen Leuchter, ich will meinen Baum!«
Am Morgen des Weihnachtstags war Fränze mit ihren Freundinnen Emmi und Lotte unterwegs, um die bestellten Gänse aus der Markthalle abzuholen.
Bruno bearbeitete gerade in der Küche den Stumpf des Weihnachtsbaumes mit der Axt, um ihn für den schmiedeeisernen Baumständer anzupassen, als Benno den Kopf zur Tür reinsteckte.
»Ich mach mich dünne!«
»Wie, was?! Und nicht mit uns feiern, nachdem wir so lange nicht zusammen waren?! Willste der Silberpappel det Herz brechen?!«
»Ich trau dem Frieden nicht. Es ist alles geregelt. Bruno Dahnke steht mit dem Auto schon unten und fährt mich gleich bis Magdeburg, damit ich hier in Berlin nicht gleich irgendwelchen Greifern ins Netz gehe. Von Magdeburg, wo mich kein Polizeikommissariat kennt, nehme ich den Zug zur holländischen Grenze und dann weiter nach England.«
Bruno legte die Axt beiseite und richtete sich stöhnend auf.
»Det wird deiner Mutter nicht jefallen. Und wat macht Walter? Türmt der etwa ooch gleich und ihr lasst uns mit dem Jänsebraten allein?!«
»Nee, kennst ja Walter. Sein Schiff nach Schanghai geht erst in acht Wochen. Der will deshalb unbedingt noch bleiben. Der wird notfalls die Gans allein verdrücken. Nach dem zweiten Feiertag muss er sich ja auf dem Polizeirevier melden ... Also, ich für meinen

Teil warte keine Sekunde und melde mich auch bei keiner Polizei in Deutschland mehr! Bloß schnell raus hier, bevor die es sich anders überlegen! Gib den Brief Muttern!«

Bruno tropften zwei Tränen auf den Kaiser-Wilhelm-Bart.

Am dritten Weihnachtsfeiertag meldete sich Walter beim zuständigen Polizeirevier. Man erwartete ihn schon.

»Haben Sie eine Arbeitsstelle?«, fragte ihn der Beamte scheinheilig.

»Klar! In der Bauklempnerei Geißler.«

»Papiere? Arbeitsbuch?«

»Hab ich nicht mit, kann ich morgen vorlegen.«

»Also keine Arbeitspapiere?!«

Walter schüttelte den Kopf.

»Nicht im Moment, ich könnte ...«

Mit einer Handbewegung fegte der Beamte seinen Einwand beiseite und schaute ihn schadenfroh grinsend an.

»Gemäß Erlass über das Gemeinschaftsfremden-Gesetz vom 14.12.1937 sind Sie hiermit als asozialer Schädling des deutschen Volkes verhaftet!«

Nach drei Tagen Freiheit fand sich Walter im KZ Buchenwald mit der neuen Häftlingsnummer 6982 wieder. Dieses Mal war er kein ehrenhafter »Politischer«, sondern mit einem schwarzen Winkel als ein »Asozialer« gebrandmarkt. Darüber trug er das gelbe Dreieck, das ihn als Jude auswies.

*

Es ging schon auf den Herbst des Jahres 1938 zu, als sich die zweitälteste Kohanim-Schwester Selma aus Danzig mit ihrem Zweitgatten Cäsar Bukofzker zum Abschied auf der Durchreise in Berlin ansagte. Mit fünfzig Minuten Verspätung fuhr der Sonderzug aus Danzig über Berlin nach Budapest in den Anhalter Bahnhof ein. Fanny, Franziska, Jenny und ihre Cousine Else liefen aufgeregt mit Asternsträußen und Kuchenpaketen auf dem Perron am Zug entlang. Außer dass Selma meschugge ist, wussten sie nur, dass sie heute nicht nach einer orthodoxen Jüdin mit »Scheitel« wie in alter Zeit suchen mussten. Wie sah Selma wohl heute aus?
Sie hatten nicht die geringste Ahnung. Seit fast zwanzig Jahren, seit dem Tod der Eltern, hatten sie die Schwester nicht mehr gesehen. Und da Selma noch im Nachklang ihrer orthodoxen Vergangenheit Fotografien verabscheute und Passbilder im Telegramm nicht mitschicken konnte, blieben Fanny, Jenny, Franziska und Else lediglich die Anhaltspunkte, dass sie in der Menschenmenge nach einer ziemlich herrschsüchtigen Frau in den Fünfzigern von etwa 1,70 Meter Größe mit engstehenden Augen Ausschau halten mussten. An diesem Tag trug Selma die Verantwortung für die Reise von knapp tausend Juden ins Gelobte Land. Folglich vermuteten Fanny, Jenny und Franziska ihre Schwester Selma in den vorderen Wagen, die bei normalen Reisezügen immer die 1.-Klasse-Wagen waren. Vorne, gleich hinter der Lok, umringt von einem Pulk von Menschen, debattierte tatsächlich eine herrische Frau, die einen britischen Militärmantel trug. Über ihrem Mantelkragen prangte ein mit Haarnadeln fest-

gesteckter Dutt unter einer Baskenmütze. Sie selbst fuchtelte mit einem Bündel Papiere vor drei Bahnbeamten herum. Ein Assistent neben ihr führte eine Liste und rief Namen aus. Die Aufgerufenen, die in Berlin zusteigen sollten, drängten in den bereits vollbesetzten Zug.

»Koffer werden nicht mehr angenommen, nur noch Rucksäcke!«

Neben Selma stand ziemlich nutzlos ihr zweiter Gatte Cäsar. Gestiefelt und in Breeches, mit sportlicher Tweedjacke und Kavalierstuch sowie edler Krawattennadel sah er eher so aus, als hätte er eine Verabredung zur Fuchsjagd im schottischen Hochmoor als zu einer abenteuerlichen Expedition in die Wüsten des britisch besetzten Palästina.

»Und die drei jungen Spunde daneben können nur Selmas Söhne Gabriel, Ariel und Raffael sein! Was für eine Ähnlichkeit mit unserem Vater der Große hat«, staunte Fanny, die schwer atmend dem einige Jahre jüngeren Gespann aus Franziska, Jenny und Else hinterhergehechelt war. Als hätte sie das Herannahen ihrer Schwestern nebst Cousine körperlich gefühlt, drehte Selma sich plötzlich um: »Na, guck mal einer an! Seid ihr also doch noch gekommen? Wenn ihr Pässe dabeihabt, dann habt ihr *jetzt* die einmalige Gelegenheit mitzukommen. Vier Auswanderer haben es sich anders überlegt!« Dann setzte sie das mechanische Lächeln einer Überbeschäftigten auf und umarmte ihre Schwestern flüchtig. »Was habt ihr hier in Deutschland eigentlich noch verloren?«, fuhr sie die Schwestern vorwurfsvoll an.

»Meine Güte, nun mach mal halblang! Wir wohnen hier und haben unsere Familien hier! Und nichts wird so heiß gegessen, wie es gekocht wird.«
»Wie kann man nur so blind sein«, bellte Selma verächtlich zurück. »Wie heiß soll es eigentlich noch werden?«
Anstelle von Fanny, Jenny, Fränze und Else stiegen nun vor Freude juchzend vier jugendliche Berliner Nachrücker der Ausreisebewerber ein.
»Na, ist es denn sicher, dass die Engländer euch auch einreisen lassen?«, wollte Else zaghaft wissen.
»Tja, manchmal kann man nicht erst warten, bis man eine Einladung auf handgeschöpftem Bütten bekommt!«, fuhr ihr Selma über den Mund.
Denn tatsächlich war die unerbetene Einreise in Palästina der wunde Punkt des Unternehmens. Selma wusste, dass man sich den Weg nach Palästina erst bahnen musste, aber mit solchen Gedanken konnte sie sich hier nicht aufhalten, schon gar nicht mit ahnungslosen, behüteten Berliner Hausfrauen, die es nicht einmal wagten, ohne polizeiliche Genehmigung den Rasen zu betreten, wenn ihnen der Wind den Hut vom Kopf dorthin geweht hatte.
»Alles einsteigen! Vorsicht an der Bahnsteigkante! Der Sonderzug über Wien und Budapest nach Constanza auf Gleis 4 fährt aus!«
Else, Fanny, Jenny und Franziska drückten Selma schnell ihre Fresspakete in die Hand, sagten Gabriel, Ariel, Raffael und Cäsar Lebewohl, umarmten Selma und flüsterten ihr leise Segenswünsche ins Ohr: »Hatsloche un Broche! Glück und Segen!« Heimlich steckte

Cäsar Franziska ein Paket zu: »Das ist für Walter! Wir sind dann quitt! Mein Vater hatte Walter damals um einen großen Teil seines Erbes geprellt, und ich darf das Geld ohnehin nicht ausführen. Nimm es, ihr werdet auch bald Reisegeld brauchen!« Ehe Fränze noch etwas entgegnen konnte, war Cäsar in den Zug gestiegen.
Nachdenklich schob sie das Bündel in ihre Tasche. Cäsar winkte ihr vom Fenster aus zu, mit erleichterter Miene wie ein Mensch, den lange eine Schuld bedrückt hatte und der sich endlich davon befreien konnte.
Der Schaffner riss die Kelle hoch.
»Wird man sich in diesem Leben je wiedersehen?«, murmelte Fanny und fing an zu weinen. Sogar Franziska, die nie besonders an Selma gehangen hatte, wurde ganz wehmütig. Cousine Else heulte schon hemmungslos, aber nur, weil sie auf Bahnhöfen immer heulte. Jenny schluchzte herzzerreißend in die nutzlosen Asternsträuße. Die, für die sie bestimmt waren, konnten damit nichts anfangen. Die Zeiten, als sich Reisende über einen Blumengruß gefreut hatten, waren lange vorbei. Das Wasser, das die Blumen benötigt hätten, wurde als Trinkwasser für die Reise gebraucht.
Ein Pfiff, und langsam setzte sich der Zug stampfend in Bewegung. Laut stimmten die Palästinasiedler die »Hatikva« an. Sie sangen dieses Lied nicht getragen mit der gewohnten traurigen Sehnsucht, sie sangen es heute trotzig und schwangen die Fäuste und unzählige Fahnen mit dem Davidstern:

Solang noch im Herzen
eine jüdische Seele wohnt
und nach Osten hin, vorwärts,
das Auge nach Zion blickt,
solange ist unsere Hoffnung nicht verloren,
die Hoffnung, zweitausend Jahre alt,
zu sein ein freies Volk, in unserem Land,
im Lande Zion und Jerusalem!

Das Lied dröhnte laut durch den hakenkreuzgeschmückten Bahnhof der Reichshauptstadt.
»Dass das die Polizei erlaubt!«, zischte es empört in Hörweite. »Dieses Judenpack will auch noch frech werden! Sollen sich mal lieber ganz stieke davonmachen.«
Else, Franziska, Jenny und Fanny fühlten, wie eine Welle Schmutz auf sie zurollte.
»Ja, sonst machen wir euch Beine!«
Die Menge hatte die jüdischen Abschiednehmer vom Bahnsteig 4 identifiziert. Plötzlich fühlten sich Else, Franziska, Jenny und Fanny wie von wilden Tieren umringt. Man musterte sie mit unverhohlener Feindseligkeit, rempelte sie an, stellte Fanny ein Bein, dass sie fast stürzte, und lachte ihr dreckig ins Gesicht. Keiner griff ein, wies die Rüpel zurecht oder nahm sie in Schutz. Die Bahn- und Polizeibeamten drehten sich einfach weg. Fränze erinnerte das an ihr Erlebnis auf dem Bahnhof in Osche 1919.
»Das ist nur der Mob!«, wurde sie von Jenny im Soubretten-Tremolo beschwichtigt.
»Dein Wort in Gottes Ohr«, murmelte Fränze, die Witterung aufnahm: Wenn sich etwas, das vor fast zwan-

zig Jahren in einem polnischen Dorf geschehen war, nun mitten in der deutschen Reichshauptstadt wiederholte, dann war das nicht dasselbe …

Daheim konnte Franziska Cäsars geheimnisvolles Päckchen endlich öffnen. Obenauf lag eine Urkunde, die bescheinigte, wie sehr der alte Bukofzker die Not der Kohanim nach dem Tod der Eltern ausgenutzt hatte. In einem Brief teilte ihr Cäsar mir, dass er hiermit die Schuld aus dem entgangenen Erbe begleichen wolle. Goldmünzen und Juwelen lagen feinsäuberlich in Seidenpapier verpackt. »Besser, als es diesem Hitler noch in den Rachen zu werfen. Verwende es gut und rette euch damit!«

Der Judaslohn

Im Juni 1956 schaffte es meine Mutter mittels ihres vorausschauend ausgetüftelten Komplotts, mit der Staatssicherheit weiterhin Katz und Maus zu spielen. Eine Ärztekommission unter der Leitung ihres früheren Komplizen Dr. Kastner, der einstmals NS-Verfolgten auf der Flucht im St.-Joseph-Krankenhaus Obdach gab, attestierte meinem Vater eine vegetative Dystonie und einen akuten Schub von multipler Sklerose: »Der Patient ist weder vernehmungs- noch straffähig.« Fürs Erste war mein Vater vor dem Staatssicherheitsdienst sicher. Sie kalkulierten mit einem Aufschub von einem halben Jahr und dass die Partei es sich momentan nicht mit der katholischen Kirche verderben wollte.
Die sonst allgemein verschärfte politische Lage wirkte sich auch auf unseren Alltag aus. Inzwischen galten daheim penible Sicherheitsregeln. Meine Aufgabe war es, bei jedem Klingeln, das nicht wie verabredet einmal lang, zweimal kurz war, alle Westzeitungen unter das Sofa zu schieben und schnell den Zeiger auf der Radioskala von Rias auf Berliner Rundfunk zu stellen. Nach ein paar Tagen schaffte ich das beidhändig agierend in drei Sekunden: mit links die Zeitungen, mit rechts die Radioeinstellung. Auch in der Schule musste ich auf der Hut sein. Scheinheilig fragte uns eines Tages unser Klassenlehrer Herr Böhnke nach den Pausenzeichen unseres Rundfunks. Nur für arglose Gemüter eine

scheinbar harmlose Frage. Ahnungslos pfiffen die meisten Kinder die Pausensignale. Es waren meist die der West-Sender. Beim Zuhören kam mir der Verdacht, dass die Frage nicht auf die Kenntnis des Gesamtberliner Radiowesens zielte. Ich pfiff das Pausenzeichen des Berliner Rundfunks. Herr Böhnke notierte sich alles und lächelte mir zufrieden zu.
Zur nächsten Stunde hätten wir in der Schule normalerweise Handarbeit oder Werken gehabt. Bis vor kurzem waren diese Doppelstunden eigentlich für das Fach Religion vorgesehen. Wahlweise katholisch oder protestantisch. Religionsunterricht fanden meine atheistischen Eltern zur Vervollständigung der Allgemeinbildung unerlässlich. »Unsere ganze Kunst und Kultur baut auf dem Christentum und dem Judentum auf. Man wäre ein Ignorant, wenn man da nicht Bescheid wüsste!« Allerdings durfte der Religionsunterricht in Ost-Berlin seit der zweiten Klasse nicht mehr in der Schule, sondern nur noch in den jeweiligen Pfarr- oder Gemeindehäusern stattfinden. Nun stand dafür Handarbeit für die Mädchen und Werken für die Jungen auf dem Stundenplan. Religionsunterricht gab es somit nur unter Verzicht auf Nadelarbeit und auf Werken. Es leuchtet ein, dass ich die Kreuzigung sehr viel interessanter als den Kreuzstich fand. Religion als solche war mir vollkommen gleichgültig gewesen. Allerdings schien dieses Fach aus vielen eigenartigen Märchen und Sagen zu bestehen, und schon damals hatte ich den Hang, für eine gute Geschichte so manches Opfer zu bringen, wie es der öde Fußweg von der Schule zum Pfarrhaus und von dort wieder zurück war. Hinzu

kam aber noch, und das gab den Ausschlag, dass ich erkannt hatte, dass hinter der Auslagerung des Religionsunterrichts eine ganz bestimmte Absicht steckte. Das weckte meinen Trotz. Wenn andere Kinder unter elterlichem Zwang zum Religionsunterricht ins Pfarrhaus getrieben werden mussten, so war ich voller Freunde, Neugier und Eifer bei der Sache.

Eines Tages eröffnete Herr Böhnke, dass es für uns Kinder das Beste wäre, wenn wir alle gemeinsam den Jungen Pionieren beiträten. Ein Tag schulfrei mit Ausflug in den Ernst-Thälmann-Park winkte als Belohnung. Es verging bald kein Schultag mehr, ohne dass er uns die Wonnen des Thälmann-Parks und andere Errungenschaften in den rosigsten Farben schilderte. Die schmollende Klassenmehrheit, die sich um einen Ausflug betrogen fühlte, veranstaltete gegen die Minderheit der sich gegen den Beitritt zur Kinderorganisation der Partei sträubenden Kinder ein Kesseltreiben. Fast jeden Tag nach Schulschluss lauerten die »Pioniere« den »Nicht-Pionieren« auf, und es kam zu einer Massenschlägerei. Mir kam zum Glück meine Straßengang zur Hilfe, und gemeinsam verteilten wir an die »Linienschiffe« Kinn- und Leberhaken, Veilchen und beachtliche Beulen. Da meine Straßengang die Staatsfrommen in die Flucht geschlagen hatte, war der Friede unter Androhung weiterer Abreibungen erst einmal gesichert. Ich musste daheim nur den abgerissenen Ledergurt meines Ranzens, den ich mit der Eisenschnalle vorn als Schlagwaffe genutzt hatte, und mein zerfetztes neues Kleid nebst Verlust der roten Taftschleifen für meine Zöpfe und meine aufgeplatzte Lippe rechtfertigen.

In seiner Verzweiflung besuchte der um »Geschlossenheit« ringende Klassenlehrer Böhnke die Eltern der hartnäckigen Verweigerer, um sie einzeln ins Gebet zu nehmen.
»Gerade Sie als Altkommunisten sollten mit Ihrer Tochter ein Beispiel geben«, redete er meinen Eltern ins Gewissen. Meine Mutter lächelte dazu nur fade. »Wissen Sie, gerade wir als Altkommunisten achten die persönliche Freiheit und die Entscheidung des Einzelnen ganz besonders, also auch die unserer Tochter. Das ist ganz allein ihre Sache. Da müssen Sie schon meine Tochter überzeugen. Wir können Ihnen da gar nicht helfen.«
Als Herr Böhnke gegangen war, klärte sie mich auf, dass er sich nur deshalb so sehr ins Zeug legte, weil er neben einer guten politischen Beurteilung in seiner Kaderakte auch eine Prämie von 500 Mark bekäme, wenn seine Klasse geschlossen der Kinderorganisation der Partei beiträte. Zu guter Letzt waren die einzigen Kinder, die sich noch gegen die Jungen Pioniere sträubten, Herbert, dessen Eltern Zeugen Jehovas waren, und ausgerechnet ich.

Am Tag vor den Ferien wollte Herr Böhnke endlich seine Kaderakte und sein Gehalt aufbessern. Herbert und ich waren jetzt fällig. Herbert hatte an diesem Tag seinen zehnten Geburtstag, aber wir freuten uns nicht. Zeugen Jehovas feiern auch keine Geburtstage, erklärte er mir. Was ist denn das für eine doofe Religion, die Geburtstagsfeiern verbietet?, empörte ich mich innerlich, schwieg aber rücksichtsvoll.

Inzwischen hatten sich hinten im Klassenzimmer vier Männer in besseren Anzügen mit fetten Parteiabzeichen am Revers breitgemacht.
Herr Böhnke bekam hektische Flecken im Gesicht. Ihm zitterten die Hände. Mit seinen von Angstschweiß feuchten Handflächen durchweichte er schon die Kreide und summierte an der Tafel forciert munter nach einem Punktsystem die Vorteile, die ein Beitritt zu den Jungen Pionieren bot. Aha, ein Rechenexempel, dachte ich. Dann zog Herr Böhnke einen Strich unter die vermeintliche Rechenaufgabe und rief mich nach vorn an die Tafel.
»So, nun rechne mal aus, wie viele Vorteile ein Beitritt zu den Jungen Pionieren bietet!« Mit triumphierender Miene schaute er beifallheischend in die letzte Reihe, wo die Bonzen jetzt auf ein erniedrigendes Exempel warteten.
Während ich widerwillig nach vorn zur Tafel zockelte, sang mir bereits das Blut in den Ohren. Eine ungekannte Wut und Empörung stieg wie eine heiße Welle vom Magen her in mir auf. Wären meine Haare nicht schon wieder zu Zöpfen geflochten gewesen, dann hätten sie mir alle einzeln senkrecht vom Kopf abgestanden. Kurz dachte ich noch nach, ob ich rausrennen oder vielleicht das ganze hinterhältige Rechenexempel einfach durchstreichen sollte. Da kam mir eine bessere Idee, die ich für einen guten Witz hielt. Mit meiner Kinderkrakelschrift schrieb ich als Summe unter die Rechnung: *30 Silberlinge!!!*
Nach den drei Ausrufezeichen legte ich die Kreide so zart auf den Tafelrand, als wäre es ein Vogelküken.

Mit geheuchelter Unschuldsmiene setzte ich mich auf meinen Platz zurück. Zum Hohn hätte ich fast noch einen Knicks gemacht, besann mich aber.

Mit offenem Mund staunte der christliche Herbert mich an.

Auch sonst herrschte tiefes Schweigen im Klassenzimmer.

Nach einem Moment der Stille kam irritiertes Gemurmel von hinten. Bibelunkundigen Genossen musste man den unerhörten Vorfall wohl erst erklären. Kichern unter meinen Klassenkameraden. Herr Böhnke wurde weißer als die Wand. Die Bonzendelegation verließ aufgebracht das Klassenzimmer und schickte mir finstere Blicke herüber.

»Da sieht man, welches Durcheinander die Religion bei Kindern anrichtet«, versuchte Herr Böhnke die Situation im sozialistischen Sinne zu retten.

Da war die Delegation aber bereits auf einer Welle der Empörung davongerauscht. Die köstliche Süße des Triumphes durchrieselte mich, ähnlich wie nach einer Rauferei.

Der Rest war mir egal.

Heimlichkeiten

Ihren siebzehnten Geburtstag feierte Hella bei Siemens. Es war ihr erster Tag als Laufmädchen, sie war dorthin dienstverpflichtet worden. Was sollte man da feiern? Hella zog das neue Kleid an, das ihre Mutter Oda ihr wie immer zum Geburtstag genäht hatte, und verbrachte den ganzen Tag im Siemenswerk, Apparatebau. Wohl an die hundert Leute, für die sie jetzt tätig werden sollte, wurden ihr vorgestellt. Beiläufig stellte man in der einen oder anderen Dienststelle fest, dass sie ja gerade Geburtstag hatte – den siebzehnten! –, der gefeiert werden müsste. Tat man aber nicht.
Hella war das nur recht. Geselligkeiten waren ihr schon immer ein Gräuel. Dank ihrer schnellen Auffassungsgabe und ihrer Zuverlässigkeit betraute der Siemens Apparatebau Hella in den nächsten Monaten nach und nach mit immer anspruchsvolleren Aufgaben. Diesen großen Betrieb, der so wichtige Dinge für die ganze Welt produzierte, fand Hella sehr interessant. Ganz selten dachte sie noch an ihre abgebrochene Schneiderlehre bei den Segals. Fanny Segal, die Hellas Lehrherrin und Odas Arbeitgeberin gewesen war, eröffnete ihr eines Tages, dass sie als Juden keine Arier mehr beschäftigen und ausbilden dürften. Die Segals mussten den Betrieb an einen Arier abtreten. Verschleudern. Hellas Mutter Oda sollte dort jedoch weiterarbeiten dürfen. Mit ihrer politischen Vergangen-

heit hätte sie schwerlich eine ebenbürtige neue Stelle gefunden. Oda war zwar immer noch die beste Näherin des Betriebs, doch seit der Haft nicht mehr ganz »auf dem Posten«. Quasi über Nacht war Odas Haar ergraut, ihr Kopf zitterte leicht, und das, obwohl sie dank Kalle von den dort üblichen Torturen verschont geblieben war. Stattdessen hatte sie die Folteropfer nach den erlittenen Misshandlungen versorgen müssen: Verbrennungen aller Grade, Knochenbrüche, ausgeschlagene Zähne, halb skalpierte Schädel, herausgerissene Finger- und Fußnägel, Läsionen durch Elektroschocks, ausgerenkte Gliedmaßen. Auch die zu Tode Gefolterten, meist in Wannen oder Trögen Ertränkte oder durch Elektroschocks zu Tode Gequälte, bekam sie zu Gesicht. Lange bevor Bomben auf Berlin fielen, fuhr Oda deshalb nachts schreiend aus dem Schlaf. Schnell musste sie dann ihre Herztropfen einnehmen. Hella dachte oft, dass das Anschauen der Qual anderer und die Wundversorgung der Opfer für ihre Mutter die schlimmste Folter gewesen war.
Noch weniger als an die abgebrochene Lehre bei den Segals dachte Hella an ihre letzten Schultage im Jahr 1936 zurück. Eine Ewigkeit schien es her zu sein, seit sie als beste Turnerin der Schule am Massenturnen zur Eröffnungsfeier der Olympiade im Olympiastadion teilnehmen durfte. Wenn Hella überhaupt an ihre Schulzeit dachte, dann nur mit Wehmut darüber, dass sie nicht auf die »Hohe Schule«, aufs Gymnasium, hatte gehen dürfen. Dabei hatte sie so gute Noten, dass man ihr sogar das Schulgeld erlassen wollte. Oda hatte ihrer Tochter das Gymnasium ausgeredet. Irgendwann,

früher oder später, hätte man sie von der Schule verwiesen oder vom Abitur ausgeschlossen, wenn sie nicht in den BDM einträte, meinte Oda. Hella hatte das eingesehen. Mit Wärme dachte sie jedoch an ihren alten Klassenlehrer, Herrn Päzold. Ständig wusste er es einzurichten, dass sie entweder Karten für den Erdkundeunterricht holen oder einen Versuch im Labor vorbereiten sollte, wenn man zum Fahnenappell unter dem Hakenkreuz auf dem Schulhof rief. So musste sie nie die Hakenkreuzfahne grüßen!

Nach und nach machte sich der Krieg im Siemenswerk bemerkbar. Ein Mann nach dem anderen verschwand aus der Produktion. Die Männer mussten ersetzt werden. So stieg die zuverlässige, intelligente Hella immer weiter auf, bis sie den Versand für die Geräte und Apparate so gut wie allein leitete, eine Tätigkeit, bei der es sich um eine Vertrauensstellung mit Dienstgeheimnis für die Wehrmacht handelte. Aber sie, ein siebzehnjähriges Laufmädchen, hatte man bei der Dienstverpflichtung politisch nicht überprüft. Sie musste wie alle Angestellten neben ihren Arbeitspapieren bei Arbeitsantritt nur ihren Ariernachweis vorlegen. Das war alles, was man bei Siemens über Hella wusste. Nachher, als Hella unbemerkt Stufe für Stufe aufgestiegen war und ihre Gegenwart so vertraut und selbstverständlich schien, als sei sie schon immer da gewesen, hatte man schlichtweg vergessen, ihre »politische Durchleuchtung« nachzuholen. Die Personalabteilung der Firma Siemens hatte zu jener Zeit andere Sorgen. Hella ließ sich auch nie dabei ertappen, wenn sie für den einen oder anderen Zwangsarbeiter und Kriegsgefangenen im Betrieb Brote in den Papierkorb fallen oder eine warme Jacke extra hängen ließ. Schweigend erledigte sie ihre Arbeit und freute sich sogar über Überstunden, was ihr neben zuverlässig und intelligent das Prädikat »vorbildliche Volksgenossin« eintrug.

Während der Überstunden waren die Büros menschenleer, und Hella nutzte die Gelegenheit: Sie manipulierte bereits abgezeichnete Versandlisten, vertauschte die Adressen, so dass Geräte und Apparate für die Rüstung verspätet, in unzureichender Zahl oder mit fehlenden Zusätzen unüberprüfbar am falschen Ort landeten oder sogar vollkommen leere Versandkisten eintrafen. Auf diese Art warf Hella hier und da etwas Sand in das Getriebe der Rüstung. Bei der Ausrüstung der »Tirpitz«, der »Scharnhorst« und der »Bismarck« wusste oft nur Hella allein, ab wann genau sich welches Schiff bis zu welcher Stunde in welchem Hafen befand, so dass die Sendungen die Schiffe immer nur um ein paar Stunden verfehlten und dann durch die Häfen irrten. Die Fertigstellung der Kriegsschiffe verzögerte sich somit um Tage, Wochen, Monate. Kein Matrose ahnte, dass er vielleicht einer halbwüchsigen Saboteurin in Berlin-Siemensstadt ein etwas längeres Leben verdankte.

Aber das war nur der halbe Alltag der Hella Hanke.

Die andere Hälfte bestand darin, dass sie am Wochenende mit zwei Koffern an den Lenkstangen, einem Koffer auf dem Gepäckträger und einem Rucksack auf dem Buckel knapp sechzig Kilometer von Berlin nach Frankfurt/Oder radelte. Dort hatte Reinholds ehe-

maliger Kumpel aus der Lehrlingszeit, der ein ehemaliger Sozialdemokrat war, eine eigene Backstube, in der er Brote abzweigen konnte. In den Abendstunden huschte Hella in die Bäckerei und packte die vereinbarten vierzig Brote ein, übernachtete auf dem Feldbett gleich neben dem Backofen, da am Wochenende Backverbot herrschte. Nachdem sie sich das Gesicht mit kaltem Wasser abgerieben, ihr der Bäcker eine Thermoskanne mit heißem Malzkaffee aufgefüllt hatte, fuhr sie am frühen Sonntag zurück nach Berlin. Dort angekommen, brachte sie die Koffer zu den vereinbarten Orten, meist zu Bahnhöfen im Berliner Norden und Osten, wo Menschen mit ärmlichem Gepäck nicht auffielen. Für gewöhnlich wartete da bereits jemand auf sie, der sie mit der Parole »Tante Lucie wartet schon mit dem Essen!« begrüßte und einen der Brotkoffer an sich nahm. Wenn sich der Kontaktmann mit der zusammengefalteten Zeitung an der Nase kratzte, dann war die Luft nicht rein. Sie ging dann einfach weiter und schleppte den Koffer wieder mit. Oft kam auch niemand. In diesem Falle machte Hella nach einer gewissen Zeit kehrt und fuhr samt Rucksack und Koffern zu ihrem Vater in die Oderberger Straße. In Reinhold Hankes Wohnung warteten mindestens acht bis zehn Illegale auf Essen oder darauf, dass sie weitergeschleust wurden.
Seit dem Tag, an dem sie die bestickte Fahne und die belastenden Papiere in ihrem Schulranzen durch die Razzien und Hausdurchsuchungen geschmuggelt und sie ihrem Vater anvertraut hatte, waren sich Vater und Tochter nähergekommen. Mordversuch hin und Reue

her. Gerade weil niemand den versoffenen Kretin Reinhold Hanke ernst nahm und weil es nach dem Mordanschlag auf Frau und Kinder völlig abwegig und ausgeschlossen schien, dass noch Beziehungen zu seiner geschiedenen Frau bestünden, war ihr Vater die beste Person, auf die sie bauen konnte. Keiner wusste davon, am wenigsten ihre Mutter Oda. Wie oft bei Trinkern, lagen auch beim trunksüchtigen Reinhold Hanke Heldentum und Erbärmlichkeit ganz dicht beieinander. Reinhold war so charakterschwach, dass er einfach nicht Nein sagen konnte. Insbesondere, wenn ihn jemand mit Geld in der Hand oder Schnaps im Glas um Aufnahme bat. So traf Hella in der engen Backstube auf ein Panoptikum von Illegalen, Untergetauchten und Flüchtigen. Reinhold Hanke hockte hilflos inmitten einer Schar auf ihn einbrüllender Menschen. Keiner wusste weiter. Reinhold heulte Rotzblasen. »Was soll ick denn bloß machen? Wo soll ick die denn hinschicken?«
»Ja, warum hast du die Leute denn erst aufgenommen?«
»Die haben mir alle so leidgetan!«, jammerte Reinhold und genierte sich vor seiner strengen Tochter. Wenn Hella ihren Vater schützen wollte, dann musste sie die Leute nun weiterlotsen.

Genauso leid taten Hella später die Segals, die sich für ihre Abholung und Umsiedlung nach Polen bereithalten sollten. Es sollte nach Riga gehen. Man ahnte, was das hieß! Hella streckte ihre Fühler aus. Ihr Auftrag lautete, eine illegale Passage nach Schweden für sechs Personen in die Wege zu leiten. In die Untergrundgruppe, für die sie als Lebensmittelbeschafferin und Kurierin arbeitete, hatte sie ihr Bruder Peter eingeschleust. Auf die bange Frage nach der Verlässlichkeit und Herkunft der Mitverschwörer konnte er ihr nur sagen, dass es sich nicht nur um Genossen handelte, sondern auch um »unzuverlässige Elemente« wie Sozialdemokraten, parteilose Liberale und unverdächtige Humanisten, gläubige Christen, die ihnen von einflussreicher Stelle Informationen und Warnungen zukommen ließen, aber auch einfach Menschen, die früher mal mit den Nazis sympathisiert hatten, nun aber desillusioniert verzweifelt etwas gegen die zunehmende Gewalt und Rechtlosigkeit tun wollten. Nun, da sie mit ihrer Einsicht und ihrem Engagement zu spät kamen, wollten sie wenigstens für ihr eigenes Seelenheil und ihre Selbstachtung irgendetwas tun, bedrohten Menschen irgendwie helfen. Dafür riskierten einige plötzlich Kopf und Kragen. Wie Hella anhand der Brotrationen ausrechnen konnte, befanden sich derzeit etwa dreiundzwanzig Menschen in der Obhut der Gruppe.

Am Abend kam aus verlässlichster Quelle, von den Huren aus dem Etablissement »Kitty«, dem bevorzugten Bordell von Nazis und Gestapo in der Giesebrechtstraße, die Nachricht, dass die geplanten »Umsiedlungen« aus der Sophienstraße und Oranienburger Straße um drei Tage vorgezogen werden sollten. Jemand musste die Segals warnen! Da man sie dort als das ehemalige Lehrmädchen kannte, sollte ihr Bruder hingehen.

Seit sie ihren Hund Bobby abgeben musste, weil Juden keine Hunde mehr halten durften, mochte Hedwig, Fanny Segals blinde Tochter, gar nicht mehr aus dem Haus gehen. Und wo sollte sie schon hingehen? Ins Theater, ins Kino, ins Schwimmbad? Ja, selbst in die Straßenbahn und in den Park durften sie als Juden nicht mehr. Tagsüber hatten die Eltern und ihre Geschwister ständig Erledigungen zu machen, und für die Blindenwerkstatt war sie noch zu klein. So saß Hedwig die ganze Zeit am Fenster, obwohl sie nichts sah. Dafür konnte sie umso besser hören: Auf der gegenüberliegenden Straßenseite fuhr offenbar gerade ein Möbelwagen vor. Sie wunderte sich, wofür man abends einen Möbelwagen brauchte. Denn es musste bereits dunkel sein. Die Gaslaternen zischten schon. Dazu vernahm sie böse Kommandorufe, wie sich eingeschüchterte, aufgeregte Menschen aus dem gegenüberliegenden Haus auf der Straße versammelten. Da war das Scharren der Schuhe auf dem Pflaster und die vorsichtig tastenden Schritte über eine hölzerne Stiege oder eine Lade in den Möbelwagen. Was sollten mehr Menschen als die Ziehleute in einem Möbelwagen? Ihre geübten Ohren fingen die Geräusche von schlurfenden Füßen über ein Brett auf, barsche Befehle, leise Verzweiflungsseufzer, hier und da ein Schluchzen eines Kindes oder einer Frau, das beschwichtigende Murmeln eines Mannes, der einen Schlag auf den Rücken bekam, so dass die Stimme aufschnappte und dann versagte. Im Hausflur ein weinender Säugling.

Nachdem sie ihrer Mutter von den seltsamen Vorgängen erzählt hatte, gerieten alle in helle Aufregung.

»Abtransport!« Eine Entscheidung, was nun zu tun wäre, konnte nicht gefällt werden. Der Vater war noch immer nicht zurück.
»Wo bleibt er bloß? Er sollte schon längst hier sein.«
»Wir gehen ihm entgegen«, entschied Fanny, obwohl die Uhr schon nach acht anzeigte und es Juden um diese Uhrzeit verboten war, sich auf der Straße aufzuhalten.
Sie liefen panisch die menschenleeren, regennassen Straßen entlang, die der Vater eigentlich nehmen müsste. Nichts! Die Straßen waren verwaist. Die Häuser schienen sich zu ducken. Ein einsamer Betrunkener wankte krakeelend die Straße runter. Hastig wechselten sie die Straßenseite.
»Wir gehen wieder nach Hause!«, rief Fanny ihren Söhnen zu, die immer schneller vorausliefen.
»Vielleicht ist er ja aus der anderen Richtung gekommen?«
Hedwig war der Schnürsenkel gerissen. Verwünschungen murmelnd kniete Fanny vor ihr auf dem Pflaster und knotete hastig die gerissenen Schuhbänder zusammen. Die Segal-Jungs waren derweil schon um die nächste Ecke verschwunden. Fanny und Hedwig hasteten ihnen hinterher. Gerade als sie um die Ecke biegen wollten, sahen sie vor ihrem Wohnhaus einen Möbelwagen! Gerson Segal und seine Söhne, die sich nicht mehr in ihre Richtung retten konnten, wurden in den Wagen getrieben. Fanny wollte noch etwas rufen. Doch vor Schreck blieb ihr Mund stumm. Sie drückte sich zusammen mit Hedwig in eine Mauernische zwischen die Säulen des pompösen Eingangs. In diesem Moment

flüsterte ein Mann dicht hinter ihr: »Hella schickt mich!«
Mit einem Ruck zog er Fanny und Hedwig in den Hauseingang, die Tür war seltsamerweise nicht abgeschlossen. Er hatte wohl dort auf sie gewartet.
»Ich muss zu meiner Familie«, protestierte Fanny schwach.
»Das können Sie immer noch, wenn Sie wollen!«
»Aber ich muss doch ...« Fanny wusste gar nicht mehr, was sie musste.
»Meine Mutter, meine Schwester und ich wollen Ihnen helfen. Haben Sie sich jemals gefragt, wohin und warum man Juden deportiert? Haben Sie je von Deportierten gute Nachrichten erhalten?«
»Sie werden uns schon nicht umbringen!«, meinte Fanny trotzig und wollte mit Hedwig zur Tür.
»Aber genau das tun sie in Polen! Das ist kein Gerücht, es gibt Zeugen!«
»Oh, mein Gott! Ich muss meinen Mann und meine Söhne warnen!«
»Darum kümmern wir uns. Jetzt müssen wir hier schleunigst weg. Kommen Sie, schnell!«
Peter Hanke trat als Erster aus dem Haustor. Er tat so, als ob er den Himmel nach Regenwolken absuchte, und schlug den Kragen hoch. Als er sah, dass die Straße wieder ruhig war, holte er Fanny und Hedwig nach.
»Haken Sie sich unter! Wir müssen jetzt aussehen wie eine Familie auf dem Nachhauseweg. Wenn uns die Polizei oder das andere braune Gesindel entgegenkommt, dann müssen wir ganz unbeschwert plaudern.

Bloß nicht ängstlich schweigen oder weinen. Am besten noch etwas lachen. Haben Sie mich verstanden?«
Fanny schluckte den Jammer herunter. »Wo gehen wir denn hin?«
»Am Bahnhof wartet Hella auf Sie und bringt Sie an einen sicheren Ort.«
Vor dem Bahnhof Friedrichstraße ließ Peter Hanke Fanny und Hedwig Segal stehen und sprang in die letzte Straßenbahn, die nach Rosenthal fuhr.
»Alles Gute!«
Oben auf dem Bahnsteig stand Hella.
»Wo sind denn die anderen?«
Fanny senkte den Kopf und fing an zu weinen.
»Um Gottes willen, auf keinen Fall weinen! Wir fallen sonst auf!«
Hella hätte auf Anhieb einen ganzen Katalog von Dingen und Verhaltensweisen herunterbeten können, mit denen man gegen seinen Willen Aufmerksamkeit erregte. Mittlerweile war Hella zu einer Spezialistin für Unauffälligkeit geworden. Sie verhielt sich immer so, dass man sich schwerlich daran erinnern konnte, wann sie wo war, kam oder ging, es sei denn, sie wollte, dass man sich ihrer erinnerte ... Dieses Maß an Durchschnittlichkeit zu erreichen, das genau den Grad an Desinteresse und Langeweile erzeugte, der sie unsichtbar machte, das hatte Hella zu einer hohen Kunst entwickelt. Hellas Lebensraum war der gut abgezirkelte Hintergrund. Hellas Ideal war die graue Maus, die niemand beachtete. Das galt auch für ihr Verhalten jungen Männern gegenüber, weil die Aufmerksamkeit von Verehrern zu viele Unwägbarkeiten barg. So schloss sie

meist schon von vornherein jeden Kontakt zum anderen Geschlecht als zu riskant aus. Trotzdem dachte Hella seit geraumer Zeit an einen ganz bestimmten jungen Mann. Ihrer Einschätzung nach stellte der nur ein Risiko für ihr Herz dar, nicht für ihre Sicherheit. Bei diesem Gedanken bekam sie einen träumerischen Blick, riss sich aber sofort zusammen.
»Hier ist Ihr neuer Ausweis, falls Kontrollen kommen. Sie sind jetzt Erika Kampmüller aus Lankwitz, geboren am 14. August 1895 in Teltow. Geburtsdaten sofort merken! Den Ausweis gleich zusammen mit der Gefallenenanzeige hier rausholen, dann lassen die Greifer meist gleich ab.«
Das Foto im Ausweis passte nur schlecht auf ihre frühere Dienstherrin Fanny Segal. Hella hoffte deshalb inständig, dass es jetzt am späten Abend keine Kontrollen mehr in den Zügen geben würde.
»Noch eines: Wenn wir jetzt einsteigen, dann bleiben wir an der gegenüberliegenden Tür stehen, und Hedwig blickt aus dem Fenster, damit keiner sieht, dass sie blind ist. Leute, die in Verkehrsmitteln an Türen stehen, werden komischerweise immer weniger beachtet und gemustert als Leute, die im Abteil sitzen.«

Am S-Bahnhof Greifswalder Straße wartete ein Krankenwagen. Hella gab das verabredete Klopfzeichen, die Tür öffnete sich sofort, und sie stiegen ein. Am Steuer saß eine Ordensfrau der Mägde Mariens von der Unbefleckten Empfängnis. »Gelobt sei Jesus Christus!«
»In Ewigkeit Amen, Ehrwürdige Mutter!«, erwiderte Hella die Begrüßungsformel. Die Nonne befahl Fanny

und Hedwig, sich auf die Krankenliegen zu legen. Hella verpasste sie eine Schwesternhaube. Die Fahrt endete im katholischen St.-Joseph-Krankenhaus in der Gartenstraße in Berlin-Weißensee.
»Gelobt sei Jesus Christus!«, begrüßte sie ein vierschrötiger Alexianerbruder.
»Die Heilige Mutter, der Heilige Geist und Gottes Segen sei mit euch! Quarantänestation!«, antwortete die Nonne.
Ein Bruder mit einem Kindergesicht und der Statur eines Ringers bediente den Schlagbaum und ließ den Wagen passieren.

*

Lotte Hörl, Franziskas beste Freundin, war schon immer die ängstlichere von beiden. Die Luftschutzsirenen heulten schauerlich. Die Suchscheinwerfer glitten geisterhaft über den verhangenen Himmel. Als die Detonationen näher und näher kamen, zitterte auch Franziska. Mit ihrem Stern am Mantel durften Lotte und Fränze nicht in die Luftschutzkeller. Rechts und links schlugen schon Bomben ein. Eine Druckwelle fegte ihnen heiße Asche und Staub ins Gesicht, so dass sie kaum mehr Luft bekamen. »Wir können doch nicht auf der Straße bleiben!«, jammerte Lotte.
»Bleiben wir auch nicht! Nu' komm doch!«
Normalerweise waren sie bei Bombenalarm im Jüdischen Krankenhaus, wo sie beide seit einem Jahr arbeiteten. Während Lotte sich dort lieber in den Bunker verkroch, zog Franziska es vor, draußen mit Helm, Eimer und Schippe auf Brandwache zu gehen. Norma-

lerweise war auch das Juden verboten, sie könnten ja dem Feind Signale geben. Aber wer sollte im Jüdischen Krankenhaus Brandwache halten, wenn nicht Juden? Lieber draußen krepieren, als unter einem Berg von Trümmern verschüttet werden, dachte sich Franziska. Andererseits sah sie ein, dass ihrer Freundin Lotte in ihrer Panik die Nerven durchgehen würden, also zerrte sie sie in den Luftschutzbunker am Nettelbeckplatz unter der S-Bahn. Während sich Lotte am liebsten wieder in den hintersten Winkel verkriechen wollte, blieb Franziska wie angewurzelt vorn an der Tür stehen und hielt Lotte am Ärmel fest.

»Wenn's hier rummst, dann sind wir wenigstens die Ersten an der Tür!«

»Juden raus!«, brüllte ihnen der Luftschutzwart entgegen und wollte sie hinausdrängen.

»Lassen Se die Frauen in Ruhe! Und vor allem die Tür zu!«, rief jemand aus der dunklen Tiefe des Luftschutzraumes. »Da kann man doch noch nich' mal 'n Hund rausschicken!«

Lotte zuckte zusammen und krallte sich an den Arm der Freundin, während Franziska dem Blockwart ungerührt ins Gesicht blickte und sich ihren Weg bahnte.

»Hier müssen erst mal janz andere Leute raus! Die Bande, die uns den ganzen Schlamassel einjebrockt hat!«, keifte eine Frauenstimme aus dem Schutz der Finsternis des Bunkers. »Jenau!«, brüllte ein Mann. »Vor allem die janzen Meiers[6]!«

»Wer war det?« Der Blockwart schaltete seine Taschenlampe ein und leuchtete durch den Keller auf der Su-

che nach den Rufern. Hinter seinem Rücken machte sich Gelächter breit.
»Na, denk mal lieber nach, wat du machst, wenn der Spuk vorbei is'«, lachte einer gallig aus dem Dunkeln.
»Der ganze Luftschutzkeller ist verhaftet!«, brüllte der Blockwart ins Schwarze.
»Ja, dann pass bloß uff, daste hier ooch lebend rauskommst! Du brauner Fatzke!«
In diesem Moment ging in der Nähe eine Fünfzig-Kilo-Bombe runter, der Bunker schwankte, die Erde bebte, Putz rieselte von der Decke. Der Blockwart verzog sich in die Nähe des Eingangs, wo Franziska und Lotte standen. Beim Schein seiner Taschenlampe wollte er sich Notizen für eine Anzeige machen. Seine Hände zitterten aber so stark, dass er das Vorhaben aufgeben musste. Fränze grinste ihn dafür verächtlich an. Er fühlte sich ertappt. Ersatzweise starrte er die ängstliche Lotte an. Lotte bedeckte den gelben Stern an ihrem Mantel verschämt mit ihrem Schal. Das Schlimmste wäre, wenn der Blockwart sie nach ihren Papieren fragen würde. Franziska, befeuert durch die oppositionelle Stimmung im Luftschutzkeller, musterte den Mann kalt von oben bis unten und ließ ihre Mundwinkel vor Verachtung triefen. Nervös senkte er den Blick, schaute auf seine Uhr und gab dann vor, Risse im Gemäuer abzuleuchten. Erleichtert atmete Lotte auf.
Ohne ihre Freundin Fränze hätte Lotte schon längst den Mut verloren. Vor zwei Wochen hatte man Lottes Mutter ins KZ Theresienstadt gebracht, während ihr Sohn Karlheinz als »wehrwürdiger« Halbjude zu einem

Minenräumkommando an die Ostfront abkommandiert worden war. Jedes Mal, wenn der Briefträger mit seinen schweren Schuhen die Treppe hochkam, stockte Lotte der Atem. Lotte betete täglich, dass er keine Post für die Familie Hörl durch den Briefschlitz der Wohnungstür schob. Denn die Todesbenachrichtigungen kamen seit langem schon mit der normalen Post.
Nur die Urnen mit der Asche verstorbener Häftlinge und deren letzte Habseligkeiten kamen per Einschreiben. Emmi, Franziskas Busenfreundin, deren Sohn als Deserteur in Plötzensee hingerichtet worden war, kam vor einigen Tagen weinend mit einem solch schaurigen Paket vorbei. Die Asche ihres hingerichteten Sohnes hatte man ihr in einer Blechdose für Butterbrote zugeschickt. Dem Paket war eine Rechnung über neunundvierzig Mark und fünfundachtzig Pfennig für die Einäscherung beigefügt, die sie gleich per Nachnahme zu bezahlen hatte.
Seitdem hing Lottes Lebensmut nur noch an einem seidenen Faden. Wenn ihr Willi nicht gewesen wäre, hätte man sie zusammen mit ihrer Mutter nach Theresienstadt abtransportiert. Genauso wäre es auch ihrer Freundin Franziska ergangen, wenn nicht ihr »arischer« Bruno gewesen wäre. Dass Willi Hörl ein Mannsbild war, der alles tun würde, um seine Frau zu beschützen, hatte Lotte immer gewusst. Aber Fränzes sanftmütiger Bruno, den alle für einen Waschlappen hielten, weil er immer gleich heulte, wenn jemand laut wurde, hatte alle in Erstaunen versetzt. Dieses Lamm von einem Mann wurde für seine Franziska zwar nicht zum Löwen, aber zu einem großen Dulder, der seine

Gegner mit seiner standhaften Sanftmut auf wundersame Weise bezwang. Zum Glück hatten Franziska und Bruno dann doch noch 1934 ohne Feier und Tamtam geheiratet, sonst hätte man Franziska längst abgeholt.

Wie hatte man Bruno Geißler zugesetzt, dass er sich von Franziska wieder scheiden lassen sollte! Sie drohten, ihm den Klempnerbetrieb, der noch rechtzeitig vor der Eheschließung mit Franziska auf seinen Namen »arisiert« worden war, zu schließen. Auch die Wohnung sollte er räumen. Bruno saß bei diesen Verhören immer unbeweglich wie eine verwitterte Bronzestatue des abgedankten Kaisers da und schwieg grimmig, während ihm dicke Tränen in seinen Wilhelm-II.-Bart tropften.

»Deutsche Treue!«

Daran wollte er nicht rütteln lassen.

Beschämt und kopfschüttelnd ließ man von ihm ab.

»Ein Relikt aus alten Zeiten!«, meinte der Beamte mit spröder Stimme.

Der rauflustige Polier Willi Hörl, der weichherzige Bruno Geißler und der gewitzte Kofferfabrikant Bruno Dahnke trafen sich seitdem regelmäßig in der Chausseestraße zum gemeinsamen Komplott: Wie schützen wir unsere Frauen?

Bruno Dahnke, der Kofferfabrikant, hatte es am einfachsten. Er schickte seine Else, die noch kein »J« und keinen Namenszusatz »Sarah« in ihrem Pass hatte, weil sie ihn rechtzeitig als verloren gemeldet hatte, einfach ununterbrochen auf Reisen. Sie hatte sich seitdem als Dauergast in einer kleinen, feinen Pension in Davos eingemietet. Wann immer Bruno Dahnke konnte,

besuchte er sie in der Schweiz, meistens mit sündhaft teuren Geschenken wie Pelzmänteln und Schmuck im Gepäck.
»Das Geld muss weg«, war Bruno Dahnkes Wahlspruch. Für einen Geschäftsmann wie ihn war der Verfall der Reichsmark so voraussehbar wie Schneefall im Winter. Die Koffer seiner Fabrik mit Filialen im Ausland wurden überdies auch im neutralen Schweden und von den Schweizern gern gekauft.
»In Kriegszeiten haben Koffer das ganze Jahr über Konjunktur!«, erklärte er dem anderen Bruno und Willi Hörl. »Meine Produktion hat sich seit dem Krieg vervierfacht! Aber das Geld muss weg!«
Bruno Dahnke konnte in Ruhe den Sturm abwarten. Aus Verbundenheit leistete er seinem Namensvetter Bruno Geißler und dessen Freund Willi Hörl überwiegend moralischen Beistand. Er ließ sich aber auch nicht lumpen, wenn Bruno und Franziska mal schlecht bei Kasse waren. Mit seiner Parole »Das Geld muss weg!« machte er das Geben wie das Nehmen für alle einfacher.
Den Rettungsplan für Lotte und Fränze heckten sie in Brunos englischem Herrenzimmer aus. Lotte und Franziska wären am sichersten im Zentrum des Sturms, im Jüdischen Krankenhaus, fanden sie. Der beste Platz dort war – wie überhaupt in Notzeiten allgemein – immer die Küche. Es galt, die örtliche Gestapo bei Laune zu halten ebenso wie den allgewaltigen Dr. Lustig, den berüchtigten Chefarzt des Jüdischen Krankenhauses, dem Herrn über Leben und Tod seiner jüdischen Patienten und seines Personals.

Was wog im täglich bombardierten Berlin schon das Leben von zwei Jüdinnen gegen den sorgenfreien Bezug von Zement, Fensterscheiben, Rohren, Wasserhähnen und Fliesen oder auch Koffern und Taschen? Und hier und da mal eine hübsche Handtasche aus Schlangenleder aus Friedenszeiten für die Frau Gemahlin zum Geburtstag? Oder eine Aktentasche mit verchromten Schlössern, gern auch aus Schweinsleder? Oder eher ein in diesen Zeiten unentbehrliches Reisenecessaire für den Herrn aus Hirschleder? Gern genommen von Offizieren an der Front.
Die vielfältige Korrumpierung von SS- und Gestapoleuten zur Lebensrettung der drei Ehefrauen in »privilegierter Mischehe« erwies sich als Erfolgsmodell. Trotzdem stockte Franziska und Lotte jedes Mal der Atem, wenn Chefarzt Dr. Lustig Selektionen unter seinem Personal vornahm, weil er der Gestapo eine bestimmte Kopfzahl ausliefern musste. Die hoffnungslosen Fälle unter den Patienten, die Sterbenden und Todkranken hatten da Vorrang ...
»Wenn Sie mir die Suppe nicht versalzen, dann könnte ich Sie glatt ganz vergessen!«, scherzte Dr. Lustig eines Tages, als ihm Franziska mit Kochgeschirr über den Weg lief. Was er damit sagen wollte, war: Ich habe euch im Auge, werdet ja nicht übermütig! Franziska gefror auf der Stelle das Blut in den Adern. Doch sie lachte gezwungenermaßen mit. Dr. Lustig, das wusste jeder im Haus, war ein Mensch, der versuchte, seinem Namen Ehre zu machen. Er wollte als Spaßvogel gelten. Einem Mann wie Dr. Lustig tat man diesen Gefallen. Andere Gefälligkeiten, die ihm die jungen jüdischen

Krankenschwestern gewähren mussten, waren weit gefährlicher. Das war aber keine Frage der Moral. Wenn Dr. Lustigs Interesse erlahmte, wollte er die Frauen nicht mehr sehen. Das haben diese jungen Frauen nicht überlebt.

»Zum Glück sind wir über fünfzig, und kein Kerl will mehr was von uns!«, seufzte Lotte dann immer teils mitleidig, teils erleichtert.

*

Die Schweiz war in jener Zeit ein unwirklicher Ort. Else Dahnke, die hier mysteriöse, langwierige Leiden kurierte und sich dabei des Verständnisses der örtlichen Behörden sicher wusste, genoss zu ihrem Apfelstrudel einen hervorragenden Kaffee, von dem sie in Berlin nicht mal hatte träumen dürfen. Jenseits des Schweizer Alpenglühens fiel Europa in Trümmer, so dass an der Grenze zur Schweiz Selbstmord die häufigste unnatürliche Todesursache wurde. Meist fand der massenhafte Suizid auf Parkbänken mit Blick auf den Bodensee oder den Rheinfall zu Schaffhausen statt. Diesen schönen Ausblick wollten die Abgewiesenen als letzten Eindruck vor dem Verlassen der Welt in ihren Herzen bewahren. Dann schieden sie mit Veronal aus dem Leben oder griffen zum Revolver.

Versonnen blickte Else auf die sich einfärbenden Gletscher. Die untergehende Sonne hauchte sie langsam rot, orange und golden an, bis sie zu glühen schienen. In solchen Augenblicken wurde Else Dahnke bewusst, wie sehr sie sich seit den letzten Berliner Tagen selbst über Kleinigkeiten freuen konnte. Früher hätte sie die

freundlichen Grüße der Leute, den feinen Geschmack erlesener Schokolade, den Duft von frisch geröstetem Kaffee, das sanfte Schmeicheln des Pelzes auf der Haut nur mit der gewohnten Selbstverständlichkeit zur Kenntnis genommen. Jetzt war sie dankbar, dass sie all das genießen durfte. Tatsächlich hatte das Leben Else demütig und für alle Segnungen dankbar gemacht. Womit hatte ausgerechnet sie dieses Glück verdient? Sie dachte an die Angehörigen in der Heimat, deren Leben vielleicht schon ausgelöscht oder zumindest in Gefahr war. Sie betete für all jene, die nun in alle Winde verstreut waren. Diese Gedanken und Grübeleien über ihre Zuflucht in der Schweiz, mit welchem Recht sie hier in Saus und Braus lebte und andere Menschen nicht, musste sie zum Glück oft genug beiseiteschieben. Unzählige Briefe warteten noch vor der Abendpost auf Erledigung. Auch hier – oder gerade hier – blieb Else die einende Nachrichtenzentrale der Familie. Nur sie konnte in der Schweiz von überallher Post erhalten und überallhin verschicken.
Mitunter erreichten Else Dahnke auch seltsame Briefe. Einen Brief musste sie sich übersetzen lassen. Er kam aus Italien. Auf Italienisch schrieb ihr eine gewisse Laura Piccolini, die sich als Schwägerin ihrer Cousine Elli vorstellte. Ihrem Brief hatte sie ein Foto beigefügt, das Elli mit ihrem neuen Mann Ettore wohl auf der Jagd in den Bergen zeigte. Allerdings fanden sich keine der üblichen Trophäen oder erlegtes Wild auf dem Bild. Die Aufmachung der beiden war für Amateurjäger auch nicht zünftig genug. Sie waren zu verwegen, fand sie, ihre Gesichter für einen Jagdausflug zu finster und

entschlossen. Eigentlich sahen sie wie Banditen aus. Aber was wusste sie schon über die italienische Jagdmode und die seelische Verfassung von Jägern in Italien? Auffällig war nur, dass die Hauptrolle auf dem Foto offenbar die Gewehre spielten und nicht die Jäger. Hatten Jagdgewehre nicht einen doppelten Lauf? Die unbekannte Italienerin wollte ihr ohne Worte etwas mitteilen. Nur was? Sie konnte sich keinen Reim auf all das machen, außer dass die Briefschreiberin sich legitimieren wollte, indem sie ein Foto schickte, das nur von Familie oder Vertrauten kommen konnte. Oder war das eine Falle? Wenn sie also auf einem Jagdausflug sind, warum schreibt mir Elli dann nicht selbst, sondern die Schwägerin auf Italienisch, und das nicht aus Mailand, sondern aus Bergamo? Vorsichtshalber antwortete sie trotzdem brav mit einem nichtssagenden Dankesbrief und bediente sich dazu des italienischen Namens des Pensionsportiers, der ihr auch mit der Übersetzung geholfen hatte und seinen unverdächtigen italienischen Namen als Decknamen für Elses Post hergab.
Im nächsten Brief, den die unbekannte Laura Piccolini ihr über den Portier zukommen ließ, sprach sie von Elli nur noch als »unsere gemeinsame Bekannte«. Daraus ging verschlüsselt hervor, dass sich jene mit ihrem Mann auf einer langen Bergwanderung durch die italienische Heimat befinde und reiche Beute mache, was im Klartext wohl hieß, dass sich Elli den italienischen Partisanen angeschlossen hatte und derzeit in den Bergen mit einigem Erfolg zum Stolze italienischer Patrioten als Scharfschützin gegen die Deutschen

kämpfte. Die gemeinsame Bekannte trüge in Italien sogar einen »Spitznamen«, also Kampfnamen, den die Briefschreiberin aber nicht nennen wollte. Viel wichtiger als Ellis Befinden, ihr Kampfname oder ihr Aufenthaltsort war der Briefschreiberin offenbar, dass Elsbeth, die sportbegeisterte Kohanim-Tochter, jetzt Elsa hieß und an der Seite ihres italienischen Ehemannes Ettore Katholikin geworden war. Im Falle ihres Todes, berichtete die Unbekannte entzückt, widerführe »unserer gemeinsamen Bekannten« nun die Erlösung im Herrn und sie käme ins Paradies. Sie wäre mit der Taufe nun ganz und gar eine der ihren geworden, eine echte Italienerin! Lauras ganze Familie würde »die gemeinsame Bekannte« wie eine eigene Tochter lieben und alle wären stolz, dass sich die gemeinsame Bekannte um ihr neues Vaterland nun sehr verdient mache.

Wie viele Vaterländer braucht ein Mensch heutzutage?, hätte Else Dahnke die Briefschreiberin am liebsten gefragt. Elses Fazit war: Elli hatte nun tatsächlich ihre Bestimmung als Flintenweib gefunden, trieb sich mit Banditen in den Bergen herum und schoss auf deutsche Soldaten! Wie kann ich so etwas Fränze nach Berlin schreiben? Nicht minder heikel waren ja die Neuigkeiten von ihrem Neffen Benno, nachdem man lange gar nichts von ihm gehört hatte. Außerdem lag auf ihrem Sekretär noch ein dicker Brief aus Schanghai, der sechs Monate unterwegs gewesen war, ein dünner Brief aus Palästina mit drei Monaten Laufzeit, ein mitteldickes Kuvert aus Schweden, vier Wochen alt, und neben den Briefen ihres Bruno noch die flüchtig gekritzelten Zeilen von Franziska. Else überlegte, wie sie

wenigstens eine gewisse Methodik in ihre Korrespondenz bringen könnte.
Mit sechs Zetteln, auf die sie »Fränze«, »Selma«, »Willi«, »Elli«, »Jenny« und »Fanny« als Überschriften in Großbuchstaben setzte, wollte sie System in die Sache bringen. Auf den Bögen notierte sie, was sie dem einzelnen Adressaten alles an Neuigkeiten aus der Familie mitteilen wollte, damit sie ja nichts vergaß. Auf dem Blatt für ihre Cousine Franziska trug sie mit roter Tinte ein Ausrufezeichen ein, das sie an Vorsichtsmaßnahmen bei der Formulierung erinnern sollte.
Für Max Gulkowitsch genügte eine Karte mit Dank für seine Hilfe und der Nachricht, dass Fränzes Sohn Benno nun in England in die Armee eingetreten war und dass man leider von seinem Bruder Walter im KZ Buchenwald nichts Neues erfahren hatte, was aber auch ein gutes Zeichen sein könnte. Fertig!
Am einfachsten schrieben sich für Else natürlich die Briefe an Bruno, ihren lieben Mann. Hier musste sie sich keine wolkige Andeutungen ausdenken. Um der Kontrolle der Gestapo zu entgehen, schickte sie diese Briefe in einem versiegelten Kuvert über den Kompagnon ihres Mannes in Zürich an seinen Vertreter in Wien, der ihre Briefe dann zusammen mit seiner Korrespondenz nach Berlin mit einem Kurier weiterleitete.
Dann schicke ich Bruno einfach einen Brief an Fränze mit, basta!, entschied sie. Ihre anfänglichen Bedenken schob sie damit beiseite und griff entschlossen zum Federhalter.

Mein liebster Bruno,
wie Du mir fehlst, weißt Du selbst, und ich hoffe, dass Du einen baldigen Besuch hier in Davos einrichten kannst. Verzeih' mir bitte, wenn ich Dich mit meinem Brief warten ließ und mich hier kürzerfasse, als mir lieb ist, aber weitere sieben dringende Briefe an die Familie in aller Welt harren ihrer Beantwortung. Ich hoffe deshalb umso mehr, dass Dich Deine Geschäfte schnell wieder zu mir in die Schweizer Berge führen und ich Dir mein Herz ausschütten kann, tête-à-tête ... Wie lange muss ich noch warten? Bitte schick mir ein Kabel via Wien.
Verglichen mit den Schicksalen meiner Cousinen und ihrer Kinder führen wir beide ein geradezu sorglos-beschauliches Leben in Saus und Braus. Der Allmächtige soll schützen!
Lass mich mit den erstaunlichsten Nachrichten beginnen: Meine Cousine Elli ist jetzt Katholikin und ein wahrhaftiges Flintenweib (!) geworden. Letzteres verwundert uns nicht allzu sehr, denke ich. Meine Cousine Jenny lebt, wie sie berichtet, in Schanghai im Hause eines reichen Chinesen als Gesangslehrerin und unterrichtet seine Frau, eine Sängerin der traditionellen Peking-Oper. Auch um sie müssen wir uns momentan nicht sorgen, eher wohl um ihren Mann, Alfred Selbiger, der der Jüdischen Gemeinde in Berlin immer noch treu dient. Wie lange noch? Will sich der Alfred denn gar nicht retten?
Cousine Selma ist mit ihrem Cäsar in Palästina interniert und hofft immer noch auf Aufnahme im Gelobten Land. Zwei ihrer Söhne, Ariel und Gabriel, waren da gewitzter. Die jungen Burschen sind einfach von Bord gesprungen und die drei Meilen bis ans Ufer geschwommen. An Land sind sie dann »untergetaucht«, obwohl sich das in diesem Zusammenhang etwas komisch liest. Benno, Fränzes Jüngster, wurde erst ein-

mal zusammen mit Hunderten anderen geflüchteten Juden aus Deutschland in Schottland interniert. Man wollte wohl sichergehen, dass die emigrierten Juden aus Deutschland in England nicht als 5. Kolonne für das Reich tätig sind. Nun ist er in der Royal Air Force bei der »Intelligence«, was immer das ist. Sehr glücklich klingt er trotzdem nicht. Benno ist wohl sehr einsam, hat viel Heimweh nach Berlin, und er macht sich große Sorgen um seinen Bruder Walter und um seine »Silberpappel« Fränze. Er schickt Fränze die beiliegende Glückwunschkarte zum Geburtstag, bitte bringe sie rechtzeitig vorbei.
Nun zwei traurige Nachrichten: Flora schrieb mir, dass die Nazis ihren Sohn, den kleinen Hans, abgeholt haben. Man hat das Kind wohl nach Osten verschickt. Ihr zweiter Mann, der arische Runge, konnte nur sie als seine Ehefrau retten, schreibt sie. Den Jungen als Volljuden aber angeblich nicht ... Der Kleine sei noch auf der »Reise« umgekommen, »verunglückt«, hat man ihr mitgeteilt. Tot! Das Kind war doch nicht mal zehn Jahre alt! Wie ist das möglich? Warum konnte ihr arischer Mann das Kind nicht schützen? Man transportiert doch Kinder nicht alleine ab! Hat man je davon gehört? Welch eine Tragödie! Mein Gott, wie muss sich Flora fühlen? Oder war am Ende dem neuen Ehemann das Kind im Wege? Bitte versuche, mehr zu erfahren. Die ganze Angelegenheit ist doch sehr zweifelhaft und mysteriös.
Mich hat das Schicksal des Jungen sehr aufgewühlt, obwohl ich ihn nie kennengelernt habe. Der Kleine, der Allmächtige sei seiner reinen Seele gnädig, soll auch noch ein ganz besonders lieber Junge gewesen sein. Es zerreißt mir das Herz!
Ein weiterer trauriger Brief erreichte mich soeben aus Schweden. Ich hoffte, endlich Nachricht von unserer Fanny zu be-

kommen. Denk Dir: Unsere gute Fanny ist nicht mehr! Auf der Flucht über die Ostsee ist sie im Meer ertrunken. Der Fischerkahn, mit dem sie von Rügen bei Nacht nach Schweden übersetzen wollten, kam ins Schwanken, und Fanny, die ja nicht schwimmen konnte, ist über Bord gefallen. Sie war gleich untergegangen im eiskalten Wasser. Der Schmerz macht mich ganz stumm. Es scheint so, dass ausgerechnet Hedwig, das blinde Nesthäkchen der Familie, wohl die Einzige aus der Familie ist, die sich retten konnte ... Für die übrigen Segals im Ghetto von Riga können wir nur beten. Alle Briefe kamen zurück ... Wir beide ahnen, was das heißt.
Nach so traurigen Nachrichten muss ich erst einmal einhalten und schreibe Dir morgen weiter ...

Mein geliebter Mann!
Was macht meine Lieblingscousine Fränze? Arbeitet sie immer noch im Jüdischen Krankenhaus? Muss man sich um sie sorgen? Kannst Du zusammen mit Bruno G., der ja bekanntlich kein großes Licht ist, helfen, unsere Fränze zu schützen? Geht dieses verrückte Luder etwa weiterhin trotz Gestapo und braunen Spitzeln zu Emmi ihr altes Klavier besuchen, um Chopin-Etüden zu spielen, und hat sie die Chuzpe, immer noch ihren Pelz gewendet unter dem Futter des Tuchmantels zu tragen? Im ganzen Haus weiß doch jeder, dass Emmi nicht Klavier spielen kann. Wegen so ein paar Chopin-Etüden den Hals zu riskieren ist unverantwortlich, aber typisch Fränze! Doch der Apfel fällt da nicht weit vom Stamm, wenn man an ihren Sohn Walter und die Geschichte mit der Fahne auf dem Schornstein denkt. Na, Du warst ja schon immer der Meinung, dass es in dieser Familie zu viele Verrückte gibt!
Damit der Brief wenigstens heute noch an Dich rausgeht,

schließe ich schnell, küsse Dich rechts und links, auf die Stirn und den Mund, mein geliebter Mann.
In Liebe Deine
Else

PS:
Der Advokat aus Zürich schickt Dir den gewünschten Brief, mit dem Du unser angeblich schwebendes Scheidungsverfahren bei den Berliner Behörden glaubhaft machen kannst. Dann lässt man Dich wenigstens wegen der »Rassenschande« für einen Moment in Ruhe. Mit Gottes Hilfe, List und Tücke gelingt es uns bestimmt, das Verfahren so lange zu verschleppen, bis die Nazis endlich abgewirtschaftet haben. Gott möge schützen!

*

Hella war verliebt. Das war ein Ausnahmezustand. Der Untergrund musste eine Weile ohne sie auskommen. Doch selbst ihre große Liebe kam nicht ohne Einmischung der Politik aus. Karel, in den sich nicht nur Hella, sondern alle Frauen im Siemensapparatebau verliebt hatten, weil er so ein schönes, hochgewachsenes Mannsbild mit vollem dunklem Haar, strahlenden dunklen Augen und feinen Gesichtszügen war, war Tscheche und für den Betrieb als Dolmetscher für alle slawischen Sprachen und Italienisch tätig.
Sicherlich gab es viel schönere Frauen, die heiterer waren als die ernste Hella, aber der leichtlebige Karel, dem alle Frauenherzen zuflogen, suchte offenbar den Ausgleich zu seinem Naturell und verliebte sich ebenso heftig in die etwas finstere Hella. Zum Glück musste

Hella ihre Liebe nicht so geheim halten wie etwa eine Deutsche, die einen Zwangsarbeiter oder Kriegsgefangenen liebt, denn Karel war nur tschechischer Fremdarbeiter aus dem Sudetenland und freiwillig in Berlin. Der Mann wollte vorwärtskommen. Dass eine Frau ihr Leben für konspirative Arbeit im Untergrund einsetzte, war für einen tief katholischen Hinterwäldler ebenso exotisch wie das ganze Berlin, das alles so entschieden und ernst betrieb wie seine Hella. Um sein harmloses Gemüt zu schonen, hatte Hella ihren Karel nicht gänzlich in ihre gefährlichen Umtriebe eingeweiht, sondern nur von »Hilfe für in Not geratene Freunde, die man nicht im Stich lassen konnte« erzählt. Seine unbeschwerte Lebensfreude irritierte und entzückte sie zugleich. Jeder Reichsdeutsche schien in seiner Gegenwart zu spüren, was ihm über die Zeit alles verloren gegangen war: die Leichtigkeit, die Heiterkeit, der Übermut, die Verrücktheit, das Tänzeln auf gerader Strecke, das Hüpfen, das Leichtfertige, die innere Freiheit, sich über alles hinwegsetzen zu können.

Darum liebte ihn Hella. Dass er überdies ein sehr attraktiver Mann war, nahm sie dabei als Risikofaktor wegen zu erwartender Eifersüchteleien in Kauf. Ständig wurde er von allen möglichen Frauen angehimmelt und sie darauf erstaunt, neidisch oder gar abfällig gemustert. Mit einem solchen Mann an ihrer Seite war keine konspirative Arbeit möglich, fand sie. Viel zu auffällig! Viel zu angreifbar! Die Libertinage, mit der sie sich ihm hingab, überraschte und beglückte ihn. Kein Getue und Drama um die Jungfräulichkeit bis zur Ehe, wie er es von den Frauen auf dem Land zu

Hause gewohnt war. Eine Frau, die sich diese Freiheit mit einer solchen Selbstverständlichkeit nahm, ohne Schuldgefühle, Komplexe oder Verworfenheit, das hatte er nicht gekannt. Karel war beeindruckt. Mit einer solchen modernen Frau wollte er das Leben teilen. Nur mit einer solchen Frau kommt auch ein moderner Mann voran, meinte er.

In den Ferien wollte er Hella seinen Eltern im Sudetenland vorstellen. Natürlich könnten sie dort nicht unter einem Dach wohnen, solange sie nicht verheiratet wären. Hella sollte bei seinen Eltern oben in der Dachkammer schlafen, während er gegenüber bei der Tante nächtigen würde. So seien die Dinge nun mal auf dem Land.

»Auf dem katholischen«, fügte Hella hinzu und lachte aus vollem Halse.

»Du musst mich nicht gleich auslachen. Ich hab die Regeln nicht gemacht.« Karel war pikiert. Wieder einmal! Wie so oft zog sie ihn mit seinen althergebrachten Ansichten und ritterlichen Gewohnheiten auf. Hella kam gar nicht auf die Idee, dass ihn das kränken könnte. Sie wollte die Flamme der Aufklärung in diese rückständige Finsternis tragen und dachte, dass alle deswegen glücklich und dankbar sein würden.

Sie waren es nicht. Spätestens bei ihren zukünftigen Schwiegereltern, die in jedem Zimmer ein Kruzifix und an der Tür ein Weihwassergefäß hatten, machte sie die Entdeckung, dass sie keinen Beifall für fortschrittliche Ideen erwarten durfte.

In was für eine Welt bin ich hier geraten? Ins tiefste Mittelalter mit Aberglauben, Bannsprüchen, Teufels-

austreibung, Beichte, Frauen mit Kopftüchern, Tischgebet, Frauen mit Ideen von Himmel und Hölle, Schweigen bei Tisch und sonntäglichem Kirchgang? Hella schüttelte den Kopf.
Aus Freude über die Heimkehr des Sohnes, dessen deutsche Braut man nur billigend in Kauf nahm, zumal man sie zu Recht verdächtigte, nicht jungfräulich in die Ehe zu gehen, wurde eine Gans geschlachtet. »Halb verhungert kommt ihr aus Berlin. Jetzt muss tüchtig gegessen werden!«
Den Rest der Nacht musste sich Hella übergeben und konnte gar nicht mehr aufhören. Am nächsten Tag kam der Arzt. Die Schwiegermutter hatte sogleich die freudige Hoffnung, dass Hella schwanger wäre. Dr. Prohaska verneinte eine Schwangerschaft und verordnete: »Absolut fettfreie Kost und keinen Zucker!«
»Also wie in Berlin!«, lästerte Hella.
»Da war Schmalhans zu lange Küchenmeister. Ihre Leber spielt verrückt. Sie haben Gelbsucht.«
»Besser als schwanger im Krieg«, seufzte Hella erleichtert.

Zwei Wochen nachdem sie wieder nach Berlin zurückgekehrt waren, machte Karel in der Mittagspause in der Kantine eine bedeutungsschwere Ankündigung: »Es gibt heute Abend eine ganz, ganz große Überraschung! Wir feiern!« Er wollte ganz groß ausgehen, sie schob es auf den Sonnabend.
Hella hatte grundsätzlich etwas gegen Überraschungen. Alles, was sie nicht unter Kontrolle hatte, empfand sie als beunruhigend.

Nachdem Hella am Abend feierlich am Tisch Platz nehmen musste, zog Karel mit Trara einige Papiere hinter dem Rücken hervor: »Meine Deutschtumserklärung! Jetzt können wir endlich heiraten!«
Diese Überraschung war gelungen, wenngleich anders als geplant. Hellas Gesicht wurde schlagartig aschgrau.
»Ja, bist du wahnsinnig?! Bitte sag mir, dass das alles nicht wahr ist.«
Karel schaute sie irritiert an: »Hella, mein Schatz, ich bin ein Mann von Ehre und dulde nicht, dass meine Frau in wilder Ehe mit mir leben muss und ein Kind als Bankert geboren wird, wenn ich das ändern kann. Das ist mir meine Liebe zu dir wert!«
»Und darüber soll ich mich auch noch freuen? Bist du noch bei Trost? Dafür musst du nun als Deutscher in diesen idiotischen Krieg ziehen! Bitte, du musst das alles sofort rückgängig machen! Lange kann der Krieg ja nicht mehr dauern. Dann können wir meinetwegen heiraten, aber doch nicht jetzt! Und ein Kind will ich erst in Friedenszeiten. Wer ist denn so irre und setzt im Krieg ein Kind in die Welt?«
»Du meinst das nicht im Ernst? Ich bin für dich zu jedem Opfer bereit, und du willst nicht? Das ist ja wohl nicht wahr?«
»Ich will kein Opfer. Ich will auch keinen Mann, der für nichts und wieder nichts stirbt, nur weil er sich nicht noch ein paar Monate gedulden kann und einen solch absurden Begriff von Ehre hat.«
»Dann willst du mich also nicht?« Karel war tief gekränkt.

»Nicht jetzt, und nicht unter diesen Umständen! Ist das denn so schwer zu begreifen?!«
»Es ist zu spät«, Karel dämmerte nun langsam, dass er einen Riesenfehler begangen hatte. »Jetzt musst du mich nehmen, Hella!«

In der Nacht vor der Hochzeit wachte Oda, wie so oft, schreiend auf. Es war diesmal nicht einer ihrer üblichen Albträume aus dem Folterkeller des Columbiahauses. Oda sah im Traum den Kopf ihres Sohnes Peter durch die Luft fliegen und an einen Kilometerstein mit der Zahl 295 rollen.
»Unser Peter ist tot. Hella, dein Bruder Peter ist gefallen!«, schrie sie durch die nächtlich stille Laube.
»Mama, nimm deine Tropfen und versuch, wieder zu schlafen. Du hattest nur einen Albtraum!«
»Nein, Hella. Das war kein Albtraum. Das war ein telepathischer Traum!«
Im Zimmer nebenan weinte ihre Mutter jetzt herzzerreißend. Nun konnte auch Hella nicht mehr schlafen. Ihre Hochzeit brachte sie auch um den Schlaf, das Heulen ihrer Mutter um den Verstand. Das alles konnte gar nicht gutgehen.
Strahlend und voller Freude stürmte Karel zum Standesamt. Er hatte keck eine weiße Rose mit Buchsbaumgrün im Knopfloch stecken. Als er das verweinte Gesicht von Hella und Oda, ihrer Mutter, sah, drehte sich der Boden unter ihm weg.

Der Tag X

Zwei Wochen nach der Hochzeit kam Hellas Mann Karel Papesch an die Front. »Zum Glück nicht an die Ostfront«, hatte Oda erleichtert gemeint.
»Nur der Balkan!«, hatte Karel Oda und Hella getröstet. »Außerdem spreche ich Serbokroatisch. So jemanden braucht man eher im Stab und nicht im Schützengraben!«
Wenngleich auch Hella hoffte, dass Karels Sprachgenie ihn retten könnte, fiel ihr der Glaube daran schwer. Was war das für eine lebensfremde, verquere Ehre, von der er besessen war? Weder war er überzeugter Deutscher noch ein passionierter Soldat. Ihr Karel opferte sich aus Liebe! Vollkommen sinnlos, aber sehr romantisch und ehrenhaft.
Jede Sekunde mit ihm wollte sie in ihrem Gedächtnis verewigen.

Einige der italienischen Partisanen hatten sich auf Istrien den Verbänden des jugoslawischen Partisanengenerals Josip Broz Tito angeschlossen. Ganz vorn bei den Scharfschützen lag Elsbeth von Strachwitz, geborene Kohanim, genannt Elli, alias Elsa Marchetti, die bei den italienischen Partisanen den Kampfnamen »La Pantera« führte.
Elli hatte heute einen besonders guten Tag. Sie hatte drei hochrangige gegnerische Offiziere abgeschossen.

Sie hatte ihr Soll an feindlichen Abschüssen übererfüllt und war eigentlich mild gestimmt.
Doch was sie da durchs Zielfernrohr sah, war eine »Einladung mit Goldrand«, wie man in Partisanenkreisen einen völlig ungedeckten Feind nannte. Mutterseelenallein lief ihr da ein Wehrmachtssoldat vor die Flinte, als spazierte er durch einen Stadtpark. Wahrscheinlich hatte er seine Einheit verloren. Oder hatte er sich verlaufen? Noch nicht einmal das Gewehr hatte er hier an der Front im Anschlag!
Dafür hielt er da etwas anderes:
Blumen! Tatsächlich einen Blumenstrauß! Nicht zu fassen! Was war denn das für ein Vogel?
Der pflückt auf einem Schlachtfeld Blumen!
Eine solche Provokation kann auch ein Köder sein, überlegte sie sich, doch das Terrain war »sauber«. Hier war nur sie und dieser Guck-in-die-Luft.
Krieg verträgt aber weder Sentimentalität noch Provokation, dachte Elli. Also, wenn du schon so sehr darum bittest! Sie lud durch und drückte ab.
Ihr Schuss traf den romantischen Wehrmachtssoldaten genau zwischen die Augen.

Anstatt des üblichen Feldpostbriefes mit einer gepressten Blume erreichte Hella Papesch, geborene Hanke, eine Woche später der Brief, den alle Frauen im Reich fürchteten und der das Wort »Heldentod« enthielt.

*

»Hörst du ooch, wat ich höre?«, flüsterte 72769, der im normalen Leben Kurt Milhofer hieß. Die Nummer

6982, mit der sich Kurt die Pritsche im Judenblock 22 teilte, knurrte nur unwillig etwas von Maulhalten oder -stopfen.
»Walter, wach auf! Ick glaube, ick höre Jeschützdonner. Wach auf, Mensch!«
6982 rappelte sich auf, gähnte, dass ihm die Augen tränten. »Vielleicht 'n Jewitter.«
»Jewitter rollt, der Donner hier aber hämmert. Typisch Jeschützdonner. Janz weit wech noch, aber Jeschützdonner! Hör doch mal hin.«
Walter war plötzlich glockenwach. »Woher willst du Grünschnabel wissen, wie Geschützdonner klingt, hä?« Walter lauschte angestrengt in die Ferne.
»Mensch, Kutte!« Er boxte seinem Schützling Kurt auf den Oberarm. »Du hast recht! Ick werd verrückt! Dit sind die Amis! Und wat sacht uns dit?«, fragte Walter ironisch streng wie ein Lehrer.
»Tag X, ick hör dir trapsen!«, feixte Kurt.
»Ick geh mal die Lage peilen«, flüsterte Walter.
Draußen musste er feststellen, dass auch die SS feine Ohren hatte. Auf dem Appellplatz herrschte bereits hektische Betriebsamkeit, die nichts Gutes verhieß. Maschinengewehre und Flammenwerfer wurden zusammengetragen. Es gehörte nicht viel Fantasie dazu, um zu erraten, dass ein Blutbad vorbereitet werden sollte. Trotz des Gewusels war es Nummer 6982 unmöglich, von der Judenbaracke 22 aus unbemerkt zum Führungskader der Widerstandsgruppe Verbindung aufzunehmen. Aus seinem Versteck beobachtete Walter, dass die Kapos und Barackenältesten schon Befehle von der SS bekamen. Auch die Körpersprache der Be-

fehlsempfänger bestätigte seinen Verdacht. Die Frage war nur: Wer sollte zuerst dran glauben? Die Russen? Die Juden? Der Logik der Nazis folgend tippte Walter eher auf eine Liquidation der jüdischen Häftlinge noch kurz vor Abzug der SS aus dem KZ Buchenwald. Das Lagerkommando des Untergrunds hatte das Szenario für den Tag X hundertfach durchgespielt. Walter wusste, was er zu tun hatte, wenn das Signal zum Angriff, zur Selbstbefreiung, kam. Nur an die offenbar bevorstehende »Sonderbehandlung« der jüdischen Häftlinge hatte seitens der Führung des Befreiungskommandos niemand gedacht.
Leise schlich Walter zu Kurt zurück. »Steck mal sicherheitshalber alles ein. Am besten unter die Kappe. Ich weiß nicht genau, was vor sich geht, aber wenn mich nicht alles täuscht, sollen wir hier vorher noch alle über die Klinge springen oder in Marsch gesetzt werden in Richtung Jenseits.«
Da kam schon das Kommando der SS: »Die Judenbaracken 22 und 23 vollständig antreten!«
Der SS-Sturmbannführer Müller, genannt »Hundemüller«, war sichtlich nervös. Er grimassierte ständig. Anders als sonst hielt er sich an diesem Tage nicht mit den üblichen Schikanen und langem Exerzieren auf, sondern brüllte über den Appellplatz: »Die Judenblocks 22 und 23 werden mit sofortiger Wirkung aufgelöst! Alle Gefangenen aus Block 22 und 23 raustreten und sofort abmarschbereit auf den Appellplatz! Wer nicht in fünf Minuten angetreten ist, wird erschossen!«
Die Barackenältesten, die einen halben Schritt hinter

Hundemüller mit den Händen an den Hosennähten strammstanden, machten bei den Worten »abmarschbereit« und »antreten« synchron seitwärts gerichtete Bewegungen mit Augen und Köpfen, was übersetzt hieß: »Sofort abhauen!«
Verstört rannten die Häftlinge zurück in ihre Baracken.
»Mach, dass du bei den Ungarn unterkommst!«, zischte Walter Kurt zu. »Die müssen dich jetzt durchschleppen, bis die Amis hier sind!«
Kurt nickte. Für irgendetwas musste die ungarische Abstammung seines Vaters samt seiner ungarischen Staatszugehörigkeit, die er 1939 zum Schutz gegen die Schikanen der Nazis in Deutschland angenommen hatte, nun gut sein, wenn sie schon vorher zu nichts getaugt hatte. Er hoffte es zumindest. Das Land Ungarn hatte Kurt nie gesehen. Wenn es hoch kam, dann brachte er vielleicht drei bis vier ungarische Wörter zusammen, »igen« und »nem«, ja und nein, eingerechnet. Aber auf Walter konnte sich Kurt verlassen. Es war fast wie in gemeinsamen Kindertagen im Jüdischen Waisenhaus in der Breiten Straße in Berlin-Pankow. Der elf Jahre ältere Walter hatte ihn, den Kleinen mit den strohblonden Haaren, stets in Schutz genommen. Als Kurt nach Buchenwald kam, war er gerade fünfzehn. Walter nahm ihn erneut unter seine Fittiche, schützte ihn vor den Zudringlichkeiten von Mithäftlingen und brachte ihn in seinem Baukommando I bei Rudi Seifert unter. Das hatte Kurt das Leben gerettet. Nun aber musste er für sich selbst sorgen.
Walter schnappte sich sein Bündel. Als er aus der Ba-

racke trat, traute er seinen Augen nicht. Die Nummer 88973, der beste Tenor seines Chores, das »politisch unzuverlässige, bourgeoise Element« Robert Fischer, im früheren Leben Sägewerksbesitzer und Bonvivant aus Berlin-Schöneberg, zockelte mit seinem Bündel ahnungslos in Richtung Appellplatz zum vorbereiteten Himmelfahrtskommando.

»ACHTZEHN!!!«, brüllte Walter ihn an.

Wie angewurzelt blieb Nummer 88973 stehen.

»Achtzehn« war in den Judenbaracken der ultimative Warnruf, abgeleitet vom achtzehnten jüdischen Bittgebet, das für die Bitte um Leben steht. Als sich der arglose Schöneberger Tenor endlich seinen Weg durch die verstört herumhetzenden Juden aus den Baracken 22 und 23 gebahnt hatte, schnauzte Walter ihn an: »Mensch, mach, dass du wegkommst, du Traumtänzer! Die SS hat Flammenwerfer dabei, und das nicht, um sich damit Zigaretten anzuzünden.«

»Ja, wo soll ich denn hin?«, jammerte 88973.

»Spring in die Latrine, wenn dir dein Leben lieb ist! Da geht keiner von der SS suchen! Halt durch, bis ich komme!«

Robert Fischer rannte los, hielt sich am rettenden Ziel sein Bündel über den Kopf und sprang mit Todesverachtung in die Latrine. Bis zum Hals stand er in Urin und Fäkalien. Wie oft er sich in dem infernalischen Gestank übergeben musste, konnte er nicht zählen. Als sich sein Magen endlich beruhigt hatte und er sich umsah, zeigte sich, dass er sich in der Latrinengrube in Gesellschaft befand. Mindestens zwanzig Köpfe ragten aus dem gesammelten Kot und Urin des Lagers.

»Glaubst du eigentlich an Gott?«, murmelte jemand hinter ihm. Entgeistert drehte sich Robert um.
»Ob *ich* an Gott glaube, fragst du mich *hier*!? Ob *ich* an Gott glaube? Es ist vollkommen unwichtig, ob ich an Gott glaube! Viel wichtiger ist, dass Gott an *mich* glaubt, in dieser Scheiße! Da glaube selbst ich nicht mal mehr an mich!«
»Dann lass uns beten!« Neben Robert stand der badische Rabbiner aus Baracke 23. Mit einem provisorischen Gebetsschal aus einem Stück gesteifter Pferdedecke begann er sich in den Fluten der braunen Fäkalien im Gebet zu wiegen. Das erste Mal seit seinen Kindertagen stimmte Robert Fischer in das Gebet mit ein und mit ihm alle Männer, die in der Latrine steckten. Sie waren mehr als ein ordentlicher Minjan[7] und ihre Gebete somit erhörbar:

Barukh atah Adonaj, Magen Awraham!	König, Helfer und Retter und Schild! Gelobt seist du, Ewiger, Schild Abrahams!
Atah Gibor l^{e}Olam, Adonaj m^{e}chajej Metim atah raw l^{e}hoshi'a. :meshiw haRuach umorid haGeshem morid haTal.	Du bist mächtig in Ewigkeit, Herr, belebst die Toten, du bist stark zum Helfen.

M^{e}chalkel Chajim b^{e}- Chesed m^{e}chajej Metim b^{e}Raha- mim rabim somekh Noflim v^{e}rofe Cholim umatir Asurim um^{e}kajem Emunato l'Jshne Afar.	Du ernährst die Leben- den mit Gnade, belebst die Toten in gro- ßem Erbarmen, stützest die Fallenden, heilst die Kranken, befreist die Gefesselten und hältst die Treue denen, die im Staube schlafen.
Mi kamokha Baal G^{e}wurot umi dome lakh, Melekh memit um^{e}chaje umaz- miach J^{e}shu'a.	Wer ist wie du, Herr der Allmacht, und wer glei- chet dir, König, der tötet und belebt und Rettung erwachsen lässt.
Mi kamokha, Aw haRaha- man, sokher J^{e}zurav l^{e}Cha- jim b^{e}Rahamim.	Wer ist wie du, Vater des Erbarmens, der du dei- ner Geschöpfe zum Le- ben gedenkst in Barm- herzigkeit.
V^{e}neeman atah l^{e}hachajot Metim Barukh atah Adonaj, m^{e}chaje haMetim.	Gelobt seist du, Ewiger, der die Toten belebt

Dann wurde es über ihnen plötzlich ganz still.

Als »Kämpfer« der Widerstandsgruppe des Lagers Buchenwald gehörte Walter, die Nummer 6982, zur »Lageraristokratie«. Auch nach seiner zweiten Inhaftierung als Jude und als Asozialer konnte er aufgrund

früherer Verdienste seinen Status wahren. Wie verabredet kam er sofort bei den »arischen« Politischen im Block von Rudi Seifert unter, als die Judenblöcke aufgelöst wurden. Rasch tauschte er seine Jacke gegen die eines nichtjüdischen Toten aus dem Baukommando aus. Offiziell war der jüdische Häftling Walter Rubin jetzt »ausgelöscht«. Mit der ausgetauschten Jacke und der Nummer eines arischen Verstorbenen lebte Walter weiter. Mit viel Überredungskunst konnte er dem roten Kapo weitere Jacken von nicht registrierten arischen Verstorbenen abschwatzen. Die Rettung von »unpolitischen« jüdischen Häftlingen hatte beim Widerstandskommando keinerlei Priorität. Nur widerstrebend und weil 6982 in der Hierarchie ein »hohes Tier« war und hier so ein »Affentheater« machte, rückten die Genossen die lebenserhaltenden Jacken und Nummern der nichtregistrierten »Abgänge« heraus. Mit fünf »arischen« Jacken, die ein neues Leben verhießen, schlich sich Walter zur Latrine zurück. Sein bester Tenor und der badische Rabbiner bekamen damit eine zweite Lebenschance im Block der Niederländer und Belgier. Die drei anderen Jacken verteilte er wahllos. Die Empfänger mussten dann selber sehen, wo sie blieben. Mehr konnte er nicht tun.
»Wann sind bloß die Amis hier?« Ständig versuchten die verschiedenen »Experten« herauszufinden, wo und in welcher Entfernung die US-Truppen lagen, welches ihre primären Ziele wären, welche Straßen sie für den Vormarsch voraussichtlich nehmen würden. »Wie steht der Wind?«, »Wie lange braucht der Schall?« Man rechnete. Die Amerikaner konnten demnach nur noch

ungefähr dreißig bis fünfunddreißig Kilometer weit weg sein.
»Die Amis wissen bestimmt vom KZ Buchenwald. Aber vielleicht nicht so genau, wie sie auf dem kürzesten Weg hierherkommen. Die Weimarer werden das KZ bestimmt nicht als vordringliche Sehenswürdigkeit empfehlen und sie als Erstes zu uns heraufführen.«
Alle nickten.
»Was soll's? Die Elektriker müssen ran, und zwar plötzlich«, entschied das Untergrundkommando. Die Beziehungen zwischen dem kommunistischen Untergrundkommando und den Elektrikern, alle durchweg SPD-Anhänger und Gewerkschafter, waren nicht die besten, und das war schon milde ausgedrückt. Wenigstens an einem Tag wie diesem sollte das keine Rolle spielen, hofften sie.
»Könnt ihr ein Funkgerät bauen?«
»Wenn wir Material bekommen, kein Problem. Im Handumdrehen fertig. Die ›Rote Kapelle‹ hat aber schon zu, falls ihr das noch nicht wisst«, frotzelten die sozialdemokratischen Elektriker und wollten sich ausschütten vor Lachen. Über ihre süffisante Anspielung auf die sowjetische Spionagegruppe lachten sie allein. Die Kommunisten quittierten den Scherz nur mit finsteren Blicken. »In dieser Situation wollen wir doch bitte sachlich bleiben, ja?«, wies Seifert die Elektriker scharf zurecht. »Nach unseren Berechnungen müssten die Amis ungefähr dreißig Kilometer von uns entfernt stehen. Wir müssen ihnen ein SOS senden, damit sie uns schneller finden, hier hinter dem Ettersberg. Wenn die nicht schnell genug kommen, bringt uns die

SS vorher noch alle um. Wo bleibt eigentlich der Funker?«

Von der SS war mittlerweile weit und breit nichts mehr zu sehen. Auch die sonst lückenlose Kontrolle wies bereits große Löcher auf. Man »organisierte« ein Radio aus einer SS-Stube, und zusammen mit anderen Materialien aus der Werkstatt entstand in kurzer Zeit ein Sender, der ab 9. April 1945 ein SOS-Signal mit Angabe der Koordinaten des Lagers in den Äther schickte.

Am Morgen des 10. April bekamen sie Antwort. Die US Army meldete den Anmarsch. Die »Stunde X« und die »Minute X« waren endlich da!
Die Kämpfer des Untergrundkommandos bekamen ihre Waffen und Befehle. Walter Kohanim-Rubin trug eine alte Mauser von zweifelhafter Zuverlässigkeit im Gürtel und daneben einen Dolch. Unter der Jacke hatte er zur Sicherheit noch eine Drahtschlinge für das geräuschlose Töten. Sein Befehl, den er im Geiste schon über tausendmal ausgeführt hatte: Sturm und Eroberung des strategisch wichtigen Wachturms 4. Lautlos von der Rückseite einnehmen! Gefangennahme des Postens! Walter betete, dass der Revolver losgehen und er auch treffen würde, wenn es darauf ankäme. Nur zweimal hatte er Gelegenheit gehabt, sich die Waffe erklären zu lassen und im Steinbruch, wenn gerade Sprengung war, auszuprobieren. Trotzdem war er froh und vor allem stolz, dass man ihn, als den einzigen Juden, für dieses heikle Kampfkommando zur Befreiung des Lagers ausgewählt hatte und nicht einen der

kriegserfahrenen Genossen. Für Walter sprach, dass er sich bei anderen schwierigen Kommandos, die Geschicklichkeit und Nerven erforderten, bewährt hatte, bekanntermaßen »folterhart« war und vor allem als »Kämpfer« mit Sonderessensrationen durch die Widerstandsgruppe in vergleichsweise guter körperlicher Verfassung war. Keiner im Kommando konnte so schnell und behände klettern wie er. Abgesehen von körperlichen und charakterlichen Voraussetzungen spielten auch nationale Erwägungen eine Rolle. Die kampferfahrenen Rotarmisten hätten die SS sofort bis zum letzten Mann liquidiert. Immerhin unterstanden sie auch als Gefangene dem Befehl der Roten Armee. Ob die bewaffneten Sowjetsoldaten dann noch vom Befreiungskommando des Lagers zu steuern wären, war eher unwahrscheinlich.
»Zu viele Unwägbarkeiten«, entschied Seifert, »wir müssen die Kontrolle behalten. Brudervolk hin, Genossen her!«
Dann wurde er grundsätzlich und straffte sich:
»Genossen, es ist die Aufgabe des deutschen Widerstands auf deutschem Boden, die Zivilisation und auch die Ehre Deutschlands wiederherzustellen«, tönte er pathetisch. »Darum kommen ausschließlich deutsche Genossen für das Selbstbefreiungskommando in Frage! Die festgenommenen Kriegsverbrecher kommen alle vor Gericht! Wir brauchen sie lebend. Das ist ein Befehl! Liquidieren nur bei Gegenwehr!«
Walter erhielt seine Order. Endlich könnte er auch seine eigene Ehre wiederherstellen!
Lange Zeit konnte Walter es nicht verwinden, dass man

ihn vor sieben Jahren nach der Amnestie bei seiner zweiten Inhaftierung als »Asozialen« abgestempelt hatte, mit einem schwarzen Winkel über dem gelben für »Jude«. Der schwarze Winkel der »Asozialen« ging ihm an die Ehre. Das fraß an ihm. Von einem selbstbewussten politischen Kämpfer mit dem ehrenvollen roten Winkel wurde er zu einem nichtswürdigen Subjekt, zu einem Asozialen, wie zehntausend andere Juden, die damals ebenso wie er diesen besonderen Verhaftungswellen zum Opfer fielen. Er, Walter Kohanim-Rubin, war aber kein Opfer! Höchstens ein besiegter Kämpfer! Darauf war er stolz. Das konnte ihm keiner nehmen. Nun wollte er es ihnen allen zeigen! Die erste Schlacht gegen die Nazis hatte er zwar verloren, jetzt aber würde er zu den Siegern der Geschichte gehören!
Lautlos zog sich Walter mit einem erbeuteten SS-Dolch zwischen den Zähnen auf der Rückseite am Wachturm hoch. Der Posten oben auf dem Turm hatte offenbar vor sich hingedöst. Als Walter ihm von hinten die Mauser an die Schläfe hielt, warf der Wächter vor Schreck folgsam seine Waffe vom Turm. »Ich ergebe mich ja schon!«, meinte er ruhig und hob langsam die Hände.
Den Moment des Sieges hatte sich Walter grandioser vorgestellt. Fast war er enttäuscht. Im Kino würden bei so einer Szene in der Wochenschau Siegesfanfaren und ein großes Orchester mit vielen Geigen und einer Oboe im Hintergrund einsetzen.
Für einen Moment stand die Zeit still.
Ist man nun ein Held oder einfach nur ein Kerl, der das Notwenige tut?, fragte er sich. Aber für heroisches

Getue hatte er ohnehin keinen Nerv. Eine leise Melancholie wehte ihn an. Auch das Gefühl des Triumphs und der übermächtigen Freude blieb aus. Es gab keine Helden mehr! Es gab nur eine große Müdigkeit und Traurigkeit.
Ja, er hatte es geschafft! Zwölf Jahre Haft!
Von 1933 bis 1937 im Zuchthaus Brandenburg, dann kurze Freilassung zu Weihnachten 1937, dann zum zweiten Mal Haft.
Ingesamt acht Jahre im KZ Buchenwald!
Überlebt!
Von seinem einundzwanzigstem Lebensjahr im Jahr 1933 bis zu seinem zweiunddreißigsten jetzt, 1945. Seinen dreiunddreißigsten Geburtstag am 1. Mai, den würde er bereits als freier Mann feiern! Ganz groß! Versteht sich! Heute, am 11. April 1945, war er zum zweiten Mal geboren worden! Doch wo blieb der Jubel? Die Zeit seiner Haft spulte sich im Schnelllauf vor ihm ab: Ernst Thälmanns Hinrichtung und die geheime Trauerfeier der Partei im Lager; die drei Männer, die Kriminellen, die er im Lager auf Befehl des Widerstandskommandos getötet hatte und die ihn seitdem immer wieder in seinen Albträumen heimsuchten, wogegen er machtlos war. Die Qualen der Folter hatten sich ebenso für immer in seinen Schlaf geschlichen. Damit musste er leben. Die Mimikry des Narren und Possenreißers vor den Mächtigen, ob sie Seifert hießen oder zur SS gehörten, war dagegen ein Witz. Ihm stand vor Augen, wie er dem Koch der Mannschaften für eine exklusive Goebbels-Persiflage drei Eier, Zucker und zwei Zitronen für einen todkranken ungarischen

Jungen im Judenblock 23 abhandeln konnte, damit dieser überlebte und dereinst entweder Schuster, Buchhalter oder ein Nobelpreisträger würde. Wie allnächtlich Zehntausende Gefangene onanierten, wenn Zarah Leander im Lautsprecher sang, kam ihm in den Sinn; vor allem die endlosen Kochrezeptdiskussionen, bei denen sie sich leidenschaftlich darüber ereiferten, ob man Grießbrei mit Rhabarber mit Zimt würzen sollte oder mit Vanille; die unüberbrückbaren Differenzen angesichts der theoretischen Zubereitung von Gänsebraten: Beifuß oder Majoran? Die Frage, ob die pingpongballgroßen Erdbeeren auf dem Beet des SS-Kommandanten so groß wurden, weil er die Erdbeerbeete mit der Krematoriumsasche düngte. Er entsann sich, wie er sich im ersten Winter mit dicken Lagen Zeitungspapier unter der Häftlingskleidung gegen Erfrierungen und Lungenentzündung geschützt hatte, so dass er sich kaum bewegen konnte. Für immer im Gedächtnis würden ihm die Nächte mit seinen alten jüdischen Familiengeschichten bleiben, die er Kurt und den Kameraden immer wieder erzählen musste: die Geschichte von seiner Ahnfrau Zippora Orenstein, die nach dem Kosakenpogrom im 17. Jahrhundert von einem Kosaken in die ukrainische Steppe verschleppt worden war, ihrem Peiniger zwei Kinder gebar, und trotzdem brachte dieses Teufelsweib von einer Ahnin es fertig, mit den Kindern in den Satteltaschen zu Pferd aus der Steppe zurück nach Polen zu flüchten, nachdem sie ihn mit selbstgebranntem Schnaps besinnungslos gemacht hatte.

Schon wegen seiner legendären Urmutter Zippora

wollte er sich nicht lumpen lassen und das alles durchstehen. Wie seine Mithäftlinge, die keine jüdischen Familienlegenden kannten, an seinen Lippen hingen, wenn er erzählte, wie Zippora dann nach der geglückten Flucht wegen der Schande der kosakischen Kuckuckskinder den alten Chaim Orenstein heiraten musste, der aber mit der Kasse seines Kompagnons durchgegangen war, um dem falschen Messias Schabbatai Zwi von Hamburg nach Jerusalem in einem Salzfass nachzureisen; die Anekdote, warum die Kohanim drei Pferde im Wappen führten, weil sie als Pferdehändler auf ihrem Weg zum Pferdemarkt nämlich einen polnischen Grafen vor seinen marodierenden Leibeigenen gerettet hatten und die Bauern das Pferdegetrappel der Kohanim'schen Rösser für die Kavallerie des Königs gehalten hatten, worauf der jüdische Pferdehändler Kohanim aus Dankbarkeit zum Gutsverwalter der polnischen Grafen ernannt wurde. Erst beim Erzählen all dieser Familienlegenden wurde ihm klar, welch seltenen Schatz er besaß: sein jüdisches Erbe, das er immer geringgeschätzt hatte ...
Walter lächelte bei dem Gedanken, wie ihn seine jüdischen Kameraden im Lager immer aufzogen, weil er, der auf dem Land groß geworden war, im Sommer überall Löwenzahn, Kresse und Sauerampfer rupfte und Holunderbeeren direkt vom Strauch aß: »Walter beißt mal wieder ins Gras!« Walter blickte zurück auf Entstehen und Erfolge seines Lagerchors »Die Zebras«, sein ganzer Stolz, auf die Theater- und Kabarettgruppe des Lagers, die er mit seinem Kumpel Friedrich Kahle aufgebaut und betrieben hatte. Er gedachte der Mü-

hen, die es bedurft hatte, Kameraden wieder aufzurichten, die aufgeben wollten und auf dem Weg waren, zu »Muselmanen« zu werden, wie man im Lagerjargon die Lebensmüden nannte, weil sie sich ihrem Schicksal ergeben wollten. Die Angst vor Menschenversuchen bei Krankheit würde ihn ein Leben lang verfolgen, sobald er Ärzte sah. So etwas wurde man nicht los. Nicht minder litt die Seele am entsetzlichen Grau des Lagers. Es war das Grau des Todes, als hätte man alle Farben des Lebens gleich mit exekutiert und nur das Rot des Blutes zugelassen. All das lief in seinem Kopf ab wie ein Film im Zeitraffer.

Und nun war das alles vorbei ...

Ach, ja Heldentum ... Ist das nicht überlebter Mythos?

Er riss sich von seinen sich überstürzenden Gedanken los und zwang sich zurück in die Gegenwart.

»Ihr werdet alle vor Gericht gestellt!«, bellte Walter seinen Gefangenen an. Dabei dachte er noch nicht einmal an die sprichwörtliche Guillotine auf dem Alexanderplatz, von der er und Kurt abends kurz vor dem Einschlafen fantasiert hatten bei der Frage, was sie tun würden, wenn sie eines Tages die Macht übernehmen und alle Kriegsverbrecher aburteilen würden. Sie hatten sich heftig gestritten, ob man Hitler, Himmler und Konsorten nicht lieber doch lebenslang inhaftieren sollte, weil sie dadurch mehr leiden würden, und der Tod nicht vielleicht eine zu milde Strafe war, der sie zudem noch zu Märtyrern machen würde.

Unten am Boden angekommen, fesselte Walter dem entwaffneten Schergen die Hände auf den Rücken.

»Ich hab Frau und Kinder«, erklärte der ihm.

»Mann, halt bloß die Fresse, sonst knall ich dich tatsächlich gleich noch ab, du Ratte! Ich habe nämlich *keine Frau und Kinder*! Und du weißt auch, warum, du dummes Arschloch! Mitkommen!«
Mit vorgehaltener Pistole sammelte er die Waffe seines Gefangenen auf und führte ihn mit Tritten zum Appellplatz. Mit scheuer Ehrfurcht wichen die anderen Häftlinge zurück und bildeten staunend und schweigend eine Gasse. Weitere festgenommene Wachmänner und SS-Schergen wurden hinter Walter, der seinen Gefangenen weiter energisch voranstieß, zusammengetrieben. Plötzlich, nachdem sich seine Mithäftlinge vom ersten Staunen erholt hatten, flogen Steine auf ihn und die Gefangenen. Die Meute wollte sich auf die überwältigten SS-Männer und Wärter stürzen. Lynchlust griff um sich.
Walter gab mit dem konfiszierten Gewehr des verhafteten Postens zwei Warnschüsse in die Luft ab. »Ab jetzt herrschen wieder Recht und Gesetz in Deutschland! Keine Lynchjustiz! Keine Lynchjustiz! Dann sind wir auch nicht besser als diese Schweine!«, brülle er die mordlustige Meute an.
Der Lynchmob, eben noch seine Kameraden, wich scheu zurück. Moral als Grundstein für einen Neuanfang machte auf die rachedurstige Masse keinen besonderen Eindruck. Nur die Waffe. Die Lage spitzte sich zu. Das Selbstbefreiungskommando musste die gefangenen SS-Männer und Wärter schützend in seine Mitte nehmen. Ihre Waffen richteten die Selbstbefreier nun auf ihre Mithäftlinge. Diese beschimpften sie wüst. Walter und die Übrigen aus seinem Kommando, die

einen Kreis um die ehemaligen Wachleute gebildet hatten, wurden mit fliegenden Steinen und bloßen Händen angegriffen. Erneut wurden Warnschüsse in die Luft abgefeuert. Lange würden sie der wütenden Masse nicht standhalten können.

Wo bleiben bloß die Amis?, fragte sich Walter ungeduldig. Den Hass, den er in den Gesichtern sah, kannte er sonst nur vom faschistischen Mob.

In diesem Moment knackte es in den Lautsprechern: »Kameraden! Wir sind frei!«

Gleichzeitig sprang das Lagertor auf, und ein amerikanischer Jeep mit vier Militärpolizisten mit durchgeladenen Waffen im Anschlag fuhr ein. Der Zeiger der Lageruhr blieb auf 15:16 Uhr stehen. Es war der 11. April 1945.

Die Stunde null von Buchenwald.

Ungläubig wich die Menge zurück.

Dann brach ein unbändiger Jubel los.

Es war vorbei! Die eben noch Wütenden sanken weinend auf die Knie, warfen sich zu Boden, küssten die Erde. Andere umarmten sich oder blieben wie erstarrt stehen. Die amerikanische Militärpolizei übernahm die gefangenen SS-Männer und Lagerwachen. Der Widerstandskommandant Seifert und der Lagerälteste knallten nach preußischer Manier die Hacken zusammen und erstatteten militärisch strammstehend den MPs Rapport. Die GIs hatten dabei ihre Maschinengewehre lässig auf die Hüften gestemmt und staunten die beiden zackig rapportierenden Häftlinge mit Zigaretten im Mundwinkel ungläubig an.

Nachdem sich dieses groteske Bild vom Zusammen-

treffen zweier Welten für immer ins Gedächtnis gebrannt hatte, ließ Walter gewohnheitsmäßig seinen Blick schweifen. An der Kleiderkammer blieb er hängen. Er konnte nicht glauben, was er da sah: In einem viel zu weiten Nadelstreifenanzug mit weißem Hemd, tadellos gebundener Krawatte, mit auf Hochglanz polierten Schuhen und mit einem schwarzen Homburger Hut auf dem Kopf blinzelte die Nummer 92574, der jüdische Häftling, mit dem er die Theatergruppe betrieben hatte, in die Sonne, die sich an diesem kühlen 11. April endlich durch die Wolken schob. Halb beklommen und scheu, halb neugierig wollte sie wohl diesem grandiosen Tag wenigstens verspätet zusätzlichen Glanz verleihen.
Irgendwie musste die 92574 wohl Walters Blick gefühlt haben, denn plötzlich drehte er sich zu ihm um. Grinsend kam er zu ihm herübergeschlendert. Walter schulterte den Karabiner und steckte seine Mauser in den Gürtel.
Mit einem Lacher kam 92574 auf ihn zu.
»Bis nach dem Krieg um sechs?!«, fragte Walter grinsend.
»Ja, bis nach dem Krieg um sechs im Volkstheater Leipzig, Walter!«
Zum Gruß tippte 92574 mit zwei Fingern an die Hutkrempe.
Perplex bestaunte Walter seinen Theaterkumpel von allen Seiten. Vor ihm stand etwas lädiert nun wieder der Schauspieler Friedrich Kahle aus Leipzig, ein Herr mit eingefallenem Gesicht, scharfer Rasur und in einem viel zu weiten Anzug.

So hätte Brecht einen Mackie Messer besetzt, dachte sich Walter kurz und schüttelte lachend den Kopf.
»Also, aus dir wird nie 'n Prolet, Fritz!«
»Aus dir auch nicht, Walter! Versuch's erst gar nicht! Und 'n guter Rat: Lass die Pfoten bloß von der Politik! Dafür bist du einfach zu romantisch!«
Sie umarmten sich kurz.
»Also, nicht vergessen: Du findest mich im Volkstheater Leipzig, Walter!«
Dann schnippte sich Kahle ein nicht vorhandenes Stäubchen vom Revers. »Wenn du vernünftig bist, kommste gleich nach, wenn der Zirkus hier vorbei ist.«
Unbeeindruckt vom Getümmel zwischen amerikanischen Soldaten, festgenommenen SS-Männern und lynchwütigen Häftlingen korrigierte Kahle den Sitz seines Hutes und spazierte aus dem Lager, als flanierte er gerade aus einem Kaffeehaus zur Theaterprobe. Die Sonne schickte ihm dabei einen Lichtstrahl hinterher, als wäre sie ein Verfolger-Scheinwerfer auf der Bühne.
Was für ein Abgang, staunte Walter. Wie dicht Heroisches, Groteskes und Banales nebeneinanderliegen können!
Mit der linken Hand strich Friedrich Kahle sanft über die Torinschrift:
»Jedem das Seine!«
Abschied vom Schrecken.
Dann ging er weiter.

Die Flucht

Der Tag nach dem Eklat wegen des verweigerten Beitritts zu den Jungen Pionieren war der letzte Schultag vor den Sommerferien. Es gab Zeugnisse. »Die Schülerin ist am 11. Juli 1956 den Jungen Pionieren beigetreten«, stand in der Kopfnote. Mein Beitritt stand also ohnehin schon vorher fest, egal ob es mir passte oder nicht! Geknickt zockelte ich heim. Eigentlich wollte ich meine Eltern mit der albernen Pionierfrage nicht behelligen. Die hatten mittlerweile größere Sorgen, und es hätte nur Schelte und ein endloses Lamento meiner Mutter gegeben. Verdruckst zeigte ich mein Zeugnis vor. Sonst war es ein sehr gutes Zeugnis. Nur der Zusatz über meinen Pionierbeitritt war falsch. Stockend rückte ich mit der Sprache heraus und erzählte, was am Tag vor der Zeugnisvergabe vorgefallen war. Meine Mutter griff sich an den Kopf. Sogleich setzte es das erwartete Donnerwetter von Vorwürfen. »Wir haben weiß Gott genug politischen Ärger. Kannst du nicht zur Abwechslung mal einfach die Klappe halten? Musst du unbedingt immer und überall deinen Senf dazugeben? Und dazu noch mit solch einer Szene!«
Beim Wort »Szene« platzte meinem Vater der Kragen. »Bist du etwa in den BDM eingetreten? Na, also: Der Apfel fällt nicht weit vom Stamm, Hella! Die Kleene ist unsere Tochter. Wir haben sie so erzogen! Das Kind

hat keine Schuld an irgendwas. Außerdem hat sie recht, schuld sind diese Bonzen, die selbst noch nicht einmal vor Kindern haltmachen! Erst das Verhör mit den Radiosendezeichen und jetzt eine organisierte Nötigung vor der Klasse, um den Zwangseintritt eines Kindes durchzusetzen!«

»Ja, ja! Bloß keinen Fettnapf auslassen! Große Szene und Applaus! Kommt es euch darauf an?«, brüllte meine Mutter zurück. »Was habe ich verbrochen, dass ich gleich mit zwei solchen Kindsköpfen geschlagen bin!«

Das konnte mein Vater weder auf sich noch auf mir sitzenlassen. Flugs lagen sich meine Eltern wieder in den Haaren und schrien sich zwei Stunden lang an. Schuldbewusst und ratlos saß ich in der Mitte und wartete darauf, wer von beiden in diesem Gefecht den Punktsieg davontragen würde. Dieses Mal hatte mein Vater die besseren Argumente. Und er war auf meiner Seite! Meine Mutter gab sich grollend geschlagen. Um ihrem nachtragenden Groll zu entgehen, schloss ich mich sofort im Klo ein. Wutentbrannt steckte mein Vater mein Zeugnis in die Jackentasche, legte hastig die Hosenbeinklammern an, knallte die Wohnungstür und radelte auf seinem Rennrad zur Schule. Zum Glück war das Kollegium wegen einer politischen Sitzung noch nicht in die Ferien entschwunden. Im Rektorenzimmer schlug mein Vater Krach und bestand darauf, dass mein Versetzungszeugnis *sofort* geändert werden sollte. Eine Stunde später kehrte er mit dem korrigierten Zeugnis zurück und warf es meiner Mutter vorwurfsvoll auf den Tisch.

Von diesen Misshelligkeiten abgesehen, versprachen die Ferien ein nie endender, glutheißer Sommer zu werden, voller Abenteuer, Ausflüge und Schwimmen. Meine Clique und ich tummelten uns von morgens bis abends am nahen Orankesee. In diesem Sommer konnten erstmalig auch wir »Normalsterblichen« an den See, und wir okkupierten ihn. Vorher war der See eingezäunt und nur den Funktionären der Partei vorbehalten, die in der »vernagelten Stadt«, geschützt hinter übermannshohen Bretterzäunen, bekrönt mit Stacheldraht, mit bewaffneten Wachtürmen hinter Schlagbäumen ein geheimes Leben führten und sich nur mit mit Spitzenvorhängen verhängten Limousinen und Chauffeur am Steuer aus ihrem Ghetto herauswagten. Die Mutproben dieses Sommers bestanden für uns Kinder darin, die Funktionärslimousinen mit faulen Tomaten oder Eiern zu bewerfen oder die Wachen abzulenken, um in die »vernagelte Stadt« einzudringen, dort über die Zäune zu steigen und kiloweise Kirschen von den Bäumen zu stibitzen. Mit reichlich Beute in mehreren Einkaufsbeuteln verzogen wir uns mit Triumphgeheul an den See.

Doch eines Tages blieb uns das erhoffte Badevergnügen verwehrt: Der See war wieder gesperrt. Man suchte nach einer Wasserleiche. Nach einer halben Stunde zog die Feuerwehr einen Mann in Unterhose aus dem See. Es war der erste Tote, den wir Kinder sahen, und darum äußerst interessant. Der tote Mann mochte etwa vierzig Jahre alt gewesen sein. Sein Körper war bleich wie Kerzenwachs. Sein Gesicht war bläulich angelaufen, die Zunge hing ihm aus dem Mund und dunkle Haare klebten auf seiner Stirn. Auf seinem rechten Oberarm war ein Steuerrad tätowiert. »Besoffen, wahrscheinlich Herzschlag«, mutmaßte der Feuerwehrmann. Der Arzt und der Sanitäter wechselten auffällig schräge Blicke und schwiegen. So viel verstanden auch wir Kinder: Mit dem Tod des Mannes stimmte etwas nicht. Des Badevergnügens beraubt, fantasierten wir noch eine Weile über den Vorfall und trollten uns schon vor Anbruch des Nachmittags heim.

Als ich an zu Hause ankam, drang aus dem Hausflur ein wilder Tumult. Ich bekam gerade noch mit, wie mein Vater, mit einem Feuerhaken bewaffnet, zwei Männer die Treppe hinunterprügelte und in die Flucht schlug. Es waren die gleichen Stasimänner, die uns zuvor am Sonntag um sechs Uhr früh aus dem Schlaf gerissen hatten. »Ihr Hunde, noch bis vor kurzem in der Hitlerjugend gewesen, wollt ausgerechnet *ihr* mir erklären, was Sozialismus ist?! Geht doch erst mal da riechen, wo ich zwölf Jahre für den Sozialismus und ein neues Deutschland geschissen habe!«

Einer der Männer mit Angst in den Augen und einer Schramme an der Stirn rannte mich fast um. Den anderen hatte mein Vater am Hinterkopf erwischt. Er blutete stark.

Schwer atmend hing mein Vater in der Küchentür. Nachdem er sich beruhigt hatte, verkündete er: »Weißt du, was die von mir wollten? Es ist nicht zu fassen! Die wollten mich doch wirklich erpressen, dass ich frühere Lagerkameraden, die inzwischen Karriere gemacht haben, wie meine Kumpel Seifert und der Axen, dass

ick die bespitzeln soll! Im Gegenzug wollen sie den Vorfall am 17. Juni aus meiner Akte streichen!«
Meiner Mutter klappte der Unterkiefer runter. Dann straffte sie sich und übernahm das Kommando: »Los, los! Jetzt muss alles schnell gehen! Einpacken! Nur das Nötigste. Papiere und einmal Wäsche zum Wechseln!«
Hektisch fingen meine Eltern an, in den verschiedenen Schränken herumzuwühlen. Einige Papiere wurden unter dem Boden der kleinen Einkaufstasche verstaut, andere steckten sie sich unter die Kleidung.
Noch heute werden wir im Westen sein, jubelte ich still. Endlich hatte dieses öde, beklemmende Leben ein Ende! Ich zerrte mein kleines Kinderköfferchen hervor und lief zu meinem Spielzeugschrank. Meine Mutter schärfte mir jedoch ein: »Kein auffälliges Gepäck, auf keinen Fall einen Koffer! Auch keine Aktentasche. Wir müssen wie eine Durchschnittsfamilie auf Verwandtenbesuch aussehen. Und merk dir: Hänge niemals dein Herz an Dinge! Das Wichtigste im Leben ist in unserem Kopf und in unserem Herz. Alles andere kann ersetzt werden!«
Schmollend schob ich den Koffer wieder unter das Bett. Seelenruhig packte ich meine Zeugnisse, mein Poesiealbum, drei Lieblingsbücher und meinen Teddy in meine Schulmappe. Obenauf noch den neuen Anorak. Schade um den schönen neuen Ball! Der passte nicht in den Schulranzen. »Und was ist mit meinem Fahrrad?«
»Bleibt hier! Kriegst im Westen 'n Neues!«
Da hatte ich meine Zweifel. Auch meinem Vater fiel der

Abschied von seinem Rennrad sichtlich schwer. Mit mahlendem Kiefer stand er vor seinen Siegespokalen und dem Rad. Schließlich zuckte er die Schultern und drehte sich auf dem Absatz um.
Auch Sentimentalitäten muss man sich leisten können!
Während meine Eltern weiter hektisch die wichtigsten Sachen zusammenrafften, setzte ich mich an den Küchentisch und schrieb zwei Zettel. Auf das erste Blatt krakelte ich: »Dieses Rad ist das Eigentum von Harald Jandte« und klemmte den Zettel auf den Gepäckträger meines Fahrrades. Harald war mein Schützling in der Clique. Er hatte einen Sprachfehler. Wer es wagte, Harald zu hänseln oder nachzuäffen, der bekam es mit mir zu tun. Auf den zweiten Zettel schrieb ich den Namen von Manne. Manne war mein bester Freund und der Anführer unserer Clique. Er sollte das Rennrad meines Vaters bekommen, auf das er schon lange ein Auge hatte. Nachdem ich auch diesen Zettel am Rad meines Vaters angebracht hatte, war ich abmarschbereit. Eine seltsame Leichtherzigkeit ergriff mich. Vorfreude auf das neue Leben! Zur Sicherheit schickte meine Mutter meinen Vater schon mal zum Wartehäuschen der Straßenbahn vor, falls die Stasimänner oder die Polizei vielleicht doch schneller zurückkämen, als wir uns aus dem Staub machen könnten. Dann entschied sie: »Nein, wir gehen erst am frühen Abend über die Grenze! Die Spitzel müssen den Fall erst noch mit ihren Vorgesetzten abklären. Vor morgen Früh kommen die nicht!«
Eine Ewigkeit warteten wir, bis es endlich dämmerte.

Währenddessen lauschten wir ständig auf verdächtige Geräusche. Auf Autos, die vor dem Haus stoppen könnten, verdächtige Schritte im Treppenhaus oder auf dem Hof. Ein Vogel, der sich auf den Blumenkasten setzt. Oder ist da jemand an der Tür? »Das sind nur die Nerven«, erklärte meine Mutter. Die Abendbrotzeit hielt sie für den idealen Zeitpunkt zum Grenzübertritt in der Wollankstraße. »Die Menschen haben Hunger, und da lässt die Wachsamkeit nach! Außerdem ist dann Wachablösung. Da sind dann alle mit sich selbst beschäftigt.«

Als Letztes griff sich meine Mutter den Blumenstrauß aus der Vase und wickelte Zeitungspapier um die nassen Stiele. Keine West-Zeitung! Neues Deutschland musste es sein! Die Blumen mit dem Neuen-Deutschland-Titel um die nassen Stiele sollte ich tragen. Ich fand das mit dem Ost-Zeitungspapier zwar albern, aber meine Mutter wollte nicht das geringste Risiko eingehen. »Wenn dich wer fragt: Tante Else in der Rankestraße hat heute Geburtstag, und die gehen wir jetzt besuchen. Und immer lieb lächeln!«
Die Aussicht, in der riesigen Achtzimmerwohnung bei Else Dahnke am Kurfürstendamm zu wohnen, machte die Flucht für mich noch attraktiver. Ich freute mich auf Bubblegum, Dauerlutscher und echte Coca Cola in taillierten Flaschen mit der schönen Schrift, auf die Eleganz der Chromleisten und die leuchtenden West-Farben, auf den Duft der Kaffeeröstereien und der Apfelsinen. Ich hatte Sehnsucht nach Abendbrotmahlzeiten, die bei Tante Else Gabelimbiss hießen, und

fand es todschick, dass bei Tante Else selbst belegte Brote mit Messer und Gabel gegessen wurden. Die Mahlzeiten wurden nicht auf Wachstuch und die Brote nicht auf den grauenvollen Stullenbrettchen in Schweinchenform serviert, sondern auf richtigen Tellern auf einem Damasttischtuch, dazu Leuchter und Stoffservietten, die in Serviettenringen mit eingravierten Namen steckten. Selbst ich hatte bei Tante Else schon einen eigenen silbernen Serviettenring mit meinem Namen! Das war für mich Westen »im Breitwandformat« wie »Sissi«, Soraya, weiße Kreppsohlen, HB, »Frauengold«, Micky Maus, Donald Duck, Stern, Quick, Heim und Welt und Jazz. Endlich raus aus der engen, grauen Ost-Hässlichkeit, kein Aushorchen und Verstellen mehr! Nie mehr Fahnenappelle auf dem Schulhof am Montagmorgen, nie mehr Aufmärsche mit Fahnen, nie mehr Buntmetallsammeln, nie mehr Flaggen auf dem Balkon hissen müssen, weil sonst gleich der Abschnittsbevollmächtigte käme! Keine Stasibesuche sonntags früh kurz nach sechs Uhr. Kein Pausenzeichenraten. Keine Jungen Pioniere.
Das alles nie wieder!
Schon im Moment des Abschieds hatte ich Weißensee und Ost-Berlin bereits vergessen, als hätte es nie existiert. Freunde? Finden sich neue! In weniger als einer Stunde wäre ich in der Welt, die mir zustand!
Wild und abenteuerlich würde sie sein. Aber wer den Osten ausgehalten hatte, für den wäre das auch nur ein Klacks!
Zu guter Letzt band meine Mutter mir noch eine der verhassten breiten roten Taftschleifen ins Haar. Zum

Glück musste ich nicht das doofe weiße Perlonkleid mit Petticoat anziehen, nur mein zweitbestes Kleid mit den rot bestickten Säumen. Sonntagsstaat mit weißem Perlonkleid wäre zu auffällig, dozierte meine Mutter.
Unsere Unauffälligkeit war fast schon übertrieben und kitschig, fand ich, als ich uns versammelt im Spiegel der Flurgarderobe sah und unseren Aufzug begutachtete: Ranzen, putzige Schleifchen im Haar, die doofen roten Lackschühchen, Teddy links, Blumenstrauß mit Neuem Deutschland rechts. Meine Mutter, die stille Großmeisterin der Tarnung, war endlich zufrieden und rechnete es mir hoch an, dass ich nicht heulte. Liebevoll und zuversichtlich lächelte sie mich an, küsste mich. Plötzlich war sie stolz auf mich. Und sie sagte es sogar!
Da wusste ich, alles würde gutgehen. Egal, was passiert. Voller Zuversicht ergriff ich ihre Hand. Im Hausflur schloss sie geräuschlos die Wohnungstür und legte die Schlüssel unter die Fußmatte. Ohne Licht im Treppenhaus zu machen, schlichen wir mucksmäuschenstill auf Strümpfen mit den Schuhen in der Hand auf Zehenspitzen die Treppen hinunter, dann aus dem Haus und waren weg.
Verduftet!
Auch Berlin-Weißensee war nun ein Ort ohne Wiederkehr.

Ein Ende mit und ohne Schrecken

Anfang Mai 1945 schwiegen die Stalinorgeln im Berliner Norden. Alle Mädchen der Laubenkolonien im nördlichen Berlin schienen nur ein Ziel zu kennen: das Haus von Oda Hanke.

Oda hatte Vorkehrungen getroffen. Sie grub die in Wachstuch eingeschlagene Parteifahne von 1923 aus, die in einer Kiste unter dem Misthaufen vergraben war, und nagelte sie im »Vorraum« ihrer Laube an die Wand. Der Vorraum war ein Zwischending, Vestibül, Flur und Wohnzimmer, auch von draußen durch die Fenster einsehbar mit direktem Blick auf die Wand mit der Fahne. Anschließend frisierte sie sich ihr inzwischen weißgraues Haar, steckte es mit drei Kämmen hoch und setzte sich auf einen Stock gestützt in Positur unter die Fahne. Zwischen der Eingangstür und ihr stand nur der Esstisch. An die fünfzig Mädchen und junge Frauen standen wie die Heringe zusammengedrängt in den beiden rückwärtigen Zimmerchen und wagten kaum zu atmen.

Oda saß da wie ein zum Schutzwall erstarrtes Monument und wartete.

Als sie die ersten Soldatenstiefel auf dem Weg hörte, straffte sie das Kreuz und legte Feuer in ihre Augen.

Krachend flog die Tür auf, und zwei Rotarmisten standen mit Gewehren im Anschlag in der Tür. »Man nimmt die Mütze ab und zieht die Stiefel aus in einem

ordentlichen Haus!«, schnauzte sie die Rotarmisten auf Russisch an.
Die beiden Soldaten waren so verdutzt, dass sie sich die Mützen vom Kopf rissen, »Verzeihung, Mütterchen!« murmelten und ratlos ganz behutsam die Tür wieder schlossen. Dann hörte Oda, wie sich ein Trupp Soldaten um das Haus versammelte. Es wurde stramm salutiert. Befehle flogen umher.
Die Tür wurde diesmal vorsichtig geöffnet. Ein Offizier steckte seinen Kopf in die Laube, putzte sich sorgfältig die Stiefel ab, nahm höflich lächelnd die Mütze ab und grüßte artig.
»Mütterchen, wie kommen Sie hierher?«
»Mit der Liebe, junger Mann, nicht mit Krieg!«
»Das hätte mir auch besser gefallen.«
Dann wandte er sich staunend der Fahne zu, fuhr mit den Fingern ehrfürchtig über die gestickten Buchstaben und die ungelenk gemalten Porträts von Karl Marx, Friedrich Engels und Lenin.
»Sagen Sie, ist die Fahne echt? Stammt die tatsächlich noch aus dem Jahr 1923?«
»Ja, so echt wie ich, die alte Ortsgruppenvorsitzende der Kommunistischen Partei Deutschlands hier! Und das hier ist ein ordentliches kommunistisches Haus! Die Fahne haben wir all die Jahre mit unserem Leben beschützt!«
Um ihren Worten Nachdruck zu verleihen, legte sie ihren alten Mitgliedsausweis aus dem Jahr 1921 auf den Tisch.
»Das kann nicht sein! Alle Kommunisten in Deutschland sind tot.«

»Dann, junger Mann, reden Sie mit einem Gespenst!«
»Hundert Jahre sollen Sie leben, Mütterchen!«
Er setzte die Uniformmütze auf, salutierte respektvoll vor Oda, stürmte aus dem Haus und brüllte draußen einige Befehle.
Nachdem alles wieder still war, wagte sich Hella als Erste nach vorn in den Vorraum, wo ihre Mutter saß. Aufrecht saß Oda da. Nur sehr blass. Und sie atmete nicht mehr.

*

Eigentlich kannte Else Dahnke den berühmten Pianisten nur aus der Zeitung. Dass er ein großes Wohltätigkeitskonzert für die überlebenden Juden Berlins geben wollte, war eine Sensation. »Ein jüdisches Konzert ausgerechnet in Berlin!« Da die meisten Konzertsäle zerstört waren, fand dieses denkwürdige Ereignis im Sendesaal des Rundfunks statt und sollte in ganz Deutschland übertragen werden. Franziska, die mit einer Ehrenkarte eingeladen war, wollte sich ihre Nervosität nicht anmerken lassen und nörgelte deshalb wie gewöhnlich an ihrem Bruno herum. Neben Bruno stand Walter mit seiner Verlobten Hella Hanke, die er auf seiner neuen Dienststelle bei der Kriminalpolizei wiedergetroffen hatte.

»Na, man gut, dass ich dieses Mal nicht auf dem Bauch unter Mauern hindurchkriechen muss, um Ihnen die Hand zu geben«, frotzelte Hella zur Begrüßung des neuen Politkommissars, als Walter Rubin-Kohanim seine neue Dienststelle in Potsdam in Augenschein

nahm. Sein ehemaliger Lagerkamerad Seifert war Polizeichef in Berlin geworden. Als getreuen Gefolgsmann hatte er Walter als »politischen Kommissar« in Brandenburg eingesetzt. Verdutzt betrachtete Walter die junge Frau mit den Tatarenaugen von allen Seiten.
»Wir kennen uns?«
»Erinnern Sie sich nicht an das kleine Mädchen damals bei den Straßenkämpfen im Wedding 1929?«
Jetzt fiel bei Walter der Groschen. »Na, sieh mal an. Aus kleinen Mädchen bei Straßenkämpfen werden schöne Frauen, die beim Erkennungsdienst der Kripo in Potsdam arbeiten! Wer hätte das gedacht?! Und wie geht's deiner Mutter?«
Hella zupfte als Antwort an ihrem Trauerflor. »In diesem Land wird entschieden zu viel getrauert. Das müssen wir ändern!«
Seitdem waren sie unzertrennlich.
Franziska war davon gar nicht begeistert. »Du solltest ein junges jüdisches Mädchen haben.«
»Woher, Mutter? Woher?«
Darauf konnte Fränze nichts entgegnen. Ärgerlich presste sie die Lippen zusammen.
»So ein dahergelaufenes Durchschnittsmädchen! Und in die Ehe bringt die auch noch nicht mal was mit! Eine, die sogar noch ärmer ist als wir. Kann man sich das überhaupt noch vorstellen?«, lamentierte Franziska. »In einer Wohnlaube aufgewachsen!« Sie schüttelte den Kopf. »Na, wenigstens hat Benno in London eine jüdische Frau mit Geld. Und schon einen Sohn! Nimm dir daran ein Beispiel!«

Else hatte ihrer Cousine Fränze verboten, Hella und ihr den Abend mit ihrem lockeren Mundwerk und ihrer berüchtigten spitzen Zunge zu verderben. »Sonst sind wir die längste Zeit Freundinnen gewesen!«, putzte sie Franziska schon prophylaktisch herunter. Außerdem, gab sie zu bedenken, hätten sie beide ja auch nicht-jüdische Männer. »Warum sollte Walter dann nicht auch eine nicht-jüdische Frau haben?«
»Else, das ist doch ganz was anderes! Kinder einer jüdischen Mutter bleiben immer Juden. Die Kinder einer Schickse aber nicht, als ob du das nicht wüsstest!« In diesem Punkt war Franziska sogar noch strikter als die jüdische Gemeinde von Berlin in jenen Tagen. Else winkte jeden weiteren Kommentar dazu ungeduldig ab.

Unter viel Ah und Oh der Umstehenden erschien nach einer unendlich langen Wartezeit der berühmte Maestro. Beifall. Max Gulkowitsch guckte sich suchend um, lief an ihnen vorbei und blieb beim Vertreter der Jüdischen Gemeinde Berlins verlegen stehen, machte nervös-nachlässig Konversation und hielt dabei weiter nach jemandem Ausschau. Ratlos hielt der inzwischen korpulente Max eine müde gelbe Rose in seiner sechsfingerigen Hand.
Else wollte zu ihm gehen und ihn auf Franziska aufmerksam machen.
»Lass, Else ...«
»Aber wir sind doch extra ...«
»Du bist *extra, ich* nicht! Wenn der berühmte Max Gulkowitsch eine Franziska Kohanim nicht mehr erkennt,

dann soll es eben nicht sein! Bin ich ein Schmock? Soll sich bloß nicht so aufspielen, dieser dahergelaufene Maestro! Alles, was er ist, ist er durch uns ... Ach, was! Ich wenigstens weiß, wo ich hingehöre! Hat sich was mit *extra* ... Komm, Bruno, wir gehen!«
Schon war Franziska auf die Straße gestürmt. Mit ihren beiden Mänteln beladen zockelte Bruno hinterher.
»Immer diese jüdische Hetze, Fränze!«
Sie erreichten gerade so die Straßenbahn. Noch auf dem Perron half Bruno ihr in den Mantel, den sie nun eng um sich schlang.
Als sie endlich Platz genommen hatten, starrte Franziska auf die beschlagene Fensterscheibe. Fröstelnd klappte sie dabei nachdenklich den Persianerkragen ihres neuen Mantels hoch. Bruno zog umständlich das Fahrgeld aus der Tasche. Flink kassierte der Schaffner die Groschen für die Fahrscheine in seinen Münzkassierer, der ihm glänzend vor der Brust hing und bei der Münzrückgabe immer wieder hakte.
»Und warum das alles?!«, fragte Bruno endlich beherrscht-gereizt, als sich der Schaffner nach vorn zum Fahrer verzogen hatte. Franziska schaute jedoch stumm weiter in die dunkle Nacht hinter dem Fenster. Mit dem Zeigefinger schrieb sie auf die beschlagene Scheibe: »Deutsche Treue!«
Auf Brunos grauen Kaiser-Wilhelm-Bart tropften zwei dicke Tränen. Dann lehnte er seinen Kopf gegen ihren, und sie fuhren durch die kalte Berliner Nacht. Vorbei an Ruinen, die ihnen wie Gespenster zuwinkten. Heim.

Der Termin

Frau Seraphina Kühnel, meine Verteidigerin, erscheint extrem übellaunig zur Verhandlung. Zwei Fotografen wieseln den Korridor entlang auf uns zu und knipsen.

»Sind Sie die Frau mit den K.-o.-Tropfen?«, will einer wissen.

Im Gerichtssaal sitzt eine bekannte deutsche Gerichtsreporterin mit ein paar Kollegen. Sie fachsimpeln. Die Story hat was. Im Mittelpunkt eine iranische Frauenaktivistin, die im Iran gefoltert worden ist, und eine ehemalige Berliner Journalistin. »Kennt man die?« Achselzucken. Ich bin erleichtert.

Mit ihren tadellosen Fingernägeln trommelt meine Anwältin ungeduldig auf ihrem Aktenordner mit der Aufschrift »Bundesrepublik Deutschland vs. Kohanim-Rubin«. Abwechselnd zupft sie an ihrer Anwaltsrobe und traktiert ihr Smartphone.

Angesichts der Aktenbeschriftung auf dem Ordner muss ich an den Prozess meines Vaters »Deutsches Reich vs. Kohanim-Rubin« und die Vorbereitung eines verräterischen Unternehmens wegen einer roten Fahne an einem Fabrikschornstein denken. Ist das eigentlich erblich, dass uns der Staat verklagt?

Unwillkürlich stelle ich mir vor, wie meine Ahnen kritisch vom Himmel auf die letzte ihres Clans herabschauen und scharf darüber urteilen, ob ich mich der rebellischen Familientradition auch würdig erweise und die erforderliche »Tenue« zeige.

Frau Kühnel reißt mich aus meinem Tagtraum: »Eine neue Richterin verhandelt den Fall jetzt.«
»Ist das gut oder schlecht?«
»Weder noch!«
Wieder trommelt sie einen Rhythmus auf den Aktendeckeln. Den Synkopen nach zu urteilen, kann es nur Jazz sein.
Auf der Bank auf der anderen Seite vor dem Gerichtssaal sitzt die Mitbeschuldigte Nasi Gohari mit ihrem jugendlichen Pflichtverteidiger, dem die Unerfahrenheit aus den Augen lugt. Man fotografiert, will Interviews. Nasi Gohari ruft dreimal »No comment!« Die Presseleute lassen von ihr ab und stellen sich wie zum Start eines Rennens rechts von der Tür zum Gerichtssaal auf. Die Presseausweise hängen ihnen vor den Bäuchen.
Schließlich öffnet ein Gerichtsdiener die Saaltür. Allerdings lediglich einen Flügel, nur der Staatsanwalt und die Anwälte der Beklagten sollen eintreten.
Die Mitbeschuldigte und ich wechseln fragende Blicke. Ist das ein gutes oder schlechtes Zeichen? Gibt es einen Deal?
Die Presse ist verärgert. Alle greifen zum Smartphone. Dann schwingt die Tür unvermittelt wieder auf, und der Beamte ruft den nächsten Fall auf.
Vertagt?!
Mit hochroten Wangen und blitzenden Augen segelt meine Strafverteidigerin auf mich zu. Dabei ist sie schneller, als es ihr edles Schuhwerk vermuten lässt.

»Das Verfahren gegen Sie ist eingestellt worden!«
Sie macht eine Kunstpause und wartet auf Beifall. Ich lasse mich nicht lumpen. Meinen Mund forme ich zu einem Oh und reiße die Augen bewundernd auf. Meine Verteidigerin wirft den Kopf in den Nacken und verkündet nicht ohne Stolz: »Der Richterin reichten die Verdachtsmomente gegen Sie nicht aus, um ein Verfahren wegen Menschenschleusung zu eröffnen. Das Verfahren gegen die Mitbeschuldigte wird in einem neuen Verfahren verhandelt. Wir können uns gratulieren!«
Meine Augen suchen durch das Fenster im Gerichtsflur den Himmel ab.
Hockt da oben etwa mein Vater mit Fahrradklammern an den Hosenbeinen und hält die Daumen hoch?
»Es gibt Menschen, die das Glück gepachtet haben. Solche Glückspilze sind wir nicht«, höre ich meinen Vater flüstern.
»Aber Glück im Unglück ist das wichtigste Glück. Das ist unser Glück.
Es ist das Glück der Davongekommenen!«

Danksagung an:

Rolf Kralovitz,
Kurt Milhofer,
Juliet Pressler,
John Richter,
Dr. Hermann Simon,
Dr. Andreas Nachama,
Frau Dr. Iris Hauth,
Krista Maria Schädlich,
Angelica Benedict,
Ulla Bennstein-Wechselberg,
Heidi von Plato,
Gudrun Küsel,
Matthias Dieffenbach,
Heimat Museum Wedding,
Professor Gheorge Sava,
Sheraton Miramar Resort, El Gouna, Red Sea.

Anmerkungen

[1] Verballhornung des hebr. »Kazim Elim Bochen«, übersetzt: der alleinige Heerführer des Stammes.

[2] »Megine gehen« = hausieren.

[3] Ein christlicher Mitarbeiter, der Juden am Sabbat bei der Arbeit vertritt.

[4] »Nachtjacken« = Synonym für gestreifte Sträflingskleidung. »Nachtjacken-Viertel« = Ein Viertel, in dem besonders viele ehemalige Zuchthäusler wohnten.

[5] Jesaja 53, 6.8.12; Rev. EÜ. In der Einleitung zu Jesaja 53 wird diese Person identifiziert: Er wird beschrieben als Gottes Knecht, der erhöht werden wird.

[6] Göring hatte zur Verkündigung des totalen Krieges gesagt, dass er »Meier« heißen wolle, wenn ein feindliches Flugzeug jemals Deutschland erreichte.

[7] Quorum von zehn Männern, die die zehn Stämme Israels repräsentieren zum vorgeschriebenen Gebet in der Synagoge.

Lektorat: © Frankfurter Verlagsanstalt GmbH
Herstellung und Umschlaggestaltung,
Vor- und Nachsatz: Laura J Gerlach
Satz: psb, Berlin
Druck und Bindung: GGP Media GmbH, Pößneck
Printed in Germany
ISBN 978-3-627-00229-9

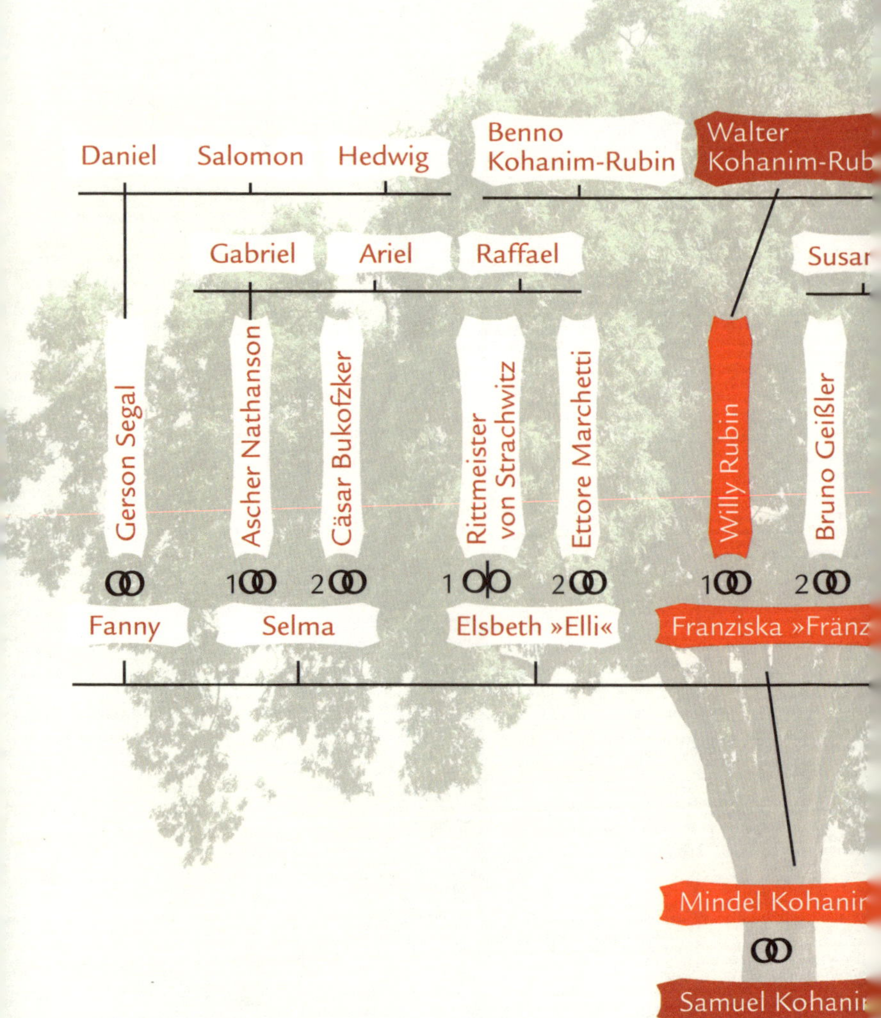
Daniel
Salomon
Hedwig
Benno Kohanim-Rubin
Walter Kohanim-Rub
Gabriel
Ariel
Raffael
Susar
Gerson Segal
Ascher Nathanson
Cäsar Bukofzker
Rittmeister von Strachwitz
Ettore Marchetti
Willy Rubin
Bruno Geißler
1
2
1
2
1
2
Fanny
Selma
Elsbeth »Elli«
Franziska »Fränz
Mindel Kohanir
Samuel Kohanir